김혜우

별자리: 사수자리
혈액형: A형

김혜힐

별자리: 사수자리
혈액형: B형

인소의 법칙

인소의 법칙 6

1판 1쇄 발행 2017년 4월 28일
1판 10쇄 발행 2022년 1월 26일

지은이 ǀ 유한려
발행인 ǀ 신현호
편집장 ǀ 예숙영
편집 ǀ 최은지
편집디자인 ǀ 한방울
영업 ǀ 김민원
물류 ǀ 이순우 박찬수

펴낸곳 ㈜디앤씨미디어
출판등록 2002년 5월 1일 제117-90-51792호
주소 서울시 구로구 디지털로 26길 111 JnK디지털타워 503호
대표전화 (02)333-2513 팩스 (02)333-2514
전자우편 dncbooks@dncmedia.co.kr
디앤씨북스 블로그 http://blog.naver.com/dncbooks

ISBN 979-11-6140-365-6 04810
ISBN 978-89-267-1819-3 (SET)

인소의 법칙

유한려 지음   녹시 그림

iQ
BOOK

제23조. 여주인공이라면 납치는 필수 코스 아닌가요?(중)

내가 눈을 뜬 것은 무수히 겹쳐 놓은 나무토막 같은 것이 아래로 와르르 쏟아지는 소리 때문이었다.

뭐지? 나는 눈을 깜빡이다 고개를 들었다.

머리가 아픈 데다 초점까지 맞지 않아 아무것도 보이지 않았다. 손을 들어 이마에 가져다 대려다가 내 손이 묶여 있다는 것을 깨달았다. 그제야 눈을 뜨기 전의 상황이 지난밤 꿈처럼 내 머릿속을 덮쳐 왔다.

악몽에서 깨어난 것처럼 나는 눈을 확 떴다. 심장이 쿵쾅거리고 손끝으로부터 저릿저릿하게 오한이 올랐다. 나는 중얼거렸다. 맞아, 그랬었지.

반여령과 나는 납치되었던 것이다. 은지호네, 한울 그룹이 주최한 파티에 참가한 직후에.

아니, 물론 언젠가 한 번쯤 당할 거라고 예상은 하고 있었다. 납치란 소설 속 여주인공들에게 있어 거의 연례행사 아니겠는가? 하지만 다른 어디도 아니고 경호원이 벌처럼 깔려 있던 한울 그룹 파티에서일 거라고는 생각지 못했는데.

하지만 다시 생각해 보니 확실히 이쪽이 극적이기는 했다. 남자 주인공의 회사에서 주최한 파티에서의 납치라니, 남자 주인공을 죄책감에 시달리게 하기에는 이만 한 사건도 없겠다.

경호원들이 있다고 방심하는 게 아니었는데! 나는 머리를 쥐어뜯었다. 다른 누구도 아니고 인터넷 소설에 있어서는 도사라고 자부하는 내가 이런 실수를 하다니!

아무튼 만회할 기회는 남아 있으니, 나는 이제부터라도 정신 바짝 차리기로 했다. 호랑이 소굴에 들어가도 산다고 했는데, 하물며 인터넷 소설 속에서의 납치란 그리 나쁜 결말로 끝나지 않는 경우가 많았다. 왜냐고?

그야 인터넷 소설의 주 독자가 학생들인 이상, 소설은 필연적으로 전체 연령가로 갈 수밖에 없으니까!

하지만 저번 몇몇 사건을 생각한 나는 다시 한숨을 내쉬었다. 은형이 앞에서 내가 차에 치여 죽을 뻔했던 사건이나, 기타 여러 사건을 생각해 보면 이 소설이 마냥 전체 연령가라고 안심하고 있을 수는 없다.

거기까지 생각한 나는 인상을 쓰며 한숨을 푹 내쉬고 말

앉다. 내가 은형이의 앞에서 차에 치일 뻔했을 때 은형이가 마음 고생하던 것이 떠올라서였다.

아무튼 은지호, 저번 내 교통사고 때의 은형이만큼만 마음고생 안 했으면 좋겠는데. 은지호나 유천영이나 분명 제탓이라고 생각하고 있을 텐데, 이건 그냥 너희가 등장하는 장르가 인터넷 소설이기 때문이지 다른 이유가 아니란다.

그렇게 상황 개선에는 별 도움이 안 되는 생각들을 하며 머리를 굴리는 사이 천천히 시력이 돌아오기 시작했다. 다행이다, 역시 영구적인 시력 손상은 아니었던 모양이지? 일단 이 소설의 연령가에 대해서는 한시름 더 덜었군. 안도의 한숨을 내쉰 나는 천천히 고개를 들어 사방을 살피기 시작했다.

별다른 특색도 없이 고속 도로 근처 어디에서든 흔히 볼 수 있을 법한 창고였다. 시멘트 바닥에는 먼지가 뿌옇게 앉아 있었고 위는 슬레이트 지붕이었다.

지붕은 꽤 높은 편이었는데, 빈 맥주 상자들이 바닥부터 지붕까지 잔뜩 겹쳐져 쌓여 있었다. 상자 중 하나가 바닥으로 엎어져 있었고, 깨진 병들이 상자와 바닥 사이에 깔려 있었다. 그러니까 내 잠을 깨운 것은 아마도 상자가 무너져 맥주병들이 깨지는 소리였던 것 같았다.

나는 다시 고개를 돌렸다. 내 바로 옆에서 반여령이 바닥에 누운 채로 고른 숨을 내뱉고 있었다.

반여령을 발견하자마자 나는 힘겹게 무릎걸음으로 반여령에게 다가갔다. 무릎에 시멘트 바닥이 쓸려 따끔거렸지만 견딜 만했다.

"반여령?"

그녀에게로 몸을 숙인 내가 작게 불렀다. 반여령은 미동도 없었다. 나는 다시 고개를 들고 그녀의 상태를 찬찬히 살폈다. 흐트러진 머리카락 사이로 보이는 얼굴이 평소보다도 창백했다. 옷차림은 달라진 게 없이 아까 파티에서 입었던 검은 미니 드레스 그대로였다.

아마 반여령도 깨어나고 한동안 눈이 잘 안 보이겠지. 나는 대강 짐작했다. 나와 반여령이 뒷좌석에서 가능한 모든 탈출 시도를 하는 것을 보다 못한 운전사가 우리에게 대고 무슨 스프레이 같은 것을 뿌렸는데, 그 직후 나도 반여령도 정신을 잃었던 것 같으니.

반여령의 손도 나와 같이 등 뒤로 묶여 있었다. 그녀가 깨어나도 별다른 도움은 안 되겠지만, 다른 녀석들이 오기 전에 미리 정신을 차리게 하고 상황을 설명하는 편이 나을 것 같았다. 나야 이곳이 인터넷 소설 속임을 알고 언젠가 한 번쯤 납치당할 것을 미리 짐작하고 있었지만, 여령이는 아닐 테니까.

나는 되는 대로 다리로라도 여령이를 흔들었다.

"여령아, 일어나. 여령아?"

열 번 정도 불렀을까, 마침내 여령이의 가느다란 눈썹이 가볍게 꿈틀했다. 얼마 안 가 파르르 떨리던 속눈썹이 열리고 그 사이로 검은 눈이 모습을 드러냈다. 언제나 영롱하던 검은 눈은 평소와 달리 초점이 없었다. 내 예상대로였다.

여령이도 아무것도 안 보일 테니, 얼마나 무서울까? 내가 황급히 입을 여는 그때였다. 갑자기 그녀가 튕기듯 상체를 일으키는 바람에 나는 깜짝 놀라며 몸을 뒤로 뺐다.

벌렁거리는 심장을 쓸어내리며 나는 중얼거렸다. 헉, 하마터면 엄청 세게 부딪힐 뻔했네.

바로 그때였다. 눈이 안 보이는 와중에도 숨소리를 느꼈는지 반여령이 고개를 홱 돌려 내 쪽을 보았다.

그리고 반여령과 정면으로 눈이 마주친 나는 그만 숨을 헉 들이켜고 말았다. 나 함단이라고, 안심하라고 말해야 하는데 말이 나오지 않았다. 머릿속이 표백된 듯 하얗게 씻겨 나갔다.

그 정도로 압도적인 살기였다.

앞이 보이지도 않을 텐데 그녀의 눈은 나를 향해 흔들림 없이 고정되어 있었다. 밀림 안에서 호랑이나 사자라도 맞닥뜨린 것처럼, 나는 감히 꼼짝할 생각도 못했다.

그렇게 몇 분 같은 몇 초가 지났다. 마침내 여령이의 입술이 열리고 옥구슬 굴러가는 것 같은 낭랑한 목소리가 흘러나왔다. 참으로 그 목소리와는 어울리지 않는 내용이었다.

"니들 다 죽었어. 아주 뼈마디를 다섯 조각씩 분질러 줄 줄 알아."

그제야 정신을 차린 나는 가장 먼저 주춤주춤 뒤를 돌아보며 내가 모르는 새 창고로 누가 들어왔는지를 확인했다. 창고에는 여전히 나밖에 없었다.

음, 그새 여령이의 마음에 무슨 변화가 생긴 걸까? 그럴 수도 있지, 갑자기 내가 죽이고 싶어졌을 수도 있어. 그렇게 중얼거리며 나는 최대한 침착하게 고개를 끄덕거렸다.

그 가운데 반여령의 서릿발 같은 말이 이어졌다.

"너희 납치 죄는 형량 3년인 거 알아? 그런데 나는 심지어 너희를 법에 맡길 생각이 없어. 왜냐? 법에 맡기기에는 너희는 너무 큰 죄를 저질렀거든."

그제야 반여령이 나를 지칭하고 있지 않다는 것을 깨달은 내가 조심스럽게 입을 열었다.

"아, 여령아."

"척추를 폴더 폰처럼 접어 줄 테다."

"저기, 여령아."

"내장을 수건처럼 쭉쭉 꼬아 짜 줄 테다."

"저, 저기요."

그 무렵 내 말투는 공손한 존대로 바뀌었다.

"어디서 단이를 건드려, 단이를?"

"반여령 님."

"나는 괜찮아, 나는 괜찮다고. 그런데 어디서 단이를 건드려? 단이를? 응? 작년부터 그렇고 사람 성질 긁지, 진짜? 너희는 이제 죽었어. 사람이 가만히 있으니까 진짜 가마니로 보여? 너희 다 죽었어, 진짜."

그 무렵에 나는 침착하게 물었다.

"그거, 저도 포함인가요?"

"그럼 당연하지! 한 놈도 남겨 두지 않고……."

날카롭게 쏘아붙이다 말고 여령이는 갑자기 주춤하며 입꼬리를 누그러뜨렸다. 뭔가를 깨달은 듯한 기색이었다.

그리고 그녀가 잠시 뜸 들이다가 조심스럽게 불렀다.

"거기…… 단이니?"

"네."

나는 여전히 최대한 공손한 목소리로 대답했다. 두 손이 묶여 있지 않았더라면 두 손도 무릎 위에 곱게 포개 놓았을 것이었다.

한참을 가만히 있던 여령이가 문득 어색하게 웃었다. 그리고 그녀는 갑자기 상냥해진 목소리로 조심스럽게 물었다.

"단아, 혹시 지금까지 계속 있었어?"

"으, 응."

"단이 너한테 한 얘기 아닌 거 알지?"

“응…… 그럼, 당연하지.”

그제야 여령이가 꽃 핀 듯 활짝 웃더니 대답했다.

“호호, 나는 또 오해하면 어쩌나 하고. 오해하지 않아서 다행이다.”

“응…….”

“하하, 정말 잘됐다!”

저게 지금 납치당한 사람이 할 소리인가? 나는 반여령을 창백하게 질린 낯으로 응시했다.

솔직히 말해서 반여령을 흔들어 깨우면서 나는 그럭저럭 마음의 각오를 하고 있었다. 그러니까, 여주인공의 주변 사람으로서 여주인공의 연약한 멘탈을 다잡게 해 줄 각오 말이다.

인소의 법칙 23조, 여주인공이라면 납치를 당한 이상 무척 혼란스럽고 두려워한다. 어둠이 짙어야 빛이 밝은 법이라고, 그래야만 구출하러 온 남자 주인공이 빛나 보이니까!

연약한 공주님 스타일이 좀 구시대적이긴 하지만 지금까지 겪어 본 바, 이 작가 스타일은 아닌 게 아니라 좀 구시대적이다. 그러니만큼 내가 짐작한 반여령의 반응은 이랬다.

‘이게 어떻게 된 일이야, 단아? 우리 집으로 갈 수 있을까? 나, 너무 무서워…….’

‘울지 마, 여령아. 지호가 구하러 올 거야.’

'정말 그럴까? 이렇게 위험한데.'

'지호는 널…… 좋아하니까.'

그리고 현실은 어땠는가?

'척추를 폴더 폰처럼 접어 줄 테다.'

음. 확실히. 나는 중얼거렸다. 은지호와 반여령은 애틋한 관계도 아닐 뿐더러 천하의 반여령에게 연약함을 기대한 것 자체가 크나 큰 실수였다.

차에서부터 반여령은 이미 나를 향해 시간은 제가 벌 테니 도망가라고 외친 전적이 있었다. 솔직히 그런 여령이를 보면서 로맨스 소설 여주인공보다는 아빠가 좋아하는 무협지 주인공을 떠올렸다는 것을 부정할 수가 없다.

내가 그런 생각에 잠겨 있는 사이 반여령의 시력이 돌아온 모양이었다. 한결 맑아진 검은 눈으로 이곳저곳을 바라본 다음, 내 쪽을 돌아보며 활짝 웃는 반여령을 보며 나는 아까와는 조금 다른 종류의 공포감을 느꼈다.

으르렁거리던 호랑이가 갑자기 목덜미에 뺨을 부비면서 애교를 부린다면 이런 느낌일까.

솔직히 나중에 등장할 납치범보다도 반여령이 수십 수백 배는 무섭지 않을까? 그러니까, 사실 걱정해야 할 것은 우리 쪽이 아니라 납치범들 쪽이 아닐까?

내가 진지하게 이 소설의 밸런스, 이래도 좋은가 하고 고민에 잠기는 그때였다. 호랑이도 제 말하면 나타난다고 부르릉 하는 소리가 두꺼운 창고 벽 너머에서 날아왔다.

반여령과 나는 동시에 데인 듯 놀라 그쪽을 돌아보았다. 차의 전조등으로 보이는 노란 불빛이 헐거운 창고 문 틈새로 쏟아지고 있었다.

하지만 나는 여전히 저들이 두렵지 않았다. 두려운 것은 어디까지나 반여령의 돌발 행동, 그러니까 반여령이 저들 목덜미라도 물어뜯겠다고 덤비는 쪽이었다.

그러다가 진짜로 죽이기라도 하면 어떡해? 반여령의 평소 운동 신경과 놀라운 신체 능력을 생각했을 때는 해 봄 직한 상상이었다. 그런 일은 죽어도 막아야 해. 나는 무릎을 슬금슬금 움직여 반여령의 옆에 철썩 붙어 앉았다.

그런데 그런 나를 보는 반여령의 표정이 이상해졌다. 아무래도 내 동작을 오해하기라도 한 모양이었다.

"단아."

반여령이 나를 차분하게 불렀다. 아까 납치범들에게 으르렁거리던 것과는 같은 사람인가 싶을 정도로 다른 태도였다.

"응?"

"괜찮을 거야."

진지한 목소리가 공기 중을 울리자 그제야 나는 옆을 돌아보았다. 속눈썹 아래 나를 응시하는 반여령의 눈이 놀랄 정도로 진지한 것을 보고서야 그녀가 나를 위로하고 있다는 것을 알았다.

어색하게 웃은 내가 대답했다.

"아니, 난 괜찮은데."

정말로 나는 괜찮지 않을 게 없었다. 그거야 몇 번이나 말했듯이 나는 정말로 여주인공과 행동을 같이 하는 이상 언젠가 한 번쯤은 납치를 당할 거라 예상하고 있었고, 더군다나 이 소설이 (아마도) 전체 연령가라는 것도 안다.

반드시 우리는 구출당할 테고, 이 납치 사건의 끝이 비극적일 거란 생각 자체를 하지 않는다. 솔직히 말하자면 외진 곳의 폐쇄된 창고, 손이 등 뒤로 묶여 있다는 사실 때문에 약간 겁을 먹기는 했었지만 그것조차 방금 반여령의 말에 의해 전부 날아갔다.

하지만 반여령은 다를 텐데. 나는 중얼거렸다. 반여령은 이곳이 소설이라는 것을 모르는데.

나는 다시 반여령을 보았다. 반여령이 차분한 목소리로 말하고 있었다.

"기대도 돼."

때마침 바깥에서 차가 멈추는 소리, 우르르 쏟아져 나오는 발소리가 들렸다. 사람 수는 알 수 없었지만 고작 두세

명 정도가 아니란 것은 짐작할 수 있었다. 그리고 발소리가 일제히 창고 문 쪽으로 다가왔다.

팽팽한 긴장감이 흘렀다. 반사적으로 어깨를 움츠리다 말고 다시 반여령을 돌아본 내가 물었다.

"넌……."

"응?"

"넌, 괜찮아?"

"그럼."

그렇게 대답하는 그녀는 놀랍게도 약간 웃고 있었다.

머뭇거리던 내가 대답했다.

"진짜? 정말로?"

"그럼, 내가 무서울 게 뭐가 있어? 난 운동도 잘하는데. 오빠가 나한테 유도 기술 이것저것 많이 가르쳐 줬잖아. 나한테 다가오는 사람한테 써먹으라고."

아니, 그거랑은 별 상관없는 것 같은데. 그리고 너, 정말로 그랬다가는 감옥 가지 않을까? 하지만 그 어처구니없는 말에 긴장이 풀리는 것은 사실이었다.

게다가 긴장해 봐야 해결되는 건 없는 것도 사실이고, 무엇보다 이게 인터넷 소설 속인 이상 상황은 내가 짐작한 대로 흘러갈 것임을 나는 믿어 의심치 않았다. 게다가 이게 소설 속이라는 것을 모르는 여령이조차 이렇게 의연한데, 내가 긴장하다니, 이게 무슨 수치인가? 그렇게 생각하며 내가 뻐근한 어깨를 으쓱거리는 그때였다.

무심코 반여령의 등 뒤를 본 나는 말을 멈추었다.

반여령의 손끝이 파르르 떨리고 있었다. 나는 뒤통수를 둔기로 한 대 얻어맞은 듯한 기분이 들었다.

그렇지, 나는 중얼거렸다. 여령이는 지금 손이 묶여 있다. 평소에 그토록 자신 있어 하는 유도 기술마저 제대로 쓸 수 없을 것이 분명했다. 나와 똑같이, 무력했다.

그녀는 내가 그녀의 손 떨림을 눈치챘음을 모르는 것 같았다. 달리 말하자면 그 정도로 내 표정을 살필 여유가 없다는 뜻이기도 했다. 그녀가 웃으며 말을 이었다.

"단이 넌 운동 잘 못하니까 가만히 있어. 단이 네 몫까지 내가 확실히 날려 줄게."

"……."

"단아, 들려? 단아?"

반복해서 말하던 여령이가 무심코 자기 등 뒤를 보더니 어색하게 웃었다. 내게서 등을 돌린 여령이가 대답했다.

"아니야, 나는 정말 괜찮은데."

그렇게 말하는 여령이는 여전히 두려운 듯한 표정은 아니었다. 다만 연기가 제대로 되지 않아 난처한 기색. 내가 말이 없자, 그녀가 다시 말을 이었다.

"저기, 단아?"

"응."

나는 잔뜩 짓눌린 목소리로 간신히 대답했다.

"저기, 이건 그냥 손이 저려서……. 눈뜰 때부터 이랬는데."

"그 밧줄, 그렇게 단단히 묶인 것도 아니잖아."

실제로 내 밧줄도 그렇게 단단히 묶인 것은 아니었다. 그렇다고 헐거운 것도 결코 아니었지만. 그러자 여령이는 한동안 말이 없이 입술만 잘근잘근 깨물었다.

말을 잃은 그녀의 얼굴을 보며 나는 속으로 말했다.

왜? 그냥 안 괜찮다고 말해.

어린애라도 달래는 것처럼 나를 향해 몇 번이나 괜찮다고 말하는 반여령의 위로 문득 겹친 것은 다름 아닌 은형이의 얼굴이었다.

내가 그의 앞에서 차에 치일 뻔했던 날. 도로에 쓸려서 헤진 코트 끝이라든가 드물게 흐트러졌던 그의 모습.

그래, 나는 은형이의 앞에서 한 번 죽을 뻔한 적이 있다. 그러나 그 사건은 내게는 별다른 감흥을 주지 못했다. 그 일이 있은 이후에도 나는 여전히 횡단보도 앞에서도 부주의하게 핸드폰을 했고, 덤프트럭을 본다거나 해도 옆으로 약간 비켜서는 것 외엔 아무것도 하지 않았다. 그때의 사고가 떠올라 겁을 집어먹거나 하는 일은 전혀 없었다.

오히려 나보다도 그 일에 충격받은 것은 은형이었다. 은형이는 덤프트럭이 지날 때마다 내 눈치를 보았고, 더러는 이미 안전선 밖인데도 나를 데리고 굳이 행인들 뒤로 물러서려 했다.

왜 그래? 내가 이례적으로 그에게 짜증을 낼 정도였음에
도 그는 그 일을 멈추지 못했다. 그거야, 나에게는 그 일이
내 예상 범위였던 데 비해 은형이는 아니었을 테니까.

내가 현실과 나 사이에 소설이라는 단단한 갑옷을 두른
것에 비해 은형이나 여령이는 무방비했다. 요컨대 무슨 일
이 일어나면 나보다도 더 충격받는 것은 그들이었다.

그런데도 그 일이 있고 은형이는 한참이나 내게 말했었
다. 사고가 있고 집으로 돌아오는 길에 돌가루가 붙은 내
머리카락을 털어 내면서 몇 번이고.

'단아, 괜찮아. 괜찮아질 거야.'

그런 다음에 한 박자를 쉬면서 말했었다.

'내가 괜찮게 할게.'

거기까지 떠올린 나는 다시 앞을 보았다. 여령이가 그때
은형이와 나 사이에 오갔던 대화를 알 수 있을 리 없었다.
그런데도 어쩌면 이렇게.

"아니야, 이건…… 나는 정말 괜찮은데, 단이 네가 안 괜
찮을까 봐서."

"……."

"단아, 괜찮을 거야. ……내가 괜찮게 할게."

그렇게 말하는 반여령의 얼굴이 평소와는 비교도 안 될 만큼 창백하다는 것조차 나는 이제야 알아보았다. 그러더니 그녀는 갑자기 밧줄에 묶인 상체를 뒤틀기 시작했다.

뭘 하려고? 한참을 그녀를 뚫어져라 보던 나는 불현듯 깨달았다.

반여령의 그 동작은 밧줄을 풀기 위한 것이 아니었다. 그녀는 그냥, 내 손을 잡으려 하고 있었다. 그녀의 시선은 내내 내 손에 고정되어 있었다.

내가 말을 잃은 사이, 반여령의 목소리가 내 귀로 다가왔다.

"너는 아무도 못 건드려. 내가 그렇게 할 거야."

그녀가 그렇게 말했을 때 나는 괜히 코끝이 찡해졌다. 그렇게 말하는 반여령은 손을 뻗지 않고도 이미 내 손을 잡고 있었다. 그 말로, 눈빛으로.

불꽃이 타오르는 반여령의 검은 눈을 보며 나는 중얼거렸다.

도대체 너희는 어떻게 하면 이럴 수가 있을까?

분명히 이건 너희들의 이야기일 텐데.

은형이의 앞에서 벌어진 교통사고는 은형이를 흔들기 위한 것, 이 납치 사건은 반여령을 흔들기 위한 것이었다. 그런데도 그들은 그들 이전에 나를 생각했다.

분명히 나보다도 겁먹은 건 그들일 텐데.

그리고 한참을 바닥만 노려보던 나는 마침내 입을 열었다.

"우리 둘 다 못 건드리게 해야지, 반여령."

"아……."

"나도 너, 아무도 못 건드리게 할 거야."

나를 빤히 응시하던 반여령의 눈동자가 커졌다. 이윽고 그녀는 환하게 미소 지으며 고개를 끄덕였다. 도저히 창고 안에 이렇게 묶여 있다고는 믿어지지 않을 만큼 환한 미소였다.

그리고 쇠사슬 절그럭거리는 소리가 우리 귀에 닿았다.

웃은 게 언제냐는 듯 우리는 일제히 긴장된 표정으로 고개를 돌렸다.

한참을 절그럭거린 끝에 마침내 쿵 하고 묵직한 쇠구슬 같은 게 바닥으로 떨어지는 소리가 문 바로 밖에서 들렸다. 아마도 자물쇠가 떨어진 모양이었다.

그리고 나와 반여령이 긴장해서 지켜보는 가운데 문이 활짝 열렸다. 사람들은 물론이고 차까지도 들어올 수 있을 정도로.

여전히 꺼지지 않은 차 전조등이 사람들의 실루엣을 조명처럼 비추고 있었다. 창고 바닥으로 사람들의 그림자가 길게 그늘졌다.

그 밝은 빛에 잠시 눈을 찡그렸던 것도 잠시, 나는 눈을 크게 떴다.

잠깐, 저게 누구야?

차례로 창고로 들어온 사람들은 푸른색 머리카락, 붉은색 머리카락, 금색 머리카락을 하고 있었다. 그 흔치 않은 색 조합에 나는 입을 떡 벌렸다. 설마, 설마!

그것도 잠시, 마지막으로 들어온 남자가 흑단처럼 새카만 머리카락을 갖고 있는 것을 본 나는 아주 잠시 샘솟았던 희망을 구겨서 버렸다. 그럼 그렇지. 우리를 납치한 사람들이 사대천왕이라니, 그럴 리가 있나. 깜짝 파티를 할 것도 아니고.

내가 생각하는 사이 남자들은 창고 안을 마치 런웨이처럼 당당한 폼으로 가로질러 이곳으로 다가왔다. 그리고 마침내 우리 앞에 멈춰선 그들이 턱을 살짝 치켜들고 우리를 내려다보았다.

창고 불빛 아래 드러난 그들의 얼굴을 올려다보며 나는 어처구니가 없어서 중얼거렸다.

이놈의 소설, 제발 조연들 미모 낭비하는 짓은 그만둬야 할 텐데. 도대체 납치범들이 연예인만큼 잘생겨야 할 이유가 뭘까?

나이는 이십 대 초반에서 중반 가량으로 보이는 그들은 검은 양복에 검은 양복 셔츠, 검은 넥타이까지 갖춰 입었는데도 전혀 음침해 보이지 않았다. 음침해 보이기는커녕 사대천왕만큼이나 휘황찬란한 머리색 때문에 그런 콘셉트로 옷을 맞춰 입은 아이돌 그룹 같았다.

그리고 그들 중 붉은 머리카락의 남자가 마침내 입을 떼었다.

"겉보기에는 평범한 애들 같아 보이는데. 너희 대체 무슨 일을 하고 다닌 거냐?"

그가 던진 첫말에 나와 반여령의 얼굴이 곧바로 구겨졌다.

나는 중얼거렸다. 무슨 일을 하고 다녔느냐니, 이들도 우리가 납치당한 이유에 대해선 모른다는 거야?

그리고 붉은 머리 옆의 푸른 머리 남자가 입을 열어 말했다.

"성적 문제 아닐까? 왜, 있잖아. 그 전교 2등만 하던 애가 너무 화나서 전교 1등을 밀어 버렸다는 얘기."

"그건 괴담이잖아. 그것도 언제 적 괴담을 가져와서 떠드는 거야, 지금?"

어처구니없다는 듯 대답하는 붉은 머리 남자 뒤에서 고개를 쑥 내밀며 금색 머리카락의 남자가 말했다.

"그럼, 남자 문제이려나?"

아니, 그 이유를 우리도 좀 알았으면 좋겠는데. 중얼거리는 한편 나는 잽싸게 머리를 굴리기 시작했다. 처음에 짚은 것은 성적 문제, 그 다음은 남자 문제? 둘 다 학교에 관련된 얘기였다.

그렇다면 설마? 나는 중얼거렸다.

납치를 의뢰한 사람은 우리 또래 학생이라는 얘기인가?

아마도 지금까지의 정황을 봐서는 의심할 여지없는 사실인 것 같았다.

하여간 이놈의 인터넷 소설! 같은 학교에 마음에 안 드는 사람이 있거든 평범하게 쓰레기장이나 옥상 정도로 불러내면 안 되는 거였냐! 세상에 납치해 달라고 고용해? 이게 평범한 사람이 할 일이야?

아니, 아니지. 그리고 나는 다시 생각에 잠겼다.

가만있자, 마음에 안 드는 사람을 무려 사람을 써서 납치할 정도로 재력이 있는 사람. 그렇다면 방금 한울 그룹 파티에서 마주치지 않았을 리가 없는데.

거기서 보았던 사람들을 빠르게 떠올리던 나를 낭랑한 목소리가 상념에서 깨웠다.

"그러는 당신들은 대체 누구야?"

반여령! 납치당했으면 일단 얌전히 좀 있어라! 하다못해 존댓말 정도는 써 줘야 하지 않겠니? 납치범을 자극해서 뭘 어쩌자고?

역시 내 생각이 맞았다. 내가 걱정해야 하는 건 납치범들 쪽이 아니라 반여령이었던 것이다. 조마조마한 심정으로 반여령을 보던 나는 고개를 돌렸다.

천만다행이도, 납치범들은 반여령의 행태에 전혀 신경 쓰는 눈치가 아니었다. 오히려 새로운 활기를 얻은 듯 저들끼리 반여령을 가리키며 맹랑하다고 킥킥거렸다. 그리고 그들이 되물었다.

"우리가 누구냐고?"

자비라도 베풀 듯 선선히 되묻는 태도였다.

그러나 나는 별 기대 없이 심드렁하게 고개를 돌렸다. 저들이 정체를 순순히 가르쳐 줄 것이라곤 생각도 하지 않았다.

왜냐하면 상식적으로 생각했을 때 납치범들이 인질에게 자기 이름 따위를 순순히 가르쳐 줄 리 없잖은가? 이름은 커녕 얼굴도 다 가려야 정상인데.

거기까지 생각한 나는 문득 깨달았다. 그러고 보니 저 인간들, 저렇게 인상적인 생김새인 주제에 마스크도 안 쓰고 나왔어! 그렇다면 설마, 이 패턴은……?

거기까지 생각한 나는 멍하니 고개를 돌려 다시 그들의 표정을 확인했다.

보라, 저 의기양양한 표정들! 생각해 보니 이 소설 장르는 다른 무엇도 아니고 인터넷 소설이었다. 그렇다면 설마? 인질이 무슨 짓이냐고 외치는 것만으로 이름은 물론이고 계획까지 전부 나불거려 주는 악당 패턴?

나와 여령이로서는 이보다도 더한 행운이 없었다. 그래, 나는 고개를 끄덕였다. 역시 이 소설 장르 어디 안 간다니까. 연신 중얼거리는 나를 보고 여령이가 물었다.

"뭐라구, 단아?"

"쉿, 여령아. 조용히 해. 지금 이분들 말씀하시잖아."

"……."

여령이가 알 수 없다는 표정으로 나를 보거나 말거나, 나는 몸을 바짝 낮춘 채 억지로 지어낸 선망의 눈빛으로 그들을 바라보았다. 그리고 그런 내 눈빛을 한참이나 즐기던 그들이 다시 입을 열었다.

"우리가 누구냐고 물었지?"

바로 그 순간 나는 온 힘을 다해 빌었다. 이제 이 남자들의 입으로 직접 밝혀질 정체와, 납치 목적으로 인해 이 소설의 연령대와 결말이 결정된다.

그리고 남자들이 다시 입을 열었다.

"우리는."

제발! 나는 중얼거렸다.

"그 이름하여."

제발, 전체 연령가!

내가 혼신의 힘을 다해 비는 가운데, 낮게 깔린 목소리가 마침내 선언했다. 우리는……!

"사방신이다."

그리고 짙은 침묵이 깔렸다.

마치 드라마에서 주인공의 약혼녀가 사실은 행방불명된 주인공 여동생이었다는 사실이 밝혀졌을 때만큼이나 대단한 침묵이었다.

그리고 그 가운데, 마침내 충격에서 회복한 나는 슬그머니 숙이고 있던 머리를 들었다. 마침 내 눈에 가장 먼저 들어온 것은 반여령의 얼굴이었다.

놀랍게도 그녀는 조금도 긴장감을 잃어버린 표정이 아니었다.

더없이 심각한 표정으로 그녀가 중얼거렸다.

"사방신? 그게 뭐지?"

반여령! 나는 속으로 안타까움의 비명을 터트렸다. 결국 너도 여주인공의 한계는 어떻게 할 수 없었던 거냐?

매번 전국 모의고사 1등을 거머쥘 정도로 공부를 잘하는 인터넷 소설의 여주인공은 놀랍게도 옆 나라 상상의 동물에 대해서 전혀 아는 바가 없었다. 마치 그녀가 학교 모두가 사대천왕을 사대천왕이라고 부르는데도 혼자 모르는 것처럼.

그리고 다음으로 나는 고개를 돌려 남자들의 얼굴을 살폈다. 예상했듯이 그들은 농담이었다는 기색을 조금도 엿볼 수 없는 진지한 표정들이었다. 거기까지 확인한 나는 중얼거렸다.

이 소설, 전체 연령가를 얻은 대가로 개연성을 희생했군.

그냥 희생한 정도가 아니라 그냥 땅에 집어던졌어! 퍽퍽 밟고 흙먼지까지 끼얹었다고!

나야 감사한 일이지만, 정말 이렇게까지 처참하게 버려

도 괜찮은 거야? 개연성의 희생을 기리며 내가 눈시울을 붉히는 그때였다.

설상가상으로 남자들이 차례로 내뱉기 시작했다.

"나는 사방신의 청룡이다."

"나는 백호."

"나는 주작."

아악! 아아악!

나는 갑자기 묶여 있는 손목을 마구 흔들기 시작했다. 날개 묶인 도마 위의 닭이 뛰쳐나가려는 것처럼 격렬한 몸부림이었다.

옆에서 반여령이 화들짝 놀라며 외쳤다.

"단아, 왜 그래?!"

"아."

"무슨 일이야, 어디 아파?!"

나는 힘겹게 내뱉었다.

"이름이."

"뭐?

나는 속으로 차마 하지 못한 말을 삼켰다.

저 사람들 이름이 아파…….

차라리 손이라도 자유로웠으면 귀라도 막을 수 있었을 텐데. 원망스런 눈으로 묶인 손을 노려보던 나는 퍼뜩 고개를 들었다. 그러고 보니 한 사람이 아직 입을 열지 않고 있었다.

구석의 빛이 들지 않는 곳에 파묻히듯 서 있던 밤하늘처럼 검은 머리색의 남자가 마침 이쪽을 돌아보았다. 그는 특이하게도 한 눈에 안대도 아닌 붕대를 친친 감고 있었다.

나는 눈을 게슴츠레하게 떴다. 도망자? 도망자라서 현대 의학의 수혜를 받지 못하는 건가? 마침 반여령이 옆에서 묻는 것이 들렸다.

"그럼, 저분은 누구시죠?"

그거야 당연히 현무겠지. 나는 중얼거렸다. 그 똑똑한 반여령이 하필이면 사방신에 대해서는 조금도 알지 못해서 이런 간단한 추론조차 못하는 것이 안타까웠다. 그런데 그때였다.

검은 머리 남자가 피식 웃었다. 아, 잠깐, 나는 불길함을 느꼈다.

그리고 남자가 내뱉은 말에 나는 할 말을 완전히 잃었다.

"나는 흑염룡이다."

"……."

아니, 왜 갑자기 흑염룡인데?

사방신이라며? 그런데 대체 왜? 바로 그때, 검은 머리카락의 남자가 반여령도 아닌 나를 보며 물었다.

"사방신 중의 하나도 아닌 내가 왜 사방신에 끼어 있는지 궁금하지 않나?"

"아니요……."

나는 모기만 한 목소리로 중얼거렸지만 그에겐 들리지 않은 것 같았다. 헛기침을 큼큼하며 목을 추스른 그가 근사한 중저음의 목소리로 말을 이었다.

"긴 이야기가 있지."

"아니, 안 궁금한데요."

내가 조심스럽게 의견을 피력했으나 흑염룡에게는 여전히 들리지 않은 것 같았다. 그렇게 내 의사에는 상관없이 흑염룡의 일대기가 펼쳐지려는 바로 그때였다.

문이 벌컥 열리며 흑염룡의 이야기가 끊겼다. 모두가 그쪽을 바라보는 가운데 나는 감동해서 생각했다. 마음만 같아선 지금 들어온 사람의 신발, 아니, 신발은 좀 그렇지. 볼에 입이라도 맞추고 싶다.

그러나 그 생각은 딱 그 사람의 얼굴을 확인하기 전까지만이었다. 창고 조명 아래 나타난 얼굴을 올려다본 내 표정이 딱딱하게 굳었다.

나와 시선을 마주친 그녀가 비스듬히 웃었다. 그리고 휙고개를 돌려 남자들을 바라본 그녀가 말했다.

"아저씨들, 그렇게 사이좋게 노닥거리라고 고용한 게 아닐 텐데요?"

나와 같은 길이의 갈색 단발이 그녀의 어깨 근처에서 흔들렸다. 쌍꺼풀 없는 눈에 대체로 흐린 인상의 얼굴. 파티에

서 보았던 그대로 위는 흰빛이고 자줏빛 그러데이션이 들어
간 가벼운 소재의 원피스 차림. 나는 천천히 중얼거렸다.

"최유리."

간단히 사방신들의 입을 다물게 한 그녀가 내 부름은 들
은 척도 안 하고 이제껏 빈 채로 놓여 있던 의자를 끌어다
앉았다.

그리고 다리를 꼬고 앉은 그녀가 손을 흔들며 물었다.

"안녕?"

잔뜩 얼어붙은 나는 대답하지 못했다. 그러자 그녀가 즐
거운 듯 웃었다.

"전혀 예상치도 못했다는 얼굴이네?"

나는 대답하지 못하고 가만히 입술만 깨물었다.

사실 아까 사방신들의 질문으로 범인이 우리 학교 사람
이라는 것, 그리고 상당한 재력을 가진 사람이라는 것을
짐작했을 때부터 최유리는 후보에 들어 있었다. 그리고 결
정적으로 마음에 걸린 것은 바로 이것이었다.

우리가 마음에 들지 않았다면 왜 쓰레기장이나 옥상으로
불러내서 따로 얘기하지 않았을까? 이런 번거로운 일을 벌
이느니 차라리 그 편이 편했을 텐데.

그럼에도 나는 최유리가 범인이라고는 생각하지 못했다.
그래, 최유리의 말대로 나는 전혀 짐작하지 못했다.

하지만 다른 누구도 아니고 최유리인걸.

나는 중얼거렸다. 나랑 비슷하게 흐릿한 인상의 그녀에게는 도무지 중요한 역할이 맡겨지지 않을 것 같았다. 그런데 그녀가 이번 납치 사건의 범인이었다고? 도대체 왜? 이 소설 역할 분배는 어떻게 된 거야?

내가 낭패란 표정을 숨기며 입술을 깨무는 그때였다. 옆에서 반여령이 버럭 외치는 소리가 들렸다.

"같은 학교 학생들끼리 어떻게 이런 짓을 해? 당장 이거 풀어 줘!"

그러자 최유리가 턱을 비스듬히 틀며 가소롭다는 듯 웃었다.

"하하, 반여령, 네가 그렇게 멍청한 줄은 몰랐어. 한울 그룹의 철통같은 경호를 뚫고 어떻게 마련한 기회인데, 내가 너희를 쉽게 풀어 줄 것 같아? 그럴 거면 납치를 왜 했겠니?"

그리고 이어지는 그녀의 표독스런 말에 나는 가만히 입을 벌렸다.

"나 때문에 어떻게든 은지호 눈에서 눈물 나는 거 봐야겠어. 내가 그 애한테 아무런 의미 없는 존재가 아니라는 걸, 적어도 그 애를 슬프게 할 수 있는 존재란 걸 확인할 거야."

완전히 미친 소리였다. 그럼에도 불구하고 그렇게 말하는 그녀의 눈빛은 섬뜩하게 번뜩이고 있는 것이 도저히 농담하는 것 같지는 않았다.

내가 그녀에 대해 잘못 생각했을까? 그녀가 중요한 역할일 리 없다고 지레 짐작한 것이 내 큰 실수였던 걸까?

그리고 정말로, 내 예상과는 달리 심각한 일이 벌어질 수도 있는 걸까? 젠장, 나는 왜 조금 더 진지하게 이루다의 충고를 받아들이고 조심하지 않았을까! 내가 속으로 나를 향해 욕을 퍼붓는 그때였다.

갑자기 품에 손을 집어넣은 최유리가 뭔가를 불쑥 꺼냈다. 그것이 흉기라도 될까 지레 움츠러들었던 나는 그 정체를 확인하고는 한시름 놓았다.

요즘의 작고 날씬한 핸드폰이 아니라 크고 뭉툭한 무전기였다. 최유리가 무전기의 번호를 꾹꾹 힘주어 눌렀다. 그녀의 걱정 없는 태도를 통해서, 나는 그 무전기에 추적을 불가능하게 하는 모종의 처리가 되어 있음을 확신했다.

그리고 마지막으로 통화 버튼을 꾹 누른 최유리가 무전기를 귀에 대고 가져다 댔다.

얼마 되지 않아 그녀가 입을 열었다. 그리고 그녀가 부른 이름에 나도, 반여령도 낯빛을 창백하게 물들이며 입술을 꾹 깨물어야 했다.

"여보세요, 은지호?"

예상한 그대로의 이름이었다.

* * *

납치 사건으로 쥬노 호텔은 온통 술렁였다. 그 대상이 일반 투숙객이었어도 한바탕 난리가 날 일이었는데, 심지어 그 대상은 파티 참가자였다.

그렇다면 차라리 공인이었으면 조금 더 상황이 나았을 텐데 일에 휘말린 것은 민간인, 게다가 누구를 노렸는지가 빤히 보이는 수작이었다. 납치당한 두 사람 모두 한울 그룹 후계자, 은지호의 가까운 절친이었다.

달리 말하자면 은지호와 관련이 없었더라면 납치 대상으로는 결코 노려지지 않았을 평범한 사람들이었다. 적어도 둘 중에 한 사람만은 그랬다.

CCTV실에 경찰들이 깔린 가운데 은한수 회장이 직접 나서서 적극 협조했다. 납치당한 사람들의 지인은 CCTV실 바로 옆에 붙은 방에 모여 고뇌 어린 침묵을 지켰다. 그 중에는 단연 사대천왕 또한 포함되어 있었다.

납치당한 두 사람과 마지막까지 함께 있었던 유천영의 안색이 가장 나빴다. 유천영의 형, 유건과 유신은 담담한 얼굴로 그의 옆을 지켰다.

유신은 연신 유천영의 얼굴을 살폈다. 그의 막냇동생은 늘 그렇듯 표정이 없기는 했으나 얼굴색부터가 평소와 달랐다. 안 그래도 창백하던 얼굴이 이제는 백지장처럼 보일 지경이다. 어디까지나 분위기를 악화시키지 않기 위해서 아무 말도 하고 있지 않을 뿐, 속으로는 스스로를 탓하고 있을 것이 어렵지 않게 짐작이 갔다.

유신은 고민했다. 이 일이 트라우마로 남지 않도록, 네 탓이 아니라고 말이라도 해야 할까?

아니, 그러기에는 아직 상황에 대해 알려진 것인 너무 없었다. 그들이 무사히 돌아올 수 있는지 아닌지는 둘째 치고 도대체 어떤 성격의 집단에게 납치당했는지, 그들이 납치된 이유가 무엇인지에 대해서도 전혀 알려진 게 없는 상황. 이런 상황에서 서투르게 위로를 전해 봐야 괜한 분노를 살 뿐이겠지.

한참을 고민하던 유신은 결국 입을 다물었다. 그리고 그는 방의 벽에 초조하게 기대어 서 있는 한 사람을 힐끗거리며 생각했다. 사실 이중에 가장 위로가 필요한 얼굴을 하고 있는 건 다름 아닌 저쪽이지만 말이야. 그의 시선 끝에는 다름 아닌 은지호가 있었다.

평소에는 촐싹거리는 유신조차 말을 고르는 이 자리에서 유일하게 평소와 다르지 않은 표정을 하고 있는 이가 있었으니, 다름 아닌 우주인이었다.

아니, 오히려 우주인은 걱정하기는커녕 평소의 사람다운 껍데기를 한 겹 벗어던진 듯 무감정해 보이기까지 하는 얼굴이었다. 그러나 저게 우주인의 본모습이란 걸 태어나서부터 유건 같은 인간을 형으로 두어 온 유신은 한눈에 알아보았다.

은지호의 옆에서 은지호와 마찬가지로 팔짱을 끼고 벽에 기대있던 우주인이 마침내 담담하게 입을 뗐다.

"네 탓 아니야."

바로 그 첫마디에 은지호가 휙 고개를 돌렸다.

인형처럼 바깥을 향해 닫혀 있던 그 눈이 우주인의 한마디로 인해 생명력을 얻은 듯 분노로 타올랐다. 그 모습을 보고 유신은 급히 고개를 돌렸다. 이크, 불 옮겨 붙겠네.

그러기가 무섭게 은지호가 외치듯 대답했다.

"내 탓이 아니라니? 그게 어떻게 내 탓이 아닐 수가 있어?"

그 말에 반응하는 우주인의 태도는 지극히 냉랭했다.

위로하고자 꺼낸 말은 아닌 듯, 팔짱을 끼고 똑바로 선 그가 은지호를 서늘하게 노려보며 대꾸했다.

"이미 일이 일어난 이상 책임 소재는 일이 해결되고 나서, 그러니까 두 사람이 무사히 돌아오고 나서야 따져야 하는 거 아니야? 그런데 너, 너무 정신 못 차리고 있잖아."

"……."

"내가 너 그 버릇 고치라고 했지, 어렸을 때부터. 네가 무슨 세상 모든 일을 통제할 수 있을 것 같아? 그래서, 예상 밖의 일이 일어나면 전부 네 책임인 것 같아? 그거, 턱도 없는 오만이야, 너."

"하지만……."

대답하는 은지호의 목소리가 잠겨 들었다. 유신은 바닥으로 눈을 내리깔고 말을 잇는 은지호의 모습을 저도 모르게 집중해서 응시했다.

은지호가 말을 이었다.

"하지만, 단 하루. 내 맘대로 한 거였어."

"……."

그 대답만은 의외였던 모양이었다. 바늘 끝 들어갈 틈도 없어 보이던 우주인의 표정이 조금 흐트러졌다.

두 손을 들어 이마를 짚으면서, 은지호가 무거운 목소리로 말을 이었다.

"건이 형 말이 맞았어."

"뭐?"

그 뜻밖의 말에 그때까지도 유천영에게 물을 권하고 있던 유건이 고개를 들었다.

은지호는 그 말을 들은 기색은 아니었다. 우주인의 말로 정신을 차리기는 했지만, 그는 여전히 바깥의 소리를 대부분 듣지 못하고 있었다.

창백한 얼굴로 그가 말을 계속했다.

"유건 형 조언이 맞았어. 내가, 바라선 안 되는 걸 바랐던 거지."

유건이 안타깝다는 듯 작게 불렀다.

"지호야."

"그래선 안 된다는 걸 알고 있었는데. 나는 뭐든 제멋대로는 해서는 안 되는 위치고, 해서는 안 되는 몸이니까."

은지호가 말을 맺었다.

"지켜만 보기로 수백 번을 다짐했고, 그래도 마음이 정리되지 않아 오늘 한 번만 욕심내기로 했어. 그런데."

숨을 들이쉰 은지호가 끝내 다시 한 번 고개를 떨어뜨렸다.

"그 결과가 이거잖아."

"지호야."

"형, 어떡하죠, 저는."

어둡게 가라앉은 목소리로 은지호가 말을 맺었다.

"대체 어떻게 사과하고 어떻게 책임져야…… 아니, 제게 사과할 자격이나 있는 걸까요, 이게?"

그렇게 말하는 은지호의 얼굴을 보며 그 자리의 누구도 말을 꺼낼 생각을 하지 못했다. 그 누구도 들을 거라곤 상상도 하지 못했을 만큼 무거운 진심이었다.

바로 그때였다. 은한수 회장이 CCTV실에서 들어오며 던진 말에 침묵이 깨졌다.

"모르는 번호로 연락이 왔다."

"네?"

가장 먼저 유건과 유신이 반응하고, 얼이 빠져 있던 사대천왕이 뒤늦게 반응했다. 모두가 굳어진 얼굴로 그들을 바라보는 가운데 은한수 회장이 핸드폰을 들어 올렸다. 혹시나 납치범에게서 연락이 올 경우, 지인에게서 연락이 올 가능성이 가장 높았기 때문에 그들은 가장 먼저 핸드폰을 음량을 최대로 하여 한자리에 모아 두었다.

그리고 핸드폰의 정체를 확인한 은지호의 얼굴이 굳어졌다.

연락이 온 핸드폰은 은지호의 것이었다. 결국 그가 생각했던 최악의 가능성이 이런 식으로 실현된 셈이었다.

주먹을 움켜쥐며 은지호는 중얼거렸다.

"그러니까, 함단이와 반여령이 납치당한 것은 다른 누구도 아닌 내 탓이라 이거지."

그런 와중에도 핸드폰은 그의 손 안에서 요란하게 울리고 있었다. 그 모습을 침착하게 보던 은한수 회장이 말했다.

"네 전화니까 네가 받아라."

"그래야죠."

그리고 잠시 심호흡한 은지호가 핸드폰 폴더를 열었다. 녹음 버튼을 켜는 것도 잊지 않았다.

잠시 동안 바늘 떨어지는 소리도 들릴 것 같은 침묵이 흘렀다. 그 끝에 평범한 인사가 걸렸다.

[여보세요, 은지호?]

역시 이 핸드폰의 주인이 누구인지를 알고 전화를 건 것이었다. 은지호가 표정을 굳히는 사이, 옆에서는 우주인이 빠르게 머릿속으로 셈하고 있었다.

아마도 동갑. 게다가 은지호와 아는 사이임이 분명하고, 틀림없이 대화를 나눠 본 적도 있을 것이다.

목소리가 변조되어 성별은 알 수 없었지만 정체가 발각될 가능성을 감수하고 은지호에게 부러 친밀한 말투를 쓰는 그, 혹은 그녀의 태도에서 일종의 우월감을 느낄 수 있었다. 그러니까, 은지호와 자신이 어쨌든 보통 사람들보다는 가깝다는 우월감.

그리고 은지호가 차분하게 되물었다.

"누구세요?"

그러나 이어지는 대답에 그는 평정심을 지키지 못했다.

[지금 내가 누구랑 있는지 알면 이렇게 당당하게는 못 나올 텐데?]

숨을 쉬기가 힘들어 은지호가 크게 비틀거리자, 우주인과 은한수 회장이 동시에 양옆에서 그를 떠받쳤다. 간신히 균형을 되찾은 은지호가 애써 침착한 목소리로 되물었다.

"바라는 게 뭡니까?"

[바라는 거?]

그리고 돌아온 대답은 상상 이상이었다.

[네가 나 때문에 울었으면 좋겠어.]

그 독기 어린 말투와 목소리에 그 자리의 모두가 얼어붙었다. 오직 우주인이 곁에 선 사람들에게 침착하게 속삭이고 있었다.

"면식범인 게 분명하고 말투를 미루어 보아 성별은 여자일 가능성이 높아요."

그리고 미간을 일그러뜨린 은지호가 대답했다.

"그런 거라면, 지금 당장이라도 할 수 있어요."

그러자 잠시 침묵이 찾아왔다. 목소리에 담긴 진심을 읽은 것일까, 생각하며 은지호는 중얼거렸다.

아니, 면식범이라는 우주인의 추측은 틀렸다. 이 사람은 자신을 전혀 모르는 사람이다. 그렇지 않고서야, 함단이와 반여령을 납치해 놓고는 어떻게 고작 그런 걸 요구할 수가 있지? 겨우 눈물 따위를.

은지호는 눈을 질끈 감았다. 통화하는 동안 평정심을 잃지 않기 위함인데도, 도리어 부정적인 장면만이 떠올라 머리를 가득 채웠다.

어두운 창고, 밧줄이라든가 끝이 날카로운 흉기들. 혹시라도 위협당하고 있을까? 아니면 이미 위협을 당한 상태라면? 은지호는 핸드폰을 부러질 듯 움켜쥐었다.

그리고 숨을 들이쉰 그가 말을 이었다.

"뭘 하면 그 둘을 멀쩡히 돌려보내 줄 겁니까?"

[뭘 해 줄 수 있는데?]

"뭐든지요."

반사적으로 튀어나온 것은 거를 수 없는 진심이었다. 옆에서 우주인이 고개를 내젓는데도 은지호는 아랑곳 않았다.

"바라는 건 다 말해요. 타협 같은 거, 할 정신도 없으니까."

정말이었다. 도무지 두 사람의 걱정으로 머릿속이 가득 차서 그럴 듯한 생각 따위는 할 수도 없었다. 차라리 자신이 협상에 나서지 않는 편이 나았을까? 은지호는 잠시 생각했으나 고개를 내저었다.

아니, 자신에게 용건이 있는 사람이다. 자신이 우는 것을 봐야겠다고 말하는 사람이다, 혹은 그 이상을.

그렇다고 해도 어쩔 수 없었다. 두 사람을 납치해 놓고 그렇게 말하는 이상 자신은 무엇이든 요구하는 대로 들어 줄 수밖에 없다.

그렇게 생각하는 사이, 수화기 너머에서 의기양양한 목소리가 이어졌다.

[그렇단 말이지? 그럼…….]

그리고 떨어진 말에 방 안 모두가 침묵했다.

[너 혼자 와.]

방 안의 모두가 동작을 멈추었다.

그러나 은지호만은 아니었다. 아니, 오히려 그는 방금까지 심각했던 것도 잊고 조금 웃고 싶을 지경이었다.

고작 그걸 요구하기 위해 그 두 사람을 납치했다고? 이 납치범은 등가 교환이나 협상의 법칙에 대해 좀 더 공부하는 편이 좋을 것이다.

그는 개운해진 마음으로 고개를 끄덕였다.

"알겠어요."

맞은편에서 우주인이 입 모양으로 뻐끔거렸다. 너 어떡하려고?

은지호는 이번에도 무시했다. 대신에 그는 말했다.

"그 두 사람, 거기 있으면 목소리라도 들려줘요."

납치범 입장에서는 이미 은지호의 확답을 받은 마당에 힘들 게 없는 요구였던 모양인지, 대답도 없이 치직 소리와 함께 수화기가 넘어갔다.

그리고 맞은편에서 목소리가 떨어지기까지 흐르는 침묵을 은지호는 초조한 마음으로 견뎠다.

일 초가 일 분 같았다.

그리고 마침내 숨소리가 들렸을 때, 은지호는 숨을 멈추었다.

식은땀이 스며든 눈을 저도 모르게 질끈 감으며 은지호는 기도했다. 제발 울고 있지만은 않았으면 좋겠는데. 특히 반여령은 더더욱.

함단이를 좋아하는 감정과는 별개로 은지호는 중학 시절부터 반여령의 눈물이 함단이의 눈물만큼이나, 혹은 그 이상으로 견디기 힘들었다. 그녀가 얼마나 강한지를 알기 때문이다. 그런 그녀가 자신 때문에 납치당해서 울고 있다고 하면. 그때는 대체 무슨 표정을 지어야 하지? 대체 무슨 말로 달래야 하지?

　은지호는 물론이고 사람들도 모두 긴장해서 이쪽을 주목하고 있었다. 권은형은 금방이라도 달려 나올 듯한 자세였고, 유천영과 우주인은 몸을 간신히 지탱하고 초조하게 이쪽을 보고 있었다.

　긴장감의 정점에서 마침내 청아한 목소리가 돌아왔다.

　그리고 은지호는 맥이 탁 풀리는 것을 느꼈다. 하, 그가 소리 내어 작게 내뱉었다.

　[은지호.]

　평소와 다를 것 없는 목소리로 반여령이 말했다.

　[당장 튀어 와라. 십 초 준다.]

　"……."

　흐르는 침묵의 한가운데, 은지호는 자신의 아버지, 그러니까 은한수 회장이 자신에게 몹시 유감스러운 시선을 보내는 것을 똑똑히 느낄 수 있었다. 그 시선의 의미는 그러니까 이런 것일 테다.

　'나는 저 자식이 교우 관계는 멀쩡히 맺고 다니는 줄 알았는데' 내지는, '꼭 친구도 지 같은 것만 골라 사귀어 가지고'.

　어느 쪽이든 이런 상황에서 그리 유쾌한 가정들은 아니었다.

　은지호는 갑자기 기분이 몹시 침착해지는 것을 느꼈다. 그리고 진심 섞인 한마디가 그의 입에서 튀어 나갔다.

"야, 건강해 보여서 좋다……."

은지호는 반여령이 반여령이라서 정말로 다행이라는 생각을 했다.

반여령이 반여령이라서 다행이라니, 이상한 생각이지만 할 수 없었다. 대체 어떤 말로 반여령을 표현할 수 있으랴? 사전에 '반여령 같은'이라는 말을 하나 만들었으면 싶었다.

수화기 저편에서 여전히 반여령의, 반여령에 의한, 반여령다운 대답이 돌아왔다.

[아니, 은지호, 나 지금 너무 억울하거든? 내가 왜 다른 누구, 심지어 단이나 은형이도 아니고 너 때문에 납치를 당해야 하는데?]

이제 은지호는 침착함을 넘어서 착잡해지기까지 한 목소리로 대답했다.

"나도 나 때문에 납치당한 게 다른 누구도 아니고 너라서 억울하다……."

[그러게. 아니, 우리가 대체 무슨 사이라고?]

"아니, 잠깐만. 친구 아니었냐, 우리?"

황당하다는 은지호의 물음에 즉시 가차 없는 대답이 돌아왔다.

[돌아가면 너부터 손 묶고 역지사지 체험하게 할 거야. 그런 다음 친구 관계를 재고해 보자.]

"야, 내가 납치했냐? 내가 납치했어?"

저도 모르게 진심으로 대답하는 한편, 은지호는 생각하지 않을 수 없었다. 이 망나니 같은……. 그리고 고개를 들어 주위를 둘러보니 주변 모두 얼이 빠진 표정들이었다.

아니, 단 한 명. 권은형만은 약간 안도 어린 표정을 짓고 있기는 했다. 그는 심지어 중얼거리기까지 했다.

"아직 괜찮은 것 같아서 다행이다."

그 부분만은 은지호도 동의하는 바이기는 했다. 고개를 돌려 다시 핸드폰에 입술을 댄 은지호가 대답했다.

"그래, 돌아오는 대로 절교든 뭐든 해 줄 테니까."

그러자 수화기 너머가 조용해졌다.

은지호는 차분하게 말을 맺었다.

"그러니까 지금은 무사히 돌아올 생각만 해."

[…….]

이쯤에서 날카로운 말 한마디쯤이 더 돌아올 줄 알았는데 반여령은 외로 조용해졌다.

잠시 침묵을 곱씹던 은지호는 이윽고 조심스레 물었다.

"함단이도 거기 있어?"

[아.]

"있으면 말 좀 해 봐."

그러자 수화기 너머가 잠시 조용해지더니 이윽고 숨소리와 잡음이 다시 섞여 들었다.

은지호의 손끝이 저릿해졌다.

핸드폰을 쥐고 있지 않은 손을 쥐었다 펴면서 은지호는 중얼거렸다. 함단이는 뭘 어쩌고 있을지는 솔직히 상상도 안 간다. 그렇게 생각하는 순간, 함단이와 처음 만났던 그날의 교실 풍경이 그의 눈앞에 파도치듯 밀려왔다.

어깨 아래로 싹둑 잘린 단발을 하고 매사에 관심 없는 듯 뚱한 얼굴을 하다가도 간간히 눈을 크게 뜨고 이쪽을 보던 그 모습이 떠올랐다.

교실 다른 모든 이들과 같이 함단이 역시 자신들, 그러니까 사대천왕을 향해 내내 시선을 보내기는 했다. 그러나 그 시선의 종류가 다른 사람들과는 묘하게 달랐다.

그래, 정말 묘하게 달랐다. 그렇듯 그녀는 전형적이면서도 또한 이상한 데서 핀트가 달랐다. 그래서 이번에도 은지호는 그녀의 행동이 조금도 예측이 가지 않았다.

납치를 당했으니 두려워하고 있어도 이상하지 않다. 한편으로는 반여령처럼, 아니, 반여령 이상으로 초연한 상태라고 해도 그것 역시 이상하지 않다.

차라리 예측 가능했으면 좋을 텐데. 그렇다면 마음속으로 무슨 말이라도 준비해 볼 수 있을 텐데. 은지호가 그렇게 생각하며 핸드폰을 쥔 손에 힘을 주는 그때였다.

들려오는 목소리에 은지호는 흠칫 놀라 눈을 크게 떴다.

[여보세요. 은지호…….]

평소보다도 힘이 없는 목소리. 그러나 겁에 질려 있다거나 패닉에 빠진 것과는 전혀 달랐다. 오히려 몹시 지친 듯한…… 그래, 이를 테면 롤러코스터를 연속해서 열 번 타고 났을 때의 목소리에 가까웠다.

그렇다고는 해도 이렇게 지친 목소리라니, 은지호는 다급해진 목소리로 물었다.

"함단이, 너 괜찮아?"

[아, 난 괜찮은데.]

그리고 이어진 말에 은지호는 물론이고 모여 있던 자리의 모두가 생각했다. 저게 대체 무슨 소리람.

[로맨스가 처참하게 죽어서……]

"뭐라고?"

되묻는 한편, 은지호는 생각하지 않을 수 없었다.

봐라, 예측 불가인 쪽은 이쪽이 더하지…….

＊　＊　＊

"아, 아냐, 아무것도."

그렇게 대답하면서 나는 은지호, 그에게는 차마 할 수 없는 말들을 입속으로 꾹꾹 삼키는 한편 나는 방금 이루어진 반여령과 은지호의 대화를 곱씹었다.

방금 대체 무슨 일이 일어난 거지? 고개를 들어 바라보니 최유리의 표정도 몹시 복잡다단했다. 그야 그럴 만도 했다.

인소의 법칙 23조, 여주인공은 납치당해 놓고도 남주인공 목숨만 걱정하게 되어 있기 마련이다. 즉, 납치당한 반여령이 은지호에게 내뱉는 한마디는 이 세 개 중에서 하나여야만 했다.

  '안 돼, 오지 마!'
  '나는 괜찮아.'
  '그동안 행복했어, 이제 나를 그만 잊어 줘.'

  모 노래 가사가 떠오르는 대사들이기는 하나 이 급박한 상황에 그냥 넘어가기로 하자. 그런데 실제로 반여령의 입에서 나온 대사는 어땠는가? 뭐? 빨리 와?

  아니, 물론 나도 은지호가 빨리 와 줬으면 싶은 마음은 있는데……. 그래도 당장 튀어오라고 직접 말하는 건 또 다른 영역의 일이라서.

  하지만 내가 단순히 인터넷 소설의 법칙들을 알고 있어서가 아니라, 이곳의 상식으로 생각해서도 반여령의 반응은 상식 이상이던 모양이었다.

  그 증거로 아까 반여령과 은지호의 통화를 듣고부터 최유리의 표정이 몹시 이상했다. 사방신은 아예 각자의 머리에 손가락을 대고 빙글빙글 돌리고 있었다. 지금도 그들은 저들끼리 수군거리고 있었다.

"야, 우리 잘 납치해 온 거 맞아?"

저도 마침 그게 정말 궁금해지던 참이었네요. 생각하던 나는 귀에 바짝 닿은 핸드폰에서 흘러나온 은지호의 목소리에 정신을 차렸다.

[목소리, 안 좋네.]

"응? 아니⋯⋯."

그건 납치 때문이 아니라 굳이 말하자면 너희 때문이고 죽어 버린 이 소설의 로맨스 때문인데. 내가 그렇게 생각하는 그때였다.

조금의 간격도 없이 전해 오는 목소리.

[미안해.]

그 진지하고 나직한 목소리가 나는 오히려 부담스러웠다.

머쓱하게 눈썹만을 찡그리며 나는 생각했다. 은지호가 미안해 할 이유는 전혀 없을 텐데.

솔직히 말하자면 나는 이제라도 납치당해서 다행이라는 생각마저 하고 있었다. 앞으로 한동안은 납치당할 일이 없을 테니까.

하지만 한 가지 말은 해 둬야겠다. 그렇게 생각하며 나는 여령이 쪽을 보았다. 반여령과 최유리가 일제히 나를 향해 호기심 어린 시선을 보내고 있었다.

입을 열어 숨을 한 번 들이쉰 내가 말을 이었다.

"난 괜찮은데 반여령이, 여령이가."

[응.]

"여령이 저래 봬도 손 엄청 떨고 있어. 그러니까."

[응.]

"빨리 와."

그렇게 말하고 나는 씁쓸하게 웃었다.

여령이를 더러 여주인공 같지 않다 어쩐다 할 때는 언제고, 나도 결국 여령이와 같은 말을 하고 말았다.

하지만 눈치 빠른 은지호라면 내가 하는 얘기가 무엇인지 알아차렸을 것이다.

여령이는 정말로 울고 싶을 때 도리어 웃는 버릇이 있다. 우리 모두가 여령이의 눈물에 유난히 약할 수밖에 없는 이유도 바로 그 때문이었다.

강인한 그녀는 혼자 울지언정 남 앞에서는 절대로 울지 않기 때문에. 그렇기 때문에 반여령의 떨리는 손에 대해서는 반드시 말해야만 한다고 나는 생각했다.

잠시 침묵이 흘렀다. 그리고 은지호의 나직한 대답이 돌아왔다.

[내가 말했잖아, 조건을 타협하고 어쩌고 할 생각도, 정신도 없다고.]

"그래……."

그리고 이어지는 말에 나는 잠시 숨을 삼켰다.

[너희만은 반드시 구해.]

그 말을 들으며 나는 입 속으로 중얼거렸다.

반여령만이라고 말하지 않았다. 너희라고, 그는 확실히 말했다. 그의 미래에 함께 있을지 없을지조차 불확실한 나조차 구하겠노라고. 그 무엇을 희생하든 간에.

납치당하고 나서도 한 번도 울고 싶은 적이 없었는데, 은지호의 말에 비로소 나는 눈시울이 뜨거워져 옴을 느꼈다.

납치당하고 가장 많이 생각한 것도 바로 그것이었다.

반여령은 구출되겠지만, 하지만 나는?

구출되지 못해도 어쩔 수 없겠다고 생각했다. 어쩌면 거짓말처럼 내 존재가 잊혀져도 어쩔 수 없겠다고 생각했다.

마치 3년 전의 3월 2일 그날처럼. 내가 사라져도 아무도 몰랐던 바로 그때와 같이.

하지만 잊지 않고 있었다. 은지호, 그가 나를 잊지 않고 있었어. 나는 괜히 뜨거워진 주먹을 쥐었다 폈다.

바로 그때였다. 옆에서 내 표정을 한참이나 빤히 보던 최유리가 갑자기 손을 내밀어 전화를 뺏듯이 낚아챘다. 내가 어안이 벙벙해서 그녀를 올려다보자, 나를 한 번 흘겨본 그녀가 빠르게 걸음을 옮겼다. 더 이상 우리와 은지호가 노는 꼴을 가만 두고 볼 수는 없다는 단호함이 그녀의 걸음에서 느껴졌다.

그리고 그녀의 말이 발소리와 함께 어렴풋이 멀어졌다.

"그럼 접선 위치를 정하자. 난……."

반여령과 함께 그쪽을 멀거니 응시하던 내 눈에 문득 들어오는 사람이 있었다. 최유리의 바로 곁으로 따라붙는 건장한 체격에 정장 차림의 남자였다.

경호원일까? 그의 귀에 붙은 인이어를 보며 그런 생각을 하는 것도 잠시, 나는 가만히 고개를 내저었다. 에이, 아무리 그래도 설마 범죄적인 일에까지 경호원을 동행시켰으려고.

남자가 최유리에게 무슨 말인가를 귓속말로 전달하는 것이 보였다. 하지만 최유리는 은지호와의 통화에 집중하고 싶은 모양인지, 그를 쫓아내려는 것처럼 손을 휘휘 내저었다. 그러자 가볍게 목례한 남자가 창고 문 쪽으로 향했다.

그가 그대로 바깥으로 사라지는 모습을 가만히 지켜보다가 나는 고개를 돌렸다. 아무튼 저 남자가 어디를 가든 말든 그런 것은 중요치 않았다.

내가 다시 옆을 돌아보자, 옆에서는 반여령이 전투적인 눈빛으로 최유리를 향해 살벌한 시선을 내쏘고 있었다. 그녀가 내뿜는 살기에 내 등골까지 오싹해질 지경이었다.

어이쿠. 내가 저릿한 어깨를 움츠리는 가운데 그녀의 뒤에서는 사방신들이 수군거리고 있었다.

"눈빛이 투견이야, 투견."

"맹수가 따로 없어."

"우리 테이큰 찍으러 와서 왜 동물의 왕국을 찍고 있어?"

구구절절 공감이 가지 않는 말이 없군. 보통 반대여야 하는 게 아닌가? 내가 조금 착잡한 표정을 짓는 사이, 갑자기 나를 돌아본 반여령이 씩씩하게 외쳤다.

"단아!"

헉. 어깨를 움츠렸던 내가 어색하게 웃으며 대답했다.

"으, 응?"

"무서워하지 마. 네 털끝이라도 손대는 사람들은 이 창고에서 살아 나가지 못할 테니까."

"……."

여기 있는 사람들 중에 네가 가장 무섭다는 얘기를 굳이 꺼낼 필요는 없겠지? 내가 어색하게 웃는 사이, 사방신들이 한 걸음씩 움직여 우리에게서 슬그머니 물러났다.

그 모습을 보며 나는 생각했다.

방금 전화하는 모습을 봐서는 어차피 이 소설 로맨스 망한 것 같은데, 그냥 나랑 반여령이랑 잘해 봐도 그것대로 괜찮지 않을까.

아니, 여주인공이 이렇게 설레기 있기입니까?

* * *

최유리의 경호원, 강민호는 힐끗힐끗 창고를 뒤돌아보며 바깥으로 나왔다. 저릿저릿해진 어깨를 주무른 그가 중얼거렸다.

"어휴. 왜 저렇게 창고 안 공기가 무거운 거야."

특히 반여령이라던 그 여자애 옆은……. 그녀의 매서운 눈빛을 되새기며 잠시 어깨를 떨던 강민호는 고개를 돌려 사방을 살폈다.

여름 숲의 푹 썩은 냄새가 강민호의 코를 덮쳤다. 고속도로 근교로 길게 뻗은 논밭들이 이어지고 있었다. 경기도 일대의 외진 창고 앞을 검은 차 여러 대가 가로막고 섰다. 창고 안에 있는 인원은 네댓 명 정도지만 바깥을 지키고 있는 인원은 그 서너 배는 되었다.

강민호는 생각했다.

아무튼 저 반여령인가 뭔가 하는 여자애, 마냥 가녀린 모습과는 딴판으로 성격은 맹수과라고 해도 넘치는 패기로 허튼짓은 안 했으면 좋겠군. 그래 봐야 이 인원을 상대로는 전혀 소용없을 테니.

그리고 강민호는 새삼 자신의 처지가 떠올라 푹 한숨을 내쉬었다. 자신도 설마하니 경호 일을 하다 범죄에 연루될 줄은 어떻게 알았겠는가? 전에 조짐이 안 좋다 싶었을 때부터 때려 쳤어야 했는데.

강민호가 그렇게 하지 못한 것은 어디까지나 이제니의 명 때문이었다. 국제적인 경호 업체 Reed의 사장이자 강민호의 상사 이제니. 그녀의 아들 이루다는 오랜 가출 상태로, 이제니는 이제야 이루다의 꽁무니를 간신히 잡은 참이었다.

그런데 그 이루다가 갑자기 귀신같이 나타나서 강민호 자신의 핸드폰을 강탈하는 바람에 강민호가 몹시 혼비백산한 일이 있었다. 결국 그 핸드폰이 원인이 되어 최유리는 전학을 가게 되었는데, 최유리도 한 짓이 있다 보니 강민호를 떳떳하게 해고시킬 수도 없는 노릇이라 일은 유야무야 무산되었다.

그리고 정확히 그때부터 이제니가 최유리에게 관심을 두기 시작했다. 강민호가 쉽게 이 일을 그만두지 못하는 것은 바로 그 때문이었다.

강민호는 시계를 보았다. 특수 설계된 시계에서 미미한 진동이 울리기 시작한 지가 한참이 지났다. 인적이 드문 풀숲 사이로 한참이나 들어간 그는 마침내 시계를 들어 귓가에 대고 버튼을 눌렀다.

삑 소리와 함께 목소리가 흘러나왔다.

[왜 이렇게 받는 게 늦어?]

"계속 아가씨 옆이었습니다."

[GPS 켜.]

"예?"

강민호는 잠시 당황했지만 말없이 GPS 버튼을 켰다. 그의 상사는 설명이 많은 편이 결코 아니었다. 이제 그들 위치가 송신되어 이제니에게로 보내질 것이다.

얌전히 시키는 대로 하기는 했지만, 강민호도 여전히 궁금하긴 했다. 도대체 이 창고의 위치를 그녀가 알아서 어디에 쓴단 말인가?

곰곰이 생각을 이어 가던 그의 입에서 작게 탄성이 터졌다.

"아, 혹시."

[뭐?]

"한올 그룹과 거래하신 겁니까?"

그러자 수화기 너머에서 바람 빠지는 소리가 났다. 이제 니가 우습다는 듯 대답했다.

[아니? 그들이 내가 이 일을 이미 알고 있다는 걸 알기라도 하면 날 가만히 뒀을 것 같아? 골치만 아파지지, 그런 건.]

"그럼 대체 무슨 이유로……?"

[내가 정보를 제공할 대상은 단 한 명뿐이고, 단체에 속하지 않은 개인이야.]

"개인?"

잠시 눈썹을 찌푸렸던 강민호가 다시 되물었다.

"개인 단위 고객이 그 정보를 활용할 일이 도대체 어디가 있습니까? 혼자서 구출하러 올 수도 없을 텐데. 역시 한올 그룹과의 거래용입니까? 그랬다가 정보의 출처를 추궁받고 우리 측에 대해 털어놓기라도 하면 곤란해질 텐데요."

강민호의 의문 제기는 이정도면 타당할 텐데도 이제니는 웃을 뿐 말이 없었다.

강민호는 잠시 눈을 찡그렸지만 곧 머리를 털어 내 버렸다. 어차피 일하는 데 있어 그런 부분을 고려하지 않을 이제니가 아닐뿐더러, 아무튼 이제니는 그의 상사다. 이제니가 강민호에게 모든 것을 설명할 필요는 없었다.

이제니의 다음 말이 들려온 것은 그때였다.

[거기 정리하고 나와.]

잠시 굳어 있던 강민호가 가까스로 대답했다.

"예?"

[거기 정리하고 당장 나오라고 했어. 뻣뻣해서 내일 아침에나 경찰들에게 발견되고 싶지 않으면.]

"사장님."

강민호는 결국 묻지 않을 수 없었다.

"대체 무슨 일을 계획하고 계신 겁니까?"

[만족스런 거래를 하나 했을 뿐이야.]

그때였다. 하늘 멀리서 희미하게 타타타타— 하고 총을 연사하는 것 같은 소리가 날아오자 강민호는 고개를 들었다.

새벽 다섯 시가 조금 넘은 무렵이었다. 검푸른 지평선 위로 흰빛이 어슴푸레하게 번져 오는 시간, 지평선 위로 뜬 거대한 검은 물체를 본 강민호의 입이 크게 벌어졌다.

그리고 흘러나온 이제니의 말에 강민호는 눈을 크게 떴다. 그는 더듬거리며 되물었다.

"뭐라고요, 누가 온다고요?"

[같은 말 두 번 하게 하지 마.]

교신이 끊겼다. 강민호는 교신이 끊어진 시계를 내려다보며 굳어진 얼굴로 중얼거렸다.

"사장님이 모르는 새 아들 하나 더 입양하셨나?"

다가오는 기체의 바람이 강민호의 머리카락을 세게 날렸다.

제24조. 여주인공이라면 납치는 필수 코스 아닌가요?(하)

통화를 마친 최유리는 우리는 여전히 창고 맨바닥에 무릎을 꿇고 있도록 내버려 둔 채, 저는 어디서 났는지 모를 의자를 가져와 담요까지 깔고 그 위에 앉았다.

다리를 꼬고는 턱을 치켜들고 우리를 내려다보는 자신감 넘치는 모습을 보며 나는 대충 짐작했다. 은지호와의 협상은 성공적으로 끝난 모양이군.

그렇다면 이제 그녀에게 남은 것은 단신으로 나온 은지호를 어떻게 하느냐 뿐일 테니, 확실히 저렇게 만족스러워할만도 했다.

하지만 나는 한숨이 새나오는 것을 어쩔 수 없었다.

글쎄다. 등 뒤는 밧줄로 묶인 채 차가운 창고 바닥에 몇 시간째 무릎이 꿇린 처지에 이런 생각을 하는 게 스스로도 우습긴 하지만 그래도 나는 최유리가 안쓰러웠다.

도대체 지금 자기가 무슨 짓을 하고 있는지 알고는 있는 걸까?

이건 엄연한 범죄다. 그런데도 최유리는 이 일의 결과가 자신의 인생에 어떤 일을 불러올지 조금도 모르는 사람처럼 굴고 있었다.

은지호를 만나는 것까지야 최유리가 바라는 일이었다고 치자, 하지만 그 다음에는? 은지호를 데리고 일방적인 사랑의 도피를 한다고 쳐도 언제까지 그런 상태를 지속할 수 있을 거라고 생각하는 건데?

한마디로 비전이랄 게 없는 단기적인 계획이었다. 단기적인 것을 넘어서 멍청하기까지 했다.

그런데 내가 학교에서 보기로, 최유리는 결코 이렇게 멍청한 애가 아니었다. 가장 큰 위화감을 불러일으키는 것은 바로 이 점이었다.

그래, 최유리가 나를 괴롭히기 위해 세웠던 치밀한 계획들과 여론 조작, 그런 것들을 생각했을 때 최유리는 결코 코앞의 욕망 때문에 미래를 못 볼 정도로 멍청하지 않았다. 오히려 영악하리만치 똑똑했으면 똑똑했지.

그렇다면 도대체 누가 최유리로 하여금 이토록 생각 없이 범죄 행위를 저지르게 했는가? 그렇게 생각하면 한 가지 가능성이 내 머릿속을 떠나지 않았다.

인터넷 소설의 이상적인 흐름. 개연성 없이 사람을 벼랑 끝으로 내모는 그 흐름은 은형이의 바로 앞에서 나를 차에 치이게 하고 반여령을 납치당하게 했다. 바로 그 흐름이 지금, 최유리에게서 이성을 앗아 갔다고 보는 게 타당하지 않을까?

　나는 긴장된 눈으로 최유리를 힐끗거렸다. 아무리 생각해도 최유리가 이렇게 개연성 없이 군다면 이유는 단 한 가지였다.

　그렇다면 최유리는 지금 바로 그 말도 안 되는 흐름 때문에 자기의 남은 인생을 모두 말아 먹는 것이 된다. 마치 귀신에라도 쓰인 것처럼 자기가 제정신이었다면 절대로 하지 않을 일을 저질러서.

　한 번 범죄자로 낙인찍힌 이상 앞으로의 삶이 좋을 리는 없다. 그렇게 생각하자 오싹한 기분이 온몸을 감쌌다. 나는 어깨를 조금 떨었다. 내가 악역이 아니란 것이 참으로 다행이라고밖에 생각할 수 없었다. 그랬더라면 지금 저 자리에 최유리 대신 앉아 있는 게 내가 아닐 거라고는 장담 못하니까.

　하지만 동시에 이런 생각도 들었다. 최유리가 아무리 성격이 좀 못됐다고 해도, 흐름에 의해 남은 인생 전부를 말아 먹는 것은 너무하지 않나? 그렇다면 내가 외부자의 입장에서 차분하게 설득함으로서 뭔가를 바꿔 볼 수는 없을까, 하고.

　그렇게 생각한 나는 최유리를 탐색하듯 지켜보며 말을 걸 기회를 노렸다.

최유리는 우리를 납치한 목적을 전부 달성했다는 듯, 계속 혼자 손톱을 손질하거나 은지호와 방금 통화를 나눈 전화기를 매만질 뿐 우리 쪽에는 관심도 주지 않았다. 저래서야 내가 무슨 말을 하든 아마 듣는 척도 않겠지. 그래도 시도해 보는 게 의미 없진 않을 것이다.

한참을 입술만 달싹이던 내가 마침내 입을 여는 그때였다.

옆에서 고요한 목소리가 들렸다.

"나, 화장실 가고 싶은데."

반여령이었다. 그렇게 말하는 반여령은 표정은 침착했으나 눈썹은 찡그리고 있어서 조금 난감한 듯한 표정이었다.

그러자 최유리는 잠시 고민하는 듯한 표정을 짓더니 구석에서 소풍 나온 남학생들처럼 떠들고 있던 사방신을 불렀다.

귀찮다는 듯 손을 내저으며 최유리가 말했다.

"아주 잠시만 손을 풀어 줘. 그리고 화장실 문뿐만이 아니라 창문까지 잘 지켜."

여기 화장실이 있나? 하기는 이런 크기의 창고이니 틀림없이 오랫동안 사용하지 않아 위생 상태가 좋지 못하더라도 붙어 있는 화장실이 있기는 하겠지.

사방신 중 두 사람이 반여령을 일으켜 바깥으로 나가고 두 사람은 여기에 그대로 남았다. 나는 반여령이 나가는 문을 불안하게 바라보다가 최유리를 돌아보았다.

"저기."

내가 한마디 하기가 무섭게 칼 같은 대답이 돌아왔다.

"넌 안 돼."

내가 입을 앙 다물자, 나를 서늘한 눈으로 바라본 최유리가 말을 이었다.

"너희 둘 다 내보내 줬다가 짜고 도망가지 말란 법이 어딨어? 한 사람은 자리를 지켜."

그리고 팔짱을 끼며 그녀가 잇는 말에 나는 낭패감 어린 표정을 짓고 말았다.

"네가 여기 있어야 반여령이 설령 탈출 시도에 성공하더라도 돌아올 테니까."

이런. 나는 다시 입술을 깨물었다. 확실히 최유리는 반여령을 지나치게 잘 알았다. 하기는 그녀도 엄연히 반여령과 한때 같은 반이었던 데다, 고등학교 들어와서는 나보다도 더 오랜 시간을 붙어 다녔으니까.

그러니 만큼 최유리 역시 나만큼이나 반여령에 대해 잘 알 수밖에 없다. 친구를 끔찍이 생각한다는 점도. 거기까지 생각한 나는 문득 새삼스런 생각에 최유리를 빤히 보았다.

그녀는 반여령뿐만이 아니라 사대천왕과도 모두 한 반이었다. 그러니만큼 사대천왕들과도 교류가 많았을 테고, 은지호가 우리를 버리지 못하고 조건을 받아들일 거라 확신한 것도 그 덕분일 터다.

그때, 문득 나와 시선이 마주친 최유리가 표독스런 표정을 지으며 물었다.

"뭐야?"

"아, 아니……."

잠시 망설이던 나는 조심스레 입을 떼었다.

"너, 그 애들을 그렇게나 오래 봐 왔잖아. 그런데도 정말 이런 일을 할 마음이 들어?"

"뭐?"

"아니, 왜냐하면…… 너도 그 애들을 충분히 잘 아는 것 같아서. 그럼 너도 알 거 아니야. 이런다고 해도……."

잠시 머뭇거린 내가 이윽고 말을 맺었다.

"이런다고 해도, 아무것도 얻을 수 없다는 거."

침묵이 찾아왔다. 정적 속에서 나를 노려보던 최유리가 이윽고 팔짱을 끼며 의자에 등을 기댔다. 그 살벌한 시선을 받으며 나는 속으로 한숨 쉬었다.

역시 이런 말을 하는 건 역효과였을까? 하기는, 애초에 납치범한테 인질이 나불댈 봐야 당연히 성질을 긁는 이상의 효과는 없겠지. 게다가 최유리와 나의 관계를 생각해 봤을 때 내가 그녀를 놀리는 것처럼 들릴 수도 있고. 아, 그건 정말 최악의 가정이지만.

하지만 그 모든 위험한 가능성에도 불구하고 나는 최유리가 범죄자가 되도록 두는 것이 마음이 편치 않았다. 비록 그녀의 미움의 화살이 나에게 향해 있다고는 하나, 그녀와 나 둘 다 흐름의 일방적인 피해자라는 입장에서 그랬다.

거기까지 생각이 닿자 나는 마음을 다잡으려 크게 심호흡을 했다. 그래, 이건 내가 할 수밖에 없는 일이다. 그리고 나는 진지하게 말을 이었다.

"아니, 한 번 생각해 봐. 이렇게 해서 은지호를 만난다고 해도 그게 너한테 무슨 의미가 있겠어?"

그러자 최유리의 눈썹이 꿈틀거렸다.

그녀가 날카롭게 되물었다.

"왜 의미가 없을 거라고 생각하는데?"

"그거야, 너도 알잖아. 이런 식으로 은지호를 억지로 만나 봐야 은지호가 네 말을 제대로 들어 줄 리 없단 거."

그러자 고개를 돌려 코웃음 친 최유리가 대답했다.

"적어도 그냥 같은 반 친구였던 때보다는 잘 들어 주겠지. 아무렴, 너희 목숨이 달려 있는데."

그녀의 입에서 튀어나온 '목숨'이란 단어에 나는 배 속이 차가워지는 듯한 느낌을 받았다. 여기서 대화를 더 이어 나가는 것은 멍청한 짓일 것만 같았다. 그렇다고 여기서 포기하기도 걸렸다. 결국 마음을 다잡은 내가 다시 입을 여는 그때였다.

최유리의 태도가 갑자기 돌변했다. 몸을 앞으로 숙이면서 목소리를 위협적으로 낮춘 최유리가 말했다.

"야."

나는 반사적으로 뒤로 물러났다. 짧게 고개를 끄덕이며 내가 대답했다.

"으, 응."

"너, 아까부터 긴장이라고는 하나도 안 하고 있더라?"

그녀의 말이 화살처럼 내 가슴을 푹 찔렀다. 고개를 숙이며 나는 생각했다. 티가 났구나.

하긴, 납치당한 시점에서부터 온갖 헛생각이나 하고 있는데 같이 납치당해서 정신이 없는 반여령도 아니고 최유리가 눈치를 못 챌 리 없겠지. 게다가 최유리와 내 사이에 있었던 일을 생각하면, 납치의 목적에는 나를 겁주는 것도 분명히 있었을 텐데.

그리고 나는 표정 관리할 자신이 없어 눈만 내리깔았다.

그랬다. 미안한 일이지만 최유리의 말대로 나는 전혀 긴장하지 않았다. 납치범이 최유리라는 것을 안 순간 그나마 있던 긴장도 사라지고 말았다.

하지만 반여령과 내게 큰일을 저지르려면 적어도 최유리가 아닌 다른 인물이 나와야만 할 것 같은걸. 내가 보기에 최유리는 비중이 없어야 할 인물이었다.

게다가 그녀는 이미 한 번 사건을 일으키기까지 했다. 나는 거기서 최유리의 역할이 다 끝났을 것이라 생각했다. 그러니 그녀를 주체로 한 일은 더는 일어나지 않을 거라고.

하지만 이것을 말했다가는 어디가 아픈 사람 취급을 당할 것이 뻔하다. 아니, 게다가 이미 한 번 비현실적인 일들을 받아들여 준 사대천왕도 아니고 최유리에게 이런 일을 말할 수는 없다.

잠시 고민하던 나는 결국 어색하게 웃는 쪽을 택했다.

"음, 그게. 익숙한 얼굴을 봐서 그런가 봐."

내가 들어도 말도 안 되는 변명이기는 했다. 납치당했는데 납치한 범인이 다른 누구도 아니고 같은 학교 학생이라니. 긴장이 풀리기는커녕 더한 패닉에 빠지지.

과연, 최유리의 얼굴이 매서워지는 것을 보며 나는 어깨를 움츠렸다. 그런데 다음으로 이어진 말은 전혀 뜻밖의 것이었다.

한참이나 나를 끓는 듯한 표정으로 노려보던 최유리가 툭 던지듯 말했다.

"너."

"으, 응?"

대답하는 내 손끝이 조금 떨렸다.

"너, 그런 거 아닌 거 다 알아."

"……."

"너 말이야."

내가 말이 없는 사이, 그렇게 내뱉는 최유리의 얼굴이 점차 일그러졌다.

흐트러진 머리카락 사이로 나를 죽일 듯 노려보는 갈색 눈을 보고 나는 내가 뭔가 실수했다는 것을 알았다. 그녀를 구하겠다고 주절거리기보다는 차라리 아무 말도 하지 않고 앉아 있는 게 그녀의 분노를 푸는 데 도움이 되었을 것이다.

그리고 그녀가 마침내 씹어뱉듯 내뱉었다.

"너 말이야, 진짜 재수 없어. 알아?"

"……."

나는 가만히 입을 다물었다. 내가 눈을 가만히 좌우로 굴리는데, 최유리의 목소리가 이어서 들려왔다.

"네가 긴장하지 않은 게 익숙한 얼굴을 봐서라고? 아니, 그래서가 아닐 걸. 난 알아."

"……."

나는 여전히 아무 말 않고 가만히 있었다. 그래 봐야 독심술도 없는데 제가 내 마음을 어떻게 알 것인가, 정도의 생각을 하고 있었던 탓이었다.

그러나 이어지는 전혀 의외의 말에 나는 눈을 크게 떴다.

벼락같은 외침이 내 귀를 꿰뚫었다.

"넌, 넌 사람을 그런 식으로 판단할 권리가 없어!"

갑자기 머리를 흔들며 온 창고가 쩌렁쩌렁 울리도록 외친 최유리를 보며 나는 생각했다. 저게 대체 무슨 소리지? 사람을 판단하다니?

내가 그녀를 올려다보는 사이, 그녀의 헐떡이는 목소리가 계속되었다.

"너, 네가 전에 그랬었지? 옥상에서 단둘이 만났던 날 네가 말했던 거. 난 지금도 똑똑히 기억해."

"내가……."

도대체 뭘 어쨌다고, 말하려던 것을 최유리의 분개한 목소리가 잘랐다.

"예쁘고 잘나고 공부 잘하고 집안 좋은 사람만 자기 생각 말할 수 있는 건지 나는 몰랐다고, 그렇게 말했었잖아! 네가, 다른 누구도 아니고 네가 말이야."

그렇게 말하며 이제는 하하 웃기 시작한 그녀를 나는 두려움 섞인 눈빛으로 바라보았다. 도대체 그 얘기가 여기서 왜 나와야 하는지 전혀 짐작이 가지 않았다. 다만 최유리의 분노가 보통이 아니란 것을 알 수는 있었다. 하지만 그게 왜?

그리고 숨을 고르며 내 눈을 잠시 내려다보던 그녀가 다시 웃었다. 여전히 숨을 씩씩 내쉬며 그녀는 말을 이었다.

"그런데 넌, 나한테 그런 말할 자격 없었어. 왜인 줄 알아?"

그리고 이어진, 전혀 상상하지도 못한 그녀의 말에 나는 그만 동상처럼 굳어 버렸다.

"내가 보기에 그런 식으로 사람을 판단하는 건, 다른 누구도 아니고 바로 너거든."

뭐라고? 잠시 그 의미를 생각하는 것도 잠시, 이윽고 벼락같은 충격이 내 가슴을 꿰뚫었다.

나도 최유리도 한동안 아무 말도 하지 않았다. 말을 마친 그녀가 씩씩거리며 서서 나를 바라보는 가운데, 나는 무릎 꿇고 앉은 채 바닥만 보았다.

갑자기 찾아온 정적에 창고 문 근처에 서 있던 사방신 두 사람이 이쪽을 돌아보는 것이 느껴졌다. 그 가운데 나는 한참이나 최유리의 얼굴만 응시했다.

상처받고 자존심이 할퀴어지고 땅에 떨어져 깨지고 망가진 그녀의 얼굴. 핏발 선 눈으로 나를 노려보던 그녀가 말을 이었다.

"네가 무슨 신이라도 돼? 아니면 세상이 연극 무대고 네가 대본 작가라도 돼? 대체 너한테는 사람들이, 내가 뭐야?"

나는 여전히 아무 말도 할 수 없었다. 그런 나를 빤히 보던 최유리가 다시 말했다.

"은지호가 내 말을 듣지 않을 거라고? 설령 들어도 아무 의미 없을 거라고? 나는 그 애에게 평생, 아무 의미도 없을 거라고?"

그렇게까지 말하지는 않았다. 하지만 실제로 그런 생각을 하고 있었던 것은 사실이었다. 왜냐하면, 은지호와 최유리는……. 나는 입술을 깨물었다.

은지호와 최유리는 내가 아는 한 절대로 이어질 수 없는 사람이니까.

그렇게 생각하기가 무섭게 최유리의 발작적인 물음이 몰아치듯 쏟아졌다.

"그걸 네가 어떻게 알아? 뭘 갖고 그렇게 확신하는데? 대체 뭘 갖고? 네가 뭐라서?"

"나, 나는……."

그냥 가능성 없는 사랑에 더 이상 상처받는 사람이 없었으면 했는데. 그 끝에 뭐라도 있을 거라고 믿고 가시밭길을 걷는 사람이 아무도 없었으면 해서.

나를 포함해서, 아무도 없었으면 해서.

차마 뱉지 못할 말을 입안으로만 달싹이는 내게, 최유리의 말이 총알처럼 쏟아졌다.

"왜 나를 그렇게 이해 못하겠다는 눈빛으로 봐? 그 애와 엮이려고 노력하는 나를, 그 애와 어떻게든 영향을 주고받으려고, 그 애 인생에 공간을 차지하려고 어떻게든 비집고 들어가려는 나를, 마치 불가능에 도전하는 사람처럼, 그렇게."

한참을 헐떡이던 최유리가 다시 말했다.

"넌 조금도 노력하지 않아! 처음부터 모든 걸 포기하고 있는 주제에, 그런 주제에 이미 그 애들 옆을 꿰차고는 늘 주목받지 못하는 날 이해 못하겠단 눈빛으로 바라보잖아."

"그건……."

그건 내게 허락된 역할이 단지 곁에서 지켜보는 것뿐이라서야.

네게 허락된 역할은 나와는 다른 것뿐이고.

이번에도 차마 할 수 없는 말이었다. 내가 또 한참을 입만 달싹이고는 말이 없자, 최유리가 그럴 줄 알았다는 듯 비릿한 비웃음을 지었다.

그리고 내게로 걸어온 그녀가 바로 앞에 서서 무릎을 숙이고 앉았다. 나와 눈높이를 맞추고는 시선을 마주친 그녀가 목소리를 낮추고 말을 이었다. 비밀 얘기라도 하듯이.

"그거 알아? 사실 나는 이제 다른 사람들 시선 같은 건 신경 안 써. 다른 사람들이 날 비참하게 보든 말든, 심지어 반여령이나 은지호가 날 불쌍한 인간이라고 여겨도 상관없어. 상관없다고. 그런데 네 눈빛, 네 동정 섞인 눈빛이 제일 싫어. 알아?"

"……."

"뭔데 결과를 다 알고 있는 것처럼 굴어? 뭔데 절대 불가능한 일에 도전하는 사람을 바라볼 때의 눈빛으로 보냐고. 네가 대체, 대체 뭐라고."

그리고 그녀가 마지막 말로 쐐기를 박았다.

"네가, 신이라도 돼?"

"……."

이윽고 찾아온 침묵 속에서 나는 차마 아무 말도 하지 못했다.

식은땀을 흘리며 한참이나 바닥만 내려다보다가, 나는

다시 고개를 들었다.

최유리가 거기에 있었다.

갈색 머리카락에 갈색 눈, 평범한 인상. 나와도 상당히 닮아 있는 얼굴을 보면서 아마 이 여자애 역시 이 소설의 조연 이상은 되지 못할 테지, 그런 생각을 했던 적이 있다.

하지만 나는 최유리를 대체 뭐라고 생각하고 있던 걸까?

나와 생김이 닮은 그녀를 내 거울처럼 생각했는지도 모른다. 우리는 어차피 아무리 노력해도 정해진 것 그 이상은 될 수 없으니까.

그녀도 나처럼 원해 봐야 얻을 수 없는 것은 원하지 않으면 좋을 텐데. 노력해 봐야 아무것도 얻지 못할 테니 노력하지 않으면 좋을 텐데. 나처럼 아무것도 얻을 수 없을 터인 그녀를 동정하고 심지어 그 사실조차 알지 못하는 그녀를 가엾게 여겼다.

방금 은지호에 대해 조언한 것도 그 때문이었다. 그녀가 아무리 노력해 봐야, 무슨 짓을 하든 간에 은지호의 안에서 그녀의 존재는 점 하나만큼도 되지 못할 것이다.

그러도록 정해졌으니까.

그리고 나는 고개를 들어 다시 최유리를 보았다.

매섭게 쏟아진 최유리의 말이 지금까지 내가 몇 년 동안이나 견고하게 쌓아 왔던 내 머릿속 세계를 부서트렸다. 모래성이라도 되는 것처럼 간단히.

모든 사람들이 종잇장 위의 단어들로 이루어진 세계.

스스로는 모습을 알 수 없는 체스 말 속에 갇혀 각자가 정해진 방향으로밖에 향할 수 없는 세계.

어쩌면 모든 사람을 기만하고 있었을지도 모르는 그 세계를 방금, 최유리가 망치 같은 말로 산산이 부서트렸다.

나는 최유리를 보았다. 내 얼굴 가까이에 바짝 얼굴을 붙이고 있는 그녀는, 창고 조명을 등진 탓에 하나의 거대한 그림자처럼 보였다.

그녀가 물었다.

"보여?"

그녀가 외치듯 물었다.

"이제야, 내가 보여?"

나는 멍하니 고개를 끄덕였다. 그러고 나서야 내 머릿속에 벼락처럼 내리꽂히는 생각이 있었다.

어쩌면 나는, 이 세계에 와서 비로소 처음으로 '사람'을 마주 보는 것일지도 모른다. 진짜 사람의 얼굴을. 내가 함부로 가치를 재단해서는 결코 안 되는, 끝이 정해지지 않은, 그런 것은 아무도 알 수가 없고, 알아서도 안 되는.

미래가 정해지지 않았다는 것은 불확실성이기도 했으나 그렇기 때문에 사람은 미래를 꿈꿀 수 있었다. 미래를 꿈꾸는 것은 사람의 가장 큰 권리이자 자유이기도 했다.

언젠가 꿈을 꾼 적이 있다. 꿈속에서 새카만 어둠 속, 빛으로 그어진 단 하나의 길을 끝없이 걸어가며 나는 생각했다.

모든 것이 미리 정해져 버린 삶은 축복인가, 불행인가?

그리고 그것을 당사자가 알고 있는 삶은?

스스로 이 길밖에 없다는 것은 아는 것은, 아무리 노력해도 아무것도 바꿀 수 없다는 것을 스스로 아는 것은 축복일까? 아니면 불행일까.

그리고 눈앞의 최유리가 지금 그 질문에 대해 대답하고 있었다. 내가 지금까지 들어 온 것 중에 가장 분명한 목소리였다.

나는 중얼거렸다.

내가 최유리에 대해 잘못 생각했어. 그녀가 무모한 짓을 저지르는 것은 단지 그녀가 그렇게 하도록 정해져 있어서라고. 흐름 때문이며 대본 때문이라고, 그렇게만 생각했다.

하지만 아니었다. 과거에 나를 자기 손도 안 쓰고 간단히 궁지에 몰아넣었던, 똑똑하고 야심찬 최유리가 이성과 판단력을 잃은 이유는 그런 게 아니었다.

단지 그녀가 은지호를 원하기 때문이었다. 너무 원해서 무엇을 잃어도 상관없다고 생각하기 때문이었다. 굳이 모든 것을 버리고 실낱같은 가능성을 선택한 것은 그녀의 의지였다.

나를 한참이나 노려보던 최유리가 다시 말했다.

"나는 발버둥 칠 거야. 네가 아무리 한심하게 여기든 간에."

나는 그저 멍하니 고개만을 끄덕였다. 지금의 내가 할 수 있는 건 그것밖에 없었다.

"나는 앞으로도 계속 그럴 거야. 나는, 난 너 따위의 고정 관념으로 정해질 존재가 아니야. 알아들어?"

"그래. 이해했어……."

진심을 눌러 담아 힘겹게 말한 것이었는데도 최유리는 믿지 않는 것 같았다. 고개를 강박적으로 내저은 그녀가 내뱉었다.

"아니, 너는 이해 못해. 너는 이해 못해, 절대로."

"어째서?"

"네가 누군가를 사랑해 본 적이 있어?"

"……."

나는 이번에야말로 말문이 막혔다. 왜냐하면 그것이야말로 내가 진정 해 보지도 않고, 생각해 보지도 않은 바로 그것이었기 때문이었다.

오래 전의 약속, 사대천왕에게는 결코 사랑에 빠지지 않겠다는 약속을 제하고도 나는 누구도 좋아할 수 없었다.

좋아하지 못하는 게 당연했다. 어차피 내 의지 따위 조금도 반영되지 않는 세계에서 내가 먼저 누군가에게 손을 뻗는다니, 그것만큼 상처받기 쉬운 일이 어디 있는데?

나는 이미 결과가 정해진 게임을 하고 싶지 않았다.

그렇게 생각하는 나를 여전히 눈물에 젖은 눈으로 바라

보던 최유리가 말을 이었다. 슬픈 표정을 짓고 있는 것과는 달리 목소리는 얼음처럼 싸늘했다.

"나는 네가."

그녀가 덧붙였다.

"나는 네가, 은지호만큼이나 울었으면 좋겠어."

"……."

"네가 나만큼이나 누군가에게 걷잡을 수 없이 빠졌으면 좋겠어. 그래서 처절하게 부딪히고, 끝내 처참하게 부서졌으면 좋겠어."

여과되지 않은 채로 소나기처럼 퍼붓는, 그 순수한 증오에 나는 그만 숨이 막혔다. 그 말이 나를 물에 밀어 풍덩 빠뜨리기라도 한 것처럼 눈앞이 어두워지고 숨 쉬기가 힘들어졌다.

누군가를 걷잡을 수 없이 사랑하게 된다니, 그거야말로 내가 가장 두려워하는 일이었다. 그런 의미에서 최유리의 저주는 정곡을 찔렀다고 할 수 있었다.

그리고 나는 고개를 떨어뜨리며 중얼거렸다.

그런데 왜 하필 이때, 유천영과의 일이 머릿속에 되감기되는 걸까?

운동장에서 내리쬐는 투명한 햇살을 받으며 그가 했던 말.

'네가 좋아.'

내가 그를 보며 생각했던 것들도.

'내가 유천영을 좋아하지 않아서 다행이야.'

내가 입술을 깨물며 고개를 내젓는 바로 그때였다. 창고 바깥에서 갑자기 쾅 하고 큰 소리가 나더니, 누군가 문을 박차고 들어왔다. 눈을 크게 뜬 나와 최유리가 동시에 그쪽을 돌아보았다.

그리고 눈앞에 누군가가 불쑥 뛰쳐나온 순간 나는 모든 상황을 이해했다. 어느새 밧줄이 풀려 손이 자유로워진 반여령이 두 남자를 창고 바닥으로 내던졌다. 창고 바닥에 몸이 쓸리며 윽, 소리를 내는 두 사람의 몸에는 밧줄이 친친 감겨 있었다.

나는 혀를 내둘렀다. 반여령, 어떤 방법을 썼는지는 모르겠지만 두 사람을 기절시키고는 밧줄로 꽁꽁 묶어 데리고 온 것이다. 그대로 화장실에 내버려 뒀다가 두 사람이 정신을 차리고 바깥 사람들에게 알리기라도 하면 곤란해지니까!

그리고 나는 반여령의 가느다란 팔뚝을 보며 다시 생각에 잠겼다. 두 사람을 한꺼번에 데려오려면 각각 한 사람씩 옆구리에 꼈어야 할 텐데, 저 가느다란 팔로⋯⋯.

도대체 너는 신체 구조가 어떻게 된 거냐. 내가 속으로 중얼거리기가 무섭게 손을 털어 낸 반여령이 나를 보며 외쳤다.

"단아, 이리 와!"

그 말을 들은 순간 내 앞의 최유리와 남은 사방신 두 사람이 일제히 나를 돌아보았다.

그때까지도 눈물 젖은 눈으로 나를 쏘아보던 최유리가 비명을 질렀다.

"어딜!"

최유리의 손이 아슬아슬하게 내 팔을 비껴 나갔다.

나는 곧장 창고를 가로질러 반여령에게로 달려갔다. 내게로 달려와 나를 마주 안은 반여령이 내 팔에 감긴 밧줄을 더듬었다. 내가 생각해도 이대로 뛰다간 내가 다섯 걸음도 못 가 넘어질 것이 분명했다.

하지만 도구도 없으니 밧줄이 잘 풀리지 않았다. 밧줄을 흔들던 반여령이 비명을 질렀다.

"아씨, 이거 왜 이렇게 안 풀려!"

"저기, 여령아."

내가 조용히 불렀다. 이럴 시간에 차라리 도망가는 게 나을 텐데. 이렇게 내 밧줄을 푸는 데 집착하는 것을 보면 여차하면 나 혼자라도 도망 보낼 심산이겠지. 나 혼자라도 도망가게 하려면 일단 내 손이 풀려 있어야 하니까.

그러나 그 사이 사방신 두 사람이 이쪽으로 다가오고 있었다. 결국 밧줄을 일단 포기한 반여령이 그쪽을 돌아보며 주먹을 눈높이로 들어올렸다.

K1 무대처럼 팽팽한 긴장감이 창고 안을 가득 메웠다. 도저히 반여령의 겉모습을 봐서는 믿을 수 없는 긴장감이었지만, 그녀가 두 사람을 이미 쓰러트린 시점에서 저쪽도 충분히 경계하고 있는 것 같았다. 차라리 이쪽을 우습게 봤으면 좋았을 텐데, 나는 한숨을 내쉬며 싸움의 결과를 점쳐 보기 시작했다.

반여령이 분명히 말도 안 되는 힘과 근력을 가진 것은 맞다. 일전에 시청역 쪽에서 검은 양복들과 추격전을 벌일 때를 떠올려 보면 그녀의 운동 신경은 이루다와 그럭저럭 호각을 이룰 정도.

하지만 반여령이 이런 식의 전문적인 싸움을 치러 본 적이 있던가? 아니, 나는 고개를 내저었다. 바로 그게 큰 문제였다.

반여령은 은형이가 아니다. 아무리 타고난 운동 신경이 대단하다 해도, 경험 부족은 함부로 무시할 만한 것이 못 된다. 반여령이 바깥에서 두 남자를 쓰러트렸던 것은 틀림없이 남자들이 방심했던 탓도 있었을 것이다.

그러나 지금 이 남자들은 다르다. 두 남자를 쓰러트린 것이 다른 누구도 아닌 반여령이란 것을 알고 있고, 그러니만큼 잔뜩 긴장해서 덤벼들 것이다. 그렇다면 승산은 절반 아래로 떨어진다. 거기까지 생각하던 나는 상념을 가르고 들려오는 목소리에 퍼뜩 고개를 들었다. 아차!

"다들 여기로 모여요! 탈출하려고 해!"

최유리가 검은 휴대폰에 대고 말하고 있었다. 이런, 저게 무전기의 역할까지 하는 줄은 몰랐다. 저럴 줄 알았으면 반여령이 창고에 들어온 시점에 미리 달려들어 뺏어 놓는 건데!

그러나 후회해 봐야 이미 늦은 일. 바깥에 차가 한두 대가 아닌 것 같다 생각했을 때부터 창고 안에 있는 사람만이 전부가 아님은 알고 있었지만, 도대체 몇 사람일까? 생각하던 나는 이어 창고로 우르르 들어오는 사람의 수를 보고는 할 말을 잃고 말았다.

최유리의 명령에 창고 안을 개미 떼처럼 채운 사람들은 어림잡아도 스무 명은 되는 것 같았다. 게다가 여기, 창고 안의 사방신처럼 멀끔하고 인상 좋은 사람들만이 전부인 것도 아니었다. 팔뚝이 굵고 우락부락한 데다 문신까지 있는, 무슨 직종에 종사하고 있는지를 그럭저럭 짐작 가능케 하는 사람들이 태반이었다.

나는 반여령과 내가 무사히 탈출할 가능성을 다시 계산했다. 반은 무슨, 10퍼센트 미만이다.

그러다 나는 문득 남자들 사이에서 최유리의 곁에 붙어 있던 남자가 보이지 않는다는 걸 깨달았다. 키가 크고 정장 차림에 귀에는 인이어를 달고 있던 경호원 같은 차림의 남자.

그는 대체 어디 간 거지? 원래 이런 일에는 끼지 않는 건가?

그러나 그 사람이 가세하건 말건 관계없이 사태는 이미 일촉즉발로 흘러가고 있었다.

나는 여전히 손이 묶여 있었고, 반여령은 손이 풀려 있기는 해도 싸우기에는 영 적합하지 못한 차림이었다. 그런 나와 반여령을 스무 명 정도의 사람들이 천천히 둘러싸고 포위망을 좁혀 오기 시작했다. 그 모습을 보며 나는 비로소 긴장되기 시작했다.

젠장, 이런 건 좀비 영화에서밖에 못 봤는데! 퇴로를 찾으려고 사방을 돌아보았지만 애석하게도 잔뜩 쌓인 상자들 때문에 잘 보이지 않았다. 그리고 나와 반여령은 눈짓을 교환했다.

일단 뛰어. 반여령이 입 모양으로 말하고, 내가 고개를 끄덕였였다. 바로 그때였다. 여전히 팽팽한 침묵이 창고를 가득 채우고 있던 그때, 타타타타— 하는 소리가 창고 바깥을 요란하게 울렸다.

정체를 알 수 없는 거대한 소음에 나와 반여령은 물론이고 창고 안에 있던 모든 사람의 눈이 휘둥그레졌다. 수군거리는 소리가 커졌다.

"헬리콥터?"

"뭐야, 헬리콥터가 이 한밤중에 여기를 올 리 없잖아."

"들켰다고 해도 굳이 멀쩡한 차를 두고?"

웅성거리던 이들 중에 이윽고 다섯 사람 정도가 창고 문을 나갔다. 아무래도 바깥 정황을 살피려는 생각인 것 같았다.

아차, 도망칠 수 있는 틈이었는데! 하지만 이미 늦어 있었다. 프로는 프로인지, 정체불명의 소음 때문에 잠시 흐트러진 대열을 금세 정리한 사람들이 다시 우리를 향해 다가왔다.

주변을 두리번거리던 반여령이 땅에 떨어져 있던 깨진 맥주병을 주워 들었다. 그에 내가 움찔하는 사이, 내게 다가온 반여령이 깨진 맥주병을 밧줄에 문지르기 시작했다. 그 모습을 본 이들이 외쳤다.

"밧줄 풀려고 하잖아!"

"나머지 한 여자애도 괴물 같은 건 아니겠지?"

"어서 막아!"

산발적으로 외치는 소리와 함께 마침내 내 손목을 묶고 있던 밧줄이 뚝 끊겼다.

잠시 화색이 되어 고개를 든 나는 곧바로 절망했다. 이 악물고 뛰어온 사람들이 우리 바로 지척에 있었다. 반여령이 깨진 맥주병을 거꾸로 들고 경계 태세를 취하는 바로 그때였다. 무리를 뚫고 날아온 소란이 우리 귀에까지 날아와 꽂혔다. 나와 반여령의 눈이 동시에 휘둥그레졌다.

남자들도 하나둘 머뭇거리더니 천천히 뒤를 돌아보았다. 바깥에서 들려온 소리가 영 심상치 않았기 때문이었다.

"저건 대체 뭐 하는 놈이야!"

"도와줘! 이거 진짜 장난이 아니라고!"

이윽고 컥, 하는 소리가 들리며 목소리들이 하나둘 사라지기 시작했다. 도대체 저게 어떻게 된 일이야? 우리가 눈을 깜빡이는 사이 동료들의 신음에 마음이 급해진 것인지, 남자들이 우르르 창고를 빠져나가 버렸다. 최유리가 뒤에서 외쳐도 아랑곳 안 했다.

"어? 어디 가요? 어디 가요, 이봐요! 돈을 받았으면 시키는 대로 해야 할 것 아니야!"

카랑카랑하게 외치는 최유리를 뒤로하고 나와 반여령도 힘껏 달리기 시작했다. 그 누구도 놓게 할 수 없을 것처럼 손을 잡고 뛰던 우리는 이윽고 창고 바깥으로 빠져나왔다.

활짝 열린 창고 문 바깥으로 새벽의 희끄무레한 공기가 밀려들어 왔다. 땅이 새벽빛을 받아 불그죽죽한 빛을 띠었다. 녹슨 쇠 냄새와 섞인 짙은 풀 냄새가 일제히 밀려왔다.

그리고 고개를 든 내 눈에 쏟아지는 흰빛 속에서 자유자재로 움직이는 한 인영이 보였다.

춤을 추는 것처럼 몹시 빠르고도 자유로운 동작이었다. 모든 동작이 어찌나 가볍던지 거의 무게가 없는 듯 보여서 그림자처럼 보일 지경이었다. 그러나 그림자처럼 무게도 형체도 없을 것 같은 주먹에 사내들이 하나둘 나가떨어졌다. 정확히 주먹 한 방에 한 사람씩이었다. 장내가 빠르게 정리되고 있었다.

갑자기 나타난, 정체를 알 수 없는 원군의 등장에 반여령과 나는 눈만 깜빡였다. 아니, 원군이 아니라 적군일지도 모른다. 그러나 일단은 그가 나와 반여령의 탈출을 돕고 있다는 것이 중요했다.

나보다도 먼저 반여령이 행동을 개시했다. 그녀는 당장 몸을 돌려 근처에 굴러다니던 빈 맥주 박스를 주워 들더니 마침 우리에게 등을 돌리고 있던 남자를 향해 집어 던졌다.

"악!"

남자가 외마디 비명과 함께 풀썩 쓰러지자, 주변 사람들의 시선이 우리에게 쏠렸다. 그러나 그들은 길게 우리를 보고 있지도 못했다. 곧장 다가온 그림자 같은 인영이 그들의 어깨와 가슴을 차례로 발로 차서 날려 버린 것이다.

커헉, 저마다 숨넘어가는 소리를 내며 날아가는 사람들을 보던 나와 반여령은 다시 고개를 돌렸다. 이윽고 우리에게 점차 다가오는 그 사람의 얼굴을, 마침내 확인한 내 입이 천천히 벌어졌다.

동이 트고 있다고 해도 아직 새벽이라 하늘은 검붉은 빛이었다. 하늘을 등진 그 사람의 이마 위로 금색 머리카락이 그가 걸음을 옮길 때마다 나풀거렸다.

그 사람의 정체에 놀란 것은 반여령도 마찬가지였다. 나보다도 그녀가 먼저 그의 이름을 내뱉었다.

"이루다?"

"뭘 가만히 서 있어? 어서 와!"

그가, 아니, 그녀가 턱짓으로 그녀의 뒤에 서 있는 헬리콥터를 가리키며 외쳤다. 방금 타고 온 것인지 헬리콥터의 프로펠러는 아직도 멈추지 않고 돌아가고 있었다. 헬리콥터의 프로펠러에서 불어닥친 바람이 이루다의 머리를 거세게 헤집고 있었다.

내가 반사적으로 운전대를 확인하는데 아무도 앉아 있지 않았다. 그럼 설마! 나는 입을 떡 벌렸다. 저걸 직접 운전해 왔다고? 이루다가?

내가 그 사실을 확인하기도 전에 반여령이 내 손을 확 잡아챘다. 남은 손으로는 또 다시 맥주 상자를 들어 다른 남자에게 집어 던진 반여령이 나를 끌고 달리기 시작했다.

그녀가 외쳤다.

"단아, 가자! 잘은 모르겠지만 여기 있는 것보다는 낫겠지!"

"그럼 설마 내가 너희를 다시 납치라도 해 갈까 봐?!"

의외로 반여령을 향하는 이루다의 말투가 썩 곱지 않았다.

그러거나 말거나, 달리다 말고 우리에게로 손을 뻗는 남자를 그대로 다리를 벌어 배를 걷어찬 반여령이 사뿐히 땅에 내려앉았다.

그리고 다시 손을 뻗어 나를 당기며 그녀가 외쳤다.

"단아, 얼른!"

마침내 우리는 열려 있는 헬리콥터에 거의 구르듯이 올라탔다. 거의 동시에 남은 잔당 하나까지 완벽하게 처리한 이루다가 이쪽으로 달려왔다.

달려오기 전, 문득 뒤를 돌아본 이루다가 창고 쪽을 힐긋 보았다. 그제야 최유리의 존재를 떠올린 나도 따라서 창고로 시선을 주었다.

반여령과 이루다 모두 최유리는 건드리지 않았다. 비교적 위협적이지 않기도 했고, 그녀가 끌고 온 패들을 꺾고 나면 그녀에게는 실질적인 힘이 없다는 것을 알고 있어서인지도. 어쩌면 그저 시간이 부족했을지도 모른다.

텅 빈 창고 안에서 의자 위에 앉은 최유리가 이쪽을 보고 있었다. 나와 반여령을 두고 은지호와 의기양양하게 통화하던 그녀의 모습이 그 위로 겹쳐졌다.

나는 갑자기 이 모든 상황이 한 편의 희극 같다는 느낌을 받았다. 방금까지 그녀가 내 얼굴에 얼굴을 바짝 대고 외치던 것이 꿈속의 일 같았다.

'보여?'

그녀는 물었었다.

'이제는, 내가 보여?'

나는 나도 모르게 고개를 다시 한 번 끄덕였다. 그녀에게 미처 내놓지 못했던 질문의 대답을 나는 이제야 다시 내놓았다.

나는, 네가 보여.

실에 매달린 존재 따위가 아닌, 원하는 미래를 위해 기꺼이 손을 뻗는 네가 보여. 비록 그 노력이 올바르지 못한 방향으로 행해졌다 해도 나는 너의 노력을 인정해.

하지만 그렇기에 그 모든 대가 또한 최유리 본인이 감당해야 할 것이다. 나는 그렇게 생각을 마무리했다. 자유란, 선택이란 그래서 또한 무겁기도, 무섭기도 한 것이니까.

그리고 말 등에 올라타듯 가뿐한 동작으로 운전석에 올라탄 이루다가 운전석 문을 쾅 소리 나게 닫았다.

헤드셋을 낀 그녀가 계기판의 단추 몇 개를 조작하자, 이 윽고 예의 그 타타타타— 하는 소리와 함께 헬리콥터가 천천히 무거운 몸을 띄웠다.

태어나서 처음 타 보는 헬리콥터인데도 현실감이 없었다. 그것은 반여령도 마찬가지인 듯, 그녀는 말없이 바깥을 응시하기만 했다.

헬리콥터가 천천히 고도를 높이자, 우리가 있던 창고가 미니어처 모형처럼 현실감이 없을 만큼 천천히 작아졌다. 창고를 둘러싸고 있던 나무들이, 논과 밭이 점차 멀어지고 완만한 산자락에 둘러싸인 지평선이 모습을 드러냈다.

도로 위를 구름처럼 감싼 안개, 안개를 뚫고 인적 없는 고속 도로 위를 달리는 덤프트럭과 자동차들.

나는 눈을 들었다.

긴 밤이 끝나고, 새벽이 밝고 있었다.

* * *

나와 반여령은 몇 번 헤맨 끝에 간신히 안전벨트를 찾아 착용했다. 그 사이에도 헬리콥터는 상공 위를 계속 가로질러 날았다. 도중에 성수 대교로 보이는 다리 위를 지났다. 새벽빛을 보았다고 생각했는데도 날이 밝기까지는 시간이 걸렸다.

마침내 온전히 떠오른 햇빛에 한강에 반사된 성수 대교와 고가 빌딩의 불빛들이 진주처럼 빛났다. 다리 위를 달리는 지하철, 유성우 같은 차들의 행진.

문득 운전석 쪽을 돌아본 반여령이 물었다.

"지금 시간이 몇 시야?"

"새벽 여섯 시 정도."

계기판의 버튼을 툭툭 건드리며 이루다가 대답했다. 그러자 헬리콥터가 부드럽게 허공에서 출렁이더니, 케이블카처럼 완만한 곡선을 그리며 고도를 높이기 시작했다.

서서히 멀어지는 강의 표면을 보면서 나는 익숙지 못한 감각에 잠시 몸을 떨었다. 옆에서 반여령이 다시 묻는 소리가 들렸다.

"그 녀석들한테 연락은 했어?"

"그 녀석들? 아아."

눈높이 위치에 있는 계기판을 또 툭툭 조작하며 이루다가 중얼거렸다.

"사대천왕 말이구나."

그리고 이루다는 심드렁한 목소리로 말을 이었다.

"그 녀석들한테 연락하는 건 조금 나중에. 미안하지만 지금 이 헬리콥터에 타고 있는 동안은 안 돼."

"뭐?"

황당해하는 반여령을 제쳐 두고 나를 돌아본 이루다가 씩 웃었다. 푸른 눈을 살갑게 휘며 그녀가 은근한 어조로 물었다.

"그럴 만한 이유가 있어서. 뭐, 단아, 나 믿지?"

나는 반여령의 눈치를 보며 조심스럽게 고개를 끄덕였다.

"으, 응. 그렇지."

사실 이루다가 자동차도 아니고 헬리콥터 운전대를 잡고

있는 지금은 그녀의 의도는 물론이고 운전 실력 또한 믿지 않을 수 없다. 설령 이루다가 나쁜 마음을 갖고 있다고 해도 하늘에서 뛰어내릴 수도 없는 노릇이고, 죽는 것보다는 그녀가 운전하는 헬리콥터에 있는 편이 낫지 않겠는가?

그리고 나는 여전히 운전석에서 능숙하게 헬리콥터를 운전하고 있는 이루다를 보며 생각했다. 아니, 아무리 생각해도 이거 역시 밸런스 붕괴 아니야?

반여령이나 이루다나 방금 내가 목격한 화려한 싸움 실력은 뭐고, 납치 장소에서 자력으로 탈출한 데다 헬리콥터를 몰기까지. 저 두사람이서 이런 일을 할 수 있으면 다른 인물들은 아예 등장할 필요가 없잖아? 역할을 잃어버리지 않느냐고!

이 소설 정말 괜찮은 건가? 내가 다시 한 번 고민에 빠지는데, 옆에서 반여령의 뾰족한 목소리가 들려왔다.

"단이는 착해서 너 믿는다 쳐도, 나는 못 믿겠는데."

아니, 잠깐, 반여령! 고개를 퍼뜩 드는 내 앞쪽에서 운전대를 꺾으며 이루다가 투덜거렸다.

"저게 진짜, 기껏 구해 왔더니."

내가 안절부절못하며 둘을 번갈아 보는 가운데, 팔짱을 단단히 끼며 반여령이 내뱉은 말에 나는 컥컥거리기 시작했다.

"너, 일단 헬리콥터 운전면허는 있어?"

반여령 너 아까부터 엄청 낯설다? 세상에 오토바이 타면서 운전면허를 따지는 인터넷 소설 인물이 어디 있어?

그리고 반여령의 질문을 듣자마자 이루다가 마법같이 조용해지는 것을 보며 나는 속으로 말했다. 야, 잠깐.

이윽고 부루퉁해진 얼굴로 눈을 흘긴 이루다가 대답했다.

"우리 이 나이엔 자동차 면허도 금지거든?"

"뭐야, 이거 불법이잖아! 그럴 줄 알았어!"

"그럼 뭐 어떡해, 다시 내려 줄까? 응?"

"면허 있는지 좀 확인했다고 죽으란 거야, 지금?"

"아, 저기."

두 사람이 티격태격하고, 내가 운전에 집중하라고 부탁할까 말까 고민하는 사이에도 헬리콥터는 독립된 생명체인 것처럼 어느 건물의 옥상 위로 순조롭게 접어들었다.

그리고 헬리콥터가 천천히 고도를 낮추기 시작했다. 회색 건물 위로 진회색 페인트로 그려진, 원 안에 들어간 H 마크 위로 헬리콥터는 조금의 오차도 없이 완벽하게 들어맞게 내려앉았다.

나는 새삼 놀란 눈으로 이루다를 보았다. 반여령과 말할 때는 운전면허가 없다 어떻다 하긴 했어도, 이루다의 운전 솜씨가 수준급을 넘어서서 거의 전문가 수준이란 것은 이것을 보아 짐작할 수 있었다.

이루다가 운전석에서 뛰어내렸다. 아직도 헬리콥터 날개

가 바람을 날리는 가운데, 자꾸만 헝클어지는 머리카락을 한 손으로 붙잡은 이루다가 우리를 향해 손을 내밀었다.

반여령이 그 손을 잡고 훌쩍 뛰어내리고 다음이 나였다. 오랫동안 차가운 바닥에 꿇어 앉아 있었기 때문인지 다리가 조금 저렸다. 휘청하는 나를 이루다가 단단히 붙잡았다.

"어디 다쳤어?"

"아, 아니야. 하나도 안 다쳤어."

이건 다리가 저려서, 그렇게 말하려다 말고 나는 이루다의 뒤에 누군가 있다는 것을 눈치챘다. 내가 잠시 입을 벌리고 말이 없어지자, 내 시선을 눈치챈 이루다도 뒤를 돌아보았다.

그 순간 그녀의 표정이 몹시 미묘하게 변했다. 지극히 익숙한 것, 그러면서도 두렵고 더러는 끔찍하기까지 한 것. 이를 테면 어릴 적 악몽 속의 괴물 같은 것을 마주한 듯한 표정이었다.

이윽고 구겨졌던 이마를 천천히 펴며 그녀가 내놓은 말에 나는 놀랐다.

"아……. 어머니."

"어머니?"

나는 물론이고 반여령도 놀라서 다가오는 가운데, 이루다가 그녀를 가리키며 평소의 산뜻한 목소리로 소개했다.

"소개할게. 내 어머니 제니야. 이제니, Jenny Lee."

"만나서 반갑구나."

그녀가 말하며 손을 내밀었다. 반여령이 얼떨결에 그 손을 잡아 흔들자 다음은 나였다. 그녀의 손을 맞잡아 흔들면서 나는 그녀의 얼굴을 유심히 살폈다.

눈꼬리가 치켜 올라간 검은 눈. 몸에 꼭 맞는 검은 투피스 바지 정장. 새카만 머리카락을 한 올도 빠져나오지 않게 질끈 올려 묶은 그녀는 몹시 빈틈없고 투철한 인상으로, 나이는 삼십 대 초반 정도로밖에 보이지 않았다.

하기는. 반여령의 어머니와 아버지를 떠올린 나는 고개를 끄덕였다. 이 주변에는 유난히 동안인 부모님들이 많다. 아마 유전인 것 같은데, 그렇게 치면 반여령이나 이루다도 동안 유전자를 물려받아 나중에는 뱀파이어 같은 존재가 되어 버리는 걸까.

아무튼 이루다의 어머니는 아무리 속에 북풍이 쌩쌩 불고 있다고는 하나 겉으로는 우주인만큼이나 햇살 같은 느낌을 주는 이루다와는 전혀 다른 사람이었다.

분위기는 잘 갈린 칼날처럼 차갑고 빈틈이 없는 데다 몹시 무겁기까지 했다. 만나서 반갑다고 말했으면서도 그녀는 전혀 우리에게 관심이 있는 것 같지 않았다.

다만, 이루다에게 시선을 옮긴 그녀가 태연자약하게 물었다.

"갈까, 아들?"

나는 눈을 크게 떴다. 사전에 얘기가 되어 있는 듯한 말투이긴 하지만 이 판국에 가다니, 어딜? 게다가 이루다가 왜 우리를 신고 온 것인지, 어떻게 된 일인지는 전혀 묻지도 않았다. 자신의 관심사는 그것이 아니라는 듯이.

놀라지 않는 것은 이루다도 마찬가지였다. 그녀가 할 말을 미리 알고 있었다는 듯 태연하게, 하지만 조금 쓰게 웃은 이루다가 대답했다.

"아, 네, 좋아요. 맞아요, 그게 조건이었죠."

나는 그렇게 대답하는 그녀를 빤히 보았다. 이상하게도 대답하는 그녀의 목소리가 어머니에게 대답하는 자식이라기보다 적에게 붙잡힌 포로처럼 들렸다.

잠시 침묵이 찾아온 가운데, 이제니가 귀에 끼고 있던 인이어에 대고 뭐라고 말했다. 혹시 그녀도 경호원 쪽 일을 하고 있는 걸까? 내가 생각하는 그때 이제니가 나와 반여령을 돌아보고는 아까의 무심한 목소리로 말했다.

"바깥으로 향하는 통로를 열어 두라고 해 두었어. 지금 바로 옥상을 나가면 안내하는 사람이 기다리고 있을 거야."

"아, 네."

"그대로 따라 나가면 돼."

그리고 다른 손에 내내 들고 있던 핸드폰을 탁 소리 나게 접은 그녀가 다시 이루다를 돌아보았다.

"가야지?"

그러자 고개를 끄덕인 이루다가 이제니를 따라 나섰다. 두 사람은 우리와는 다른 통로로 가는 모양인지 방향이 반대였다.

나도 반여령도 두 사람이 사라지는 방향을 한동안 우뚝 서서 지켜보았다. 갑자기 나타나서 우리를 구해서 이곳에 내려 주고 자신은 어머니와 같이 떠난다니?

이 상황을 어떻게 생각해야 하는지 알 수가 없었다. 내 머릿속이 점차 의문으로 가득 차던 그때, 이루다가 문득 우리를 돌아보더니 황급히 달려왔다.

그러고는 그녀가 주머니에서 꺼낸 무언가를 내 손에 급히 쥐어 준다 싶어서 뭔가 했더니, 핸드폰이었다.

눈을 깜빡이다 나는 물었다.

"이걸 왜?"

"나가자마자 사대천왕 녀석들한테 연락해. 두 사람 다 핸드폰 없잖아."

"아."

핸드폰을 손 안에 말아 넣은 나는 이루다의 파란 눈을 빤히 올려다보았다. 잠시 망설이던 내가 물었다.

"그런데, 너는 안 필요해?"

"응?"

"너도 핸드폰 필요하잖아. 언제 어디서 만나서 돌려주면 돼?"

몹시 이상하게도 내가 그렇게 말하자마자 이루다의 표정

이 눈에 띄게 흐트러졌다. 감정의 동요를 잘 드러내는 일이 없이 언제나 웃고만 있던 그녀였는데. 반여령도 이루다의 동요를 눈치챘는지, 뾰족한 말 한마디 없이 그런 이루다를 물끄러미 바라보기만 했다.

그리고 우리 두 사람의 시선을 받으며 간신히 미소 지은 이루다가 대답했다. 목은 약간 잠겨 있었다.

"학교에서 돌려줘."

뭐? 화들짝 놀란 내가 되물었다.

"방학 때는 어쩌게?"

"괜찮아. 어차피 바쁠 예정이라."

그녀는 만류하는 내 손짓을 가로막더니, 핸드폰을 쥔 내 손 위로 손을 겹쳐 주먹을 말아 쥐게 했다.

마지막으로 내 손을 툭 친 그녀가 웃더니 말했다.

"학교에서 보자."

그렇게 말한 이루다가 시선을 느릿하게 떨어뜨렸다. 얼마 떨어지지 않은 곳에서 온통 검은 차림의 이제니가 느슨하게 선 채 그녀를 기다리고 있었다.

이루다의 등 뒤로 거센 바람이 짙은 구름을 갈기갈기 찢고 있었다. 밝아 오는 새벽하늘이 그 사이로 모습을 드러냈다. 하늘은 온통 새파란 빛이었다.

그 모습을 말없이 지켜보던 나를 여령이가 이윽고 불렀다.

"단아, 가자."

"응……."

힘없이 고개를 주억거린 나는 발길을 돌렸다. 왜인지 걸음이 잘 떨어지지 않았다. 찢기는 구름 사이로 보이던 이루다의 환한 금색 머리카락이 내 의식을 사로잡고 놓지 않았다.

이제니의 말대로 옥상 문을 열자마자 한 남자가 우리를 기다리고 있었다. 남자의 안내에 따라 우리는 불 켜지지 않은 회사 복도를 가로질렀다. 회사 안은 내부가 온통 회색인 데다 고요하고 폐쇄적인 분위기여서, 마치 철로 된 무덤 속 같았다. 나와 반여령은 시체의 잠을 깨울 것을 걱정하는 사람처럼 괜히 살금살금 조심스레 걸어갔다.

카드 키를 찍어야만 지나갈 수 있는 로비 문 앞에서 우리는 한 번 멈추었다. 목에 걸린 카드를 삑 소리 나게 찍은 남자가 열리는 문을 가리키며 말했다.

"안녕히 가세요."

지극히 사무적인 태도였다. 우리가 나가자마자 문은 다시 차가운 기계음을 내며 닫혔다.

닫힌 문 앞에서 잠시 눈을 깜빡이던 나와 반여령은 이윽고 서로를 돌아보았다. 우리들 양옆을 가로질러 걷는 평범한 사람들의 존재가 그렇게나 낯설 수가 없었다.

정말로 빠져나왔다. 납치당했던 창고에서 무사히 빠져나왔다. 그 사실을 믿을 수가 없어서 우리는 한동안 멍하니 서로의 얼굴만 보았다. 헬기를 타고 날아오르던 순간부터 방금 저 건물의 옥상에 착륙했던 일까지가 모조리 꿈처럼 느껴졌다.

한국에선 잘 볼 수 없는 파티 드레스 차림인 데다 차림에 어울리지 않게 머리카락이나 옷자락은 잔뜩 헝클어져서 엉망인 우리 모습이 이상했는지 지나던 몇몇 사람이 시선을 주었다.

하지만 그뿐이었다. 저마다의 사정으로 바쁜 새벽 사람들은 한 번도 멈춰 서는 일 없이 우리를 떠났다.

사람들 대부분이 향하는 곳에 지하철역으로 통하는 입구가 있었다. 우리는 그 이름을 읽었다. 시청역. 다시 뒤를 돌자 빌딩의 입구 간판 위에 금색으로 크게 새겨진 이름이 보였다.

Reed.

도대체 뭐 하는 업체지? 그 수상쩍은 건물 생김새도 그렇고. 그렇게 생각하며 가만히 눈을 찡그리는 내게 반여령이 말했다.

"단아, 전화하자."

"아, 맞다."

그제야 핸드폰을 연 나는 습관적으로 전화번호부를 들어가고 나서야 이것이 내 것이 아닌 이루다의 핸드폰임을 깨달았다.

누구에게 전화를 할 것인지에 대해 가장 먼저 부모님을

떠올렸으나, 막상 부모님이 내 납치 사실을 알고 있을지는 의문이었다. 만약 아직 모르고 있으시다면 차라리 알려 드리지 않는 것이 나을 것 같았다. 엄청나게 놀라실 테니까.

그렇다면 우리가 납치되기 전까지 파티에서 함께 있었던 사대천왕에게 연락하는 것이 나을 텐데, 내가 부모님도 아니고 사대천왕의 번호를 외우고 있을 리가 없잖은가.

나는 혹시나 하는 마음에 전화번호부를 들어가 보았다. 멋없게 기호 하나 없이 이름으로만 저장된 우리 반 아이들의 이름 틈새로 이루다 답지 않게 이름이 아닌 것으로 저장한 번호가 몇 개 보였다.

[지 친구가 악마인 줄도 모르는 불쌍한]

[상식이 없다]

[애도 친구 잘못 만나서 고생이야]

"……."

나는 잠시 침묵에 잠겼다. 이루다가 이렇게 저장해 둘 정도로 친근하게 생각하거나 혹은 싫어하는 사람들이 있었다니. 그건 신기한 일이로군.

그리고 희망을 잃지 않고 조금 더 핸드폰을 뒤져 보던 나는 마침내 익숙한 이름을 발견했다.

[동생]

나는 이루다가 자기 핸드폰에 주인이 멋대로 제 번호를 '동생'이라고 저장했다며 화내던 것을 기억하고 있었다.

나는 통화 버튼을 꾹 눌렀다. 채 신호음이 한 번도 가기 전에 주인이가 전화를 받는 바람에 나는 당황했다. 더욱 놀랄 말이 이어진 건 그 다음이었다.

[형, 미안한데 힘 좀 빌려줘. 그 망할 놈들이 헬기를 썼어.]

망할 놈들,이라고 씹어뱉듯 내뱉는 주인이의 말투가 내 겐 몹시 생소했다. 아니, 생소한 것을 넘어서서 조금 충격 적이기까지 했다.

내가 조금 충격받고 아무 말도 못하는 사이 주인이가 말을 이었다. 잘 들어 보니 잔뜩 짓눌리고 지친 목소리였다.

[젠장, 역추적에 성공해서 바로 그쪽을 볼 수 있는 카메 라랑 연결하자마자 헬기를 띄울 줄은 몰랐어. 설마 우리 쪽 시도를 알아차린 걸까? 아니, 그럴 것 같지는 않은데, 엄마랑 여령이가 달린 만큼 은밀하게 진행했고…….]

"아, 저기."

주인아, 작게 부른 나는 이어지는 말에 숨을 삼켰다.

[그 자식들, 가만 안 둬. 잡히기만 해 봐, 삶이 지옥보다 괴로울 수 있다는 걸 보여 줄 테니까.]

"……."

나는 잠깐 번호를 확인했다. 음, 확실하군. 확실히 이것 은 주인이의 번호가 맞군. 내 눈의 착각 같은 건 아니겠지?

그제야 내 머릿속에 어렴풋이 지난날 폐교에서의 그의 고 백이 떠올랐다. 주인이에게 있어 스스로가 겉으로 보이는 것만큼 좋은 사람이 아니라는 것은 일종의 콤플렉스였다.

아무튼 이건 내가 적응해 나가야 할 주인이의 일면이다. 그렇게 생각하고 나서야 나는 비로소 입을 열 수 있었다.

"어……. 잠시만 내 말 좀 들어 봐, 주인아."

그러자 침묵이 찾아왔다. 그리고 한참 만에 잔뜩 굳어진 목소리로 대답이 돌아왔다.

[엄마?]

그러자마자 수화기 너머에서 급박한 목소리가 이어졌다.

뭐? 방금 너 뭐라고 그랬어? 주인아, 너 방금 제대로 말한 거 맞아? 그게 무슨……. 이윽고 시장 통 같은 소란을 뚫고 한 사람의 목소리가 선명하게 솟구쳤다.

은지호였다.

[함단이? 너 어디야, 통화 가능해? 가능하면 언제까지 가능해.]

"잠시만, 은지호."

[최대한 전화 끊지 말고 버틸 수 있는 데까지 버텨 봐.]

"어, 아니, 잠깐."

누가 전화를 뺏으려고 한다거나 추격당하고 있다거나 그런 급박한 상황 전혀 아니거든. 은지호의 말은 지나치게 빨라서 거의 알아들을 수 없을 지경이었다.

[주변에 뭐가 보여? 얼른 말해 봐. 아니면 고속 도로 간판이나, 뭐, 영동 대교 200미터 앞 이런 거. 아니면 광고

간판도 좋으니까.]

"어, 야, 잠깐만."

[아니면 건물이라도.]

"야. 좀 들어 보라니까."

[느긋하게 굴지 말고!]

기어이 버럭 터지는 외침에 내 이마에도 살짝 핏줄이 솟아올랐다. 아니, 구해 주려는 건 알겠는데 사람 말 좀 끊지마라. 설명을 제대로 할 수가 없잖아! 결국 심드렁한 눈빛으로 옆을 바라본 내가 대답했다.

"시청역."

그러자 드디어 내가 바라고 바라던 침묵이 찾아왔다. 내가 만족하는 가운데, 조용해진 목소리로 은지호가 물었다.

[뭐?]

"농담이 아니라 진짜로 시청역이 보여."

[그게 대체 어떻게 된……]

"우리, 탈출했어."

[……]

"시청역 3번 출구 앞이니까, 데리러 와."

[아니, 대체……. 일단 거기 가만히 있어. 무조건 사람 많은 곳에 있어.]

너무 어이가 없던 모양인지 은지호는 어떻게 된 일인지조차 묻지 않았다.

곧 그의 목소리가 갑자기 사라지고 전화는 다른 사람들에게로 넘어갔다. 괜찮냐느니, 무슨 일 없었냐느니 쏟아지는 물음들에 다 대답하지도 못했는데 검은 차 한 대가 우리 앞으로 쏜살같이 달려왔다.

미끄러지듯 멈추는 차체를 보며 방금 이 차, 불법 유턴하는 걸 본 것 같다고 생각하는데, 차 문이 탕 소리 나게 열리더니 은지호가 그 문에서 뛰쳐나왔다. 얼마나 뛰어온 것인지 도중에 차를 탔을 텐데도 아직도 숨이 거칠었다.

호흡을 추스르지도 않고 우리에게 달려온 그가 우리의 헝클어진 머리카락을, 옷자락을 살폈다.

반여령을 향해 그가 물었다.

"너, 괜찮냐?"

"응, 무지 괜찮아."

"함단이한테 들었어, 손 떨었다며. 어디 다친 데는 없고?"

그러자 여령이가 어색하게 웃으며 나를 보았다. 왜 그런 말을 했느냐고 눈빛으로 묻는 것 같기도 했다. 그리고 그녀가 손목을 매만지며 대답했다.

"응, 전혀 없어. 그냥 좀."

그러다 말고 문득 손목의 묶인 자국을 떠올렸는지, 반여령이 부자연스럽게 손목을 뒤로 감추었다. 물론, 은지호의 눈을 피하지는 못했다.

재빨리 반여령의 손목을 낚아챈 은지호가 손목 위의 자

국을 한참이나 들여다보았다. 이윽고 그의 얼굴 위로 미미하게 괴로운 표정이 떠올랐다.

한참 만에 그가 씹어뱉듯 말했다.

"미안해."

그에 반여령은 아무렇지도 않은 말투로 대꾸했다.

"네가 왜."

"병원부터 가자."

그렇게 말한 은지호가 우리를 차 쪽으로 이끌었다. 그러다 말고 문득 떠오른 듯 반여령을 돌아본 은지호가 말했다.

"야, 그리고 아까 한 말인데……. 절교는 참아 주라."

그 딴에는 농담이라고 던진 말 같은데 목소리가 형편없이 떨리고 있어 도무지 농담으로는 들리지 않았다. 농담으로 들리게 하는 건 실패했다는 것을 스스로도 알았는지 은지호가 다시 입을 다물었다.

반여령이 심드렁한 대답이 돌아온 것은 그때였다.

"뭔 쓸데없는 걱정이야. 그렇게 치면 단이는 나랑 절교 수백 번 했게?"

"아."

"내가 불량배들한테 시비 걸려서 단이 휘말리게 한 게 몇 번인데."

갑작스레 대화로 끌려 나온 나는 여령이의 말을 들으며 어색하게 웃었다. 사실 실제로 그런 게 싫어서 내가 반여령과의 절교를 수백 번 시도했다가 실패했다는 얘기를 굳이 할 필요는 없을 것이다.

아무튼 다 지나간 일이고, 지금의 나는 여주인공과 납치를 당해 창고에 다녀오고도 결코 절교하지 않겠다 생각할 정도의 강심장이 되어 있으니까.

그나저나. 나는 반여령과 나란히 걷는 은지호를 다시 보았다.

새벽빛에 아련하게 감싸인 그의 은색 머리카락을 바라보며 나는 중얼거렸다.

아까부터 내게는 한마디도 하지 않는군.

별로 놀랍지는 않았다. 역시, 어떤 일에 있어서도 기대하지 않는 편이 마음을 지키기에는 좋다. 역시 여주인공의 납치 사건에서 반여령이 아닌 나는 어쩔 수 없는 조연일 뿐인 거지?

반여령이 멋지게 구출되어 오는 가운데, 있는 듯 없는 듯하다가 함께 탈출해서, 그래서 반여령의 희생정신과 은지호의 용기를 칭찬하는 것이 내 역할일 것이라 애초부터 짐작하고 있었던 나다. 그러니 만큼 별다른 기대를 했을 리 없다.

두 사람이 앞에서 나란히 걷도록 내버려 둔 나는 혼자서 먼지가 거뭇하게 묻은 팔을 털어 내기 시작했다. 그러면서 나는 중얼거렸다.

뭐, 실제로 나보다는 반여령이 수백 배 놀랐지. 괜찮다. 나는 정말로 전부 예상했던 일이니까. 납치부터 지금까지……

그리고 그때였다. 반여령이 불쑥 꺼낸 내 얘기에 그제야 내 존재를 떠올린 것처럼 은지호가 천천히 고개를 돌려 나를 보았다.

별 생각 없이 그를 마주 본 나는 그의 검은 눈을 보고는 잠시 숨을 멈추었다. 그리고 나는 곧바로 생각을 정정했다. 그가 지금까지 내 생각은 조금도 하지 않았다고, 반여령의 말에 그제야 내 존재를 떠올렸다고, 그래서 이제야 나를 돌아본 것이라 생각했는데.

잠깐 바닥을 보며 울 듯이 얼굴을 일그러뜨린 은지호가 마침내 고개를 들어 천천히 나를 바라보았을 때, 다가와 내 앞에 섰을 때. 그제야 나는 은지호의 감정들을 읽었다.

은색 머리카락 아래 검은 눈은 아직 채 씻어 내지 못한 걱정과 두려움에 젖어 있었다. 그리고 나는 그 두려움의 이유를 어렴풋이 알 수 있을 것 같았다.

내가 그를 원망하는 것이 너무 두려워서.

그래서 그는 한참동안이나 내 얼굴을 차마 마주보지 못하다가 이제야 겨우 나를 돌아본 것이었다.

멀거니 선 우리 사이로 침묵이 흘렀다. 아직 차에 타지 않은 우리 앞뒤로 많은 사람들이 우리에게 한 번씩 시선을 주고는 물결처럼 스쳐 지나갔다.

그들이 일으킨 바람으로 내 원피스 자락과 은지호의 머

리카락이 조용히 흔들렸다. 그리고 이윽고 은지호가 마침 내 내놓은 말에 나는 가만히 눈썹 끝을 추켜올렸다.

뭐라고?

"너한테도 나만큼이나, 생일 같은 날로 만들어 주겠다고 했었는데."

그 말을 여기서 다시 들을 줄은 몰랐는데. 은지호가 숍으로 들어가기 전 내 손을 잡고 그렇게 말했던 것이 100년쯤 지난 아주 먼 옛날의 일 같았다. 나는 고개를 끄덕였다.

그래, 그런 얘기를 하긴 했었지. 내가 그를 하루만 생일처럼 대해 준다면 그 역시 내가 생일인 것처럼 오늘 하루 대접하겠다고. 하지만 그가 그 말을 지금까지 신경 쓰고 있는 줄은 몰랐는데.

내가 은지호를 복잡한 눈빛으로 빤히 보는 사이, 여전히 일그러진 표정으로 그가 내뱉었다.

"최악의 생일이 됐네."

"……."

그리고 그가 이어서 내뱉은 말에 나는 흠칫 놀랐다. 퍼뜩 고개를 든 내가 미심쩍다는 목소리로 되물었다.

"뭐라고?"

"절교, 해 줄까?"

가라앉은 눈으로 은지호가 나직하게 전해 오는 말을 들으며 나는 다시 한 번 내 귀를 의심했다.

고등학교 올라가기 직전, 내가 고등학교에서는 모르는 척 해 달라 부탁했을 때도 고운 말은 안 하던 그였다. 내가 뭔가를 하기도 전에 포기하는 면이라거나, 소극적인 면, 부정적인 면에 대해서도 그는 좀처럼 용납하지 못했다. 아마도 그 놈의 완벽주의가 내게까지 옮은 것 같았지만, 아무튼.

내가 그럴 때마다 은지호는 제가 내 오빠라도 되는 것처럼 어깨나 머리를 붙들고 한마디씩 했고, 그러다 내 기분까지 수틀리면 싸우는 일도 잦았다.

그런데 지금 은지호가 내가 들어 본 것 중에 가장 그답지 않은 말을 하고 있었다. 절교해 준다니? 은지호, 그가?

내 눈을 한참이나 마주보던 은지호가 다시 보도블록 아래로 시선을 던졌다. 그리고 그는 떨리는 목소리로 말을 이었다. 나는 너무 당혹스러워서 아무 말도 못하고 그런 그를 바라보기만 했다.

"나는, 내가……."

"은지호."

"내가 너무 욕심을 부렸던 거지."

내가 간신히 부른 이름에도 그는 대답하지 않았다. 바깥 소리가 들리지 않는 것처럼 손을 들어 얼굴을 가린 그가 말을 이었다.

"단 한 번 욕심 부리려던 게 기어이 일을 이 지경으로 만들었는데, 내가 어떻게."

손을 들어 그의 팔을 붙들며 내가 말했다.

"왜 그래."

"내가 무슨 자격으로."

너 지금 대체 무슨 말을 하는 거냐고, 뭔지는 몰라도 네 탓 아니라고 말하려던 나는 문득 말을 멈추었다. 눈을 가린 은지호의 손 아래로 눈물 한 줄기가 길게 떨어지는 것을 보았기 때문이었다.

그러자 사방의 공기가 사라지며 진공 상태에 들어온 듯한 기분이 들었다. 간신히 숨을 들이쉬며 나는 중얼거렸다.

은지호의 저렇게나 약한 모습은 처음 봤어.

심지어 가장 민감할 터인 자기 아버지 일에 있어서도 저런 모습은 보이지 않는 그였다. 그런 그가.

눈가의 눈물을 아무렇게나 문질러 닦으며 그가 말을 계속했다.

"내가 무슨 자격으로 널……. 그냥 보는 것조차 난 바라서도 안 되는 거지."

내가 아무 말도 하지 못하자, 그가 눈물을 닦던 손을 내리며 나를 돌아보았다. 젖은 눈으로 나를 보며 그가 말을 이었다.

"그러니까, 네가 원하면…… 깨끗이 사라져 줄 수 있어."

은지호가 꺼질 듯이 가라앉는 목소리로 거기까지 말했을 때, 나는 더 이상 참지 못하고 발을 들었다. 그리고 은지호는 물론이고 반여령마저 나를 의아한 눈으로 바라보는 가운데, 나는 발로 냅다 그의 정강이를 까 버렸다.

"아악!"

난데없는 기습 공격에 은지호가 무릎을 감싸 쥐며 비명을 질렀다. 그때까지도 도로가에 멈춰서 있던 검은 차 안이 들썩인 것도 같았다.

그리고 한참을 쓰러질 듯 휘청거리다 간신히 균형을 찾은 은지호가 붉어진 눈을 들어 나를 보았다. 잔뜩 황당하다는 표정이 된 그가 외쳤다.

"야, 너 이게 무슨 짓이야?! 사람이 말을, 그것도 진지한 말을 하는데⋯⋯!"

거기까지 말하던 은지호는 반여령이 내 옆에서 위협적으로 주먹을 들어 보이자 말을 멈추었다. 물론 내가 날카로운 구둣발을 다시 한 번 들어 올려서이기도 했을 것이다.

그리고 손을 들어 팔짱을 낀 내가 입을 열었다.

"야, 그래. 내가 납치당한 게 네 탓일 수도 있겠지. 그래서 네가 책임감을 느꼈다고 쳐."

"그럼 안 그러고 배기냐?!"

은지호가 무릎을 감싸 안다 말고 고개를 들어 득달처럼 외치는 바람에 이번에는 내 쪽에서 주춤했다.

은지호가 저렇게 반사적으로 소리를 잘 높이는 애가 아닌데, 특히 이런 상황에선. 어지간히 아프긴 했나 봐? 그렇게 생각한 나는 고개를 숙여 새벽빛에 날카롭게 번쩍이는 내 구두코를 내려다보고는 어색하게 웃었다.

심지어 은지호의 눈에 눈물까지 매달려 있는 것을 본 나는 더욱 착잡해졌다. 내가 죄책감에 잠시 조용해진 사이, 나를 노려보던 은지호가 말을 이었다.

"그래, 그럼 너 같으면 책임감을 안 느끼겠어? 웬 변태 같은 새끼가 세상에 내가 우는 모습이 보고 싶어서 너희를 납치했다는데! 그럼 그게 내 탓이라고 생각 않고 배겨?"

아, 이건 또 새로운 시각이네. 분위기에 어울리지 않는 표현에 삐끗하는 것도 잠시, 은지호의 입장에서 사건을 재구성해 보니 정말 그럴 수밖에 없겠다 싶었다. 자기 우는 모습을 보고 싶어서 사람을 납치했다는데, 그거 정말 변태 새끼 외에 아무것도 아니잖아? 그제야 최유리의 존재를 떠올린 나는 불쑥 말을 꺼냈다.

"아, 그리고 보니까 그 변태…… 아니, 범인 말인데. 아까 주인이랑 통화할 때 들어 보니까 주인이 우리 있던 창고 위치 파악한 것 같던데, 맞아?"

"아? 응. 우주인 걔가 또 얼마나 머리를 썼는지 알면 너희……."

기겁할 거다, 하는 말을 자르고 내가 말을 이었다.

"거기 최유리 아직 있을지도 몰라. 쓰러진 잔당들이랑."

그러자 은지호가 황당하다는 표정을 지으며 되물었다.

"뭐? 최유리? 걔가 여기서 왜 나와?"

아랑곳 않고 여령이를 한 번 돌아본 나는 말을 이었다.

"아, 잔당들은 뼈가 몇 대쯤 부러져 있을지도 몰라. 왜냐하면 반여령이랑 이…… 아니, 의문의 협력자가 그 사람들을 죄다 박살 내 버려서."

"아니, 그것보다 최유리 어쩌고 한 건 대체 뭔데? 설마……."

여전히 얼굴이 구겨진 은지호의 말에 나는 어깨를 으쓱하고는 대답했다.

"왜 아니겠어? 그 설마지."

그러자 혀를 내두른 은지호가 이마를 짚었다.

"미치겠네."

"아무튼 혼자 운전할 수 있는 게 아니라면 거기 아직 남아 있을지도 모르겠다. 나중에 사람 보내 알아봐."

내 말에 은지호는 힘없이 고개를 끄덕이고는 또 말이 없었다. 또 다시 복잡한 표정이 되는 것을 보며 나는 그럴 만도 하다고 생각했다. 그야, 우리가 납치당한 것이 정말로 자신 때문이었음이 다시 한 번 밝혀진 셈이니까. 그런 그를 빤히 보던 나는 가만히 발을 들어 올리는 시늉을 했다.

그러자 은지호가 생각에 잠긴 중에도 뒤로 물러났다. 그가 식겁한 얼굴로 물었다.

"왜?"

나는 턱을 치켜들며 물었다.

"너, 왜 나한테는 미안하다고 안 해?"

"뭐?"

다시 한 번 팔짱을 끼며 위풍당당한 몸짓을 해 보인 내가 말을 이었다.

"너 왜 여령이한테는 미안하다, 절교하자는 말은 참아 달라더니 나한테는 다짜고짜 절교해 준다는 소리부터 나와?"

"그건……."

"그렇게 나랑 절교하고 싶어?"

대번에 치고 들어간 내 물음에 은지호의 고개가 급하게 좌우로 흔들렸다. 그가 외치듯 대답했다.

"그럴 리 있어?"

"그럼 왜 나한테만 그랬던 건데?"

"그거야, 난……."

그렇게 말하며 은지호는 입술을 가늘게 깨물었다. 그리고 파르르 떨리는 속눈썹을 내리깔며 그가 내뱉은 말에 이번에는 내가 당황했다.

"난 진짜, 자격도 없으니까."

"……."

"나 지금, 미안해서 네 얼굴도 못 쳐다보겠어."

그런 그를 빤히 보던 내가 조심스럽게 물었다.

"이참에 나 치우자거나 그런 거 아니었지?"

우는 와중에도 울컥한 은지호가 대답했다.

"너, 나 때문에 납치당한 것만 아니었으면 방금 화냈다."

"알아, 그래서 지금 한 말이잖아."

"이게."

그가 손을 들어 내 머리카락을 헤집으려다 말고 헝클어진 내 머리카락을 보고 복잡한 표정을 짓는 그때였다. 팔짱을 끼고 한참이나 그를 올려다보던 내가 미미하게 웃었다.

그리고 나는 웃는 채로 그를 불렀다.

"은지호."

"왜."

"일단 나한테 미안하다고 해 봐."

"그딴 말로 어떻게……."

사과가 되겠어? 하는 말을 자르고 내가 재촉했다.

"아, 됐으니까 빨리."

은지호가 떨떠름하게 대답했다.

"마안해?"

그러자마자 늠름하게 웃은 나는 손을 들어 은지호의 어깨에 손을 얹었다. 그의 표정이 일그러지는 찰나, 나는 진지한 목소리로 말했다.

"네가 왜."

방금 은지호랑 반여령이랑 대화 주고받는 거 보면서 반여령의 말이 너무 멋있어서, 나도 이거 한 번 말해 보고 싶었거든.

과연 기억력이 좋은 은지호는 내가 아까 전의 반여령을

따라하고 있음을 금방 알아챈 것 같았다. 그의 얼굴이 구겨지는 찰나, 옆에서 맑은 웃음소리가 터졌다. 옆을 돌아보니 반여령이 은지호의 표정을 보고 마구 웃어 대고 있었다.

나와 반여령을 번갈아 보던 은지호의 표정이 복잡 미묘해졌다. 이걸 화낼 수도 없고, 설령 화낸다고 해도 누구에게 화내야 할지 갈피 잡지 못하는 표정이었다.

그런 은지호를 빤히 올려다보던 나는 웃으며 입을 열었다.

"음, 앞으로 세 번 정도는 괜찮을 것 같아."

그러자 은지호는 더더욱 미궁에 빠진 것 같았다. 여전히 알 수 없다는 표정을 짓고 있던 그가 떨떠름한 목소리로 대답했다.

"뭐가?"

"납치."

그제야 그가 얼굴을 창백하게 물들이면서 소리를 질렀다.

"그게 괜찮으면 안 되지!"

앗, 깜짝이야. 나는 화들짝 놀라 그에게서 물러났다. 잠시 눈을 굴린 나는 어색하게 웃으며 말을 이었다.

"음, 하지만 너 우는 얼굴 방금 보니까 꽤 예쁘더라고. 그래서 납치범 심정이 아주 약간 이해가 갈 것 같기도 하고……."

"니가 그걸 이해해서 어디다 쓸 건데? 야, 그리고 너 아까부터 내 말 진지하게 안 듣지, 진짜?"

어이없다는 표정으로 나를 향해 잔소리를 퍼붓는 은지

호를 보며 나는 코 밑을 훔쳤다. 음, 이제야 평소의 은지호 같아서 좀 낫군. 그리고 은지호의 머리 위로 누군가의 손이 불쑥 얹혔다. 머리카락을 마구 헝클어트리는 손길에 잠시 어깨를 움츠린 은지호가 옆을 돌아보았다.

"너는 또……."

반여령이 심술궂은 표정을 짓고 은지호의 머리카락을 마구 헝클어트리고 있었다. 그러고 보니 반여령은 원래 키도 164 좀 넘는 정도인 데다 10센티 넘는 힐까지 신고 있어서 은지호와 눈높이가 엇비슷했다.

앗, 거기까지 생각한 나는 문득 깨달음을 얻었다.

나는 내 발을 내려다보았다. 내 샌들도 굽이 10센티까진 안 돼도 무난하게 7센티는 되니까. 그리고 나는 손을 뻗어 은지호의 머리 위에 손을 올려놓았다. 과연, 수월하게 닿았다.

반여령과 내 손길 아래 머리카락이 마구 헝클어지는 가운데 은지호가 황당하단 표정으로 숨을 내뱉었다.

"하?"

그런 은지호를 향해 반여령이 아무렇지도 않은 목소리로 물었다.

"뭐, 너도 혹시 아니? 언젠가 내가 우는 얼굴 보겠다면서 누가 너 납치할 수도 있잖아. 미리 빗겼다 쳐."

이어서 내가 말을 이었다.

"맞아, 나도, 응? 누가 나 우는 얼굴 보겠다고 너 납치할 수 있어."

그에 은지호의 얼굴 위로 어처구니없다는 표정이 떠오르는 찰나, 문득 눈을 가늘게 뜬 반여령이 말을 이었다.

"아, 그런데 어쩌나. 날 울릴 거면 은지호 납치하는 건 실수인데."

그러자마자 미간을 좁힌 은지호가 반여령의 손을 쳐 냈다. 그리고 그는 이전과는 비교도 안 되는 보폭으로 성큼성큼 걸어가 차 문을 열어젖혔다. 그런 은지호의 뒤에서 나와 반여령이 작게 키득댔다.

그러나 호텔로 돌아가는 차 안에서 그는 또 다시 기세를 잃어버렸다. 무력하게 우리의 생사를 기다리던 시간들이 다시금 떠올랐는지, 그는 또 고개를 숙이고는 계속 미안하다고만 말했다.

결국 돌아가는 길 내내 반여령과 나는 양쪽에서 그의 손을 하나씩 잡고 있을 수밖에 없었다. 그가 겉으로나마 괜찮아 보일 때까지 우리는 그의 옆에서 계속 괜찮다고, 괜찮다고 말해 주었다.

* * *

최유리가 붙잡혀 온 것은 우리가 범인이 최유리라고 밝힌 지 불과 두 시간도 지나지 않아서였다. 이미 신호 역추적에 성공해서 우리가 납치당했던 장소는 알아낸 상태였기 때문에 일은 더욱 일사천리였다.

참고로 해킹하는 데는 저 학생의 도움이 컸다며 경찰들이 어딘가를 가리켰을 때, 나는 안 보고도 가리키는 손끝에 누가 있는지를 알았다.

과연, 따라간 시선 끝에는 걱정과 불안으로 조금은 핼쑥해진 얼굴의 주인이 있었다. 나와 눈이 마주치자 피곤한 와중에도 빙긋 웃은 그가 대답했다.

"별거 아니었는데요."

"별거 아니긴요. 학생이 없었으면 하루 종일 추적해도 못 찾았을 텐데요."

대놓고 칭찬받는 데는 별로 익숙하지 못한 주인이는 그저 입을 다물고 빙긋 웃을 뿐이었다. 그러자 경찰들이 말을 이었다.

"그나저나 정말 신기한 일이로군요. 신호를 추적해 갔더니 웬 헬기가 뜨고 있어서, 과연 한올 그룹 파티 손님들을 노릴 만큼 규모가 대단한 조직이구나, 어쩌면 좋지 하고 있는데, 납치당한 학생들이 갑자기 제 발로 나타난 데다 범인의 이름까지 알려 주다니."

"아하하……."

난 어색하게 웃었다. 저도 소설 전개상 경찰이 아닌 다른 누가 반드시 구하러 오겠거니 생각은 하고 있었습니다만,

그 누가 헬기 탄 남장 여자일 줄은 생각도 못했지요.

그리고 경찰이 이야기를 마저 정리했다.

우리들의 증언대로 잔당들은 모두 기절해 있었고, 범인, 그러니까 최유리는 창고에서 얼마 떨어지지 않은 국도를 따라서 걷고 있다가 그대로 검거되었다. 아무래도 경기도 한적한 국도와 어울리지 않는 파티 드레스 차림이 그녀의 빠른 검거에 한몫했으리라.

아무튼 그렇게 사건이 종결되었으나 한 가지 의문이 남았다.

루다는 대체 어떻게 우리가 있던 장소를 알고 바로 그곳에, 더군다나 헬기까지 몰고 나타난 걸까? 아무래도 한낱 개인인 이루다보다는 사대천왕과 한울 그룹이 더 많은 정보력과 인력을 동원할 수 있을 터인데, 그들조차 전혀 손을 쓰지 못하던 시점에서 대체 무슨 신비한 수를 써서?

주인이 평범한 고등학생이지만 경찰에게 도움을 줄 수 있을 정도의 해킹 실력과 추리력을 가진 것처럼 그것 역시 여주인공의 신비한 힘이라고 납득해 보려고 해도 정말 초능력이 아닌 이상은 불가능에 가까운 일이다. 그렇다면 역시 이 소설 장르가 잘못되었다고는 생각할 수밖에 없는데…….

안 그래도 이미 틀려먹은 장르, 어디까지 가는 거냐. 생각하던 나는 문득 고개를 돌렸다. 그런 점을 수상하게 여긴 것은 나뿐만이 아닌지 주인이 조심스런 목소리로 묻고 있었다.

"그런데 엄마, 다른 누구도 아니고 왜 형⋯⋯. 루다 핸드폰으로 연락한 거야? 그게 왜 엄마한테 있어?"

"그러고 보니 그렇네. 그건 어디서 불쑥 솟아난 거야?"

은지호가 맞장구치는 말에 잠시 시선을 교환한 나와 반여령은 얼버무리듯 입을 열었다. 아니, 그냥, 뭐.

내가 말했다.

"아까 파티장 안에서 루다랑 잠깐 만났는데."

"뭐?"

그리고 은지호가 황당하다는 듯 되묻는 말에 나는 흠칫했다.

"그런 이름은 손님 명단에 없었는데?"

아차! 은지호가 주인이만큼은 아니더라도 무시무시하게 기억력이 좋은 데다, 특히 자신에게 중요한 정보라면 절대 잊지 않는다는 것을 간과했다.

그러나 이미 늦은 일, 별수 있나. 나는 어색하게 웃으며 시선을 하늘로 돌렸다. 내가 뻔뻔하게 대답했다.

"그래? 이상하네, 아무튼 만났는데, 그때 핸드폰을 떨어뜨려서 내가 주워 뒀거든. 그런데 다른 핸드폰은 빼앗기고 그게 남아 있길래."

은지호가 여전히 미심쩍다는 태도로 되물었다.

"그 핸드폰만 못 봤을 리가 있어?"

"모르지. 나야."

"이거 수상한데."

은지호는 대놓고 그렇게 말한 반면, 주인이는 말은 안 했지만 우리를 보는 눈이 살짝 가늘어져 있었다. 두 사람의 시선을 애써 외면하며 나는 헬기에서의 대화를 떠올렸다.

창고를 빠져나온 우리가 가장 먼저 사대천왕에게 연락하려 했을 때, 이루다는 지금 여기서는 곤란하다고 말했다. 그런 것을 생각하면 이루다는 자신의 개입을 숨겨야 할 모종의 이유가 있었던 게 아닐까? 적어도 사대천왕에게는 말이다. 그러니까 이렇게 하는 게 맞겠지? 비록 이루다의 공이 줄어든다고는 해도 말이다.

그리고 나는 작게 한숨을 내쉬었다. 아무리 그래도 홍길동도 아니고, 감사 인사도 제대로 듣지 않고 사라지는 법이 어디 있어? 학교에서 다시 만나면 제대로 얘기를 나눠봐야지. 손 안의 핸드폰을 내려다보며 내가 다짐하는데, 주인이의 목소리가 들려왔다. 나는 고개를 돌렸다.

"뭐, 사람에겐 각자의 사정이 있는 법이니까."

느긋한 목소리로 그렇게 중얼거리는 주인이의 말을 들으며 나는 어색하게 웃었다. 역시 주인이를 속일 수는 없겠지. 이미 사실에 대해 대강 알아차린 것이 분명했다.

어색하게 웃은 내가 대답했다.

"하하. 아, 파티장에서 만났다는 건 진짜인데."

"흐음."

주인이는 내 말에도 그저 의뭉스럽게 웃을 뿐이었다.

＊　＊　＊

다행이었던 것은 우리가 실종된 지 고작 몇 시간밖에 지나지 않았던 데다 납치범으로부터의 연락 역시 몹시 빠른 편이었어서 납치 사건 그 자체에 대해서만 알려졌지, 나나 반여령의 개인 정보에 대해서는 알려지지 않았다는 사실이었다.

호텔에는 냄새를 맡은 기자들이 잔뜩 몰려 있었는데, 정보 보호를 요청하는 나와 반여령의 말을 듣고 그들을 해산시킨 건 다름 아닌 유건이었다.

은지호는 저 인간이 곱게 도움을 줄 리가 없는데, 하고 투덜거렸다가 드물게 은형이에게 뒤통수를 한 대 얻어맞았다.

아무튼 정보 보호는 제대로 이루어졌고, 주변 사람들 아무도 납치당했던 것이 나와 반여령이란 것을 알지 못했다.

그렇게 우리에게는 그 사건이 통금 시간 외에는 거의 아무런 영향을 주지 않고 끝났다고 해도 최유리와 그녀의 아버지는 사정이 달랐다. 최유리의 기업이 사회적으로 힘이 있다 한들, 아니, 오히려 그렇기 때문에 사회적 책임 역시 막중했던지라, 최유리의 납치 사건은 큰 파국을 불러 일으켰다. 뉴스나 신문을 볼 때마다 언제나 그 사건이 한 번씩 언급될 정도였다.

아무튼 이 세계에서도 학생 신분으로 납치를 주도한 일이 상식적인 일은 아닌 모양이지. 그 광경을 본 나는 몇 번이고 안도의 한숨을 내쉬었다.

파티장에서 마주친 지 불과 일주일도 되지 않은 최유리의 아버지, 유성 기업의 회장은 뺨이 핼쑥해진 채 텔레비전에 나타나 대국민 사죄 기자 회견을 가졌다.

그 일을 보면서는 조금 안타까운 마음이 들었다. 최유리, 집에서는 둘도 없는 착한 딸이었던 모양인데.

하지만 자식의 모든 모습을 부모가 알 수는 없는 법이다. 그런데 그 모르던 모습이 갑자기 나타나 뺨을 때린 것도 모자라 어쩌면 그가 평생 일구어 왔던 것이 한순간에 사라질 위기에 처하다니.

하지만 나는 동정심을 갖지는 않기로 했다. 왜냐하면 최유리가 은지호를 만난 다음 나와 반여령을 어떻게 했을지는 정말로 모르는 일이니까.

우리를 납치했을 때, 납치범들은 얼굴을 가릴 생각은 전혀 하지 않았다. 우리가 살아서 도망갈 가능성을 거의 염두 하지 않았다고 보아야 옳다. 그렇게 생각하면 이루다가 시기적절하게 나타나서 우리를 구해 준 것은 그야말로 기적이었다고밖에 할 수 없다. 그것을 떠올릴 때마다 나는 마음속으로 이루다에게 감사의 기도를 올렸다.

하지만 이루다에게서는 아무리 기다려도 연락이 오지 않았다. 분명히 개학하고 나서 돌려줘도 된다고는 했지만, 그래도 핸드폰이 없으면 불편하지 않나? 자기 핸드폰으로 연락을 취하면 내가 받을 거란 것쯤은 알 텐데. 그걸 위해서 일부러 방전되지 않도록 꼬박꼬박 충전까지 해 두고 있다고.

이제니와 사라지던 그녀의 모습을 떠올릴 때마다 나는 형체도 없는 손에 심장을 사로잡힌 듯 자꾸만 불안한 기분이 들었다. 하지만 결국 방학이 며칠 안 남을 때까지도 이루다에게서 연락은 오지 않았다.

그렇게 내가 사건의 사후 처리와 최유리의 최후를 보며 오지 않는 연락을 기다리는 사이, 내 주변은 서서히 평소의 궤도를 되찾았다.

은지호와 유천영은 조금 늦게나마 여느 때의 방학처럼 출국했고, 그러면서 우리의 도서관 모임은 자연스레 해산되었다.

나와 반여령은 조금 더 바빠졌는데, 우리의 하루 일정에 팔자에도 없던 심리 검사가 갑자기 끼어들었기 때문이었다. 비용은 한울 그룹에서 다 댈 테니 제발 받아 보라며 은지호가 거의 간청하는데, 아무리 괜찮다고 해도 듣지도 않고. 혹시라도 나중에 납치로 인한 어떤 정신적 외상이 생기지 않을까를 염려한 것이겠지만, 실시한 검사의 종류가워낙 많아서 병원 좀 들락날락하다 보면 하루의 반이 훌쩍 지나가 있었다.

병원을 한 번 다녀올 때마다 나는 한숨을 푹푹 내쉬었다. 내 아까운 시간! 나는 너희처럼 교과서 중심으로 국영수만 공부해도 전국 권에 들고 그런 사람이 아니라고.

그래도 그 외에는 완전히 납치당하기 전과 같은 일상이었다. 반여령은 여전히 아르바이트를 했고, 나는 가끔 주인이와 같이 도서관에 가 보곤 했다. 물론 여러 가지 일로 부족한 공부를 보충하기 위해서였지만 혹시나 이루다를 볼수 있을까 하는 마음도 조금은 있었다.

하지만 그날 이루다가 도서관에서 나를 봤다던 건 어디까지나 우연이었던 듯, 이루다는 한 번도 볼 수 없었다. 하기는, 이루다에게 책이 그다지 어울리는 물건은 아니지. 나는 그렇게 생각하고 낮에는 그냥 공부에만 집중했다.

그리고 밤이면 나는 은지호에게 꼬박꼬박 전화를 걸었다. 사실 은지호는 미국 보스턴에 있어서 시차가 어마어마한 탓에 쉬운 일은 결코 아니었다. 그런데도 구태여 매일 밤 전화를 건 이유는 은지호의 상처를 치료하기 위해서였다.

솔직히 말해서 나도 반여령도 몇 번이고 대화를 나누며 동의한 사실인데, 정작 납치당한 우리보다도 더 충격받은 사람은 은지호가 분명하다니까. 왜 납치당한 건 우리인데 상처는 네가 받고 그러냐. 그렇게 생각하며 나는 가만히 코끝을 찡그렸다.

마침 전화기 너머에서 묻는 말이 들려왔다.

[검사는 성실하게 다니고 있는 거지?]

"어휴, 그래. 그런데 이제 그만 다니면 안 돼? 나 아무리 생각해도 괜찮은 것 같다니까."

[괜찮은 걸 의사 선생님이 정해야지 왜 네가 정하냐?]

천연덕스럽게 묻는 소리에 나는 잠시 울컥했다.

아니, 내가 보기에는 네가 제일 안 괜찮아 보이거든?

하지만 타지에서 고생하는 녀석에게 그런 전화로 얘기를 할 수도 없고, 목 끝까지 치민 말을 삼킨 나는 애써 담담하게 대답했다.

"아무튼 그냥 느낌이라는 게 있잖아. 검사 이제 다 했고 결과 삼 일 뒤쯤 나온다는데, 어휴, 시간 얼마나 잡아먹은 건지. 너 이거 한국 와서 다 보상해라."

의외로 돌아오는 대답이 고분고분했다.

[그래, 그래. 검사 꼬박꼬박 받고 참 잘했어요. 뭐로 보상해 드릴까?]

흠, 글쎄. 막상 보상해 준다니까 할 말이 없어진 나는 잠시 눈을 굴리다가 대답했다.

"네 개인 과외? 검사 때문에 공부 얼마 못했거든."

[그것도 괜찮겠네. 그런데 나 스파르타 식일 텐데. 왜냐하면 내가 그렇게 배웠거든.]

"아, 잠깐, 그럼 다른 거."

[얼른 말해.]

그렇게 말한 은지호가 키득댔다. 저는 한국에 있을 때면 아무 일 없는데도 아무 때나 전화를 걸어 대던 주제에, 정작 내가 매일같이 전화를 걸어 대니까 당황하던 그는 또 어느새 익숙해져서 아무 말이나 지껄이곤 했다.

확실히 처음에 그가 낯설게 여긴 이유를 알 것도 같았다. 아파트 난간에 기대어 잠든 도시의 모습을 내려다보면서 지구 반대편에 있는 은지호의 얘기를 듣는 것은 생각한 것 이상으로 생소한 경험이었다.

그런 감상에 사로잡혀 가로등 불빛에 잠긴 아파트 단지를 내려다보던 나는 은지호가 불쑥 꺼낸 화제에 살짝 눈썹을 구겼다.

[그러고 보니 너, 진로는 정했냐?]

"아."

나조차 잊고 있던 진로 조사서 얘기를 은지호가 먼저 꺼내다니.

그렇지, 완전히 잊고 있었다. 멍하니 입을 벌리고 있으려니 여전히 심드렁한 은지호의 목소리가 돌아왔다.

[적당히 적어. 적는 대로 될 것도 아닌데 뭘 그렇게 심각하냐.]

아이고, 말을 해도 꼭. 나는 눈을 찡그리며 고개를 기울여 핸드폰을 조금 더 입 가까이 댔다.

"야, 너는 잘 모르겠지만, 나 정도 미래가 불안하면 말하는 대로 이루어질 것 같아서 말 하나 쓰는 것도 조심해야 하고 그렇거든?"

그런데도 돌아오는 소리란 여전히 태평하기 짝이 없었다.

[그럼 그냥 상향 지원해, 상향 지원. 일단 의대 목표로 잡든가.]

"나, 수학 못하는데."

[그럼 변호사.]

"너 아까부터 너 막 뱉지, 진짜?"

대답하다 말고 나는 그 종이를 심지어 어디다 뒀는지조차 생각나지 않는 바람에 눈썹을 찌푸렸다. 방학 끝나고 등교하는 날에 가져가서 내야 할 텐데, 이제 개학도 얼마 남지 않았다.

가만 있자, 가방 앞주머니에 뒀던가? 아니, 가방은 엄마가 빨아서 베란다에 널어놓지 않았나?

생각하다 말고 나는 투덜거렸다. 아, 역시 하루가 멀다 하고 복잡한 검사받느라 이 병원 저 병원 돌아다닌 탓이커. 병원 다니는 게 별거 아닌 것 같아도 사람 시간이랑 정신 엄청 잡아먹는단 말이야. 숨겨진 불치병 따위 반여령도 나도 발견되지 않은 것은 다행이지만.

그러다 말고 문득 떠오른 생각에 나는 물었다.

"야, 은지호."

[응?]

"너는 뭐 적었어?"

그렇게 묻기는 했지만 나는 이미 답을 알 것 같았다.

아, 역시.

[나는 선택권 없다니까? 경영학과 적었지, 뭐.]

난간 위에 올려놓은 팔꿈치 위에 다시 뺨을 대며 내가 물었다.

"그래도 그런 거 다 떠나서 하고 싶은 게 있을 거 아니야?"

[…….]

"생각해 본 적 없어?"

침묵이 흘렀다. 누가 불러서 통화하다 말고 핸드폰 내려놓고 어디 간 게 아닌지 의심될 정도로 긴 침묵이었다.

기다리다 못한 내가 마침내 입을 떼는 그때였다.

[너는 나한테, 늘 생각하면 안 되는 것만 생각하게 해.]

나는 가만히 고개를 기울였다. 이윽고 미미하게 인상을 쓴 내가 되물었다.

"너한테는 네가 뭘 좋아하는지 생각하는 것조차 해서는 안 되는 일이야?"

[생각하면 바라게 될 테니까. 바라면 가지려고 할 테고.]

"그럼 안 돼?"

[양립할 수 없는, 그런 표현 몰라?]

방금까지 푹 가라앉아 있던 목소리는 거짓말처럼 사라진

채였다.

완전히 평소같이 돌아온 은지호가 내뱉었다.

[내가 원하는 것 때문에 해야 하는 것을 할 수 없으면 안 되잖아.]

"너는 진짜 사람이 왜 그렇게 복잡하냐."

[내가 복잡한 게 아니고 내 상황이 복잡한 거거든.]

글쎄, 내가 보기에는 그 복잡한 상황을 받아들이는 네 방식 또한 충분히 복잡한 것 같은데.

사실 반여령이든, 유천영이든, 권은형이든, 심지어 주인이조차 남들에게 기대받거나 혹은 요구받는 삶의 방식 같은 것은 충분히 있다. 이를 테면 은형이가 지나치게 성실하게 사는 점이나, 주인이가 사람들 모두에게 친절한 모습을 보이는 것 역시 그런 사람들의 기대에 부응하는 것이라 볼 수 있다.

하지만 그들조차 사람들의 모든 기대에 부응하려 하지는 않는다. 그것은 힘든 것을 넘어서 불가능에 가까운 일이라는 것을 알고 있기 때문이다.

하지만 은지호만이 그 모든 기대를 포기하려 하지 않는다.

그는 타협도 없이 오직 정해진 길만을 완고히 걸어 나가려 하고 있었다. 미래로 뻗어 나간 수만 갈래 가지들을 모두 쳐 낸 채, 한 가지 길만을 향해서.

미래를 향해서, 어쩌면 현재조차 버리고서.

나는 다시 한 번 묻고 싶어졌다.

네가 설계하고 네가 그리는 그 이상적인 미래에, 나는 있니?

* * *

얼마 안 가 시간이 다 되어 우리는 전화를 끊었다. 그새 가을이 얼마 남지 않았다고 밤바람이 금세 차가워졌다. 얇은 바지 두 주머니에 한 손을 쑤셔 넣고 비밀번호를 입력해서 집으로 들어오는데 엄마가 아직 주무시지 않고 계셨다.

내가 꾸벅 인사를 한 후 방으로 들어가려는데 엄마가 나를 불렀다.

"단아. 너, 오늘도 지호랑만 연락하더라."

"응?"

"천영이랑은 연락 안 하니?"

"아."

잠깐 눈을 굴리던 내가 대답했다.

"걔는 외국."

"지호도 외국 아니야?"

"하하."

나는 그냥 어색하게 웃고는 재빨리 방으로 들어왔다.

문을 덜컥 닫은 다음, 나는 소리 내어 하, 하고 한숨을 내쉬었다. 그래, 유천영에게 달리 연락할 이유는 없지만 아무튼 유천영에게 연락해 볼 수도 있을 것이다. 그러지 못하는 이유는 유천영과 내가 또 얼마 전에 기어이 싸우고 말았기 때문이다.

침대에 걸터앉으며 나는 다시 한 번 눈을 감고 한숨을 내쉬었다. 또 이유는 어처구니없는 것이었지. 우리가 싸우던 그 자리에 있던 은형이조차 고개를 한 번 내젓고 말 정도의 것.

물리적 검사에는 아무래도 끌려다녀 줬지만 정기적인 상담이 필요한 정신과 진료까지 받기에는 시간상 곤란했다.

나는 이번 방학 내에 성적을 다른 녀석들과 비슷한 정도는 아니더라도, 전교 상위권 정도로는 끌어올려 둘 목표를 갖고 있었다.

그런데 이미 병원 다니는 데만 해도 시간을 많이 썼는데 정신적 외상 분석이라니. 그런 걸 했다가는 성적이 오르기는커녕 떨어질 게 분명했다.

내 딴에는 그래도 대학 가서도 그들 곁에, 아니, 그러니까 최소한 이 서울 안에는 머무르고자 하는 나름의 결심이었지만 이들에게는 별 소용이 없었던 모양이었다.

하지만 유천영과 내가 싸운 것은 그런 이유에서가 아니었다.

정신과 복도에서 서슬 퍼런 낯으로 유천영은 내게 물었다.

'왜 계속 무섭지 않았다고 하는데.'

'뭐?'

'그런 일이 무섭지 않았을 리 없잖아.'

나는 할 말이 없어져서 잠깐 멍청해졌다가 툭 대꾸하고 말았다.

'하지만 정말 전혀 무섭지 않았다니까. 앞으로 검은 차를 보면 온몸이 떨린다든가 하는 일도 없을 것 같고, 창고를 봐도 아마 아무렇지 않을걸?'

'왜 그렇게 확신하는데. 아직 검사도 안 해 봤잖아.'

'그건.'

그렇게 말하고 나는 또 입을 다물고 말았다. 왜냐하면 나는 이런 일이 일어날 줄을 대강 미리 예상하고 있었으니까. 생애 한 번쯤 납치당할 줄은 알고 있었다. 이런 걸 대체 어떻게 말하라고.

내가 말을 하다 말고 입을 다물고 말자 나를 내려다보던 유천영의 짙푸른 눈이 조금 가늘어졌다.

옆에서 은형이가 대체 왜 그런 일로 싸우느냐 말렸지만 유천영의 그런 표정을 보고 나는 그만 깨닫고야 말았다. 유천영, 그 예민한 본능으로 또 내가 뭔가를 숨기고 있음을 알아챘음이 틀림없다고.

그리고 우리는 복도를 나란히 걸어갔다. 유천영이 불쑥 말을 꺼낸 것은 그때였다.

'그냥, 돌아가면 되니까?'
'뭐?'

그렇게 되물으며 눈을 들었던 나는 그만 내게로 곧은 시선을 내쏘고 있는 유천영과 눈이 마주치고는 입을 꾹 다물고 말았다.
내가 그러고 있으려니 유천영의 입이 다시 열렸다.

'돌아가서, 여기서 있던 모든 일을 없던 걸로 하면 되니까?'
'그런 거 아니거든.'

괜히 머쓱해서 그의 팔을 밀며 그렇게 말하면서도 나는 한편으로 스스로에게 묻지 않을 수 없었다.
정말 그렇게 생각했던 적이 없는가? 아니.
그러자 나는 또 금세 기분이 복잡해지고 말았다.
최유리의 말. 나를 보라는 말. 단지 소설 속의 인물이 아니라 그저 하나의 사람으로서 보라는 그녀의 말.
나는 아직도 그녀의 말을 조금도 지킬 수가 없는 걸까?
그때 다시 들려오는 유천영의 말에 나는 고개를 퍼뜩 들었다.

'너, 어두운 거 싫어하잖아.'

'윽.'

'모르는 사람 많은 것도 싫어하고.'

내가 눈을 내리까는 사이, 유천영이 담담하게 말을 맺었다.

'괜찮을 리가 없는데. 계속 괜찮다고 하니까.'

'진짜 괜찮은데.'

'괜찮은 이유가 뭔데?'

유천영이 그렇게 물었을 때, 그러나 나는 또 꿀 먹은 벙어리가 될 수밖에 없었다. 유천영, 정말 예리하단 말이야. 나는 다시 한 번 생각하지 않을 수 없었다.

그는 내가 이들에게 아직 말하지 않은 부분, 말할 수 없는 부분, 그 부분만을 찾아 이런 식으로 건드린다.

내가 대답하지 않고 걸음을 옮기자 유천영은 한숨을 내쉬었다.

그러다 유천영이 갑자기 돌아서며 내뱉은 말에 나는 흠칫 그 자리에서 걸음을 멈추었다.

'알겠어.'

나는 생각했다. 대체 뭘? 뭘 알았다는 거야?

내가 아무런 말도 할 수 없는 이유를?

아니면 네가 내게 그 정도 존재밖에 안 된다는 사실을?

그렇다면 오해라고 말해야 할 텐데, 그랬다가는 유천영에게 앞선 질문에 대해 대답해야 할 거란 사실이 두려워 나는 그러지 못했다. 그러자 나를 힐끗 바라본 유천영이 한숨을 내쉬며 먼저 앞서 가 버렸고 그것으로 우리의 그날 대화는 끝이었다.

아무튼 뒤늦게 온 은지호와 주인이가 도대체 왜 그걸 안 받느냐며 걱정 반 매달림 반으로 밀어붙이는 바람에 정신과 검사를 받았고, 역시나 내 예상대로 아무런 후유증이 남지 않았다는 것이 밝혀졌지만 그러고도 유천영과는 무슨 말이 없었다. 게다가 그러던 중 유천영이 출국하는 바람에 우리는 한동안 연락을 하지 못했다.

유천영과 나는 대체로 이런 식이었다. 일단 싸운 다음에는 아무도 선뜻 먼저 연락하지 않았다. 그래서 일이 빨리 해결되는 법이 없지. 다른 아이들 사이에 끼어 얼굴을 계속 보다보면 또 옛날 일이 그대로 묻히는 듯하다가 어떤 일을 계기로 도로 수면 위로 끌려 나오고. 언제나 이런 일들의 반복이었다.

거기까지 되짚어 본 나는 한숨을 내쉬었다. 주머니에서 진동이 울린 것은 바로 그때였다.

응?

침대에 앉은 채로 몸을 틀어 주머니에서 핸드폰을 꺼낸 내 얼굴이 잠시 굳어졌다. 한참 만에 나는 입술 새로 중얼 거렸다.

"……얘는 꼭 이러더라."

정말 기막힌 타이밍이었다.

잠시 이마를 짚고 있다가 나는 폴더를 열고 핸드폰을 귀에 가져갔다.

"여보세요?"

[아직 안 자네.]

며칠 만에 듣는 목소리는 여전히 담담하기 짝이 없었다. 아무튼 이렇게만 들으면 또 우리 사이에 아무 일도 없었던 것 같다.

나는 미미하게 웃으며 입을 열었다.

"응, 그러는 너는 안 자는 거 용케 알았네."

[은지호가 방금 너랑 통화했다길래.]

"아."

[걔 요즘 너랑 반여령한테서 연락 자주 온다고 의아해하는 눈치던데.]

"아, 그게 말야."

나는 키득댔다. 내가 은지호가 울었다는 얘기는 하지 않고, 다만 은지호 그 녀석 오죽 놀랐겠냐며 반여령과 내가 일부러 하루씩 번갈아 전화를 걸기로 약속했다고 말하자 유천영의 반응은 금세 심드렁해졌다.

내가 말했다.

"아니, 하지만 생각해 봐. 우리 개학했는데 은지호가 아직도 그 일 때문에 충격받아서, 응? 조용하고 의기소침하고 하면."

잠시 생각하던 듯 조용하던 유천영이 대답했다.

[그건 그것대로 재앙이긴 하네.]

"그치? 은지호는 그대로 있어 주는 게 제일이야."

[네 말이 맞아.]

유천영이 드물게 웃음기 섞인 목소리로 그렇게 대답한 다음에 또 침묵이 찾아왔다.

나는 눈을 굴리다가 어쩔 줄을 모르고 또 아무런 얘기나 늘어놓기 시작했다. 아까 은지호와 함께 늘어놓았던 온갖 시시콜콜한 얘기들. 오늘은 반여령이 몇 명을 찼고, 어느 단원까지 자습을 끝냈고 하는 일들. 그러나 내 목소리는 끝내 수그러들고 말았다.

다시 찾아온 침묵 속에서 나는 가만히 입술을 깨물며 생각했다. 이런 식으로 또 유천영과 내 사이에 가로놓인 벽을 해소할 수는 있을 것이다.

그러나 그건 어디까지나 임시방편에 지나지 않는다. 문제를 일부러 덮어 두고 지나가는 것에 지나지 않아.

갑자기 찾아온 침묵이 의아했는지 유천영이 불렀다.

[함단이?]

내가 충동적으로 내뱉은 것은 그때였다.

"널 어떻게 달래야 하는지 모르겠어."

[…….]

사실이었다. 언제나 이들이 내게 감정을 표출할 때면 나는 어쩔 줄 몰라지고 만다. 특히 싸우게 되고 나면.

더군다나 유천영의 경우에는 은지호처럼 주먹다짐 한 번 주고받거나 은형이처럼 엄격한 설교 한 번 듣고 넘어갈 수 있는 것도 아니다.

요컨대 처세술에 능한 은지호나 은형이와는 달리 유천영은 빙 둘러 가는 일이 결코 없다. 그는 언제든 반드시 직선적으로만 부딪혀야 하고, 그게 나를 때로는 구원하기도, 때로는 곤혹스럽게도 했다. 그래서 특히 유천영과 싸우고 나면 나는 도통 어떻게 해야 할지 알 수가 없었다.

나는 지금껏 이들의 관계에 대해 별다른 노력을 기울여 본 적이 없었다. 말하자면 나는 늘 파도 위에서 흔들리는 부표처럼 수동적인 존재였을 뿐이다. 왜냐하면 일이 시작되는 것도 끝나는 것도, 모두 그의 마음에 달린 것으로 생각했기 때문이었다.

유천영이 화났을 때 마음을 돌리지 않으면, 그러면 그와 나는 여기까지라고 생각해서, 그래서 그를 일부러 달래려고 하거나 그의 화를 풀어 보려고 노력한 적이 없었다. 고등학교에 올라가기 전, 그와 내 별것 아니었던 말다툼이 그토록 길게 갔던 이유도 다름 아닌 그것이었다.

나는 생각했다.

하지만 내가 손을 뻗었을 때 네가 잡아 주지 않으면 어떡해?

책에 우리 얘기는 여기까지밖에 쓰여 있지 않은데, 이다음 장은 없는데 내가 그것도 모르고 손을 내밀어 그것을 굳이 확인하게 되면? 나는 그것이 두려워서 견딜 수가 없었다.

그리고 나는 핸드폰을 쥐고 있던 손에 힘을 주었다.

그래서 나는 유천영과 싸우고 난 다음에는 결코 그에게 먼저 말을 걸 수가 없었다. 그저 그가 먼저 말을 걸어 주기를, 길을 열어 주는 그 순간을 가만히 기다리기만 했다. 바로 지금처럼.

유천영이 먼저 전화를 걸어 주었다고 신나서 그동안 못 했던 시시콜콜한 얘기들을 가슴 속에 쌓아 두기라도 한 것처럼 한꺼번에 쏟아 내기나 하는 지금처럼.

그렇게 생각하며 나는 입술을 가만히 깨물었다. 유천영의 대답이 돌아온 것은 그때였다. 나는 눈을 들었다.

[그냥, 다음에 아무렇지도 않게 말 걸어.]

잠시 눈을 찡그렸던 내가 되물었다.

"그래도 돼?"

[너는 그래도 돼.]

"……."

내가 말없이 눈을 깜빡이기만 하자 내가 그의 말을 이해하지 못했다고 생각하는 눈치였다. 그토록 간단한 말인데도.

유천영이 다시 말했다.

[너는 나한테 그래도 돼.]

"아."

[내 말은……. 우리는 그래도 된다는 거야.]

유천영의 말이 고요하던 방 안으로 완전히 흩어지고 나서야 나는 그의 말의 의미를 온전히 이해했다.

유천영의 수화기 너머에서 시끄러운 소리가 동시다발적으로 들려온 것은 그때였다. 그 시장 통 같기도, 철물점 같기도 한 소리에 내가 눈을 번쩍 뜨는데 유천영이 다급히 말해 왔다.

[아. 나, 가 봐야 해.]

"아, 그래."

[다시 연락해.]

제가 연락하겠다는 말은 하지 않고 그렇게 말한 유천영은 제 쪽에서 전화를 끊어 버렸다.

순식간에 종료된 통화에 나는 핸드폰을 내려다보며 황당

해했다. 아니, 이번에 외국 나간 것도 모델 일로 나간 거라 바쁜 거 히 아는데, 내가 무슨 수로 그가 바쁘지 않을 시간을 골라서 연락을 한단 말인가?

한참을 눈만 찡그리던 나는 천천히 고개를 끄덕였다. 뭐, 문자를 보내 두면 되겠지. 그리고 나는 침대에 풀썩 누웠다.

유천영과의 통화가 끝나고 도로 찾아온 침묵은 아까의 불안하게 술렁거리던 침묵과는 어쩐지 다른 듯 느껴졌다. 누군가의 품에 감싸여 있는 것처럼 아늑하고 포근했다.

한 손에는 여전히 핸드폰을 쥔 채로, 통째로 가물가물한 잠에 잠겨 들어가며 나는 생각했다. 그는 내가 생각하지 않았던 것을 생각하게 한다. 최유리가 그랬던 것처럼.

나는 정말로 이 애들에게, 아니, 이 세상 모든 사람들에게 낙인을 찍어 놓고 있던 걸까? 그렇다면 그것은 그 자체로 하나의 폭력은 아니었을까? 그래서 난 유천영이 나와 친하다는 것조차 지금까지도 잘 받아들이지 못하는 걸지도 몰라. 그러니까 말하자면 이것도 일종의 낙인찍기인 셈이다.

나는 천천히 눈을 감았다.

다시 기억은 중학교 3학년 때의 그날로 되돌아가고 유천영과 나는 운동장을 내려다보고 있었다. 웬일인지 나는 손을 내밀어 그의 손을 잡았다. 물론, 실제로는 없었던 일이었다.

꿈에서 잡은 그의 손이 어쩐지 꿈인데도 따뜻했다. 여름의 온기가 우리 둘의 손 사이로 축축한 장막을 만들었다.

그를 보며 나는 물었다.

왜 나는 널 사람으로 생각할 수 없었던 걸까? 손을 잡으면 전해지는 온기는 이렇게 따뜻한데. 그런데 내가 왜 널 나와 같은 사람이라고 생각하면 안 됐을까.

이제라도 늦지 않았을까?

꿈에서 그렇게 말하고 나는 눈을 떴다. 천장을 보며 나는 잠시 멍하니 있었다.

* * *

은지호와 유천영이 귀국한 것은 방학 전날의 일이었다.

그렇다고는 해도 은지호는 특히 귀국이 늦어서 전날 밤 자정에나 도착한다기에 나는 당연히 우리가 학교에서 다시 만나게 되겠거니 했다.

그러던 나는 돌연 걸려온 은지호의 전화에 당황했다.

내가 되물었다.

"뭐? 지금?"

[안 되면 말고. 반여령은 아예 자는지 문자에 답장도 없어.]

나는 어처구니없어 하며 대답했다.

"그거야 자겠지, 너 반여령 취침 시간을 몇 시로 보냐."

[아, 그랬지, 참. 아무튼, 잠깐 나올래?]

이 밤중에 그게 무슨 소리냐 대꾸하려던 나는 납치 사건이 있은 지 불과 며칠도 안 돼서 은지호가 우리 곁을 떠나야 했던 것을 상기하고는 입을 다물었다.

미간을 좁히며 나는 신음했다. 그래, 은지호로서는 아직 우리들 얼굴을 확인하고 싶은 그런 시기란 것도 납득이 돼.

그리고 이어지는 말에 나는 냉큼 신발을 챙겼다.

[기념품 사 왔는데. 너희 부모님 드릴 양주랑 팔찌 하나랑, 그리고 넌 수제 초콜릿.]

야, 이거 줄 서서 사야 하는 거야. 은지호의 익숙한 뻐김에 네네, 하고 대답하며 나는 신발을 신었다. 엄마가 물었다.

"이 시간에 어딜 가?"

"은지호가 기념품이랑 양주 준대."

"다녀와라, 딸."

아버지는 물론이고 어머니조차 냉큼 그렇게 말하는 것을 들으며 킥킥 웃은 나는 바깥으로 나왔다.

아파트 복도를 지나며 난간 아래로 나는 아파트 앞에 선 익숙한 차를 확인했다. 놀이터 앞 가로등 아래 선 남자의 머리카락이 눈부신 은색을 흩뿌리고 있었다.

놀이터 앞에서 마주치가 은지호가 씩 웃으며 가장 먼저 내게 상자 세 개를 넘겨주었다. 개중에 하나는 척 봐도 술이 든 상자였는데 아니나 다를까 묵직했다.

"맥, 매…… 맥밀란?"

내가 가로등 불빛에 상자를 이리저리 돌려 가며 글자를 더듬어 읽고 있으려니 은지호가 내 옆에서 불쑥 말했다.

"맥칼렌."

"야, 뭔가 이름만 들어도 있어 보인다."

"내가 주는 건데 그럼 없는 거겠냐?"

아, 네. 당당하게 자기 자랑하는 은지호가 너무 익숙한 탓에 뭐라 말도 못했다.

눈을 가늘게 뜨고 은지호를 노려보던, 아니, 노려보는 시늉만 하던 나는 이윽고 킥킥 웃고 말았다.

아무튼 기운은 좀 돌아온 것 같아서 다행이네, 나는 생각했다. 반여령과 나의 공동 전선이 여러모로 도움이 된 것 같아 다행이었다.

나머지 상자 두 개는 과연 팔찌와 초콜릿이 그 내용물인지라 가벼웠다. 상자들을 품에 안고 그럼, 하고 돌아서려는데 은지호가 물었다.

"진로 조사서는 적었냐?"

"아."

그렇게 해서 우리는 잠깐 놀이터에 앉게 되었다.

빈 그네에 나란히 앉아 서로를 바라보려니 거리감이 몹시도 미묘했다. 내가 무릎 위에 맥칼렌 상자를 올려놓고 생각 없이 몸을 앞뒤로 흔들려니 옆에서 은지호가 조금 창백해진 얼굴로 말했다.

"야, 너 그거 내려놓는 게 나을걸."

"왜, 깨질까 봐?"

"아니……. 굳이 말하자면 너희 아버지가 슬퍼하실까 봐."

이제 나는 다른 의미에서 불안해지기 시작했다. 아무리 우리 부모님께 죄송한 게 있어도 그렇지, 대체 얼마나 비싼 술을 사다 안긴 거야? 방으로 돌아가자마자 검색을 해야 하나, 이걸 아예 모르는 채로 어둠 속에 묻어 둬야 하나 생각하는데 은지호가 물었다.

"그래서, 진로 조사서는?"

"아."

나는 잠시 침묵에 잠겼다.

내가 조용히 발끝으로 그네 밑의 모래를 파다가 이윽고 하늘로 시선을 주자 은지호도 나를 따라 하늘로 고개를 돌렸다.

서울의 여름 밤하늘은 부연 먼지로 가득 찬 데다가 불빛이 너무 밝아 별이라고는 보이지 않았다. 다만, 붉은빛 먹구름이 우리 머리 위로 가득 떠 있었다. 그 모습을 한참이나 보다가 나는 마침내 혀끝에 맴돌던 말을 뱉었다.

"음, 이번 일을 겪으면서 생각해 본 건데. 아, 아니, 뭐 목숨의 소중함을 느꼈다거나 그런 얘기가 아니고."

은지호의 표정이 급격하게 변하는 것을 본 나는 황급히

덧붙였다.

"그냥 이번에 이러저러 일을 겪고 이러저러한 말들을 들으면서 이런 생각을 했어."

"무슨 생각?"

"너희는 계속 변했는데, 나만 너무 멈춰 있는지도 모르겠다고."

은지호는 잠시 말이 없어졌다. 나는 그네 줄을 잡고 몸을 푹 숙이고는 다시 발끝으로 땅을 긁었다.

그러면서 내가 말을 이었다.

"사실 내가 그걸 모르고 있던 건 아니거든. 그러니까 내가 바뀌어야겠다고 생각을 했는데도 못 바뀌었다거나 그런 건 아니란 얘기야."

"……."

"결국 나는 바뀌기 싫었던 거지. 무서웠던 거고."

나는 턱을 들어 하늘을 보았다. 먹구름이 잔뜩 앉은 하늘을 보다가 나는 다시 입을 떼었다.

"하지만 인생은 책이나 비디오테이프 같은 게 아니잖아. 그러니까 어떤 감정이 생겨나거나 어떤 일이 일어났을 때, 책장을 되감거나 비디오를 뒤로 돌리는 방법으로는 되돌릴 수 없는 거잖아."

그리고 나는 하지 못한 말을 입속으로 삼켰다.

누구를 좋아하게 되었을 때, 그런 일마저 완전히 없던 일로 돌려 낼 수는 없는 거잖아. 이야기 속에서 언제나 한 인물이 어떤 감정을 갖는 것은 변화의 시작점이 될 수밖에 없다.

그리고 나는 그네의 줄을 힘주어 쥐었다. 고개를 조금 틀어 은지호를 바라보며 나는 말을 이었다.

"그런데, 어느 날 정신을 차려 보니까 너희는 너무 많이 앞서 나갔더라고."

"뭐?"

"생각해 봐, 은지호 너도 그렇고, 주인이도."

그러자 은지호는 생각에 잠긴 낯이 되었다. 스스로가 얼마나 많은 변화를 겪었는지는 그 자신이 가장 잘 알 것이다.

중학교 1학년 때의 날카롭고 모든 것에 완벽을 추구하고, 지금도 완벽 주의자인 것은 여전하지만 과거의 그와는 전혀 다르다. 과거의 그를 생각하면 그리스 로마 신화의 프로크루스테스 정도가 떠오르는 것이 보통이었다. 지나가는 나그네들을 붙잡아 침대에 매달고 침대보다 작으면 키를 늘려 버리고, 침대보다 키가 크면 그만큼을 잘라 버렸다던 무시무시한 괴물. 그때의 그는 도무지 포용력이라든가 이해심이라는 게 없었다.

그렇게 생각하던 나는 문득 웃었다. 지금의 은지호가 그때 그대로였다면 그와 나는 지금 여기서 나란히 앉아 미래 얘기를 하고 있지도 않을 테지. 그가 그나마 동등한 대화 상대로 여기는 것은 사대천왕이나 반여령 정도뿐이었을 것이 분명하고. 어쩌면 이루다도 포함될지도 모른다.

그러나 그 안에 나는 없었겠지.

기껏 내가 그에게 진로 상담을 부탁해 봐야 내 노력이 부족한 탓이라며 상대도 해 주지 않았을 것이다. 노력가인 은지호는 노력에 있어서도 자신만큼이나 다른 사람에게 또한 엄격했으니까.

그리고 주인이, 주인이 역시 그랬다. 비록 최근에서야 그렇게 되었다고는 해도 주인이는 우리 앞에서나마 본인의 성격을 있는 그대로 드러내기 시작했다. 그가 굳이 착한 성격을 가장하지 않아도 그를 있는 그대로 착하다고 말해 줄 수 있는 사람들이 있어서 다행이야.

나는 손가락을 들어 차례로 꼽았다.

"은형이도 처음보다는 편해진 게 확연히 보이고, 그리고 천영이도 확실히 처음에 비해서는 변했잖아."

"유천영이?"

그렇게 되물으며 은지호가 고개를 기울였다. 그로서는 유천영에 대해서는 달리 달라진 점을 찾지 못한 모양이었다.

아차, 나는 애매하게 웃다가 대답했다.

"의사소통 능력?"

"그거, 늘었냐?"

는 게 그거였냐? 익숙한 비아냥거림을 무시하며 다른 곳으로 고개를 돌린 내가 말을 맺었다. 아, 아무튼.

"그런데 유천영 진짜 변하긴 했어. 나이가 들었나, 애가 참을성이 늘어난 것 같은 느낌? 그걸 뭐라고 하지?"

옆에서 은지호가 어이없다는 표정으로 대꾸했다.

"나이 좀 먹었다고 참을성 늘어날 시기는 지나지 않았냐?"

"아니, 아무튼 그런데 좀 변했어. 진짜 변한 것 같다니까."

은지호가 대충 고개를 주억거리는 것을 보며 나는 눈썹을 찡그렸다. 아니, 진짜인데.

하지만 나도 유천영의 변화에 대해 깨달은 것은 정말로 최근의 일인 데다, 그조차 파티에서의 대화와 최근의 짧은 전화 통화를 통해서였다. 그렇다면 확실히 은지호가 그런 점을 눈치채지 못했다고 해도 이상한 일은 아니다.

아무튼 나는 말을 맺었다.

"그리고 마지막으로 반여령도 해가 갈수록 마음이 굳세지는 게 느껴지는데 나만 그러지 못해서……. 끝없이 마찰이 생기고 문제가 반복되고."

하지만 그걸 알았다고 해도 변화를 선택하기란 여전히 쉽지 않았다.

물론 간혹 돌이킬 수 있는 변화들도 있을 것이다. 변화하기 이전으로 감쪽같이 돌아갈 수 있는 것들도. 그러나 어떤 변화들은 결코 돌이킬 수 없어서, 그러면 나는 그전으로 다시는 돌아갈 수 없을 것이다.

그것이 두려워서, 그래서 나는.

"뭔가를 기록하는 일을 하고 싶어."

옆에서 듣고 있던 은지호가 조금 얼이 빠진 표정을 했다.

"뭐?"

"왜, 있잖아. 사진가나 작가 같은 거."

"갑자기 무슨?"

음. 나는 눈을 굴렸다. 손을 들어 올리며 나는 말을 이었다.

"어차피 지금 내가 문제를 느꼈다는 해도 사람이 갑자기 변할 수는 없는 거잖아. 게다가 너도 알다시피 나는 어차피 워낙 느린 편이고. 한 걸음 떼 놓는 것도 망설이지 않고는 뗄 수 없고."

"그래서?"

"그냥, 언젠가 모든 것이 변하더라도 그전의 좋았던 순간들이 아무런 흔적 없이 사라져 버리지는 않는다는 걸 내가 직접 확인하고 싶어. 그러면 좀 더 홀가분한 마음으로 변할 수 있지 않을까 해서."

나는 손을 들어 뺨을 긁적였다. 음, 왜.

"괜히 기억 속에 선명하게 남는 순간이 있잖아."

"……."

"특별한 순간들. 단지 순간으로 끝나지 않는."

은지호는 또 말이 없었다.

뺨을 긁적이며 내가 말을 이었다.

"눈에 보이지 않거나 기록되지 않으면 사라지는 것처럼

느껴지는 게 아쉽고 무서워서. 그런 걸 한 번 붙잡아 보고 싶어."

거기까지 말한 나는 중얼거리듯 말을 이었다.

"그리고 그런 식으로 지금의 내가 볼 수 있는 것들을 차곡차곡 기록해서 기억이나 혹은 방 안의 어딘가에 꽂아 두고 나면, 그러면 나도…… 비로소 나아갈 수 있지 않을까 해서."

은지호는 그러고도 말이 없었다.

계속 뺨을 긁던 나는 어색하게 웃었다. 내가 말했다.

"뭐, 어차피 너무 빠른 건 내가 할 수 없는 거 알잖아. 그러니까 좀 되짚어 보면서 천천히 나아가도, 그래도 너희가 앞에서 기다리고 있어 줄 거잖아."

"……."

"뭐, 그렇게 생각하기로 했어.

나는 속으로만 자그맣게 중얼거렸다. 설령 내가 수험을 망쳐서 재수험을 치러도 말이지.

그렇다. 나는 고작 고등학교 1학년의 나이에 벌써 재수험을 걱정하고 있다. 아니, 하지만 별수 있나. 집이 이곳인데 지방으로 내려가고 싶지는 않은걸.

그리고 나는 배시시 웃으며 말을 이었다.

"그러고 보니까, 너도 겁 많더라."

그제야 고개를 든 은지호가 이쪽을 보았다. 이윽고 어이없다는 듯 웃으며 그가 되물었다.

"겁이 많아? 내가?"

"응, 그렇던데."

나는 유건과의 대화를 떠올렸다.

유건과 은지호의 대화를 엿들었을 때, 그때는 단지 은지호가 냉혹하다고만 생각했다. 현재와 미래를 그렇게 선 긋고 미래에 필요하지 않은 것을 잘라 낼 수 있다니, 그것은 차마 내가 가질 수도 없는 냉혹한 자세가 아닌가 하고 생각했다.

하지만 막상 내가 납치당했던 그날, 은지호는 내게 말했다. 절교해 줄까? 하고.

은지호는 미래에 나를 잃을 것이 두려워 현재의 내게 그렇게 말하고 있었던 것이다. 그가 내게 절교하자고 말했던 것은 그의 냉혹함 때문이 아니라 그의 두려움의 표현이었다.

내가 마치 예전에 그랬던 것처럼. 그들을 잃어버리고 혼자가 되느니, 차라리 처음부터 홀로 있겠다 다짐하고 이들에게 절교를 고하던 그 옛날처럼.

그 생각을 곰곰이 곱씹던 내가 말했다.

"음, 역시 너 겁 많은 게 맞아."

"어쭈, 함단이한테서 이런 말을 들어 볼 줄은 몰랐는데, 내가."

그렇게 말하며 그가 팔을 뻗어 내 볼을 잡으려 하기에 나는 킥킥 웃으며 그네 줄을 밀어 멀리로 달아났다.

그러고도 한참을 툭탁거리다가 마침내 내가 말했다.

"아, 그래, 은지호."

"응?"

빙긋 웃은 내가 말했다.

"네가, 내가 사라질지도 모른다는 게 두려워서 같이 못 있겠다면, 난 너한테 어떻게 못해."

"……."

은지호의 눈이 커졌다가 곧 가라앉았다.

그가 가라앉은 검은 눈으로 나를 보는 가운데 나는 천천히 말을 이었다.

"내가 사라지는 건, 나나 네가 어떻게 할 수 있는 게 아니니까."

"그래."

"그래도 네가, 내가 사라지는 게 상관없다고 한다면."

잠시 숨을 내쉰 나는 말을 이었다.

"나는 지금은 네 옆에 있을래. 지금은 단 한 번뿐이니까."

"……."

"……라고, 천영이가 말하더라."

은지호가 그넷줄을 잡고 잠시 휘청했다. 이윽고 고개를 들어 이쪽을 바라본 그가 어이없다는 듯 눈을 깜빡이다가 드물게 큰 소리로 되물었다.

"정말? 야, 거짓말. 유천영이 이렇게 말 잘할 리가 없어."

"그러니까 내가 말했잖아, 애 바뀌었다니까."

"걔 잠깐 귀신이라도 들렸던 거 아니야?"

나는 그만 소리 내어 웃어 버렸다. 어쩌면 저렇게 반응이 똑같을까! 내가 웃으며 외쳤다.

"야, 반여령도 그 소리 하더라. 반여령이 뭐라더라, '너, 혀는 유천영 아니었잖아, 방금' 하고. 유천영 완전 상처받은 표정 짓고."

"역시 반여령. 입술에 칼을 품고 사는 애야, 걔는."

은지호의 말에 나는 맞장구를 치고는 또 웃어 버렸다.

한참을 마주 보고 웃은 끝에 우리는 배 근육이 당기는 채로 그네에 기대었다.

그러다 또 나는 입을 열었다.

"아, 그런데, 천영이 말이 내가 너한테 들려주고 싶었던 바로 그 말이기도 했어. 아, 내가 기억력이 좀 더 좋았으면 좋았을 텐데."

"뭐?"

나는 그를 돌아보며 웃었다. 내가 말을 맺었다.

"아무튼, 미래를 준비하는 것도 좋지만, 너무 현재를 놓치지는 말라고. 가끔은 네 기분에 솔직해지고."

"……너한테 그런 말 들으니까 새롭다."

"아, 고등학교 올라오기 전의 그 일은 정말 미안하게 생각하고 있으니까."

우리 사이에 또 침묵이 찾아왔다.

그러다 은지호가, 갈까? 하고 묻는 소리에 나는 상자를 추슬러 품에 안고 그네에서 일어났다. 아파트에서 코앞인 놀이터인데도 은지호는 굳이 내가 집에 들어가는 모습을 봐야겠다고 고집을 부려 따라나섰다.

엘리베이터 버튼을 누르고 기다리는데 그가 한참을 말이 없기에 내가 물었다.

"무슨 생각해?"

"아, 그냥……."

그는 턱을 매만지며 말을 이었다.

"내가 솔직했더라면 바뀌었을지도 모르는 순간들에 대해 생각하고 있어."

"흠."

"도망쳤던 순간들에 대해서."

마지막 목소리는 은지호답지 않게 낮고 무거웠다.

그러다 문득 표정을 바꾸며 어깨를 가볍게 으쓱한 그가 대답했다.

"그러네. 내가 함단이 이상으로 겁이 많긴 한가 봐, 곰곰이 생각해 보니까."

"그러고 보니, 너 여기서 그러지 않았어?"

주변을 둘러보며 나는 말을 이었다.

"너 여기서, 나한테 막, 10초 줄 테니까 울라고 그러고."

"아."

"나 어이없어서 나오던 눈물도 도로 들어갔잖아."

"넌 꼭 생각해도 그런 걸."

투덜거리던 은지호 앞으로 땡 소리와 함께 문이 열렸다. 아파트에 오르고 익숙하게 버튼을 누르며 은지호가 말을 맺었다.

"그런데, 나도 그때 일을 생각하고 있긴 했어."

"뭐?"

"너는."

갑자기 파고든 은지호의 나직한 목소리에 나는 고개를 돌렸다. 엘리베이터 조명 아래로 은지호의 눈에 어둡게 그늘이 져 있었다.

푹 잠긴 목소리로 그가 말했다.

"너는 나한테, 늘 생각하면 안 되는 것만 생각하게 해."

잠깐 손을 움츠렸던 내가 대꾸했다.

"그걸 생각하면 어떻게 되는 건데?"

"바라게 되겠지."

"네가 그걸 바라게 되면, 무슨 일이 일어나는데?"

은지호는 웃지 않았다. 다만 그새 가라앉은 눈으로 한 번 바닥을 보았다가 나와 눈을 똑바로 맞추며 대답했다.

"나도 그게 궁금해."

　　　　　　*　　*　　*

　맥켈란인가 맥밀란인가 하는 술병을 식탁 위에 올려놓고 엄마의 팔찌 상자도 그 옆에 내려놓은 다음에 나는 방으로 들어왔다. 초콜릿 상자를 열고 하나를 꺼내 먹으면서, 나는 진로 계획 종이를 찾기 시작했다.

　한참 만에 찾아낸 구겨진 종이를 책상 위에 대고 반듯하게 편 다음, 필통에서 샤프를 꺼내어 몇 자 적으려다 말고 멈칫했다.

　음, 대뜸 예술 계통으로 가겠다고 선언했다가는 이게 무슨 듣도 보도 못한 소리냐고 부모님께 혼나겠지. 일단 얘기를 좀 해 봐야겠다.

　그러다 나는 문득, 지금까지 잊고 있었던 또 하나의 일에 대해 생각에 미쳤다.

　나는 서랍을 열어 내 것이 아닌 핸드폰을 꺼냈다. 그리고 연락을 확인해 본 다음, 나는 핸드폰을 도로 서랍 속에 밀어 넣었다. 내일 학교로 가면 만날 수 있겠지, 그렇게 생각하면서도 불안한 마음이 가슴 한구석을 짓누르는 것을 어쩔 수 없었다.

　결국 방학 내내 루다에게서는 한 통의 연락도 없었다.

　핸드폰을 갖고 어떻게 연락해 볼 방법이 없을까 한참을 씨

름하던 나는, 결국 쿵 소리를 내며 도로 침대로 엎어졌다.

천장을 보며 나는 생각에 잠겼다.

우리는 저마다의 문을 갖고 있다.

서로의 손에 이끌려서만이 우리는 그 문을 넘는다. 그렇게 우리는 지금까지 몰랐던 사실을 알고, 스스로의 진심을 알기도 한다. 그렇게 우리는 새로운 고통을 알고, 새로운 기쁨을 알기도, 새로운 소망을 갖기도 한다. 그리고 그 결과가 어찌되든 간에 문을 열기 전으로는 절대 돌아갈 수 없다.

나 또한 하나의 문을 가지고 있다.

몇 년 동안 내가 꾹꾹 눌러 담은 내 모든 감정의 파편이 거기 있을 것이다. 차마 나조차 대면하기 두려운 내 모든 진심이 거기 있을 것이다.

주먹을 움켜쥐며 나는 다짐했다.

그리고 비로소 지금에야, 나는 그 문을 넘기로 했다.

변하는 것이 두려워 결코 넘지 못했던 문.

하지만 내가 지금의 내 모든 경험들을 마치 일기나 선명한 사진처럼, 결코 흐려지지 않을 기록으로 보존할 수 있다면.

그렇다면 내가 늘 두려워하던 대로 다시 한 번 세계가 바뀐다고 해도, 지금 내 주변의 모든 것이 전부 사라져 버린다고 해도.

혹은 세계가 바뀌지 않더라도, 그저 운명에 휩쓸린 것처

럼 모두가 내 주변에서 사라진다고 해도. 그래도 그 일부
는 여전히 내 곁에 남아 숨 쉴 수 있을 것이다. 다름 아닌
내 기록을 통해서.

그래서 나는 기꺼이 현재를 기록하는 일을 하기로 했다.
그렇게 해서 그게 정말로 가능하게 되는 날 나는 이곳을
더 이상 소설 속이라고 생각하지 않을 수 있을 것이다.

그러면 나는 비로소 과거를 기꺼이 남겨 놓고 내가 진짜
로 원하는 것을 찾아 문을 넘어 갈 것이다.

내 자신의 의지로.

                    *   *   *

누구나 저마다의 문을 갖고 있다.

그가 지금까지 알지 못했던 것이 거기 있다.

그렇게 넘어간 문 너머에서 감정적으로만 살던 사람은
이성을 배운다. 또한 이성적으로만 살던 사람은 감정에 몸
을 내맡기는 법을 배우고, 또는 자신이 생각보다는 나쁜
사람이 아니라는 것을 확인하고 자기 위안을 얻기도 한다.

혹은 더 이상 혼자가 아니라는 따뜻한 깨달음을 얻거나,
혹은 과거의 상처를 딛고 새로운 친구를 겁내지 않고 사귀
는 법을 알게 된다거나.

그리고 이루다의 문 너머에는 자유가 있었다.

이루다는 굳게 닫힌 철문 너머를 생각했다.

자유.

그가 몇 년 동안이나마 이제니의 통제를 벗어나 가졌던 것.

이루다는 손을 들어 머리칼을 움켜쥐었다. 차라리 자유라는 것을 몰랐던 그때는 갇혀 있는 것이 이토록 괴롭지는 않았는데. 그는 철옹성 같은 감시와 벽들에 둘러싸여 한숨을 내쉬었다.

자신이 이곳에 왔는데 이안 역시 돌아온 것은 당연지사일 것이다. 어쩌면 이제니는 이안에게조차 이 건물의 모든 출입 권한을 허용하지 않을지도 몰랐다. 보안상의 문제, 핑계 대기는 쉽다.

그리고 이루다는 입술을 깨물었다. 그렇게 해서 이안마저 출입이 자유롭지 못하다면 지금 이루다가 있는 이곳에는 그 누구도 올 수 없을 것이다. 그 말인즉, 이루다는 이곳에서 다시는 나갈 수 없다는 말이다. 적어도 이제니가 요구하는 조건을 갖추지 않는 한은. 그리고 그것은 그가 몇 년 동안이나 요구받아 온, 후계자 훈련일 것임이 분명했다.

이루다는 도통 그의 어머니를 이해할 수 없었다.

왜 하필 자신일까?

이제니는 철저한 능력 주의였고, 심지어 이루다가 태어났을 때도 그녀의 회사를 단순히 핏줄이란 이유로 그에게 물려 줄 생각이 없다 선언했다.

　그러나 이루다가 열 살이 되었을 때, 사리 분별은커녕 이제니의 쟁쟁한 부하들과 겨뤄 채 승리를 거둘 수도 없을 때, 이제니는 돌연 이루다를 후계자로 선언했다. 그 자리의 주인으로 이루다가 적합한지 아닌지 차마 알 수도 없을 때에.

　이루다는 이마를 감싸 쥐고 한숨을 내쉬었다. 그의 푸른 눈이 독기 어린 불꽃을 피워 올렸다.

　"아무튼, 이대로 있을 수는 없어."

　학교에서, 핸드폰을 돌려받기로 했단 말이야. 그는 중얼거렸다.

제25조. 얼음 공주는 옆 나라에 있었던 것 같은데요

얼음 공주는 옆 나라에 있었던 것 같은데요

다음 날 아침, 반여령이 아파트 문 앞에 서 있는 모습을 보고서야 개학했다는 것이 실감이 났다. 나와 같은 생각을 한 건지 반여령도 눈을 크게 뜨며 우리 왜 이렇게 교복 오랜만이야? 하는 소리를 했다.

그리고 우리는 평소와 같이 팔짱을 끼고, 얘기를 나누다 말고 가끔은 장난도 치며 등교를 했다.

등굣길에 유난히 아는 얼굴을 많이도 만났다. 골목길에서 윤정인에게 등을 얻어맞았다가 가방이 앞으로 쏠리는 바람에 몸의 균형을 잃어서 휘청거리던 것을 여령이가 잡아 주었다. 마침 우리 근처에 있던 우리 반 애들이 많았던 탓에, 윤정인은 쏟아지는 야유 속에서 내 가방 셔틀이 되었다.

새 학기라 가벼울 줄 알았던지, 윤정인은 내 가방을 안아

들자마자 어우 소리를 내며 인상을 썼다. 그가 투덜거렸다.

"뭐 이렇게 무겁냐? 대체 뭐가 있길래."

"개학식 하는 동안 읽을 추리 소설."

"아하, 나 봐도 돼?"

"그러던가."

대답하면서도 영 의뭉스러운 기분이었다.

윤정인, 공부는 잘한다지만 평소에 책 읽는 모습은 잘 못 봤는데. 심지어 걸으면서 읽으면 대체 집중이나 할 수 있을까? 차라리 교실에 들어가고 나서 한 권 빌려달라고 하는 편이 나을 텐데 왜 굳이 여기서?

그렇게 생각하는데 윤정인은 내 가방에서 책을 한 권 꺼내자마자 파르르 책장을 넘기고는 맨 뒷부분만 읽었다. 그런 식으로 불과 몇 분도 안 되는 새 탐독을 마친 윤정인은 책들을 다시 내 가방에 집어넣더니 가방 지퍼를 꼭꼭 여몄다.

그것을 가만히 지켜보던 나는 문득 한 가지 가능성에 생각이 미쳤다. 내가 미심쩍다는 목소리로 조심스레 물었다.

"야, 윤정인. 너 설마?"

"바로 그 설마다."

양심의 가책을 느끼기는커녕 의기양양하게 대답하는 그의 표정을 나는 기겁해서 보았다. 내가 간신히 대답했다.

"나는 네가 설마…… 개학식날부터 죽고 싶어 하는 줄은 상상도 못했는데."

"에이, 설마 죽이기야 하겠어?"

윤정인이 눈을 찡긋하며 제 딴에는 애교 있는 말투로 묻자, 옆에서 여령이가 살짝 질색하는 표정을 했다.

한편 나는 침착하게 고민에 빠졌다. 아니, 쟤는 왜 자기 친구 성격을 나보다도 더 모르냐. 너희 같은 중학교에 초등학교까지 나왔다면서? 그런데도 무슨 일이 일어날지 몰라? 교실에서 새 학기부터 일어날 그 섬뜩한 대참사를? 나는 눈앞에 그린 듯이 보이는 것 같은데.

명복을 빌 틈도 없으니 미리 빌어 주는 게 나을까? 새 학기부터 유혈 낭자한 고민에 빠진 내게 여령이가 조심스럽게 물었다.

"단아, 둘이 무슨 얘기하는 거야? 아까부터."

"아, 그게 어떻게 된 거냐면."

아차. 1학년 8반은 다 아는 얘기라 1반인 여령이는 모른다는 것을 미처 생각을 못했다.

내가 우리 반 윤정인과 신서현이 얼마나 오랜 악연인지, 윤정인이 대대로 반장 역할을 맡자마자 신서현을 끌어들인 탓에 신서현이 얼마나 고역이었는지, 윤정인이 입학식 첫날 신서현에게 저질렀던 일에 대해 줄줄이 털어놓자 윤정인을 보던 반여령의 눈빛이 점차 변했다. 방금 전까지만 해도 그래도 오랜만에 사귄 새 남자 사람 친구라고 조심스럽게 대하는 구석이 있더니, 지금은 은지호를 보는 듯한 눈빛이었다. 참고로 우리들 사이에서 '저런 은지호 같은'은 나름의 욕으로 통한다.

내가 설명을 끝내자 마침내 반여령이 입을 열었다. 놀랍게도 그녀는 나를 통하는 일 없이 윤정인에게 직접 말했다.

"오늘 학교 끝나고 네가 안 보이면 그러려니 할게……."

격의 없는 반여령의 태도에 놀라는 것도 잠시, 너털웃음을 터트린 윤정인이 손을 내저었다.

"야, 아니야. 너희가 몰라서 그러는데, 신서현 걔, 그런 애 아니다. 걔가 날 얼마나 아끼는데."

옆에서 팔짱을 끼고 있던 내가 끼어들었다.

"아니긴 뭐가 아니야, 너무 가까우면 오히려 못 본 다더니, 너 진짜 그러다 개학 첫날부터 실려 나간다."

"내기해? 내기할까?"

"콜. 이거 분명히 네가 하자고 했다. 난 피자 빵."

내가 냉큼 대답하자 반여령도 이 기회다 싶었는지 작은 목소리로 말했다.

"난 아이스크림."

반여령 얘도 대담한 데가 있다니까. 이제 두 번째 얼굴 보는 윤정인이랑 무려 내기까지 하다니. 그렇게 얼떨결에 개학 첫날부터 내기를, 그것도 무려 윤정인의 목숨(!)을 걸고 하는 사이 우리는 교문을 통과했다.

중앙 현관을 통과하여 건물로 들어가는데 어디선가 쑥덕

거리는 소리가 들려왔다. 우리는 일제히 고개를 돌렸다.

나는 무심코 생각했다. 사대천왕이 등교했나? 아니, 하지만 사대천왕은 주목받는 걸 싫어해서 은지호를 제외하고는 지각 직전에나 아슬아슬하게 등교하고는 했다. 은형이라면 그러지 않았겠지만 유천영과 함께 차로 등교하니 어쩔 수 없는 노릇. 그러니 그들이 오기까지는 시간이 꽤 남았을 텐데.

유천영과 은형이가 평소보다 빨리 등교했나? 그렇게 생각하며 내가 까치발을 들기가 무섭게 재미있는 일에는 빠지지 않고 나서는 윤정인도 냄새를 맡았다.

내 어깨를 쑥 누르며 목을 길게 뺀 그가 물었다.

"뭐야? 저기, 사람 왜 저렇게 몰렸어?"

"글쎄."

심드렁하게 대답하던 나는 문득 군중들 사이에서 실오라기 같은 하늘색 머리카락을 발견하고는 얼어붙고 말았다.

하늘색이라고?

냄새가 난다. 또 다른 사건의 냄새가.

인터넷 소설 속에 들어오고 불과 얼마 안 되던 시절, 나는 인간의 자연 모발이 가질 수 있는 색깔에 대해 급하게 공부한 적이 있다. 물론 그 이유는 다름이 아니라, 인터넷 소설의 주인공들은 자연법칙이고 뭐고 무시했기 때문에 그것을 통해 인터넷 소설 인물들을 구분하기 위해서였다. 요컨대 운전을 시작하는 사람이 표지판을, 특히 위험 경고 표지판을 열심히 달달 외우는 것과 같은 일과 같다.

그리고 내가 알아낸 바에 따르면, 사람의 자연 모발이 저렇게 깨끗한 하늘색 머리카락이기란 절대로 불가능했다. 게다가 그 머리카락은 몹시 결이 좋아서 염색 같지도 않았다.

내가 손으로 입을 가리고 말이 없는 사이, 옆에서 윤정인이 중얼거렸다.

"못 보던 얼굴인데? 전학생인가 봐."

"그러네."

본인 자체가 워낙 소문에 시달렸다 보니 전교생의 시선이 몰린 일에서는 도리어 신경을 꺼 버리는 여령이가 심드렁하게 대답했다.

윤정인이 우리를 돌아보며 물었다.

"너희는 몇 살 같아? 일단 보기에는 어려 보이는데. 우리 학년 아니냐?"

"아니, 나는 일단 안 보이거든."

실제로 이중에 키가 제일 작은 게 나라서, 나로서는 아무리 까치발을 서고 기웃거려도 보이지 않았다.

마침 옆에 있는 화단 울타리를 밟고 슬쩍 올라서자 그제야 중앙 현관 앞 좁은 길을 빽빽이 채운 인파 사이로 아까의 하늘색 머리카락이 다시 모습을 드러냈다.

몹시 고운 머릿결인 데다 머리 길이가 짧지 않아서 여자

일지도 모르겠다고 생각했으나 막상 보니 확연한 남자였다. 키는 170대 후반 정도는 되어 보였고, 의외로 강단 있는 체격에 우리 학교 교복을 맵시 좋게 걸치고 있었다. 머리카락뿐만 아니라 눈 또한 맞춘 듯 똑같은 하늘색인 것을 보아 아무튼 외국인인 것은 분명했다.

다른 인터넷 소설 인물들처럼 그 역시 범상치 않은 이목구비를 갖고 있었다. 비록 이루다만큼의 광채는 아니었지만 불과 얼마 되지 않아 이 학교의 일약 스타가 되겠는데, 나는 짐작해 보았다.

그를 둘러싼 이들이 그의 목소리라도 한 번 들어 보겠다고 각자 외국어 하나씩을 던지고 있었다. 그것은 흡사 여단 오빠의 등 하굣길을 떠올리게 해서 나는 조용히 전율하지 않을 수 없었다.

그러고 보니 여단 오빠, 오늘은 잘 들어갔으려나. 나는 문득 떠오른 생각에 작게 중얼거렸다. 특히 방학식과 개학식날이면 그를 기다리다 못해 망부석이 되는 줄 알았다며 발치에 쓰러지는 여학생들(간혹 남학생들)을 통과하여 지나가느라 여단 오빠의 등굣길은 스펙타클 그 자체가 되곤 했다. 심지어 여단 오빠는 남학교인데도! 잠시 그런 생각에 빠져 있던 나는 문득 들려온 목소리에 고개를 들었다.

"뭐? 나 한국어 공부했으니까, 한국어로 말해도 되는데."

"어쩜!"

"발음도 완벽해!"

군중들 사이에서 터져 나오는 익숙한 감탄사를 들으며 나는 살짝 얼굴을 구겼다. 도대체 저 놈의 인터넷 소설의 대명사 같은 감탄사, 지겹지도 않나. 저 모습을 보아 앞으로 저 남학생을 둘러싸고 일어날 일은 불 보듯 뻔했다. 조금 속이 안 좋아진 나는 팔을 뻗어 반여령과 윤정인을 잡아당겼다.

내가 말했다.

"야, 얼른 가자. 전학생 온 게 무슨 대단한 일이라고."

그러나 윤정인은 쉽게 물러설 눈치가 아니었다. 재밌는 것은 둘째가라면 서러울 정도로 좋아하는 그가 투덜거렸다.

"왜, 조금만 더 보자. 우리 학년일지도 모르는데."

"아니, 그러니까 아니면 어쩌게."

그렇게 말하던 나는 문득 멀리서 들려온 말에 딱딱하게 얼굴을 굳혔다. 다음으로 나는 내 귀를 의심했다. 방금 내가 들은 게 진짜 맞아? 환청 같은 게 아니라?

옆을 돌아보자 나와 같은 모습으로 돌처럼 굳어진 윤정인이 보였다. 그가 아까와는 비교도 안 되게 창백해진 표정으로 말했다.

"······나, 방금 대단한 얘기를 들은 것 같은데."

"야, 말하지 마. 너 그거 재방송하지 마."

그러나 내 간절한 말이 무색하게도 소음을 뚫고 선명한

목소리가 날아왔다.

"다시 말해 달라고? 음, 영어로는 Ice princess니까…… 한국어로는 이렇게 말하면 되려나?"

그리고 하늘색 머리카락의 남학생이 눈을 찡긋하며 군중들에게 말했다.

"난, 우리 얼음 공주님을 찾으러 왔어."

"……."

꺄아악! 낭만적이야! 저곳에서만 꽃바람 파티가 일어난 가운데 우리가 있는 곳만이 겨울처럼 조용해졌다. 9월이라고는 해도 아직 낙엽이 질 시기도 아닌데, 어디선가 불어온 바람이 우리 머리 위로 낙엽을 우수수 떨구었다.

한참을 가만히 서 있다가 긴 머리카락에 엉겨 붙은 낙엽 잎을 떼어 내며 반여령이 조용히 선언했다.

"가자."

"으, 응."

대답하며 나는 천천히 돌아섰다. 지나치게 담담하다 못해 싸늘하기까지 한 반여령의 반응에 놀라는 것도 잠시, 나는 속으로만 중얼거렸다. 아무리 천하의 인터넷 소설 여주인공이라도, 그 뭐냐, 디즈니 남자 주인공과는 상성이 맞지 않는군…….

하기는, 반여령이 디즈니 주인공이었으면 여기 학교에서 전교 1등 전국 1등 하고 있을 게 아니라 비둘기랑 푸드덕거리면서 만날 같이 교감하고 노래 부르고 있었겠지.

그리고 나는 다시 한 번 뒤를 돌아보며 안타까운 눈빛으로 나라를 잘못 찾은 디즈니 프린스를 보았다. 미안하지만 한국에는 디즈니 프린세스가 없단다. 사실은 날 수 있는 비둘기도 이미 없어.

그가 조속히 고국으로 귀환하길 빌며 나는 다시 걸음을 옮겼다. 군중들에게 파묻힌 하늘색 머리카락 남학생의 모습이 천천히 등 뒤로 멀어졌다.

＊　＊　＊

문을 열어젖히자마자 익숙한 얼굴들이 시야로 쏟아지듯 와 박혔다.

아침에 일찍 열어젖힌 교실 창문으로 밀려들어 오는 찬 공기, 웅성거리는 소음들. 그리고 그 모든 것을 따뜻하게 얼버무리는 햇빛.

모두가 지나칠 정도로 반갑게 느껴져서 나는 잠시 눈을 찡그리다 이윽고 웃었다. 그러기가 무섭게 인사들이 쏟아졌다.

"야, 왔냐?"

"뭐야, 같이 왔네. 너, 단이 가방은 왜 들고 있어?"

우르르 쏟아지는 질문들에 윤정인이 어, 내가 애 넘어뜨릴 뻔해서, 하고 대답하며 내게 가방을 넘겨주었다. 곧이어 윤정인에게 개학 첫날부터 뭐 하냐, 우르르 타박이 쏟아지는 사이로 내가 이들에게 인사를 건넸다.

그렇게 개학식 첫날부터 늘 그렇듯 윤정인을 까고 나자 화제가 곧장 바뀌었다. 새로운 화제란 단연 아까 중앙 현관 옆에서 본 바로 그 외국인 전학생에 대한 것이었다. 벌써 추측들이 나돌고 있었는지 말들이 빠르게 쏟아졌다.

"걔, 1학년이라던데?"

"뭐, 진짜?"

"명찰 색 봐. 1학년 맞아."

"하긴, 3학년이 이 시기에 전학을 올 리는 없지."

"야, 그러면 우리 반 되면 장난 아니겠다."

흐흠. 나는 조용히 턱을 괴었다. 아무리 하늘색 머리 남학생이 눈에 띈다고는 해도 역시 개학식 첫날, 아직 수업도 시작하지 않았다 보니 실질적인 정보는 없군. 그렇다면 그 정체는 결국 까 봐야 안다는 건데.

나는 잠시 어깨를 파르르 떨었다. 입학식이나 개학식날마다 새로운 일이 벌어지지 않으면 소설로서 지겨운 건 알겠지만, 좀 작작 해 주면 안 되냐? 안에서 사는 사람 생각 좀 해 달라고!

애써 그런 화제를 피하기 위해 고개를 뻣뻣이 돌리고 있던 내 눈에 익숙한 인영들이 들어왔다. 창가에 앉아 조곤 조곤 얘기를 나누고 있는 김 쌍둥이였다. 여느 때처럼 차분한 분위기가 그들을 휘감고 있어서 그들만 다른 세상에 있는 것처럼 보였다.

나는 자리에서 몸을 일으켜 그쪽으로 다가갔다. 내가 가까이 가자 두 사람이 맞춘 듯 동시에 고개를 돌렸다. 돌아오는 인사말마저 조용했다.

"안녕."

"안녕."

나는 작게 웃고는 두 사람의 가까운 빈자리에 걸터앉았다. 김혜우의 눈 밑이 거뭇한 것을 보니 전날까지 밤을 샌 모양이었다.

그의 책상 위에 두 팔을 걸치며 내가 물었다.

"또 게임했어?"

"어, 경험치랑 보상 두 배 이벤트 달리는데 아까워서 쉴 수가 있어야지."

"오빠를 깨우느라 아침마다 소모되는 내 체력은 아깝다고 생각 안 해?"

평소처럼 툭탁거리기 시작하는 그들의 모습을 보고 있자니 비로소 일상의 시작이라는 느낌이 들었다. 그래, 새 학기는 이래야지, 암. 유전적으로 불가능한 하늘색 머리카락의 전학생 얘기 같은 걸로 온 학교가 떠들썩하는 게 아니라.

흐뭇하게 턱을 괴고 쌍둥이의 싸우는 모습을 바라보고

있으려니 교실 앞문이 벌컥 열리며 검고 긴 가방을 등에 맨 신서현이 모습을 드러냈다. 새 학기부터 아침 훈련을 끝내고 온 모양인지 지친 듯 머리카락을 쓸어 넘긴 그는 가장 먼저 윤정인 쪽을 보았다.

그쪽에서는 윤정인과 이민아를 포함해서 열사람 정도가 아까 그 남학생에 대해 떠들고 있었는데, 신서현은 전혀 그 쪽에 흥미를 보이는 기색이 아니었다. 아마도 훈련 때문에 일찍 등교해서 전학생을 마주치지 않은 모양이었다. 다만 신서현은 유난히 시끄러운 그들 무리를 보며 가만히 인상을 쓰더니 가방만 내려놓고는 곧장 우리 쪽으로 걸어왔다.

그리고 내 옆자리 의자를 빼고 앉으며 그가 내뱉은 말에 우리 모두가 웃음을 터트렸다.

"윤정인 얼굴 보니까 한 것도 없는데 왜 벌써부터 피곤하냐."

그래, 표정에서부터 그래 보였다. 워낙 조용히 움직인 터라 윤정인은 신서현이 교실에 들어왔다는 것조차 눈치채지 못한 것 같았다. 신서현에게는 참으로 다행인 일이었다.

한동안 웃음을 멈추지 못하던 내 옆에서 김혜힐이 문득 말했다.

"상 탄 거 뉴스에서 봤어. 축하해."

엥? 그 갑작스런 말에 나는 눈을 크게 떴다. 놀라서 옆을 돌아보자 김혜우도 진작 알고 있었던 듯 태연한 표정이었다.

내가 물었다.

"상 탔어? 무슨 상?"

"방학 동안 해외 대회 다녀왔거든."

그러면서 조용한 목소리로 해외 훈련소에서 있었던 일, 외국에서 의사소통이 안 돼서 고생했던 일을 (그는 의외로 영어를 잘 못했다) 늘어놓던 신서현은 문득 떠오른 듯 물었다.

"혹시 읽을 책 갖고 있어? 개학식 때 읽을 만한 거."

"아, 찾을 줄 알고 여유 있게 가져왔어."

내가 가방을 건네주자, 고맙다고 말한 신서현이 가방 안의 책을 차례로 꺼내기 시작하는 그때였다. 우리 등 뒤로 요란한 외침이 솟아올랐다.

"야, 신서현, 너 어떻게 왔는데 인사도 안 하냐? 우리 사이에 어떻게 그래?"

신서현을 보기가 무섭게 징징거리기 시작하는 윤정인을 보며 나는 가볍게 한숨을 내쉬었다. 그리고 신서현의 갈색 눈이 즉시 일그러졌다.

윤정인을 돌아본 그가 지친 얼굴로 말했다.

"네 얼굴만 봐도 기 빨려서 그쪽으로 가고 싶지 않더라."

"뭐? 너 옛날에는 내가 응원석에 없기만 해도 활을 못 쏘겠다느니 어쩌겠다느니 했으면서."

"너 대체 몇 년 전 얘기를 하고 앉아 있나?"

얼굴이 시뻘게진 신서현이 와락 몸을 일으켜 윤정인의 멱살을 잡는 것을 보며 김 쌍둥이가 웃음을 터트렸다.

나도 킬킬 웃는 한편, 신서현의 어렸을 적 모습을 속으로 상상해 보았다. 단정한 갈색 바가지 머리에 조용한 눈을 하고 활시위에 활을 거는 어린 신서현이라니. 무지 귀여웠 겠네, 그거.

신서현에게 목이 졸리던 윤정인의 시선이 문득 신서현의 손에 들린 책에 닿은 것은 그때였다. 검은 바탕에 붉은 무늬의 책을 본 그가 불쑥 탄성을 내뱉었다.

"어, 그거 〈붉은 십자가 살인〉이네."

신서현은 아랑곳 않고 윤정인의 멱살을 쥐고 흔들었다.

"그래서? 그게 뭐?"

"야, 얼른 애 입 막아."

그렇게 말한 것은 김혜힐이었다. 그들도 입학식날 윤정 인이 저질렀던 파워 스포일러를 똑똑히 기억하고 있음이 분명했다.

하지만 신서현은 동요 없는 표정으로 고개를 내저을 뿐 이었다. 그가 차분한 태도로 대답했다.

"애가 이 소설 범인을 알 리가 없어."

김혜힐이 불안한 듯 눈을 찡그리며 되물었다.

"어째서?"

"왜냐하면, 이거 나온 지 한 달도 안 됐으니까."

그쯤에서 난처하게 눈을 굴리던 내가 조용히 입을 떼었다.

"어, 저기, 신서현."

그러자 모두가 한꺼번에 이쪽을 돌아보았다. 신서현은 의아한 표정, 김 쌍둥이는 잔뜩 불안한 듯한 표정이었고, 마지막으로 윤정인은…… 몹시 산뜻하게 웃고 있었다.

그리고 손을 들어 올린 내가 침착하게 말했다.

"사실, 내가 아침에 오는 길에 윤정인을 만나서. 걔가 그 책을 좀 읽었거든……. 뒷부분만."

우리는 그 즉시 신서현이 전광석화 같은 몸짓으로 손을 귀에 가져가는 것을 볼 수 있었다. 그러나 윤정인이 그보다 빨랐다.

"범인은 주인공 하숙집 2층에 사는 나카무라 켄지."

그리고 나는 아침에 했던 내기의 결과를 확인할 수 있었다. 나와 반여령의 승리였다.

교실로 들어오다 말고 담임 선생님이 고개를 기웃했다. 한참 만에 그가 미심쩍다는 듯 찌푸린 얼굴로 물었다.

"왜 이렇게 조용하니?"

한 녀석이 손을 들고 말했다.

"선생님, 윤정인 죽었어요."

이윽고 와르르 일어난 웃음이 교실을 휩쓸었다. 선생님이 놀라며 죽였어? 누가? 묻는 말에 다시 대답이 돌아왔다.

"신서현이요."

그러자 선생님은 제가 무슨 잘못을 했냐는 듯 태연하게 턱을 괴고 앉은 신서현을 돌아보더니 진지한 얼굴로 딱 한 마디 했다.

"서현아, 잘했다."

이제 우리 반은 발을 구르고 박수를 치고 난리가 났다. 그 와중에 조용한 사람은 아직도 얼얼한 옆구리를 부여잡고 끙끙거리는 윤정인 하나였다. 그가 불쑥 고개를 들어, 아, 선생님! 하고 외쳤으나, 그의 말은 파도 같은 웃음소리에 묻혔을 뿐이었다.

그러다 문득 선생님이 내놓은 말에 웃음이 천천히 잦아들었다. 뒤통수를 긁적이며 출석부를 뒤적이던 선생님이 말했다.

"아니야, 진짜 한 사람 적은데."

"네?"

그리고 흘러나온 이름에 갑자기 교실이 씻은 듯 조용해졌다.

"아, 그랬지. 이루다."

갑자기 찾아온 침묵 속에서 우리는 불안한 듯 눈짓을 교환했다.

이윽고 앞뒤로 서로를 돌아보며 일제히 묻기 시작했다.

그리고 보니 진짜네. 이루다는 어디 갔어? 왜 아직도 안

온 거야? 낯선 얼굴의 등장에 휩쓸려 모두가 잊고 있던 사실이었다.

웅성거리는 분위기 속에 개학 첫날의 산뜻한 설렘은 더 이상 없었다. 구름처럼 자라난 불안한 공기가 교실을 덮는 가운데, 나는 아직도 내 주머니에 들어 있는 이루다의 핸드폰에 힐긋 시선을 주었다.

그때 출석부를 교탁에 탁탁 내리친 선생님이 입을 열었다.

"그렇지. 말하는 걸 깜빡 잊었는데, 이루다는 집안 사정으로 학교를 그만두게 되었다. 듣기로는 고향, 아니, 고국으로 돌아간다더구나."

뭐라고? 전혀 상상치도 못한 사실에 나는 입을 크게 벌렸다. 하지만 이루다, 학교에서 보자며? 분명히 그렇게 말했었는데. 옆에서 나만큼이나 놀란 누군가가 망연자실하게 내뱉었다.

"네? 대체 어디로요?"

"어디라더라? 미국 어디라던 것 같은데, 나도 지명을 잘 몰라서."

선생님이 머쓱한 듯 뒷머리를 긁으며 그렇게 말한 직후, 파도처럼 밀려온 침묵이 교실을 휩쓸고 지나갔다.

이윽고 침묵이 지나간 자리마다 저마다 입을 열어 한마디씩 내뱉었다.

"말도 안 돼."

"이렇게 인사도 없이 가 버릴 건 없잖아."

"연락이라도 한 번 해 주지."

"아, 저기……."

나는 손을 주춤 들며 짧게 내뱉었으나 곧 말을 그만두고 말았다. 내 근처에 앉아 있던 신서현과 김 쌍둥이가 우연히 그 말을 들은 듯 나를 향해 의문 섞인 시선을 보냈으나 나는 아무것도 하지 못했다.

이루다에 대한 오해를 풀기 위해서 이루다의 핸드폰이 그동안 나에게 있었고, 때문에 연락이 불가능했다고 말하려 했지만 지금은 머릿속이 꼬여서 아무런 말도 할 수가 없었다.

다만 나는 착잡한 얼굴로 단 하나 비어 있는 자리를 응시했다. 그녀에게 개학하고 얘기할 거리들을 잔뜩 쌓아 두고 있었는데. 아직 감사 인사도 못했는데. 그런데, 이렇게 가 버리면 어떡해?

핸드폰을 다시 한 번 힘주어 움켜쥐면서, 나는 파티장에서 보았던 이루다의 모습을 떠올렸다. 그녀가 했던 말들을.

그녀는 돌아가고 싶지 않아 했다. 그녀는 적어도 이곳에서 훨씬 더 행복하게 보였다. 그런 이루다가 자진해서 인사 한마디도 남겨 두지 않고 떠나갔을 리가 없는데.

나는 내 추측에 대해 말하고 싶었지만 파티장에서 이루다의 모습을 본 것은, 그녀의 내밀한 속 얘기를 들은 것은 나뿐이었다.

그래서 나는 입술을 깨물고 가만히 있을 수밖엔 없었다.

그런데 다행인지 불행인지, 이루다의 전학 건은 그날 바로 터져 나온 또 하나의 새로운 사건에 의해 묻혔다. 오늘 아침에 중앙 현관 앞에서 지나는 학생들마다 물어 가며 '얼음 공주'인가 뭔가를 찾아 대던 하늘색 머리카락의 남학생이 우리 학교 어느 반에도 전학을 오지 않은 것이다. 그에 누군가는 전학 예정인 학생이 미리 견학 오지 않았겠냐고 말했고 누군가는 유령이라고 말했다.

그렇게 나타나야 할 사람은 나타나지 않고 정체불명의 한 사람이 나타난 채로, 학기는 시작부터 미궁으로 빠져들고 있었다.

* * *

이루다가 인사도 없이 사라진 것에 대해서는 담임 선생님도 조금은 이상하게 생각하는 모양이었다.

일단 우리 반 같은 경우에는 학기 초부터 1반과 싸우는가 하면, 수련회나 자체 담력 시험 등 이러저러 일이 많았던 지라 반 친구들끼리 몹시 친했던 것이다. 그리고 속이야 어떻든 겉으로는 사교성이 좋았던 이루다는 그런 우리 반의 구심점 중 하나였으니까.

사립 입시 고등학교라고는 해도 아직 1학년인지라 개학 식은 고작 4교시 정도를 마치고 끝났다. 4교시가 끝나고 종례를 위해 들어오셨던 담임 선생님이 종례를 하다 말고 문득 고개를 기웃하더니 물었다.

"누구, 방학 때 이루다 만난 사람 없어?"

"아."

그에 문득 손을 들려던 나는 주춤했다. 아니지. 손을 도로 책상 밑으로 내리며 나는 되뇌었다.

내가 이루다를 만난 것은 거의 방학 중순 무렵이었다. 방학 끝나기까지는 2주나 여유가 있었으니, 그 사이에 누군가 이루다를 만나지 않았을까? 나 말고도 가장 최근에 이루다를 만난 사람이 따로 있을 게 아닌가. 그렇게 생각하며 나는 이루다의 핸드폰을 손안에 말아 쥔 채 반의 공기를 살폈다.

그런데 누구도, 그 누구도 나서지 않았다. 내가 불안하게 눈을 굴리는 사이, 아이들도 하나둘 서로를 돌아보며 의아한 듯 묻기 시작했다.

"뭐야, 이루다 만난 사람 없어? 나는 너네 팸이랑 놀고 있는 줄 알았어."

"이루다 연락도 거의 안 받았어. 도서관에 박혀 있다던데?"

"아, 맞다, 우리도 도서관에서 한 번 봤어."

학구열이 대단한 무리 서넛이 손을 불쑥 들고 대답하는

것을 보며 나는 심란한 기분에 빠졌다. 그래, 나도 도서관에서 이루다를 만날 수 있을 줄 알고 몇 번 간 적이 있었지. 죄다 허사였지만.

또 한 번 반의 분위기가 미궁 속으로 빠지자 고개를 기웃거리던 담임 선생님은 이윽고 종례를 마쳤다.

종례가 끝나자마자 우리 반은 흩어지는 대신에 윤정인과 내 자리를 중심으로 우르르 몰려들었다. 아무튼 이러니저러니해도 이루다가 전학 간 것이 우리 반에는 큰일인 모양이었다.

가장 먼저 윤정인이 말했다. 그도 약간 얼이 빠진 듯한 표정이었다.

"와, 신서현. 이거 약간 네가 좋아하는 추리 소설 도입부 같다."

그리고 신서현이 미간에 주름을 잡으며 대꾸했다.

"지금 이 상황이 추리 소설에 비유가 돼? 반 친구 한 명이 흔적도 없이 사라졌는데. 반장으로서 뭐라도 해야 한다는 책임감은 안 들고?"

그러자 어깨를 으쓱한 윤정인이 대답했다. 이어지는 목소리는 평소처럼 태연했다.

"아니, 섭섭하긴 한데. 그렇다고 내가 뭘 어쩌겠어? 가족 사정으로 자기 나라로 돌아갔다는데."

그리고 그는 턱을 매만지며 말을 이었다.

"아무한테도 말 안 하고 간 건 확실히 의외긴 하네. 스스로도 가게 될 줄 몰랐는데 급하게 떠났을 수도 있겠지. 그래도 하다못해 문자 한 통씩이라도 넣어 줄 수 있었잖아? 반장인 나한테라도 뭔가 얘기를 남겼으면 내가 그걸 전달할 수도 있었을 거고. 그러지 않은 상황에서 우리가 할 수 있는 건 없……."

윤정인이 거기까지 말했을 때, 군중 속에 있던 내가 슬그머니 손을 들어 올렸다. 반의 모두가 나를 돌아보는 가운데 나는 어색하게 웃었다.

"저기."

"왜? 무슨 일이야?"

"이루다 핸드폰, 나한테 있는데."

내가 그렇게 말하자 잠시 침묵이 찾아왔다. 이윽고 모두가 일제히 날더러 한마디씩 하기 시작했다. 뭐? 그걸 왜 이제 말해? 아니, 왜 그게 너한테? 쏟아지는 질문들 가운데 나는 어색하게 웃으며 핸드폰을 꺼냈다. 아니, 뭐, 사실대로 다 말할 수는 없겠고.

"사실은 방학 때 파티에서 만났는데, 그때……."

얘기를 시작하던 나는 윤정인과 김 쌍둥이의 눈이 동시에 휘둥그레지는 것을 보고 혀를 찼다. 아차.

윤정인이 황급히 물어 왔다.

"뭐? 거기 이루다도 왔었다고? 그럼 우리가 못 봤을 리 없는데? 눈에 안 띄는 얼굴도 아니고."

나는 하하, 어색하게 웃었다. 그거야 그렇겠지! 하지만 그건 어디까지나 이루다가 평소 모습이었더라면, 하는 전제가 붙는다.

솔직히 이루다가 남장 여자란 것을 알고 있던 나만 해도 이루다라고 확신을 갖기까지 상당히 애를 먹었으니, 이루다가 아무리 파티장을 쏘다녔다 한들 윤정인이나 김 쌍둥이가 이루다를 알아봤을 리 없었다. 원래부터 안면 인식 장애를 갖고 있는 사대천왕이나 반여령이야 말할 것도 없고.

애써 침착함을 되찾은 나는 머리카락을 귀 뒤로 넘기며 말을 이었다. 아, 그게.

"후반부에 잠깐 다녀가서. 나도 룸 있던 복도에서 마주쳤어. 그런데 내가 잠깐 전화를 빌려 쓴 사이에 이루다가 급한 일이 생겨서……."

흐음. 그제야 도로 표정이 돌아오며 의자 등받이에 기대앉은 윤정인이 손가락을 뻗어 내 쪽을 가리켰다.

"그래서, 그 뒤로 계속 너한테 있었다고?"

"응."

"연락은?"

"전혀."

그렇게 말하며 나는 고개를 내저었다. 혹시나 이루다가 무슨 중요한 연락이라도 놓칠까 싶어, 아니면 다른 사람 핸드폰으로 연락 줄까 싶어 하루에도 몇 번씩 핸드폰을 확인했으나 문자는 대부분 우리 반 아이들에게서 온 것이었고 그 외의 연락은 없었다.

밤마다 머리맡에 놓인 이루다의 울리지 않는 핸드폰을 보면서 새삼 이루다도 참 좋은 인간관계를 가졌구나, 하고 나는 어렴풋이 생각하곤 했다.

나나 다른 친구들이야 어쨌든 계속 이 나라에서 나고 자랐으니 초등학교, 중학교 친구들이야 얼마든지 있기 마련이었다.

예를 들어 나와 반여령의 경우, 유치원, 초등학교에 이어 중 고등학교까지 같이 지내 온, 말 그대로 알짜배기 소꿉친구이기 때문에 외로움 같은 것은 느낄 겨를 같은 게 없다. 아, 물론 유치원이나 초등학교에 대한 기억은 내게 없다고 해도 어쨌건. 설령 약간의 외로움이 있다고 해도 그것은 온전히 내 문제에서 비롯된 것이다.

그러나 이루다는 달랐을 것이다. 옆에 반드시 누군가 있어야만 할 것 같은 이루다가 알던 사람 모두를 두고 도망쳐 오게 한 것. 그게 무엇이었을까? 이루다의 핸드폰과 함께 하는 나날동안 나는 그런 생각을 하게 되곤 했다.

그러고 보니 어제는 오랜만에 학교 갈 준비를 하느라고 바빠서 핸드폰을 확인하지 못했는데. 하지만 하루 안 봤는데 별거 있으려고? 그렇게 생각하면서도 나는 무심코 핸드폰 폴더를 열었다. 그리고 내 눈이 잠시 커졌다.

"어?"

윤정인이 내 쪽으로 불쑥 몸을 기울였다.

"왜 그래?"

"모르는 번호로 메시지가 와 있어."

그러자 옆에서 질문이 쏟아졌다. 뭐? 어디? 쏟아지는 말들을 들으며 나는 핸드폰 화면을 뚫어져라 바라보았다.

번호는 말도 안 되는 숫자의 조합으로 이루어져 있었는데, 공중전화나 해외 번호 조차도 아니었다. 대체 이게 어떻게 된 거지?

문득 해킹이라는 가능성이 머릿속을 스치기에 나는 가만히 고개를 내저었다. 에이, 주인이 같은 사람이 그렇게 많을 리가 없잖아.

그리고 나는 메시지의 내용을 확인했다.

[보낸 사람 : 51338#426&?

내용 : Miss me?]

그 한마디가 다였다.

누군가 투덜거렸다. 뭐야, 영어잖아. 그리고 다른 누군가가 제시한 가능성에 나는 눈을 들었다.

"외국 친구 아니야? 왜, 이루다 중학교 때까지는 외국에서 살다 온 거잖아."

"하지만 왜 이제야? 이루다는 외국으로 돌아간 거 아니었어?"

다른 이들이 주고받는 대화를 들으며 나는 다시 화면에 시선을 주었다.

Miss me. 해석하면 '내가 그리웠니?'.

최근에 아무 생각 없이 텔레비전을 보던 와중에 어느 영화에서 그런 대사를 본 것 같았다.

별로 좋은 맥락의 대사는 아니었다. 거울 위에 립스틱으로 섬뜩하게 새겨진 붉은 문구. 그 물음을 실제로 듣는 지금도 친구라기보다는 악당이 보낸 문자를 읽는 듯 섬뜩한 느낌이 들었다. 그러나 그 섬뜩함 이전에 나는 내가 무언가 중요한 것을 잊어버린 듯한 기분이 들었다.

뭐지? 나는 턱을 매만졌다. 내가 뭔가를 놓치고 있는 것 같은데. 아무튼 그것으로 이루다에 대한 우리 반의 회의는 끝났다.

일단 가장 중요한 결과는 이루다가 갑자기 전학 가게 되었음에도 우리에게는 말 한마디도 없었던 것이 자의로 인한 것이 아니라, 핸드폰이 내게 있었기 때문에 어쩔 수 없었음을 알린 것이었다. 그만하면 오해는 피했다고 할 수 있을 테니까.

교실 뒷문으로 나가자 학교가 일찍 파하는 날에는 으레

그렇듯 사대천왕과 반여령이 모두 모여서 나를 기다리고 있었다. 이 학교 다닌 지 반년이나 됐는데도 사람들을 시선을 끄는 것도 여전했다.

어쩜. 새삼 기시감을 느껴서 가만히 눈을 찡그리는 내게 반여령이 달려와 물었다.

"단아, 너 그거 들었어?"

"아, 우리 아침에 봤던 하늘색 머리 남자애가 아무 반에도 전학 안 왔다는 그거?"

그러자 반여령이 적극적으로 고개를 끄덕이며 주먹을 움켜쥐었다.

"응, 그거 말이야. 정말 이상하지 않아?"

글쎄……. 나는 유감스런 눈으로 은지호의 은색 머리카락을 비롯해서 사대천왕의 머리카락을 한 번씩 번갈아 보았다. 아무튼 토종 한국인의 은색 머리카락에 비교하면 이 학교에 신기할 것은 아무것도 없다고 생각하는데.

그러기가 무섭게 등 뒤에서 은지호의 목소리가 날아왔다.

"야, 함단이 너 또 무슨 생각했어. 너 이상한 생각했지. 특히 나에 대해서."

귀신이냐? 어깨를 움찔하는 것도 잠시, 나는 최대한 당당하게 대답했다.

"뭘? 내가 뭘? 나 아무 말 안 했거든"

"방금 공기가 시끄러웠어."

뭐? 나는 입을 벌렸다. 말도 안 돼, 이제 천연 은발 한국인인 걸로도 모자라 독심술까지 생긴 거냐? 내 표정을 보고 사실임을 알았는지 은지호의 손이 다가와 내 볼을 꼬집으려 했다.

악. 내가 다급히 도망가는데 마침 은형이의 손이 은지호의 뒤통수를 탁 때렸다. 아! 작게 소리 지른 은지호가 뒤를 돌아보았다.

"개학 첫날부터 단이한테 시비 걸지?"

"아, 너 진짜 함단이 너무 편애하는 거 아니냐?"

"예쁜 짓을 해야 예뻐 해 주지."

은형이가 엄중한 목소리로 그렇게 말하자, 갑자기 히죽 웃은 은지호가 몸을 숙였다. 은형이의 어깨에 느슨하게 팔을 걸친 은지호가 나직이 속삭였다.

"아, 그러면. 내가 예쁜 짓을 하길 바라?"

"미안, 내가 실언했으니까 놔줄래?"

창백해진 얼굴로 그렇게 말하는 은형이를 보며 앞서 걷던 나와 반여령은 웃음을 터트렸다.

이윽고 반여령마저 이 이상한 대화에 장단을 맞추고 싶은지, 은지호를 향해 놀리듯 말했다.

"은지호, 나도 애교 보여 줘. 자, 해 봐. 예쁜 짓."

반여령에게는 봐주는 법이 없는 은지호는 이를 드러내며 웃었다.

"내 애교에는 보는 사람마다 죽는 저주가 걸려 있는데."

그에 대답한 것은 그때까지도 말 한마디 없던 유천영이었다.

"저주가 걸려 있지 않더라도 죽겠지."

잠시 침묵이 흐른 직후, 나와 반여령은 서로의 팔을 때리며 웃어 대기 시작했다. 그런 우리의 사이로 은지호가 유천영에게 뾰족하게 되묻는 소리가 끼어들었다.

"야, 너 봤어? 봤냐고!"

"아까 네가 보면 죽는다며. 내가 그걸 왜 봐."

"좋아, 그럼 잘 봐라."

"아니, 보기 싫다니까."

툭탁거리는 두 사람의 뒤에서 주인이 웃음을 터트렸다. 그러더니 그는 앞으로 나서며 당연한 듯 반여령과 내 사이로 끼어들었다. 원래가 명랑한 성격이라 여자들끼리 카페 가는 데 끼더라도 전혀 부담스러워하지 않는 그였다.

고개를 내저으며 우주인이 말했다.

"저게 무슨 바보 같은 대화야, 개학 첫날부터."

"그러게들 말이야."

나도 어이가 없어서 풋 웃으며 대꾸하는 그때였다. 주인이의 갈색 눈동자가 문득 나를 향했다. 그리고 그가 문득 떠오른 듯 입을 열었다.

"아, 그러고 보니까 말야, 엄마."

"아, 응."

대수롭잖게 대답하던 나는 이어서 들려온 물음에 잠시 몸이 굳었다.

"루다 형, 전학 갔다며?"

나는 잠시 걸음을 멈추었다. 그러나 아주 잠시였을 뿐으로, 간신히 뒷사람들이 눈치채기 전에 곧바로 걸음을 떼어 놓으며 내가 대답했다.

"아, 뭐……. 그렇지, 뭐."

나는 내 목소리가 최대한 슬프게 들리지 않기를 바랐다. 아무튼 예측하지 못했던 이 이별은 내게도 상당한 슬픔이었다.

아니, 그보다도 주인이 굳이 지금 이런 얘기를 꺼낸 이유가 뭘까? 잠시 생각하던 나는 문득 들려온 물음에 뒤를 돌아보았다. 싸우는 와중에도 그 얘기는 용케 들었는지 은지호가 의아한 듯 묻고 있었다.

"이루다가 전학을 갔다고?"

"응."

"너한테는 말도 않고? 그럴 것 같지는 않았는데. 아 참, 핸드폰 너한테 있었나. 아, 그런데 다른 핸드폰으로 그 핸드폰으로 연락하면 되지 않나?"

내 말. 고개를 끄덕이는 내 뒤로 유천영도 살짝 눈을 찡그리며 물었다.

"이루다가?"

크게 뜨인 그의 파란 눈을 보고서야 나는 새삼 잊고 있었던 사실을 떠올렸다. 어쩐지 나날이 로맨스라기보다는 배틀물 같은 긴장감이 두 사람 사이에 짙어지긴 했어도, 아무튼 유천영은 사대천왕들 중에서는 이루다와 가장 면식이 많았다.

그는 별로 아쉬워 보이지는 않았지만, 아는 사람 하나가 전학 갔다고 하니까 기분이 조금 이상하기는 한 모양이었다.

그런데 은지호가 말했다.

"이상하지."

"응, 이상하네."

이상하다니? 뭐가? 내가 그렇게 물으려던 그때였다. 우리의 얘기를 들으며 잠자코 턱을 매만지다 말고 손을 내려놓으며 은형이가 던진 한마디가 우리 사이로 조용한 파문을 불러 일으켰다.

"그 애, 학교를 좋아하는 것처럼 보였는데."

그 말이 담고 있는 대단한 통찰에 나는 내심 가슴이 서늘해졌다.

따지자면 사대천왕 중에서는 이루다와 가장 접점이 없는 그였다. 아마도 매점에서 단 한 번, 그조차도 반여령의 말실수로 난장판이 된 주변을 수습하느라 정신이 없었고. 그렇듯 루다를 얼마 보지도 않은 은형이가 무심코 내뱉은 말이 대단한 통찰을 담고 있었다.

그랬다. 과연 그 말대로였다. 이루다는 이 학교를 몹시 좋아했다. 비록 처음에는 모든 것을 번거롭게 여겼다고 해도, 나중에는 그 모든 것을 좋아하게 되었다. 시끄럽다고 싫어했던 윤정인과 8반 친구들 모두를 비롯해서.

그가 파티장 복도에서 치마를 걷어 올리고 앉아 내게 건넸던 말들을 기억한다.

'사람은 배운 대로 살 수밖에 없지 않느냐고, 온통 거짓으로 나를 점철하고는 그렇게 속으로 핑계를 댔어. 그러다가 너희를 봤는데……. 너희는 그대로인 거야.'

그렇게 말하던 이루다의 눈에 깃들어 있던, 숨길 수 없는 애정을 나는 분명히 보았다. 내가 파티장에서 마주쳤던 이루다에 대해 그녀가 했던 말에 대해 반 애들에게 털어놓고 싶었던 이유도 바로 그 때문이었다.

그녀의 눈을 보고 그녀의 말을 들은 이상 그녀가 우리 반을 좋아했음은 아무도 의심할 수 없을 것이기에. 이루다의 비밀 보장을 위해서라도 그럴 수 없었지만 답답한 노릇이었다.

방금까지만 해도 그런 일을 겪고 왔던 나로서는 은형이의 통찰력에 다시 한 번 놀라지 않을 수 없었다.

잠깐 말을 잃고 있다가 간신히 평정을 되찾은 내가 눈을 내리깔며 대답했다.

"그러게……. 이상한 일이지."

그때였다. 중앙 현관으로 통하는 계단 아래 어두운 곳에서 이쪽을 향해 빛나는 푸른 눈이 보였다. 은형이를 보다 말고 흠칫 놀란 나는 그쪽을 돌아보았다.

주인이가 옆에서 나를 불렀다.

"엄마? 왜 그래?"

"아, 아니……."

자세히 쳐다보니 계단 밑에는 어느새 아무것도 없었다.

내 눈의 착각이었겠지? 그렇게 생각하려고 해도 기분이 스산해지는 것은 어쩔 수 없었다. 나는 팔을 감싸며 중얼거렸다.

이제 계절도 지났는데 철 지난 납량 특집 같은 게 시작되는 건 아니겠지? 수상한 전학생도 그렇고 말이야.

그리고 나는 이들과 뭉친 채로 걸음을 옮겼다.

* * *

평소라면 음식점을 갔다가 카페, 노래방이나 볼링장 순으로 돌았겠지만 오늘은 평소와는 달리 할 얘기가 많지 않았다. 그 이유인즉, 방학 때 도서관을 다닌답시고 꾸준히 만났을 뿐더러 은지호와도 전화 통화를 규칙적으로 했기 때문이었다.

결국 우리는 모처럼 pc방에 나란히 앉아 우리처럼 개학식 끝나자마자 뛰쳐나온 이들 사이에서 게임을 하게 되었다.

그리고 한 가지 나를 놀라게 한 사실이 있었는데, 반여령은 게임에도 몹시 소질이 있다는 것이었다. 게임보다는 운동이나 책을 읽고 영화를 보는 데 취미가 있는 데다, 여단 오빠는 게임이라고는 전혀 하지 않아서 손도 대 본 적이 없는 걸로 아는데, 그녀는 놀랍게도 게임이 손에 익고 나자 은지호를 상대로 연전연승했다.

물론 나도 판에 끼기는 했지만, 나는 게임에는 처참할 정도로 소질이 없었다. 심지어 앞으로 가는 키와 뒤로 가는 키까지 헷갈려서 줄곧 벽에 부딪히거나 맵 끝에서 떨어져 죽었다.

채팅창에서는 은지호가 현실 도피를 하기 시작했다.

[은발짜세 :
야 너 반여령 아니지;]

[반넘㉠ㅔ맛간놈 :
맞는데]

[은발짜세 :

말해 누가 너 대신 조작해 주고 있지; 우주인이냐?]

[반넘ㅇㅔ맛간놈 :

지호야 사람은 어째야 한다?]

[반넘ㅇㅔ맛간놈 :

현실을 직시한다~]

[은발짜세 :

ㅋㅋㅋㅋㅋㅋ아 반여령 죽었어 진짜]

[우주의기원을찾아서 :

지호야 사람은 어째야 한다?]

[우주의기원을찾아서 :

입만 살지 않는다~]

[은발짜세 :

ㅋㅋㅋㅋㅋㅋㅋㅋㅋ아 미친아 너 친구 맞ㄴ]

[반넘ㅇㅔ맛간놈 :

지호야 사람은 어째야 한다?]

[반넘㉠ㅔ맛간놈 :
실력으로 말한다~]

그리고 다섯 번째 발이 미끄러져 추락하고 있던 나는 이어지는 채팅 로그에 숨넘어갈 듯 킥킥댔다.

[아이디를입력하시오 :
그럼 은지호]

[아이디를입력하시오 :
앞으로 말 못해]

[아이디를입력하시오 :
;]

[은발짜세 :
ㅋㅋㅋㅋㅋㅋㅋㅋㅋㅋㅋㅋㅋㅋㅋㅋㅋㅋㅋㅋ유천영 파워 어글]

[반넘㉠ㅔ맛간놈 :
유처녕ㅋㅋㅋㅋㅋㅋㅋㅋㅋㅋ나샷ㅋㅋㅋㅋㅋㅋㅋ]

[우주의기원을찾아서 :

ㅎㅋㅋㅋㅋㅋㅋㅋㅋㅋㅋ]

[은발짜세 :

다 죽었어 진짜]

[초보자가불타고있어요 :

ㅋㅋㅋㅋㅋㅋㅋ아진짜 니들 뭐 하는뎈ㅋㅋㅋㅋ]

정신없이 어깨를 들썩이며 대화를 입력하다 말고 문득 옆에서 은형이가 고개를 이쪽으로 향하기에 나는 몸을 돌렸다.

"아, 은형아."

"뭘 그렇게 재미있게 해?"

"이것 봐, 유천영 또 막말 쩔어."

그리고 채팅 로그를 쭉 올려 본 은형이가 웃음을 터트렸다. 그가 눈꼬리에 맺힌 눈물을 닦으며 말했다.

"확실히 천영이가 한마디 할 때마다 뭐가 있긴 해."

"쟤가 말 많았으면 무서워서 어떻게 사나 몰라."

그리고 나는 이번에는 그의 화면을 들여다보았다.

"너는 뭐 해?"

"나? 난 테트리스."

아무래도 이런 게 편해서. 그렇게 말하며 키보드를 태연하게 조작하고 있는 은형이를 보자니 과연 스킬이 터지고 난장판인 데다 조금만 정신 안 차려도 죽어 있는 내 게임 화면과는 차원이 달랐다.

어차피 지지리도 못하는데 더는 민폐 끼치지 말고 그만두자 싶어 나는 게임을 껐다. 그리고 은형이에게로 의자를 붙이며 내가 물었다.

"테트리스는 어떻게 하는데?"

"회원 가입만 하면 돼. 쉬워. 게임 시작은……."

은형이가 초등학교 때부터 해 왔다던 테트리스 게임의 키보드 조작을 막 가르쳐 주는 참인데, 여령이가 게임이 질렸다며 (은지호 허접이야.) 이쪽으로 붙어 오는 바람에 순식간에 팀이 결성되었다. 그러다 결국 주인이도 이쪽으로 넘어오고, 은지호가 유천영을 테트리스로는 이길 수 있다며 승부를 걸었다.

마침내 유천영으로부터 승리를 거둬 낸 은지호가 그 직후 반여령과 우주인에게 탈탈 털리고서 너덜너덜해진 채로 컴퓨터를 껐을 때는 이미 늦은 저녁이 되어 있었다.

마지막으로 근처 패밀리 레스토랑에서 식사를 한 다음 우리는 파해서 서로의 집으로 돌아갔다.

반여령과 나란히 길을 걷다 말고 나는 불현듯 이루다에 대한 생각을 떠올렸다. 그러고 보니 이루다와는 시내에서 논 적이 한 번도 없었다. 추격적을 벌였다면 모를까.

하기는 일단 루다 자체가 워낙 위험을 몰고 다니는 탓에 그녀 스스로가 혼자 있기를 택했을 것이다. 그러고 보면 반 아이들 모두와 친하게 지내는데도 그들 중 아무하고도 시내에 갔다 어쨌다 소리를 들어 본 적이 없었지.

'나는 너희와 어울리지도 않고, 게다가 너희를 위험하게 할 사람이야.'

루다의 그 말을 떠올리니 가슴 한구석이 지끈거렸다.

하지만 그렇다고 내가 뭘 할 수 있겠는가? 이미 루다가 떠나고 없는 판국인데. 주머니에 두 손을 찔러 넣으며 나는 애써 담담하게 중얼거렸다. 하지만 중요한 것을 잊고 있다는 기분은 아침부터 자꾸만 내 머릿속을 찔러 댔다. 그런 기분에 휩싸여 나는 집으로 들어왔다.

방학 후반에는 그리 쏘다니지를 않다가 오랜만에 맘껏 놀아서일까, 나는 옷을 갈아입자마자 그대로 침대 위로 곯아떨어지고 말았다.

꿈은 무의식의 연장이다. 현실에서는 대수롭잖게 보이던 먼지 같은 사실들도 꿈에서는 코끼리처럼 몸을 크게 부풀려 나타나는 경우가 있다.

그뿐만이 아니다. 간혹 꿈은 내가 알고 있던, 그러나 연결할 생각을 못했던 사실들을 한데 엮어 재구성하기도 한다. 따로따로 흩어져 있던 퍼즐 조각이 꿈에서는 그토록 간단히 한데 모이는 것이다.

내가 가장 먼저 본 것은 이루다의 모습이었다.

여긴 어디지? 나는 주위를 살폈다. 부연 먼지를 머금은 붉은 밤하늘 어두운 건물 사이로 가게 간판들은 창백한 네온사인 빛을 뿜고 있었다.

그리고 고개를 들자 문득 호루라기 소리가 밤공기를 가르고 날아왔다.

―휘이이이익!

나는 뒤를 돌아보았다. 크고 낡은 환풍기가 베란다 사이사이로 어지럽게 돌아가는, 마치 홍콩의 환락가 같은 풍경 사이로 후드를 눌러쓴 환한 금발이 이리로 달려왔다.

세상에 그만 한 금발은 수도 없이 많을 텐데도 그 순간 나는 세상에 금발이 그녀 하나밖에 없는 것처럼 쫓아가며 이름을 외쳤다.

[루다야!]

하지만 이루다는 뛰는 것을 멈추지 않았다. 얼마 안 가 골목 곳곳에서 튀어나온 검은 양복들이 이루다를 향해 시커먼 마귀처럼 돌진했다. 나는 그들을 따라 뛰기 시작했으나 도저히 따라잡을 수가 없었다.

내가 헐떡이며 무릎을 짚고 숨을 고르는 사이, 저 멀리서 이루다와 검은 양복들의 간격이 차차 좁아졌다. 이루다가 그들에게 잡히면 무슨 일이 일어나는지도 모르면서 나는 괜히 절박하게 외쳤다.

[루다야!]

그 찰나, 갑자기 장면이 바뀌었다.

갑자기 우리는 도서관에 와 있었다. 도서관에서도 검은 양복들은 이루다를 쫓는 것을 멈추지 않았다. 고래처럼 비현실적으로 거대한 서가들 사이를 지나며 나는 외쳐 댔다.

[루다야, 거기로 가면 안 돼! 오른쪽, 아니, 왼쪽!]

검은 양복들과 루다의 추격전을 보며 정신없이 외치던 나는 또 한 번 소용돌이에 휘말렸다.

이번에는 푹신한 진홍색 카펫 위였다. 도서관에서 너무 급작스럽게 장면이 바뀐 탓에 머리를 매만지며 얼떨떨해하던 나는 곧장 고개를 들었다.

주변을 둘러본 나는 곧바로 깨달았다. 아, 한울 그룹의 파티장이야. 정확히는 파티장 위의 프라이빗 룸들이 있던 복도였다.

방금까지만 해도 잠옷차림이던 나는 갑자기 흰 원피스 차림에 머리에는 큐빅 핀까지 꽂고 있었다. 어안이 벙벙해져 있던 나는 문득 복도 모퉁이 너머에서 날아오는 목소리를 듣고는 카펫 위를 엉금엉금 기어갔다.

모퉁이를 돌자마자 보이는 인영에 나는 황급히 벽에 몸을 바짝 붙였다. 말하고 있는 사람은 다름 아닌 유건이었다.

그런데 어찌된 일인지 의상이나 목소리는 분명히 유건이 맞는데 사람의 얼굴이 있어야 할 곳에는 악어의 얼굴이 있었다. 그런데도 유건임을 알아본 이유는 그가 하고 있는 말 때문이었다.

[제니에게서 영원히 도망칠 수 있을 것 같아?]

내가 엿들었던 것과 똑같은 대화였다. 그날 파티에서처럼 드레스 차림이 된 이루다가 이를 갈아붙이며 짧게 말했다.

[닥쳐.]

[애초에 여기는 왜 온 거야? 경호원들이 사방에 깔렸는데, Reed 기업의 손이 닿지 않은 사람이 대체 그중에 몇이나 있을 거라고 생각해?]

그 무렵에 다시 모퉁이 뒤로 몸을 숨긴 나는 작게 중얼거렸다.

그래, 분명히 나는 이 얘기를 들었어. 허나 그때는 유건의 등장과 이루다의 여장 자체에 놀라서 대화의 내용 자체에 대해서는 길게 생각할 틈이 없었다. 게다가 그 직후에는 납치당하기까지 해서 더더욱 이때의 대화를 되새길 겨를이 없었던 것이 사실이고.

그리고 나는 어제 아침부터 느꼈던 위화감에 대해 떠올렸다. 그럼 이게 바로 내가 잊고 있었던 것인가? 하지만

이 대화가 어째서? 생각하는 그때, 대화가 끊어지고 문득 들려온 이루다의 말에 나는 다시 고개를 들었다.

[어머니?]

어머니라니? 다시 한 번 모퉁이를 돌아 바라본 나는 경악했다.

어느새 호텔의 반절 이상이 뜯겨 나가 있었다. 뜯겨 나간 콘크리트 바닥 아래로 철골 구조와 도시 풍경의 일부가 내려다보였다. 마치 재난 영화 포스터에서나 볼 법한 모습이었다. 이루다는 아직 남은 바닥 위에 아슬아슬하게 버티고 서 있었다.

그 앞을 헬리콥터 한 대가 날고 있었다. 헬리콥터 날개가 사납게 회전하며 돌가루를 이쪽으로 휘날렸다. 콜록거리며 파우치로 코와 입을 가린 나는 바람을 이기기 위해 더욱 자세를 낮추었다.

이루다의 어머니, 이제니가 헬리콥터 문에 매달려 이루다에게로 손을 내밀고 있었다. 바짝 올려 묶은 검은 머리, 검은 눈. 언젠가 한 번 들어 보았던 나긋한 목소리로 그녀가 물었다.

[갈까, 아들?]

그에 눈을 크게 뜬 나는 치마 자락을 추슬러 자리에서 일어났다. 헬리콥터 바람을 역으로 헤치고 주춤주춤 걸어가며 나는 입을 떼었다.

[잠깐만, 루다야! 기다려 봐.]

그러나 내 외침은 프로펠러 소리에 묻혀 그쪽까지 들리지 않았다. 아니면 들렸는데도 들리지 않은 척하고 있다거나. 이루다도, 이제니도 이쪽을 한 번도 보지 않았다.

다만 이제니를 올려다보며 루다는 태연하게 대답했다.

[아, 네, 좋아요. 맞아요, 그게 조건이었죠.]

안 돼. 내가 망연자실하게 바라보는 가운데 이루다가 이제니를 따라 헬리콥터에 올라탔다. 문이 쾅 소리 나게 닫혔다.

반파된 호텔에 남은 내가 그들을 멍하니 올려다보는 가운데, 헬리콥터는 유유자적하게 허공을 한 바퀴 돌더니 그대로 떠나고 말았다.

그대로 무너진 건물 위에 서서 한참이나 서울의 풍경만 바라보던 나는 마침내 잠에서 깼다.

"헉."

이렇게 벼랑에서 떨어지듯, 혹은 물속에 던져지듯 깨는 것은 오랜만이었다.

눈을 뜨자마자 현기증이 치솟는 바람에 잠시 이마를 짚었지만 지체할 여유가 없다는 생각이 들었다. 나는 곧장 침대 맡을 뒤져 핸드폰을 찾았다.

현재 시각은 새벽 세 시. 충전기를 뽑은 나는 급하게 문자를 입력했다.

[받는 사람 : 아들
내용 : 주인아, 너 알고 있었지?]

시간이 시간이라 답장이 올 것이라 기대 안 했는데 불과 몇 초도 지나지 않아 핸드폰이 울렸다.

나는 폴더를 열어젖혔다.

[보낸 사람 : 아들
내용 : 알고 있지는 않았지만 눈치채고 있었지.]

나는 입술을 꾹 깨물었다.

도대체 왜 지금까지 전혀 예상하지 못했는지.

이루다는 책을 즐겨 읽는 타입으로는 보이지 않았고, 실제로 학교에서도 교과서 외의 책을 읽는 모습은 한 번도 못 봤었다. 그런데 그런 그녀가 대체 도서관에서 무얼 하고 있었던 걸까?

도서관이라는 장소의 특성을 생각하면 답은 간단하다. 사람이 많고 공개적인 데다, 학생 신분이 아닌 사람들은 이용하기가 어렵고 시끄러운 일이 일어나거나 수상한 사람이 들어왔을 때 지나칠 정도로 눈에 띄는 장소.

이루다는 학기 내내 그를 추격하던 검은 양복들을 피하기 위해 도서관에 있었던 것이다. 집에 있었다가 잡혀가면 아무도 그를 도와주지 않을 테니까.

공공건물에서는 소란을 일으키기가 쉽지 않은 데다가 도서관은 학생들 천지니까 건장한 체격의 성인 남자들은 시선을 끌지 않을 수 없을 테고, 소란이 커지면 이루다는 수상한 기미를 곧장 눈치채고 도망칠 수 있을 것이다. 거기까지 생각한 나는 입술을 깨물며 내 머리를 헤집었다.

그래, 추격을 집에서도 피할 수 있었다면 굳이 학교를 일찍 오진 않았겠지! 그렇다면 방학 때도 집이 아닌 다른 곳에서 추격을 피하고 있으리라 예상했어야 했는데!

답답한 점은 또 하나 더 있었다. 파티장에서 그렇게나 많은 대화를 얻었는데도 나는 그 대화에 대해 제대로 생각할 시간도, 기회도 없었고, 그 결과 많은 단서들을 바로 눈앞에서 놓쳐 버렸다.

이제니와 이루다의 관계, 그리고 이루다 본인이 품은 위험성에 대한 유건의 빈정거림. 그 외에도 단둘이 되었을 때 무장 해제된 표정으로 이루다가 내뱉던 말들. 그 모두가 단서였는데도 나는 대체! 나는 짜증스럽게 머리를 헤집었다.

'나는 정작 절대로 어머니 같은 사람이 되지 않겠다고 도망쳐 나온 건데 말이야. 어머니에게 도망치기 위해서 쓰는 게 전부 어머니에게서 배운 것뿐이네.'

그 말을 통해 그녀의 도주 경력과 놀라운 달리기 실력. 그리고 변장 실력의 출처는 대강 짐작해 볼 만하다. 이루다에게 그 모든 것을 가르친 것도, 이루다가 도망친 대상도 바로 이제니였다.

그리고 내 기억이 헬기가 착륙했던 옥상으로 거슬러 올라갔을 때, 나는 다시 탄식했다. 맙소사, 이걸 이제야 눈치채다니.

'갈까, 아들?'
'아, 네, 좋아요. 맞아요, 그게 조건이었죠.'

그렇게 대답하며 창백한 얼굴로 이제니를 향해 웃던 이루다.

이루다가 처음 헬기라는 대단한 수단을 갖고 반여령과 나를 구하러 왔을 때는 그저 소설이니 안 될 일이 어디 있냐고, 이 소설 참 규모 크다고만 여겼다. 헬기의 출처에 대해서는 조금도 생각지 않고.

그런데 지금 생각해 보니 아무리 소설이라도 그렇지 이 좁은 대한민국 땅에서 가출 청소년 신분으로 헬기를 어떻게 구한단 말인가? 게다가 사건과는 조금도 관련이 없는 주제에 우리의 위치를 사대천왕보다도 일찍 안 것은 어떻고.

나는 유건의 말을 되새겼다.

'애초에 여기는 왜 온 거야? 경호원들이 사방에 깔려 있는데, Reed 기업의 손이 닿지 않은 사람들이 대체 그중에 몇이나 있을 거라고 생각해?'

Reed.

이루다가 나와 반여령을 내려 주었던 빌딩의 이름이기도 했다.

그제야 나는 납치당했던 창고에서 최유리와 함께 있던 검은 양복 차림의 남자를 다시 떠올렸다. 최유리의 허락을 받고 창고에서 나간 그가 다시는 돌아오지 않던 것과, 그가 나간 직후 창고 앞에 내려앉던 헬기. 그 모든 일들이 의미하던 바를 나는 이제야 깨달았다.

이루다는 자신의 어머니, 이제니와 거래를 한 것이다.

다른 이유도 아니고, 단지 나와 반여령을 구하기 위해서.

* * *

다음날 등교해서도 방학 직후 특유의 구름 위를 걷는 듯 붕 뜬 분위기가 학교 전체를 감싸고 있었다.

하지만 우리 반만은 그런 가볍고 들뜬 분위기에서 한참을 벗어나 있었다. 우리 반의 모두는 말하다 말고 한 번씩 이루다의 빈자리를 힐끗거렸다. 선생님들이 아무 생각 없이 '이루다, 대답해 봐' 하고 발표를 시키기라도 하면 다들 몹시 침울해져서는 그 다음 시간까지도 우울한 표정을 짓고 있곤 했다.

그쯤 되니 우리 반만이 아닌 다른 반에서도 이루다의 전학에 대해 알게 되었다. 이윽고 학교 전체가 이루다의 전학에 대한 얘기로 복작거리기 시작했다.

그러나 그것도 얼마 가지 않았다. 뜻밖의 사건이 이루다에 대한 관심을 완전히 돌려놓았다.

"귀신이었다고?"

쓰레기봉투를 안고 뒤뚱거리는 걸음으로 계단을 내려가며 내가 물었다.

내 양옆에는 김혜힐과 김혜우가, 마찬가지로 교실 새 학기 청소의 산물인 쓰레기봉투 하나씩을 안고 계단을 내려가고 있었다. 우리 옆으로 빗자루와 쓰레받기로 한바탕 난투를 벌이는 이들이 계단을 우당탕 가로질러 올라갔다.

본인 몸만 한 쓰레기봉투를 안고 있는데도 힘든 기색도 없는 김혜힐이 여느 때와 같이 차분한 표정으로 대답했다.

"그렇대. 아니, 말이 돼? 한두 명 본 것도 아니고 일찍 등교한 애들 아니면 다 봤는데."

"그러니까 말이야. 게다가 말도 하지 않고 사라졌냐 하면 그런 것도 아니고, 귀신이었다면 그러고 있을 게 아니라 어디 구석 같은 데 우두커니 서서 슬픈 눈으로 사람들을 말없이 보고만 있다가 사라져야 하는 거 아니냐고."

"하하."

김혜우의 투덜거림에 작게 웃는 한편, 나는 얼마 전 중앙 현관 근처에서 보았던 하늘색 머리카락의 남학생을 떠올렸다.

우리 학교 교복을 입고 있던 데다 나이 대도 비슷해 보였으니 조금의 의심도 없이 전학생이라 생각했는데, 어찌된 일인지 그는 그 이후로 어느 반에도 모습을 드러내지 않았다. 그러니 개학하자마자 전학생이라며 들떠 있던 전교생이 점차 의아해하기 시작하더니 급기야는 저런 소문마저 돌기 시작한 것이다.

음, 글쎄. 나는 살짝 눈썹을 찌푸렸다. 하지만 그 녀석이 정말로 귀신이라기에는 아이덴티티가 너무 독보적이지 않아? 마침 김혜우도 나와 같은 생각인 모양이었다.

그가 입을 열었다.

"그리고 귀신이어도 할 대사가 있고 안 할 대사가 있지, 그게 뭐야? 찾으러 와도 꼭, 아이스—"

아니, 잠깐. 그걸 굳이 소리 내서 말할 필요는 없잖아! 내가 으악 소리를 지르며 달려들어 그의 입을 막으려는데, 그러기도 전에 김혜힐의 니킥이 김혜우의 무릎 뒤에 적중했다.

커헉. 비틀거리며 입을 다무는 김혜우에게 김혜힐이 서릿발같이 차가운 목소리로 쏘아붙였다.

"사람 죽일 일 있어? 그 이름을 입에 담으면 어쩌자는 거야?"

"아니, 그럼 뭐라고 해? 그게 무슨 이름을 말할 수 없는 그자야? 볼드모트도 아니고, 아이스 프……."

"그만하랬지. 차라리 볼드모트라고 불러."

나만큼이나 인터넷 소설의 대사들에 민감한 김혜힐에게 감사하는 것도 잠시, 나는 어이없다는 표정을 지었다. 아니, 얼음 공주와 볼드모트는 온도 차가 심해도 너무 심하잖아.

내 옆에서 김혜우도 어이없다는 표정으로 말했다.

"볼드모트를 찾으러 학교에 오다니, 그림이 너무 이상하잖아. 좀 더 낭만적인 용어로 바꿔."

그 얘기를 잠자코 듣고 있던 나도 조심스럽게 의견을 제시했다.

"커피 프린세스는 어때?"

"……"

"아닌가 봐, 미안."

그리고 우리는 침묵 속에서 쓰레기장으로 향했다.

투포환 던지듯 몸을 한 바퀴 돌려 쓰레기봉투를 힘차게 쓰레기 더미 안으로 날려 보내고 수돗가에서 간단히 손을 씻은 우리는 손을 탈탈 털며 학교 건물로 향했다.

내가 목덜미가 따끔거리는 느낌을 받은 것은 바로 그때였다. 나는 주춤거리며 뒤를 돌아보았다. 옆에서 김혜힐이 물었다.

"왜 그래?"

"아, 아니, 아무것도……."

대답하며 다시 김혜힐을 향해 고개를 돌리던 찰나, 저 멀리 빈 복도에서 이쪽을 응시하는 하늘색 눈동자와 시선이 마주쳤다.

이번에는 김혜우가 물었다.

"왜 또?"

"저기……."

나는 손가락을 들어 복도 쪽 창이 전면 유리로 된 별관을 가리켰다. 김혜힐과 김혜우의 시선이 나를 따라 그리로 향했다.

벽의 대부분이 유리로 이루어진 별관은 따뜻한 가을볕 속에서도 혼자 유리 세공품인 것처럼 차가운 분위기가 있었다. 그리고 그 복도에 한 남학생이 서 있었다.

남학생이라기보다는 소년이라고 불러야 할 것 같은 분위기였다. 어떤 사회적 관습이나 계급으로 묶어서는 안 될 것같이 홀로 존재하는 사람 같았다. 혹은 사람조차 아니거나.

염색이라기엔 지나치게 결 좋은 하늘색 머리카락은 기장이 조금 길어서 흰 얼굴을 감싸며 귀밑까지 흘러내렸다. 외국인으로 보이는데도 쌍꺼풀 없는 눈에 작고 오뚝한 코를 갖고 있었다. 밀랍으로 빚은 인형처럼 유난히 생기 없는 얼굴은 유난히 투명해서 햇빛이 그를 맥없이 투과하는 것만 같았다.

그는 단지 나만을 바라보고 서 있었다. 그리 가까운 곳에 서 있는 것도 아닌데도 그것이 느껴졌다. 그의 얼굴에 시선을 빼앗겨 있던 나는 옆에서 들려온 김혜우의 말에 문득 정신을 차렸다.

"이렇게 보니까 또 유령 같기도 하네. 소문의 이유를 알겠다."

"응."

"그런데 쟤, 우리 학교 학생 아니면 불법 침입인 거 아니냐?"

그리고 경비실로 가겠다는 김혜우를 김혜힐이 말렸다.

"오빠, 그러다 저주받아."

"귀신도 아닐 텐데 무슨 놈의 저주야?"

"신고까지 할 건 없잖아."

또 평소같이 이어지는 김 쌍둥이의 다툼을 들으며 나는 다시 한 번 복도 쪽을 바라보았다. 그는 일전에 중앙 현관 앞에서 보았던 대로 여전히 우리 학교 교복 차림이었다.

그래서 나는 당연히 그가 이 학교에 새로운 바람을 불러 일으킬 존재일 줄 알았는데, 왜 아직까지도 정식 전학 수속을 밟지 않은 거지? 게다가 전학 오지 않을 거면 우리 학교 교복을 입고 저기서 저러고 있는 이유는 뭐고?

그렇게 생각하던 나는 문득 주머니에서 느껴지는 진동에 고개를 숙였다.

"응?"

당연히 내 핸드폰인 줄 알았는데 불빛도 들어오지 않은 핸드폰을 이리저리 살펴보다 나는 문득 다른 곳에 생각이 미쳤다.

내가 주머니에서 다른 핸드폰을 끄집어내는 것을 보며 옆의 김혜우가 물었다.

"너, 그거 아직도 갖고 다녀?"

"그렇게 되더라고. 언제 연락이 올지도 모른다고 생각하니까."

대답하며 나는 핸드폰 폴더를 열었다.

[보낸 사람 : 135@!%^451

내용 : miss me?]

핸드폰 화면을 확인하는 내 양옆으로 김 쌍둥이가 얼굴을 바짝 붙였다. 마침내 문자의 내용을 확인한 그들의 표정이 묘하게 변했다.

이윽고 고개를 든 그들이 차례로 말했다.

"이거 무슨 새로운 괴담 같은 거 아니야? 문자 괴담이라든가."

"그러게, 검색해 보면 나오지 않을까?"

"너무 섬뜩하잖아."

김혜힐의 말을 들으며 나는 턱을 매만졌다. 아니, 사실 별로 무섭지는 않은데…… 왜냐하면 나는 이보다도 더 무서운 문자를 받아 본 적이 있기 때문이다. 그것도 다름 아닌 주인이에게서.

가타부타 부연 설명도 없이 다만 'ㅎㅎㅎㅎ'하고 보낸 문자가 내게는 생애 다시없을 공포였다. 갑자기 떠오른 안 좋은 추억에 핸드폰을 쥔 손을 부르르 떠는데 김혜우의 목소리가 들려왔다.

"아, 사라졌네."

고개를 들어 바라보니 과연 그 말대로였다. 하늘색 머리카락의 남학생은 어느새 별관에서 자취를 감추고 없었다. 어찌나 감쪽같이 사라졌는지 정말로 유령이라고 해도 믿을 수 있을 것 같았다.

나와 김 쌍둥이가 핸드폰을 확인하는 데 걸린 시간이 결코 길지 않았을 텐데, 그 짧은 새 사라지다니?

하지만 어제 있었던 소동을 보아 단체로 환각이라도 보지 않은 한 유령일 리는 없으니, 그냥 몸놀림이 빠르다고

밖에 생각할 수 없었다. 그렇다면 이루다만큼이나 대단한 운동 신경의 소유자일지도 모르겠다. 거기까지 생각한 나는 가만히 고개를 내저었다.

아, 몰라. 알 게 뭐람? 저 남학생이 유령이건 아니건 간에 정말로 우리 학교에 전학 올 게 아니라면 내가 신경 쓸 필요가 없다. 게다가 설령 전학을 온다고 해도 나랑 엮일 일은 아마도 없을 테고.

나는 그새 옆에서 귀신이네 마네 토론하기 시작한 쌍둥이를 이끌고 교실로 올라갔다.

다시 교실 문을 열고 들어오는데 그새 반 분위기가 이상해져있었다. 어딘가 서먹하고 울적한 분위기. 그나마 온 피부가 따끔거리는 분노나 적개심이 녹아 있지 않은 것이 다행이었다.

안 그래도 이루다가 사라져서 우리 반 구심점 중 하나가 사라진 마당에 한바탕 싸움까지 났더라면 윤정인이 수습하느라고 몹시 곤혹을 치렀을 것이다.

그러나 윤정인을 바라본 나는 곧 반의 분위기가 그와 관련이 있음을 깨달았다. 왜냐하면 윤정인이, 천하의 윤정인이 묵묵히 서랍을 정리하고 있었기 때문이었다.

아니, 윤정인이 서랍 정리를 하다니? 그의 서랍이 도라에몽의 사차원 상자 같다는 것을 우리 모두가 아는데.

하지만 서랍 정리를 하는 내내 얼굴이 굳어 있는 것을 보아 기분이 좋지 않은 것은 사실인 것 같았다. 액션 영화배우에나 잘 어울릴 법한 짙은 이목구비를 가진 데다, 어깨나 팔의 윤곽이 잘 잡힌 편이라 화나면 정말 무섭겠다 생각은 했지만 막상 보니 상상 이상이군. 그나마 책상 정리 같은 평화로운 일을 하고 있어서 천만 번 다행이라고 할 수밖에.

한참을 뒷문 곁에 서서 눈치만 보던 나와 김 쌍둥이는 이민아를 발견하고 그리로 다가갔다.

눈을 굴리며 주변을 살핀 내가 목소리를 낮추어 물었다.

"무슨 일이야?"

대답하는 이민아의 표정은 의외로 시큰둥한 것이 별로 큰일은 아닌 모양이었다.

"아니, 별건 아니고. 이루다가 전학 간 이유에 대해서 추측해 보자고 말들이 나왔었거든."

"아아."

"그런데 아무래도 가족 사정에 대한 추측이 많다 보니까 윤정인이 가족 얘기 같은 건 함부로 얘기하고 추측하고 그러지 말자고."

나는 고개를 끄덕였다. 그렇게 된 거였군. 그리고 성가시다는 듯 머리카락을 헤집은 이민아가 다시 입을 열었다.

"그게 맞긴 하지. 그런데 얘기 꺼낸 애들도 그냥 속상해서 그런 거니까. 무슨 사정이라도 있었던 거겠지, 하고 생각하면 좀 기분이 나으니까 그런 거라서."

나는 고개를 끄덕였다. 확실히 어느 쪽이 잘못했다고 말하기도 어려운 문제였다. 윤정인의 말이 정론이기는 해도 이루다의 가족에 대한 얘기를 꺼낸 애들도 섭섭해서 그런 건데.

나 또한 이루다에 대해 섭섭하다는 얘기를 듣는 것도, 우리가 그 애에게 그것밖에 안 되었냐는 얘기를 듣는 것도 점점 곤혹스러워지던 차였다. 적어도 나만은 모든 진실을 알고 있으니까. 이루다의 본심이 그게 아니었다는 것도. 그렇다고 해서 내가 '사실은 이루다네 어머니가……' 하고 제멋대로 다 털어놔 버린다면 그것 또한 대단한 실례 아닌가?

어려운 문제야. 한숨을 내쉰 나는 여전히 책상 서랍을 정리하고 있는 윤정인을 돌아보았다. 우리 반의 모두가 윤정인에게 화가 났다기보다는 오히려 윤정인의 눈치를 보고 있는 것 같았다.

문득 윤정인이 표정을 바꾼 것은 그때였다. 갑자기 눈을 동그랗게 뜬 그는 책상 서랍 안으로 손을 깊숙이 집어넣더니 잠시 후 연필 가루와 먼지가 잔뜩 묻은 사탕 봉지를 찾아냈다.

그리고 갑자기 우리 쪽을 돌아본 그가 입을 열었다.

"야, 나 사탕 찾았는데, 혹시 먹을 사람?"

잠시 침묵이 흘렀다. 이윽고 굳어 있던 쪽에서 하나둘 목소리가 흘러나왔다.

"윤정인, 우리가 싫으면 말로 해라."

"아니, 그런 거 아닌데! 콩 한쪽이라도 나눠 먹고자 하는 마음이었는데!"

그가 억울한 듯 외친 말에 하나 둘 웃음소리가 흘러나왔다. 급기야는 윤정인 옆의 누군가가 먼지투성이 사탕을 하나씩 나눠 먹고 죽나, 안 죽나 내기를 하겠다고 나서기 시작했다.

그 모습을 지켜보던 내 표정이 묘해졌다. 아니. 정말, 윤정인 어제부터 하루에 한 번씩 목숨 갖고 내기 걸고 있는데 괜찮은 걸까? 아무튼 이렇게 어이없게나마 일이 수습된 것은 참으로 다행이었다.

아니, 이 또한 윤정인의 재주라고 해야 할까. 어이가 없어서 웃음을 흘리던 나는, 옆의 이민아와 김 쌍둥이가 똑같이 어이없다는 표정을 짓는 것을 보고 마음을 놓았다.

이어지는 수업 시간에는 분위기가 상당히 풀려 있었다. 이루다가 전학 간 이래로는 처음이었다. 마침 담임 선생님 시간이었던 터라 우리를 바라본 그가 고개를 갸웃거리면서 물었다.

"무슨 일 있었니?"

그러자 누가 먼저랄 것 없이 윤정인이 책상 서랍에서 독

극물을 배양했다며 일러바치기 시작했다. 또 다시 와자한 웃음이 터지는 한편, 나는 습관적으로 주머니에 손을 넣어 이루다의 핸드폰을 매만졌다.

이루다의 일에 대해서 나는 한때 어쩔 수 없다고 생각하고 포기해 버렸다. 이미 이루다가 외국으로 떠나 버린 이상 내가 할 수 있는 일은 없고, 그러니 감사 인사는 하지 못했어도 별수 없다고. 우리는 이대로 끝난 거라고.

그러나 그녀가 아직 한국을 떠나지 않았다면?

단지 어머니의 막중한 감시 아래 있어 우리에게 연락하지 못하는 것뿐이라면?

나는 은형이의 아무렇지도 않은, 그러나 대단한 통찰을 담고 있었던 그 말을 생각했다.

'그 애, 학교를 좋아하는 것처럼 보였는데.'

아마도 그럴 것이다. 우리 반 아이들이 이루다를 좋아하는 것만큼이나 이루다도 우리 반 아이들을 좋아한다. 그런데 그것조차 알려 주지 못하고 떠난다면 너무 억울하잖아.

입술을 꾹 깨문 나는 책상 밑으로 핸드폰을 두드려 문자를 보냈다.

*　*　*

"엄마, 불렀어?"

나와 이미 내 옆에 앉아 있던 여령이를 보며 교실 문을 열고 들어오던 주인이가 말했다. 내가 고개를 끄덕이자, 이리로 다가오기 전에 주인이는 잠시 벽을 더듬어 스위치를 눌렀다.

해가 진 뒤로 어둠과 운동장 불빛이 뒤섞여 뿌연 보라색이던 교실 안이 갑자기 환해졌다. 그리고 다가온 주인이가 나와 반여령의 책상 맞은편에 걸터앉았다.

"무슨 일로 부른 거야?"

그렇게 묻기는 했지만 전혀 궁금한 얼굴이 아니었다. 어쩌면 주인이는 이미 내 용건에 대해 전부 눈치채고 있을지도 모르겠다고 나는 생각했다. 그가 이루다의 일에 대해서도 일치감치 눈치채 놓고 모른 척했던 것처럼.

아니, 분명히 그것이 사실일 것이다. 하지만 도움을 청하는 입장에서 말하지 않고 모든 것을 알아 달라 하기도 우스운 노릇이라 천천히 한숨을 내쉰 나는 어렵게 얘기를 꺼냈다.

"그게, 전학 간 이루다에 대한 얘기인데."

"이루다?"

과연, 주인이가 심드렁한 표정을 짓는 한편 반여령의 표정은 대조적으로 화난 듯 변했다.

어깨를 움츠린 내가 물었다.

"왜 그래?"

그리고 돌아오는 대답에 나는 안도의 한숨을 내쉬었다.

"그 애, 연락처라도 찾을 수 없어? 이렇게 가 버리면 너무 찝찝하잖아."

휴, 화난 건 아니었군. 눈을 내리깔며 치마 밑단을 꽉 쥔 반여령이 말을 이었다.

"이렇게 가 버리면, 내가 아무것도 돌려줄 수가 없잖아."

역시 반여령, 빚지기 싫어하는 성격은 어디 안 간다.

사실 반여령은 기본적으로 과거의 일들 때문에 주변 일에 대해 크게 관심이 없고, 그러니 만큼 주변 사람들에 대해서도 선 안의 사람이 아니고서는 신경을 쓰지 않는다. 예를 들어 전에 아이스 프린세스 소리를 아무렇지도 않게 해 대던 하늘색 머리카락 전학생에 대해서라든가.

그런 의미에서 반여령은 이루다를 크게 신경 쓸 이유가 없다. 저번에 심지어 이루다가 구출해 준 덕에 그녀가 운전하는 헬리콥터를 타고 갈 때조차 이루다와 반여령은 아웅다웅 다퉜다. 견원지간. 그 정도가 인터넷 소설의 두 주인공을 연결하기에 가장 좋은 말이리라.

하지만 그럼에도 반여령은 앞서 말했듯 빚지고는 못 사는 성격이므로 그녀도 나만큼이나 개학 후 이루다를 보게 되는 일을 고대하고 있었을 것이다. 적어도 제대로 된 상황에서 고맙다는 인사라도 하지 않고는 적성이 풀리지 않는 것이다. 나는 그 대사조차 대강 짐작이 갔다.

'너, 너도 힘든 일 생기면 말해! 다음에 한 번쯤은 도와줄 테니까!'

연금술사도 아니면서 등가 교환의 법칙을 지나치게 잘 지키는 그녀다.

그런데 정작 학교에 와 보니 이루다는 전학 간 데다 전학을 간 경로조차 어쩐지 석연치 않고, 연락 가능한 수단에 대해서도 알려진 바가 없으니 반여령으로서는 답답할 수밖에.

그리고 나 역시도.

천천히 한숨을 토해 낸 나는 조심스레 입을 열었다.

"여령아."

"응?"

"만약에, 돌려줄 수 있는 방법이 있다면 어쩔래?"

내 말에 눈을 동그랗게 뜨는 여령이에게, 그리고 주인이에게 나는 내가 아는 모든 것에 대해 털어놓기 시작했다.

가장 먼저 털어놓은 것은 내가 엿들었던 유건과 이루다의 대화 내용이었다. 유건과 이루다가 아는 사이였다고 밝힌 데서부터 여령이는 잔뜩 놀라는 얼굴이었다. 주인이는 별다른 표정의 변화가 없이, 다만 작게 눈썹을 찌푸리며 '두 사람, 사이가 좋을 리 없는데' 하고 중얼거렸다. 과연,

유건과 직접적인 친분이 있지는 않아도 소문으로 유건의 성격에 대해 대강 짐작하고 있던 모양이었다.

고개를 끄덕인 내가 두 사람 사이에 오간 대화를 털어놓자, 여령이와 주인이 둘 다 표정이 괴상해졌다.

한참 있다 여령이가 대답했다.

"어쩐지, 은형이가 과하게 주의를 준다 했더니……."

"은형이가?"

"사실, 유천영네 형이라길래 그렇게 무서운 사람일 줄은 전혀 생각 못했어. 아, 그렇다고 나쁜 사람이란 건 아니지만……."

여령이가 어깨를 으쓱하며 힘없이 늘어놓은 말에 나도 고개를 끄덕였다. 확실히 유천영과 같은 유전자를 나눠 가졌다기엔 상당히 놀라운 구석이 있는 사람이다.

그리고 나는 말을 이었다.

"아무튼, 거기서 유건의 입에서 이런 말이 나왔거든. 왜 이런 곳에 온 거냐, 너희 어머니 이제니 손이 닿지 않은 경호원이 이 자리에 몇이나 있을 것 같으냐……."

"앗, 잠깐! 설마 그럼……."

반여령의 얼굴이 급격하게 굳어지는 것을 보며 나는 고개를 끄덕이고는 입을 다물었다. 반여령의 추리력을 생각하면 더 이상의 설명은 필요 없으리란 생각이 들어서였다.

그리고 과연 내 예상대로였다. 하얗게 질린 얼굴로 손을 들어 하나하나 손가락을 접어 가며 여령이가 중얼거렸다.

"경호원이라면 얼마 전에 창고에서 최유리와 같이 있던 경호원이 나가서 돌아오지 않았지. 그리고 그 직후 헬기를 끌고 우릴 찾아온 이루다. 그리고 이루다의 어머니……. 아, 잠깐, 설마."

"그 설마가 설마일 거야."

나는 조금 울적한 목소리로 대답했다.

내가 그 모든 대화와 단서를 쥐고 있었으면서도 며칠을 실마리만 잡고 끙끙대다가 꿈에서야 간신히 힌트를 얻어 알아낸 사실들을 여령이는 불과 몇 초도 안 되어 추리해 내다니. 이럴 줄은 알았지만 마음이 편치 않았다.

차라리 유건과 이루다의 대화를 내가 아닌 여령이나 다른 애들이 들었다면 좋았을 텐데. 그랬더라면 이루다가 외국에 가기 전에, 아니, 어쩌면 헬기에서 내려 이제니를 만나던 그 순간에 무슨 말이라도 해 볼 수 있었을 텐데.

하지만 이미 일어난 일은 어쩔 수 없다. 다만 내가 할 수 있는 것은 앞으로의 일을 조금이라도 바꿔 보는 것뿐.

힘차게 고개를 털어 낸 나는 애써 말을 이었다.

"아무튼, 내가 하고 싶은 말은 루다가 어머니에게 잡혀간 건 아마도 우리 때문이니까. 우리가 루다를 위해서 뭔가 할 수 없을까?"

"아……."

"루다, 아무에게도 인사를 못했거든. 우리 반 애들도 무척 섭섭해 하고, 그리고 이루다도……."

나는 다시 고개를 떨어뜨렸다.

"이루다도 무척 섭섭해 하고 있을 거라고 생각해. 아마 우리 반 애들에게 말 한마디 못한 것도, 그동안 도망 다니던 것 때문에 어머니에게 엄중히 감시당하고 있어서일 테고."

"그러면 단이, 네 말은."

작게 고개를 끄덕인 내가 대답했다.

"나는 우리가 루다를 다시 달아나게 도와줬으면 좋겠어. 물론 이미 외국으로 갔으면 할 수 없지만, 적어도 외국에 있는지 어떤지 알아보기라도 하면……."

"나는 찬성이야."

내 말이 끝나자마자 여령이가 대답했다. 푹 숙이고 있던 고개를 든 나는 여령이의 눈 안에 결연한 빛이 일렁이는 것을 확인했다.

과연 예상대로였다. 이루다가 그토록 갑작스럽게 전학 간 것이 다른 누구도 아니고 다름 아닌 우리 때문이라는 것을 알면, 여령이 성격에 당장 협력하리라고 생각은 했다.

사실 나만 해도 평범한 고등학생에 불과하고 여령이의 경우 다재다능하긴 하지만 준법정신 투철한 고등학생일 뿐이니 우리 둘이 힘을 합친다고 뭐가 썩 잘될 것 같지는 않지만, 그래도 머리가 좋은 그녀이니 나 혼자인 것보다는 낫겠지.

그리고 나는 맞은편의 주인이를 돌아보았다. 주인이의 경우 여령이랑은 달리 준법정신이 그리 투철하지 않은 데다(미안한 말이지만), 해킹이나 추적 능력의 경우에는 경찰도 인정할 정도였으니만큼 큰 도움이 되리라.

그런데 전혀 의외의 일이 일어났다. 한참을 우리를 바라보던 주인이가 조용히 고개를 내저은 것이다.

망연자실하게 그를 바라보는 나에게 그가 조용히 말했다.

"난 반대야, 엄마."

어째서? 고개를 숙이며 두 손을 맞붙인 그는 염려스러운 듯 침착한 태도로 말을 이었다.

"두 사람 다 알아 둬야 할 게 있는데. 형…… 이루다가 안타깝기는 해도, 일단 이루다가 잡혀간 건 엄마나 여령이 탓이 아니야. 애초에 그건 언젠가는 일어날 일이었어."

그리고 그가 맞붙이던 손을 떼며 물었다.

"기억하잖아? 매일 아침에 등교해서 학교 마치자마자 2층 창문에서 뛰어내리던 모습. 언제나 쫓기는 듯한 눈치였고."

나는 복잡한 표정 그대로 고개를 끄덕였다.

"그건 그렇지……."

"그러니까 요컨대, 이루다가 엄마에게 쫓겨 다니던 것은 어디까지나 엄마랑 여령이를 만나기도 전에 본인이 안고 있었던 문제에 불과해. 엄마랑 여령이가 납치당하지 않았더라도 언젠가는 잡혀 갔을 거야. 두 개는 어디까지나 별

개의 일이지.”

그는 손을 들어 가슴을 부근을 가리켰다.

“예를 들자면, 이루다에게 시한폭탄이 있어서 그게 지금 터졌다고 한다면, 그게 우리 때문에 터졌다고 해도 그 시한폭탄을 심어 둔 건 우리가 아니잖아? 그런데 어떻게 그게 전부 우리 책임이라고만 할 수 있겠어? 그렇게까지 죄책감 가질 필요 없어.”

시한폭탄. 나는 조용히 그의 비유를 되뇌었다.

한때 이루다를 형이라고까지 부르던 사람치고는 몹시도 냉정한 비유였다. 그런 생각을 하는 내게 잠시 망설이던 주인이가 덧붙였다.

“그리고…… 위험한 일에 자진해서 끼어들 필요도 없고.”

다른 곳을 보며 그렇게 말하는 주인이를 보고서야 나는 그가 지금 가장 염두에 둔 것이 다름 아닌 우리의 안전이라는 것을 깨달았다.

아차. 나는 입술을 깨물었다. 은지호뿐만이 아니라 주인이도 우리의 납치에 충격을 받았을 수 있다는 것을 나는 간과하고 있었다. 아무리 냉철한 주인이라고는 해도.

게다가 위험도 자체를 따져 봐도 이제니 쪽이 최유리보다 몇 배는 위험해 보이는 것 역시 사실이었다. 그런데 최유리에게서 막 빠져나온 우리가 이제니의 굴에 제 발로 걸어 들어간다? 주인이의 입장에서는 반대할 수밖에.

그리고 나는 입술을 작게 깨물었다. 언제나 우리 부탁이면 뭐든 들어주던 주인이라서 반대할 수 있다는 생각 자체를 안 해 봤는데. 어차피 작전이랄 것도 없긴 했지만 그나마 없던 작전조차 전면 수정해야 하나?

그러다 옆에서 반여령이 외치는 소리에 나는 고개를 돌렸다.

"그래도 우리 탓이 아니라고 할 수는 없잖아! 그 애가 우리 일이 아니었다면 정말로 잡혔을지 아닐지는 모르는 거고."

그러자 주인이의 미간에 주름이 잡혔다. 평소와는 달리 조금은 짜증스런 기색으로 그가 대꾸했다.

"아니, 언젠가는 잡혔을걸. 이미 학교 다닐 때부터 아슬아슬했는데."

"그러니까 그건 어디까지나 가정일 뿐이잖아! 그런데 어떻게 우리 책임이 없다고 할 수 있어? 나는 도울 거야."

"며칠 전까지 납치당해 있다가 겨우 풀려났는데 또 위험한 일에 뛰어들겠다고? 여령아, 우리 생각 좀 해 줘. 응?"

마지막에 가서는 기어이 애원조로 변하는 주인이의 말을 들으며 나도 여령이도 한숨을 내쉬었다.

사실 내가 도움이 될 만한 다른 사람들을 전부 제외하고 오직 주인이만 부른 것은, 다른 사람들의 경우 반대할 것이 눈에 불 보듯 뻔했기 때문이었다. 그나마 항상 의외의 행동을 하고 개방적인 주인이니까 기대를 걸어 봤던 거지.

나와 여령이는 조용히 시선을 주고받았다. 주인이가 도와주지 않는다면 어쩔 수 없지만 그의 추적 능력만은 몹시 아쉽게 느껴졌다. 나와 여령이 단둘이서 어디까지 해낼 수 있을까?

바로 그때였다. 교실의 가라앉은 공기 위로 초대받지 않은 손님의 목소리가 낭랑하게 울렸다.

"루다가 잡힌 일에 대해서 말인데, 두 사람 얘기가 옳을걸?"

한참이나 눈을 깜박이다가 나는 간신히 뒤를 돌아보았다.

창밖의 붉은 석양 위로 선명한 하늘색 머리카락이 유난히 도드라졌다. 얼굴은 바라보고 있기가 무서울 정도로 희었고, 이목구비는 지나치게 단정해서 도자기 인형을 연상시켰다. 아름답기는 했지만 생동감이 없다는 표현이 조금 더 어울렸다.

그가 우리를 보며 생긋 미소 짓자 그 모습은 스톱 모션 영화 속 인형에 조금 더 가까워졌다.

물 흐르듯 부드러운 목소리가 이어졌다.

"루다의 능력에 대해 함부로 한정 짓지 말란 얘기야. 그 애의 능력은 평범한 일상에선 전혀 보여 줄 필요가 없는 그런 종류의 것이니까. 너희가 루다에 대해 알고 있는 건, 어디까지나 빙산의 일각일 뿐이야."

그런 그를 바라보는 주인이의 눈이 날카로워졌다.

드물게 날카로운 표정으로, 그러나 입가에는 미소를 걸

친 채로 주인이가 받아쳤다.

"그러는 그쪽은 우리를 언제부터 알았다고 얘기를 엿듣고 끼어들기까지 하는 거야?"

그러자 우아하게 웃은 하늘색 머리카락의 그가 말을 이었다.

"그건 미안하게 됐어. 하지만 끼어들지 않을 수 있어야지, 우리……."

"우리?"

그리고 그의 다음 말에 화들짝 놀란 나는 책상에서 덜컹 소리를 내며 내려왔다.

"아이스…… 읍."

채 말을 다 내뱉기도 전에 손으로 그의 입을 틀어막은 나는 하하 웃고는 외쳤다.

"잠깐, 잠깐 얘기 좀 하고 올게!"

그리고 나는 곧장 하늘색 머리카락의 남학생의 팔을 잡아채어 복도로 나갔다. 그러면서 나는 다른 손으로는 머리를 마구 헝클어트렸다.

아악! 이를 어째! 그가 아이스 어쩌고를 꺼낸 그 순간부터 인터넷 소설을 수십 개는 읽은 내 머릿속에서는 퍼즐이 차곡차곡 맞춰지기 시작했다. 아니, 사실 그가 나타난 타이밍상 아주 약간은 예상을 하기도 했었다. 하지만 그게 설마하니 진짜로 맞을 줄은 몰랐지!

복도로 나오자마자 그의 어깨를 붙든 내가 물었다.

"그쪽이 이 학교에서 찾아다니던 아이스…… 어쩌고. 루다 맞지?"

차마 아이스 프린세스라는 말을 입 밖으로 내뱉을 수 없었던 나는 말끝을 흐렸다. 그리고 남학생이 천연덕스럽게 고개를 끄덕이는 것을 본 나는 속으로만 외쳤다. 아이고, 아이고!

"응, 맞는데. 그런데 다들 물어봐도 하필이면 내가 오기 전에 갑자기 전학을 갔다고 해서. 제대로 된 연락처도 남기지 않고."

루다야, 평화롭던 학교에 이런 폭탄을 던져 놓고 그냥 떠나면 어쩌니! 바다 건너 아이스 프린세스를 찾으러 온 천연 하늘색 머리카락의 남학생이라니! 앞으로의 평화로운 학교생활을 위해서라도 이루다를 조속히 데려와야겠다고 다짐하던 나는 문득, 남학생이 웃음기 섞인 목소리로 묻는 말에 고개를 들었다.

"게다가 핸드폰은 아예 다른 사람한테 있고 말이야."

"뭐?"

"내 문자는 잘 받았어?"

그 말을 들은 내 머릿속에 자연스레 얼마 전부터 도착했던 정체불명의 문자가 떠올랐다.

miss me? 내가 그리웠니?

그것도 너였냐! 아주 내 주변의 이상한 일을 담당한 건 전부 너였네! 속으로만 외친 나는 이마를 찡그리며 물었다.

"너, 나한테 핸드폰이 있다는 거 알면서도 그런 문자를……."

대답하는 남학생은 여전히 태연한 표정인 것이 전혀 미안해 보이지 않았다.

어깨를 으쓱한 그가 대답했다.

"네가 이루다가 어디 있는지를 안다면 어떤 반응을 보일 거라고 생각했거든. 뭐, 문자를 보내지 않았어도 해결할 의지는 있었던 모양이지만."

그렇게 말하며 그가 교실 쪽을 힐긋 보는 사이 나는 침착하게 생각을 정리했다.

자, 일단 나와 반여령이 납치당한 일에 대해서는 설명할 필요가 없을 것이다. 우리의 납치가 이루다가 사라진 것과 어떻게 연결되어 있는지도. 아까 교실에서 우리의 얘기를 엿들은 것만으로 이미 대부분의 상황에 대해서는 파악한 듯하니까. 그렇다면 지금 내가 가장 먼저 말해야 할 것은 따로 있다.

내가 조심스럽게 불렀다.

"저기."

"응?"

집게손가락을 펴서 입술 위에 붙인 나는 조심스럽게 말을 이었다.

"아이스…… 어쩌고가 이루다를 가리키는 말이라는 거,

비밀로 해 줄 수 있어?"

"응? 어째서?"

그는 전혀 모르겠다는 표정이었다.

역시, 말하길 잘했지! 그보다도 아까 이 애가 '아이스 프린세스'라는 호칭을 내뱉기 전에 끌고 나와서 다행이다. 이루다의 성별이 온 천하에 밝혀질 뻔했잖아.

안도의 한숨을 내쉰 내가 대답했다.

"이 학교에서, 루다가 남자 차림을 하고 다녔거든."

그리고 내가 다시 한 번 가슴을 쓸어내리는 그때였다. 고개를 기울인 그가 태연하게 되물었다.

"그게 왜?"

"왜라니?"

"아, 잠깐, 아니…… 아니, 아니야. 알겠어."

그러더니 그는 갑자기 웃음을 참는 듯한 표정을 지었다.

뭐야? 나는 그런 그를 미심쩍게 바라보았다. 루다가 남장을 하고 다녔든 말든 어차피 학교는 이미 그만둘 눈치니까 학생들에게 루다의 성별이 밝혀져도 별로 상관없다는 건가? 그러더니 그는 교실로 들어가자며 내 등을 떠밀기 시작했다.

그가 일견 경쾌하게까지 들리는 목소리로 되물었다.

"아이스 프린세스라고만 부르지 않으면 되는 거지?"

"응, 응, 그런데……."

대답하면서 나는 생각했다. 이쪽도 이루다랑 비슷한 느낌인데. 그러니까, 한없이 마이 페이스라는 점이…… . 그리고 나는 교실로 다시 들어가자마자 팔짱을 끼고는 기세등등한 얼굴로 이쪽을 응시하는 여령이, 그리고 주인이와 눈이 마주쳤다.

철저하게 문까지 닫고 이리로 걸어오면서 하늘색 머리카락의 남학생이 태연한 목소리로 물었다.

"왜들 그래?"

"네가 그 애지?"

그리고 이어지는 반여령의 목소리에 나는 잠시 휘청였다.

반여령, 제발…… .

"아이스크림인가 뭔가를 찾으러 다닌다는."

제발 그 좋은 기억력으로 이럴 때만 틀리지 말아 줄래?! 나는 두 손을 들어 얼굴을 가렸다.

옆에서 주인이가 작게 소곤거렸다. 여령아, 그거 아니고 아이스 프린세스, 아이스 프린세스. 그 호칭을 두 번이나 들으니 뺨을 연타로 얻어맞는 기분이었다.

순식간에 너덜너덜해진 내 옆에서 하늘색 머리 남학생이 대답했다.

"응, 내 아이스 프린세스를 찾으러 온 건데, 그 위치를 루다만이 알고 있거든. 그래서 루다 위치를 찾으려던 건데 루다를 마지막으로 만난 게 이쪽이라고 하고…… ."

하늘색 눈동자를 굴려 나를 힐긋 본 그가 유창하게 말을 이었다.

"그래서 당분간 이 학교 학생으로 위장하고 따라다닌 거야. 뭐, 눈에 띄지 않는 건 거의 틀린 듯하지만. 아무튼 어떻게 된 일인지는 대충 알았으니……."

"미리 말해 두는데, 우리는 루다 형을 찾는 데 협조 안 해."

주인이가 눈을 날카롭게 치뜨고 그렇게 대답하는 바람에 나와 반여령은 당황했다.

이윽고 반여령이 진심으로 분개한 표정으로 외쳤다.

"주인아, 도와달란 말은 안 해. 내가 그냥 돕게 내버려 둬."

주인이의 태도는 여전히 단호했다. 그가 드물게 날카로운 태도로 쏘아붙였다.

"아니, 최유리는 개인이었던 데다 초보자였지만 저쪽은 단체에 전문가 집단이야. 애초에 엄마나 네가 돕는다고 빠져나올 수 있었다면 진작 빠져나왔겠지."

그때였다. 그때까지도 조용히 듣고 있던 남학생이 조용히 입을 열어 한마디 던졌다.

"글쎄. 외부 협력자의 존재를 너무 무시하는 거 아니야?"

그러자 무슨 말을 더 하려던 주인이가 금세 입을 다무는 것이 아닌가? 그 상황을 보던 나는 대강 짐작할 수 있었다.

아하, 외부 협력자가 있고 없고가 루다에게 있어서 큰 차이가 된다는 말이지? 그 협력자의 수준이 어찌 되든 간에.

거기까지 생각한 나는 손을 들어 올렸다.

"나도 참가할래."

"엄마!"

"주인아."

내가 조용히 부르자 주인이가 멈칫했다. 숨을 들이쉰 내가 말을 이었다.

"내가 이상한 일에 휘말리는 거, 얼마나 싫어하는지 잘 알잖아."

"……."

"그래도 이번에는 직접 뛰어들고 싶어."

주인이의 날카로운 표정이 순식간에 허물어지는 것을 보며 나는 어색하게 웃었다.

그렇다. 나는 이상한 일에 휘말리는 것을 몹시 싫어한다. 당연하지. 이 세계에서 이상한 일이란 단순히 이상한 일 정도로 끝나지 않으니까.

이 세계에서 이상한 사람들과 엮인다는 것은 휘황찬란한 파티에 참가하고, 동갑내기에게 납치당했다가 헬기로 구출되는 것을 감수해야 함을 의미하니까.

이루다를 구하기 위해서는 또 얼마나 어이없는 규모의 일에 휘말려야 할지 상상도 가지 않는다. 아니, 내가 미리 상상하더라도 틀림없이 그 이상의 일이 벌어지겠지.

그래도……. 나는 주먹을 쥐었다.

그 대단한 인터넷 소설의 주인공에게 도움을 받은 내가 한낱 소시민이라고 해서 입 싹 닫고 살 수는 없지 않겠어? 소시민에게는 소시민 나름의 할 수 있는 일이 있을 것이다.

내가 말을 맺었다.

"내가 루다를 헬기 타고 가서 구출해 올 수는 없더라도. 그래도 내가 할 수 있는 걸 해 보고 싶어."

주인이는 여전히 할 말이 많은 모양이었다. 그가 머뭇거리며 입을 열었다.

"하지만, 그래도……."

"주인아. 루다가 우리를 위해서 그토록 도망쳐 다녔던 어머니에게 직접 연락할 때 어떤 기분이었을지, 상상이 가?"

"……."

"나는, 상상이 안 가."

나는 손을 들어 팔을 매만졌다.

저 말은 사실이었다. 애초에 세상에서 가장 슬픈 일이라고는 성적이 잘 안 나온 것 때문에 혼난 일 정도가 전부인 나로서는 루다가 그토록 어머니로부터 도망쳤던 이유도, 그녀가 어머니에게 품고 있을 감정의 깊이도 가늠하기 힘들었다.

그런 어머니에게 다시 연락할 때의 심정. 나와 여령이의 구출과 자신의 자유를 맞바꾸며 그녀가 무슨 생각을 했을까. 그것은 아마도 내가 차마 쳐다봐서도 안 되는 상처일 것이다. 은형이나 주인이의 상처같이.

나는 소매 끝을 꽉 움켜쥐었다. 그리고 마침내 침묵을 뚫고 돌아온 주인이의 대답에 나는 고개를 들었다.

"하아, 정말……. 좋아, 나도 도울래."

"좋아."

대답이 흘러나온 것은 내 옆의 남학생에게서였다.

돕겠다고는 했어도 남학생에 대한 적의는 사라지지 않았는지, 주인이는 고개를 들며 가시 박힌 투로 말했다.

"나는 어디까지나 엄마랑 여령이 때문에, 그리고 형에게 감사 인사를 하기 위해서 가는 거니까 오해하지 마. 그쪽을 돕는다는 게 아니야."

"잘 알겠어."

"그나저나, 이름 정도는 밝히는 게 예의 아니야?"

여전히 날카로운 주인이의 말에 잠깐 고개를 기울였던 남학생이 고개를 바로 하며 웃었다.

그는 가슴에 손을 얹으며 차분하게 말했다.

"루카스라고 해. 바다 건너서 루다를 찾으러 왔어.

* * *

학교가 더 어두워지면 야간 자율 학습이 있는 고학년도 아닌 우리 1학년이 어슬렁거려서는 시선을 끌 것이 분명하기 때문에 우리는 일단 자리를 옮기기로 했다.

처음에는 카페로 갈까 했는데 시내에 있는 카페에서 우리 학교 학생을 단 한 사람도 마주치지 않기란 대단히 힘들었다. 아무리 카페 하나에 삼사 층이라고는 해도 가는 카페들이 워낙에 정해져 있어서.

그렇다면 노래방에서 노래는 부르지 않고 얘기를 나눌까 했으나, 그래서는 복도를 지나는 사람들이 힐끗거릴 뿐더러 노래방에서도 마주치지 않기는 힘들었다.

그래서 주인이네 집에 갈까 했는데 주인이가 고개를 내젓고는 두 손을 모으며 애교 있게 웃었다.

"엄마, 미안해. 사촌들이……."

"아."

"언제 들이닥칠지를 몰라서."

그리고 주인이는 조심스럽게 덧붙였다.

"전에 봤지? 우리 사촌들……."

아무렴, 봤다마다. 우리나라와 우리혼, 두 유명 인사의 화려한 개싸움을 떠올린 나는 질린 표정으로 고개를 끄덕였다. 그새 주인이의 뺨도 창백해져 있기는 마찬가지였다.

음. 그럼, 어쩔 수 없나? 슬슬 보랏빛이 온 거리에 깔리고 가로등이 켜질 시각. 조금은 쌀쌀해진 바람을 맞으며 잠시 고민하던 나는 주머니에 손을 찔러 넣으며 선언했다.

"그럼, 우리 집으로 가자."

"정말 괜찮겠어?"

"밖에 있으면 그 소문의 유령이 우리랑 같이 있다고 소문이 날 거고, 그럼 다음날 나머지 사대천왕이 우리에게 무슨 일이냐고 물어볼 게 뻔하잖아. 다른 데 갈 데도 마땅히 없고, 우리 집은 늦게까지 비어 있으니까."

그렇게 말한 나는 평소에 늘 우리가 귀가하는 길 쪽을 향해 돌아섰다.

* * *

자리에 앉으며 루카스가 다시 한 번 자기소개를 했다.

"조금 늦게 말하는 거지만, 나를 도와주기로 해 줘서 정말 고마워. 여차하면 혼자 할 생각이기는 했지만, 조력자가 이렇게 빨리 생길 줄은 몰랐거든."

여령이가 그녀답지 않은 톡 쏘는 듯한 말투로 대답했다.

"빚은 얼른 없애는 편이 좋으니까 이러는 거야."

"그래도."

내 방 벽에 코트를 걸던 주인이도 조용히 입을 열어 말했다.

"그러니까, 널 도와주는 게 아니라 어디까지나 형을 도와주는 거라니까."

그런데도 루카스는 그저 웃으며 고개를 끄덕였다.

그 모습을 보며 나는 생각했다. 잘 웃는 건 루다랑 비슷한가?

아니, 하지만 루다를 생각하면 루카스의 저 모습도 천성일 리 없다. 저 지나치게 경쾌한 모습도 루다의 것처럼 고도로 계산된 연기일 것이다. 그렇게 생각하니 조금 오싹한 기분이 들었다. 아무리 그래도 아는 사람이 연기를 하는 것과 모르는 사람이 연기를 하는 것은 천지 차이라서.

바로 그 순간 내 생각을 읽기라도 한 것처럼 루카스가 고개를 돌리더니 나를 불렀다.

"아, 미안해. 집주인이 앉지도 않았는데 내가 먼저 앉아 있었네."

그러더니 일어나는 시늉을 하는 그를 내가 황급히 말렸다.

"아냐, 그런 거 아니니까 그냥 앉아."

"하지만, 동양 사람들은 예의를 중시한다며?"

"같은 학생끼리 그런 게 어디 있어. 그냥 앉아."

그의 어깨를 눌러 가며 앉힌 다음에야 비로소 우리 네 사람은 탁자 하나를 사이에 두고 마주 앉게 되었다.

괜히 무거운 공기가 흐르는 가운데 주인이 루카스를 향해 물었다.

"그래서, 어디 물어나 보자. 계획이란 게 있긴 해?"

"응?"

"혼자서라도 할 생각이었다며? 그렇다면 이미 계획은 물론이고 어느 정도 실행에 옮겨 뒀을 게 분명하잖아."

그러자 턱을 괸 루카스가 작게 소리 내어 웃었다.

"이런, 예리한데."

"아무렴, 루다 형 친구라는데 만만하게 볼까 봐."

주인이도 마찬가지로 서늘하게 웃으며 대꾸하는 것을 보며 나는 속으로만 중얼거렸다. 결국 루카스에 대한 우리 두 사람의 생각은 일치했던 셈이 되는군. 그러니까, 루카스와 이루다가 동류일 것이라는 생각 말이다.

그리고 잠시 찾아온 침묵 속에서 여전히 그늘 한 점 없이 웃고 있던 루카스가 제 품에 손을 집어넣었다.

"좋아, 일단 내 첫 번째 계획은 이거야."

탁자 위로 명함 한 장을 올려놓은 그가 우리가 명함을 잘 볼 수 있도록 쭉 내밀었다. 우리 세 사람은 일제히 고개를 숙였다.

잠시 후, 우리 세 사람의 얼굴이 일그러졌다. 제일 많이 얼굴이 일그러진 사람은 다름 아닌 나였다.

나는 침착하게 되물었다.

"……설마, 여길 가자고?"

명함 위의 글씨는 금박으로 찬란하게 반짝이고 있었다.

[club 파피용]

찬란하게 반짝이는 club이라는 글자를 보며 나는 차라리 기절이라도 하고 싶어졌다.

클럽? 클럽이라고? 내가 이제나 저제나 끌려가게 될까 4년 동안 긴장했지만 아직까지도 가지 않고 있어 안심하고 있었더니 이런 데서 깜짝 어퍼컷을 맞을 줄은 꿈에도 몰랐다.

아니, 애초에 미성년자가 클럽이라니, 말도 안 되잖아? 소설도 아니고. 아참, 여기는 소설 속이지…….

침착하게 생각을 포기하기로 하는 내 옆에서 의외로 상식적인 반응을 들려준 것은 여령이와 주인이였다.

"미쳤어?"

날카롭게 쏘아붙이는 주인이에 이어서 여령이가 전형적인 모범생 같은 대답을 들려주었다.

"미성년자가 클럽을 어떻게 가?"

그래, 내가 할 말이 그거라니까! 사대천왕 중 하나와 여주인공의 입에서 나오기에는 영 적절치 못한 대사라서 세계관 붕괴가 걱정될 정도였지만, 세계관이 붕괴되고 어쩌고 간에 클럽만은 가고 싶지 않았다.

그러나 루카스도 명함을 괜히 꺼낸 것은 아니었다. 다시 턱을 괸 그가 삐딱하게 웃으며 되물었다.

"그럼 대체 어디서 Reed사 직원을 찾을 셈이야? 일단 내부자부터 만나 봐야 할 거 아니야? 설마, 도서관이나 오락실에서 Reed사 직원을 만날 수 있을 거라 생각하는 건 아니지?"

"아."

내가 작게 내뱉고 주인이와 반여령이 곧바로 입을 다물

었다. 머리 회전이 빨라서 언제나 대답할 말 한두 개씩은 쉽게 찾곤 하던 그들로서는 정말 드문 일이었다.

두 사람을 간단히 격침시킨 루카스가 이번에는 나를 돌아보더니 물었다.

"그래도 안 된다고 할 건 아니지?"

물론 안 돼. 그렇게 말하고 싶었으나 다른 수단이 없음을 깨달은 나는 속으로만 통곡하기 시작했다.

이놈의 소설, 납치해서 사방신이 어쩌고 할 때부터 개연성은 이미 말아 먹은 거 아니었어? 왜 갑자기 사람을 클럽 보내는 데는 개연성을 갖추고 난리냐고……

순식간에 조용해진 우리 세 사람 앞에서 루카스가 명함을 들어 입술에 갖다 대더니 말을 이었다.

"이 클럽 파피용에 Reed사 직원들이 주말마다 꽤 많이 다녀. 많이 올 때는 한 번에 여덟 명에서 열 명도."

그때까지도 미간을 좁히고 있던 여령이가 되물었다.

"그렇게나 많이?"

"뭐, 어차피 우리가 꼬여 내는 건 이 중에 두엇이면 충분해."

그렇게 말한 루카스가 이번에는 제 바지에서 지갑을 꺼내 흔들었다.

"그리고 예기치 못하게 휴일에도 종종 회사에 불려 가는 일이 있으니까, 주말이라고 해도 카드 키 정도는 몸 어딘가에 숨겨 두고 있을 거야."

여령이와 마찬가지로 표정이 좋지 않은 주인이가 부루퉁한 어조로 물었다.

"그걸 어떻게 얻어 낼 셈이야?"

"아주 조금의 틈만 있으면 충분해. 난 손이 빠르거든."

그렇게 말하며 루카스가 손을 흔들자 우리 세 사람 모두 떨떠름한 표정이 되었다. 그리고 나는 루카스의 저런 당당한 태도에서 다시 한 번 기시감을 느껴야 했다.

아, 그랬지. 루다도 이상한 걸 잘하고는 했어. 이를 테면 싸움이라든가 도주, 일종의 파쿠르(벽을 타고 달리는 것)까지.

나는 고개를 기웃거리며 루카스를 골똘히 바라보았다.

그는 정말로 단순히 루다의 동향 친구일까?

아니, 그보다도. 루카스가 루다를 아이스…… 프린세스라고 부르는 이유는 대체 뭘까? 그렇게 중얼거린 나는 가볍게 미간을 찡그렸다. 윽, 그 호칭을 떠올린 것만으로도 심장에 좋지 않은 타격이 왔다.

그러다 문득 고개를 들었더니 어느새 세 사람 모두가 나를 바라보고 있었다. 당황한 내가 몸을 일으키며 물었다.

"어, 어?"

"계획, 이대로 진행해도 괜찮겠어?"

마찬가지로 눈을 동그랗게 뜬 루카스가 묻는 말에 나는 그제야 고개를 끄덕였다.

"응, 괜찮아."

나에 이어 여령이와 주인이가 건조하게 동의를 표했다.

그런데 바로 그때 루카스가 조금 곤란한 듯한 미소를 지었다. 그러고는 주인이를 건너다보더니 배시시 웃으며 말했다.

"아, 저기. 실은, 한 가지 사소한 문제가 있는데……."

"왜?"

"이 클럽, 회원제라서…… 회원증이 없는 사람은 여자만 받거든."

주인이의 미간이 클럽 명함을 보았을 때와는 비교도 안되게 구겨졌다. 이윽고 그는 고개를 돌려 구원을 청하는 강아지 같은 눈동자로 나와 반여령을 바라보았다.

나와 반여령은 그에게 그저 말없이 손만 흔들어 주었다.

＊　＊　＊

우리가 클럽에 잠입하는 날은 토요일 밤이 되었다.

그거야 우리는 평일에는 학교를 가야 하는 학생이므로 별 도리가 없었다. 카드 키를 얻으면 도난 신고가 가지 않은 틈을 타 즉시 잠입해야 하므로 작전은 넉넉하게 일요일 아침까지 정도로 잡는 게 좋았다.

그런데 가족이 다 있는 토요일 밤에 도대체 어떻게 들키지 않고 집을 빠져나올 것인가? 시작부터가 문제였다.

그러나 그것은 루카스의 신묘한 능력으로 간단히 해결되었다.

가족들이 모두 잠든 밤. 갈아입을 옷을 넣은 배낭 하나만을 짊어지고 행여 소리가 날 세라 신발을 손에 든 채 맨 발로 아파트 복도로 나온 나는 문이 닫히고서야 물었다.

"도대체 어떻게 문을 그렇게 조용히 연 거야? 아니 그보다 우리 집 문은 어떻게 열었어? 번호 알려 준 적 없는 것 같은데."

그러자 루카스는 입술에 검지를 댄 채로 미안한 듯 웃었다.

"아무 집에나 이러진 않아. 정말이야."

"……."

인터넷 소설의 인물들은 대체 커서 뭐가 되려고 이렇게 무서운 능력들만 가진 걸까?

그리고 나는 뒤에서 들려오는 발소리에 고개를 돌렸다.

"짠! 나는 단이 너희 집에서 잔다고 하고 그냥 나왔어."

그리고 엎어지면 코가 부딪힐 거리까지 다가와서 칭찬해 달라는 듯 반짝반짝 눈을 빛내는 반여령을 보며 나는 생각했다. 그리고 대체 얘는 커서 뭐가 되려고 이렇게 예쁜 걸까?

아무튼 새삼 반여령의 얼굴에 반하고 있을 때가 아니었다. 우리는 행여나 아파트 주민들이라도 마주칠까 살금살금 바깥 계단으로 내려갔다. 주차장에서 주인이 마찬가지로 등에는 배낭 하나를 매고 모자를 푹 눌러쓴 채 우리를 기다리고 있었다.

택시에 올라타며 우리가 말했다.

"압구정역으로 가 주세요."

클럽 파피용은 강남이기는 했으나 압구정역으로 가는 것이 제일 빨랐다.

루카스가 목소리를 낮춘 채로 빠르게 작전을 되짚었다.

"아직 밤 열 시밖에 되지 않았으니까, 일단 역 무인 보관함에 배낭들을 맡기고 여자 화장실로 가서 화장을 끝내는 거야."

그리고 루카스는 잠시 주인이를 훑어보더니 미묘한 표정으로 덧붙였다.

"음……. 괜찮아, 화장도 안 하고 모자만 쓰고 치마만 입은 건데도 이상해 보이진 않아. 괜찮아, 괜찮아. 여자 화장실에 들어가도 의심받지 않을 거야."

주인이가 다소 살벌하게 속닥거렸다.

"위로는 필요 없으니까 그냥 닥…… 조용히해 줄래?"

황급히 우리를 보고는 말끝을 바꾸는 주인이를 보며 나는 생각했다. 아, 우리 앞에서조차 말이 절제되지 않을 정도로 스트레스 받은 거군. 그거야 그럴 만도 하겠다.

앞에서 택시 기사 아저씨가 우리를 백미러로 힐긋거리기 시작했기 때문에 우리는 그쯤에서 수상한 대화를 그만두었다.

차 안이 잠시 조용해진 틈을 타 나는 옆에 앉은 루카스를 훔쳐보았다. 사실 의심을 피하기 위해서 치마 차림인 것은 그도 마찬가지였는데, 루카스는 워낙 갸름한 얼굴인 데다 하늘색 머리카락이 거의 귀를 덮는 길이여서 정말로 단발머리 여고생처럼 보였다.

아니, 분명히 어제까지는 남자애 같았는데 치마 하나 입은 걸로 그렇게까지 바뀔 수 있나? 아마도 몸가짐을 은밀하게 바꾼 것 같았는데, 도대체 무슨 재주인지 나로서는 상상도 가지 않았다.

이윽고 택시에서 내리자마자 우리는 빠르게 여자 화장실로 향했다.

각자 갈아입기 위해 가져온 옷을 갖고 화장실 칸으로 들어갔다 나온 지 얼마 안 돼서였다. 나와 반여령은 각각 화장실 벽을 붙든 채 고개를 푹 숙였다. 그리고 우리 앞에서 잔뜩 얼굴을 찌푸린 주인이 치마 끝을 매만지며 물었다.

"알아, 많이…… 이상하지?"

"아니, 하나도 안 이상해."

푹 잠긴 내 목소리에 이어 여령이가 말했다.

"맞아. 하나도 안 이상해, 주인아. 너 그냥 너무 예뻐."

"그런데 왜 이쪽을 안 보는데?"

드물게 뾰족해진 주인이의 목소리를 들으며 나는 중얼거

렸다.

내가 다 자괴감이 들어서……. 그리고 나는 고개를 돌렸다.

주인이의 머리 색에 맞춘 옅은 갈색 머리카락에 진하지 않은 화장, 입술에는 반짝거리는 립글로즈. 꽈배기 무늬 녹색 니트에 검은 스키니진을 입고 두 손을 앞으로 모으고 선 그는 정말 농담이 아니라 무서울 정도로 예뻤다.

주인이가 자신 없는 목소리로 되물었다.

"들키겠지?"

"아니, 전혀……."

진심을 담아 대답하는 내 옆에서 루카스가 화장실 문을 열고 나오면서 물었다.

"다들 왜 그러고 있어? 내 역작이 어디가 이상해?"

아니, 우리는 괜찮다는데 괜히 주인이가…… 까지 말하던 나는 그만 루카스의 모습을 보고는 할 말을 잃었다.

도대체 머리를 어떻게 한 건지 그새 검은 단발머리가 되어 있는 데다, 눈에도 검은 컬러 렌즈를 낀 루카스의 모습은 놀랍도록 섹시했다.

초커에 흰 프릴 블라우스, 가죽 치마에 부츠의 조합이 안 어울리는 듯 잘 어울렸다. 아무튼 주인이도 이쪽도 키가 큰 덕인지 분위기 덕인지 고등학생으로는 안 보이니 다행이었다.

그리고 나는 거울을 보며 앞머리를 매만졌다.

"……내가 제일 문제 아니야?"

예상 밖의 여장이라는 난관보다도 내가 문제였다. 솔직히 여령이는 얼굴에 홀려 나이를 채 눈치채기도 전에 통과시켜 줄 것이 분명하고.

붙임 머리를 어색하게 매만진 나는 가만히 한숨을 내쉬었다. 뭐, 여기까지 온 이상 어쩌겠는가? 그저 저들과 내가 뭉뚱그려져서 어떻게든 통과되기를 바랄 수밖에.

그렇게 모든 준비를 끝마친 우리는 마침내 바깥으로 향했다.

작전의 시작이었다.

* * *

우리를 가게 근처에 세워 둔 루카스가 조용히 속닥거렸다.

"일단 나만 먼저 가서 가게 분위기랑, Reed사 직원들이 오늘도 있는지 확인 좀 하고 올게. 전부 가서 귀찮은 일에 휘말리고 쓸데없는 수고할 필요는 없으니까."

"그래."

"한 사람 더 같이 갈래?"

그리고 그가 주인이를 보더니 물었다.

"주…… 선이는 어때?"

"그 이름, 필요 없을 때는 부르지 말아 줄래?"

내 인내심이 도화선처럼 타들어 가는 소리가 들리지 않니? 주인이가 살벌하게 덧붙이는 소리에 입을 다문 루카스가 방긋 웃었다.

여장하고부터 인내심 조절에 대단한 난항을 겪고 있는 주인이를 대신해서 여령이가 손을 들었다. 클럽을 향해 걸어가며 루카스가 남은 우리를 향해 외쳤다.

"누가 따라오래도 가지 말고!"

"우리가 무슨 애야?"

내 대답을 채 듣지 못한 그들이 건물의 빛 속으로 사라졌다.

떠나는 두 사람을 보고 있던 우리는 이윽고 고개를 돌려 길 이곳저곳을 둘러보기 시작했다. 새삼스레 밤 시간에 이곳에 온 것은 처음이라는 생각이 들자 괜히 모든 것이 낯설어 보였다. 괜히 머쓱해서 팔을 매만지며 내가 말했다.

"이 시간인데도 사람 많네."

"응, 차도 많고."

주인이도 고개를 끄덕이며 대답했다. 그도 이런 풍경은 영 신기한 눈치였다.

하기는 우리야 밤 열 시 열한 시쯤 되면 있을 곳이라고는 집 근처 공원 정도밖에 없으니, 계속 서울에 살았다고는 해도 강남의 밤은 처음이었다.

황홀하게 반짝이는 건물 바깥의 조명. 유리 벽 안에 디스플레이 된 옷과 구두와 가방. 팔짱 낀 연인들. 팔에 쇼핑백을 매달고 돌아다니는 젊은 사람들을 차례로 보던 내 시선이 문득 한 곳에서 멈춰 섰다.

반짝이며 흐르는 인파 속에서 익숙한 얼굴을 발견한 나는 조용히 입을 벌렸다.

"어?"

그러자 옆의 주인이가 나를 돌아보았다.

"왜 그래, 엄마?"

"저기 유천영이다."

내 대답에 주인이의 얼굴이 삽시간에 창백해졌다. 뭐? 하고 되물으며 고개를 홱 돌린 그의 얼굴에 이윽고 절망이 번졌다.

정말로 유천영이었다. 핸드폰에 입을 갖다 대고 뭐라 말하는 유천영의 곁으로 사람들이 다가갔다가 멀어지기를 반복하고 있었다.

나는 그들의 심리를 이해했다. 팬이라서 가까이 가서 보고 싶은 마음은 큰데 일단 가까이 가서 보면 무서울 정도로 냉기가 흐르는 녀석이라. 지금이야 저 녀석의 안이 얼마나 물렁한지 알고 있지만, 아무튼 얼굴로 사람들을 저 정도 겁주는 것도 능력이다, 능력. 그렇게 생각하던 나는 옆에서 주인이가 몸을 숨기다 말고 도로 다가오자 놀라서 물었다.

"주인아, 안 숨어도 되겠어?"

너 숨고 나도 같이 숨을 생각이었는데. 그러자 주인이는 여전히 창백한 기미가 남아 있는 얼굴로 웃더니 입을 열었다.

"응, 엄마. 왜냐하면 유천영, 아마 절대로 나 못 알아볼걸."

"아."

나는 동의의 뜻으로 고개를 끄덕였다. 그러고 보니 나도 지금 붙임 머리를 한 데다 화장도 제대로 했지?

나는 루카스의 말을 떠올렸다. 뭐라더라, 이건 내 인생의 역작이랬어. 이루다와 마찬가지로 분장술의 대가일 터인 루카스가 그렇게 말한 정도면 실제로 걱정하지 않아도 되지 않을까?

그러나 그렇게 생각하는 것도 잠시, 이윽고 유천영에게로 다가가는 한 사람을 본 나와 주인이의 얼굴이 동시에 굳어졌다.

주인이가 갑자기 내 등 뒤로 숨는 가운데 내가 속으로만 외쳤다.

네가 왜 여기 있어! 유천영뿐이라면 몰라, 은지호까지!

아니, 대체 저 둘이 이 시간에 강남을 왜? 다른 누구도 아니고 하필이면 저 둘이 같이 올 일이 뭐가 있어서? 내일이 일요일이기는 하지만. 나는 급하게 머리를 굴리기 시작했다.

그리고 내 상상은 점점 최악의 방향으로 치달았다. 설마, 클럽? 아무튼 사대천왕으로 불리는 이들이니 뭘 못하려고! 그러다 나는 또 고개를 내저었다. 아니, 저들을 더는 소설

속 인물로 대하지 않으리라 다짐했는데. 하지만 그게 아니라면 이 시간에 왜 저런 인원 구성으로 여기 와 있는 거야?

제 발 저려서 그런 생각에 잠겨 있던 나는 주인이가 내 손목을 당기는 것조차 눈치채지 못했다. 그러다 문득 옆을 돌아보자 주인이가 창백해진 얼굴로 속닥거렸다.

"……저쪽에서 우리를 본 것 같아."

뭐? 내가 반사적으로 저쪽을 돌아보려는 찰나 주인이가 다시 나를 붙들었다.

"아니, 엄마, 돌아보지 마. 지호라면 엄마 얼굴을 알아볼 거야."

"그, 그럼 어떡해?"

"일단 천천히, 돌아보지 말고 따라와."

그리고 주인이는 걸음을 옮겼다.

나는 다리가 떨리는 것을 무시하고 애써 태연한 척 그를 따라 걸음을 옮겼다. 그러면서 나는 뒷목을 찌르는 따가운 기운을 무시했다.

주인이가 나를 이끈 방향은 클럽 파피용의 앞이었다. 그러나 우리는 짧은 순간 망설였다. 과연 우리가 루카스의 도움도 없이 자연스레 문을 통과할 수 있을까? 잠시 시선을 교환하던 우리는 빠르게 방향을 꺾었다.

절대로 뒤돌아보지 않고 아무 데나 들어가려다 보니, 자연스레 클럽 파피용 건물을 낀 골목으로 들어가게 되었다.

그러다 아래로 내려가는 계단을 발견한 내가 주인이를 채근했다.

"주인아, 저기로 가자."

"어디로 통하는 줄을 알고?"

"일단 피하기부터 해야지."

내 말에 입술을 깨문 주인이가 나를 단호하게 끌어당겼다.

우리는 콘크리트 계단 아래로 빠르게 내려갔다. 철문 앞에서 우리가 숨을 내쉬는 그때였다. 빠른 발소리 두 개가 우리 위의 길을 지나갔다.

나와 주인이는 최대한 계단 벽에 붙어 선 채 숨을 참았다. 주인이가 바짝 붙어 서서 내 손을 잡았다. 주인이도 긴장했는지 손이 식은땀으로 젖어 있었다. 하기는, 여기서 들키면 더 일 나는 것은 나보다는 주인이었다.

걱정하는 것도 잠시, 위에서 오가는 목소리를 들은 나는 솜털이 곤두서는 것을 느꼈다.

"함단이가 이 시간에 여기 왔을 리가 없잖아."

무미건조한 목소리, 유천영이었다. 그에게선 다소 따분해하는 기색까지 느껴졌다.

유천영의 말이 이어졌다.

"옆에 있던 사람이 반여령도 아니었다며."

그리고 대답하는 은지호의 목소리가 들렸다.

"그러는 너도 무시할 수 없을 만큼 닮았으니까 따라온

거 아니냐?"

"……."

어두운 골목 위로 침묵이 이어졌다. 나와 주인이는 숨소리까지 낮춘 채로 위를 바라보고 있었다. 그리고 이어지는 말에 나는 하마터면 기침을 터트릴 뻔했다.

"아니, 함단이가 더 예쁜데."

침묵도 잠시, 은지호가 기겁한 목소리로 되물었다.

"너, 아프냐?"

야, 은지호. 나는 조용히 주먹을 움켜쥐었다. 너 월요일에 학교 가면 나한테 죽을 줄 알아라.

그리고 바로 그때였다. 갑자기 돌아온 은지호의 대답에 나는 입을 크게 벌렸다.

"하긴, 사실 나도 그런 것 같더라."

나는 속으로만 외쳤다. 미쳤어! 미쳤나 봐!

물론 너 어디 아프냐고 할 때는 분노가 끓어오르기는 했지만, 순순히 예쁜 말을 하는 은지호를 보고 있자니 그것도 그것대로 좀……. 내가 어둠 속에서 연신 팔을 쓸어내리는 그때, 다시 유천영의 목소리가 들렸다.

"마저 일 처리하러 가자."

일 처리라니? 은지호는 두 번 묻지 않았다.

"아, 그래."

선선히 그렇게 대답한 은지호가 걸음을 옮겼다.

멀어지는 두 사람의 발소리를 듣고 있던 나는 한참 뒤에야 길게 숨을 내뱉었다. 옆을 돌아보며 내가 방금 우리가 들은 거 환청 아니냐고 물으려는 찰나, 어둠 속에서 주인이가 불쑥 말했다.

　"콩깍지가 무섭긴 무섭다……. 아무리 그래도 그렇지 화장까지 했는데."

　"응?"

　콩깍지라니, 그거 설마 내 얘기야? 내가 묻기도 전에 갑자기 우리 뒤쪽에 있던 철문이 덜컹 열렸다. 새로운 예기치 못한 사태에 당황한 나와 주인이가 동시에 그쪽을 돌아보았다.

　어둠 속의 눈들과 우리의 시선이 맞닥뜨렸다.

＊　＊　＊

　천장에서 사이키 조명이 바쁘게 돌아갔다. 스테이지는 사람들로 꽉 차 발 디딜 틈 없고, 불빛에 비친 얼굴들은 무수히 많아 누가 누구인지 분간하기도 힘들었다. 그러나 그 와중에도 명확히 분간되는 두 사람이 있었다.

　사람들의 시선이 일제히 한곳으로 쏠렸다. 도대체 이 난장판 속에서 뭐가 보인다고, 그런 생각으로 눈을 돌린 사람들조차 눈 돌린 곳에서 시선을 떼지 못했다.

시선을 사로잡는 두 사람 중 하나, 반여령이 주변을 바라보며 투덜거렸다.

"상상 이상으로 복잡하네. 회원제인데도 설마 사람이 이렇게 많을 줄은 몰랐어."

"하필 우리가 사람 많은 날에 온 게 아닐까? 나도 이렇게까지 사람이 많을 줄은 몰랐어. 특별할 것 없는 토요일인데 말이야."

주변을 둘러보며 검은 단발머리 소녀. 아니, 루카스가 대답했다. 그리고 그는 눈을 살짝 찡그리며 덧붙였다.

"어쩌면 우리가 모르는 다른 일이 있을지도 모르지."

"응? 그게 무슨?"

그렇게 묻는 반여령 옆을 지나친 루카스가 성큼성큼 걸음을 옮겼다. 1층에도 벽을 따라 무수히 많은 테이블이 붙어 있었지만, 클럽 파피용의 진짜배기는 테라스로 이루어진 2층이었다.

2층에도 벽을 따라 테이블이 놓인 방이 있었는데, 이곳은 방 입구가 뻥 뚫리지 않고 주렴이 쳐져 있어 보다 은밀했다. 때문에 Reed사 직원들도 아마 2층에서 찾을 수 있으리라 루카스는 짐작하고 있었다.

그러나 그가 채 2층으로 향하는 계단으로 발을 옮기기도 전에 추근거리려는 무리들이 그의 곁으로 다가왔다. 코웃음치며 상대도 않고 내빼려는데 무리들은 유난히 끈질겼다. 그리고 그중 하나가 내뱉은 말이 루카스의 관심을 사로잡았다.

"2층에 올라가 봐야 별 볼일 없는 녀석들밖에 없을걸."

걸음을 멈춘 루카스가 고개를 들고는 물었다.

"그 얘기, 조금 더 자세히 해 주실 수 있을까요?"

"전세 낸 녀석들이 있거든."

"누군데요?"

그리고 돌아온 대답에 루카스는 이마를 구겼다. 어쩐지 1층이 유난히 좁게 느껴진다 했더니 그렇게 된 거였군. 정보를 얻는 것으로 대화의 목적을 달성한 루카스는 이어지는 추근거림을 전부 무시해 버렸다.

혼자 있던 반여령에게로 돌아간 루카스가 곧바로 말했다.

"아무래도 바깥의 두 사람은 들어오지 못하도록 해야겠어."

"뭐? 그게 무슨 소리야?"

놀라는 것도 잠시, 이어지는 설명에 반여령의 얼굴 역시 점차 굳어졌다. 가는 날이 장날이라는 한국의 속담으로도 설명하기 부족한 사태가 바로 눈앞에 있었다.

* * *

나는 숨도 쉬지 않고 철문 안을 바라보며 눈을 깜빡였다.

어둠 속에서 두 사람이 우리를 바라보고 있었다. 하나는 남자고 하나는 여자였는데, 둘 다 와인 색 정장을 입고 있었다. 그들의 가슴팍에서 매니저라고 영문으로 새긴 금속판이 빛나고 있었다.

그들이 이곳 클럽 파피용의 직원임을 깨달은 나는 철문위를 확인했다. 아차, 당연히 저럴 거라고 예상했어야 했는데. 클럽 파피용의 뒷문으로 보이는 철문 위에는 CCTV가 설치되어 있었다.

그야 그렇겠지. 회원제 클럽인데 이상한 사람이라도 뒷문으로 침입하면 곤란할 터다. 나는 다시 고개를 바로 했다.

어쩌지? 분명히 그들은 우리를 추궁할 것이다. 여기서 뭐 하고 있느냐든가, 어서 사라지라든가. 그런 생각을 하고 있는데 남자와 여자가 돌연 활짝 웃었다. 엥?

그들이 말했다.

"클럽 파피용에 오신 것을 환영합니다. 이리로 오시죠."

나와 주인이 채 시선을 교환하기도 전에 그들이 우리를 안으로 들였다. 등 뒤에서 철컥 철문이 닫히는 소리를 들으며 나와 주인이는 곤혹스런 표정을 지었다.

안으로 들어오자마자 좁은 복도를 타고 쿵쾅대는 음악소리가 전해져 왔다. 자지러지는 듯한 웃음소리와 잔 부딪히는 소리. 그리고 무수한 발소리들이 쏟아지는 가운데 복도를 걸으며 나는 생각했다.

정말 이렇게 쉽게 들어와 버려도 괜찮은 건가? 이걸로 된 건가? 생각을 거듭하는 그때, 어두운 복도를 가로질러 가며 매니저 중 여자가 물었다.

"누구의 초대로 오신 건가요?"

"네, 네?"

말을 더듬는 것도 잠시, 나는 곧바로 사실을 깨달았다.
아, 그러니까 우리가 회원인 줄 알고 있던 거군.

그들은 내 태도로 금세 상황을 파악해 버린 것 같았다.
그들의 표정이 굳어지는 것을 보며 내가 망했다, 속으로
중얼거리는 그때였다.

그들은 걸음을 멈추더니 화내는 대신 도리어 환하게 웃
으며 내 손을 맞잡았다.

"아, 예약이 안 되어 있으시군요?"

……으응?

"정말 잘 오셨습니다! 자, 이쪽으로."

"아, 네, 네……."

떨떠름하게 이끌려 가다 말고 나는 두 매니저의 시선이
내가 아닌 주인이에게로 고정되어 있는 것을 깨달았다.

주인이는 눈을 내리깐 채 몹시도 곤혹스런 표정을 짓고
있었지만 그것은 그녀의, 아니, 그의 미모를 뽐내는 데 아
무런 문제도 되지 않았다. 반여령이 화가 났을 때 입을 다
무는 일이 사람들의 이성을 더욱 혼미하게 하는 것과 비슷
한 작용이었다.

그리고 나는 동시에 매니저 두 사람이 나에게는 아무런

신경도 쓰지 않고 있다는 것을 깨달았다. 그 순간 나는 속으로 잔뜩 분노…… 하지는 않았고, 할 리도 없었다. 왜냐하면 사대천왕과 반여령 곁에서 오랫동안 생활한 결과, 나는 공기 취급당하는 데 너무 익숙해졌기 때문이다. 아, 잠깐. 울고 있는 거 아니거든요. 정말로.

그리고 나는 다시 앞을 보았다. 회원은커녕 달리 초대받거나 예약이 있는 손님도 아닌 우리에게는 과하게 사근사근한 태도로 매니저가 말했다.

"그럼, 만나기로 예정된 사람은 없으신 거죠?"

그 물음을 듣자마자 나는 반여령과 루카스가 이미 여기 들어와 있을 거라는 데 생각이 미쳤다. 어쩌면 자연스레 합류할 수 있을지도 모른다.

내가 문득 생각난 척 핸드폰을 꺼내며 '아, 일행이 있는데요' 하고 말하려던 그때였다.

"그럼 이리로 오세요. 마침 손님들에게 딱 어울리는 손님들이 계시답니다."

"예? 예?"

설마 이게 말로만 듣던 그……! 내가 당황하는 사이, 여자 매니저가 다가와 내게 단단히 팔짱을 꼈고 주인이에게도 남자 매니저가 다가갔다. 주인이는 팔을 뿌리치려는 것 같았는데 곧 나를 보더니 가만히 입술을 깨물었다.

사대천왕 중 머리 싸움에 가장 능한 주인이라 하더라도

엄연히 사대천왕 중 하나. 고로 사대천왕 중에서는 가장 약할지 몰라도 싸움을 못할 리 없었다. 남자 주인공이 싸움 못하는 거 봤는가? 그런 법칙은 주인이에게도 적용되어서, 주인이도 보기보다 힘이 약하거나 체육을 못한다거나 하지는 않았다.

그러나 현재, 툭 치면 부러질 것 같은 가느다란 여자아이가 성인 남자의 손힘을 그의 배가 넘는 완력으로 뿌리친다면 공연히 의심을 살 터였다. 결국 주인이는 이도 저도 못하고 어정쩡한 모양새로 나와 같이 끌려갈 수밖에 없었다.

그들이 이끄는 가운데, 우리는 2층으로 올라가는 계단으로 향했다.

2층 입구에서 두 매니저와 마찬가지로 자주색 매니저 복장을 한 누군가가 우리를 보더니 조용히 비켜서는 것을 보고 나는 생각했다. 이거 은지호네 호텔에서랑 비슷한 패턴 아니야? 사실은 2층에 중요한 손님들밖에 없는데 주인이 얼굴만 보고 우리를 아주 중요한 사람한테 데려간다든가 하는 거 아니야?

발 디딜 틈 하나 없이 열기가 피어올라 지옥의 용광로 같은 1층과 달리 2층은 몹시 한적했다. 테라스에 기댄 사람조차 없었고, 각자 주렴이 쳐진 방에 틀어박혀 나오지 않았다. 방마다 요란한 웃음소리와 떠드는 소리가 들려왔는데 들리는 목소리들은 예상보다 어렸다.

그럴 리는 없겠지만, 마치 우리 또래인 것 같은……. 내가 생각하는 그때, 마침내 남녀 매니저들이 주렴을 걷고는 우리를 방 안으로 떠밀었다.

나와 주인이는 휘청거리다 겨우 바로 섰다.

"그럼, 클럽 파피용에서 좋은 시간 되세요!"

그들이 떠나면서 남겨 놓은 소리에 나는 진절머리를 쳤다. 아니, 사람을 억지로 끌고 와서 방 안에 가두듯 집어넣고 한다는 말이 좋은 시간? 좋은 시간이라고? 도대체가 우리가 저쪽이 취향이 아니면 어쩔 건데!

그렇게 생각하던 나는 마침내 고개를 들었다. 아직 내 머리카락에서 채 떨어지지 않은 주렴 사이로 희뿌옇게 들어찬 연기 속에서 푸른 조명에 비친 형체들의 윤곽이 서서히 드러났다.

테이블 위에는 간단한 과일 안주와 튀김 안주가 놓여 있었고, 테이블에 박힌 푸르스름한 램프 앞에 비싼 양주 병 서너 개가 굴러다니고 있었다.

그리고 방의 벽을 따라 놓인 진홍색 소파 위에 대여섯 정도 되는 사람들이 앉아 있었다. 넷은 남자고 둘은 여자였는데, 그것을 보고서야 나는 매니저들이 우리를 이 방에 집어넣은 이유를 알 수 있겠다. 숫자를 맞추겠다, 뭐 그런 거겠지.

하지만 이 모든 것을 확인하고도 도저히, 도저히 납득할 수 없는 사실이 있었다.

"너희, 왜 교복 차림인 건데……?"

그들의 베이지 색 재킷과 그 안에 받쳐 입은 흰 와이셔츠, 짙은 회색 넥타이를 보며 나는 중얼거렸다.

그 순간 머릿속에 떠오른 무수히 많은 가정 가운데 내가 납득할 수 있는 것은 고작 한 가지 정도였다. 이 클럽, 2층은 교복 콘셉트로만 운영한다든가. 그래서 교복 차림이 아직도 어울리는 동안인 손님들만 받을 수 있다든가.

바로 그때, 와인 잔을 탁 소리 나게 내려놓은 남학생 하나가 이쪽을 보더니 여유롭게 미소 지었다. 그리고 이어지는 말에 나는 가만히 이마를 짚었다. 아이고, 두야…….

"우리는 대운고 서열 모임, '원카드'다."

학생들이 차례로 스스로를 가리키며 나는 스페이드, 나는 하트, 나는 클로버,라고 소개하는 것이 이제는 낯설지 않았다. 비슷한 경우를 나는 불과 며칠 전에 겪어 본 적이 있는 것이다.

소개를 마친 그들이 은근하게 웃으며 물었다.

"그쪽은 나이가 어떻게 돼? 대학생?"

나는 텅 빈 눈으로 잠시 고민했다.

그냥 '어머, 우리 동갑인 것 같은데! 너희도 왔구나, 클럽! 일주일에 한 번씩 클럽에 오지 않으면 고등학생도 아니지!' 하고 말할까? 어쩌면 자연스럽게 넘어갈 수 있을지도 모른다.

옆을 보니 주인이는 전혀 놀라거나 당황한 표정이 아니었다. 대신 그는 턱을 쓰다듬으며 진지한 얼굴로 중얼거리고 있었다.

"서열들이 주기적으로 모인다는 장소가 여기였나…….잠깐, 설마?"

주인이의 중얼거림에 대답이라도 하듯 그들이 웃으며 말했다.

"너희, 조용히 놀 거였다면 날을 잘못 잡았어."

그들이 테이블을 감싸듯 두 팔을 펼쳐 보였다.

"여기 2층 전체가 우리 전국 서열들의 회합 장소니까."

떨어지는 말을 들으며 나는 떡하니 입을 벌렸다.

도대체 클럽을 통째로 빌리는 고등학생들이 어디 있답니까! 내가 차마 말은 못하고 속으로만 비명을 지르던 그때였다. 자신만만하던 그들의 표정이 갑자기 변했다.

옆을 휙 돌아본 나는 때마침 주렴을 걷고 들어오던 누군가와 눈이 마주쳤다. 길게 엮인 크리스털 구슬 사이로 짙은 보라색 머리카락이 흔들렸다. 그러나 첫눈에 외국인 테가 나는 루카스와는 달리 이쪽은 엄연한 한국인으로 보였다.

짙은 보라색 도는 머리카락을 꽁지 머리로 질끈 묶은 위협적인 체구의 남학생이었다. 키는 적어도 190일까? 체격이 달라 유천영과는 다른 박력이 느껴졌다.

주렴을 걷고 들어온 그가 나와 주인이를 보고는 눈썹을 살짝 찡그렸다. 그리고 대운고 원카드인지를 향해 고개를 돌린 그가 물었다.

"너희, 1층 손님들을 억지로 끌고 온 거냐? 이런 거 하지 말라고 했을 텐데."

그러자 방 안의 분위기가 굳어졌다. 그 틈에 그가 우리를 보며 속삭였다.

"어서 나가요."

"예? 예, 감사……."

떨떠름하게 대답하면서도 나는 주인이의 손목을 낚아챘다. 뭐 하는 사람인지는 모르겠지만 아무튼 이 정신 나간 것 같은 공간에서 빠져나갈 기회를 줘서 그저 감사할 따름이었다.

그리고 우리 두 사람이 막 방을 나가려던 그때였다. 대운고 원카드 중 하나가 그새 삶은 문어처럼 붉어진 얼굴로 외쳤다.

"이익……! 애초에 누가 너한테 그런 거 감독해 달라고 했어?!"

그리고 보라색 머리가 턱을 치켜들고 태연히 대답하는 것을 들은 나는 사레들린 듯 요란하게 기침하기 시작했다.

"그럼 전국 서열 1위가 사라진 지금, 전국 서열 2위인 내가 감독하지 않으면 누가 감독할까?"

"컥, 커헉, 커허헉……!"

"엄마, 괜찮아?!"

여자 같은 목소리도 집어치운 주인이 당황하며 평소의 목소리로 물었다.

나는 눈물을 글썽이다 고개를 들었다. 뭐? 전국 서열 2위? 전국 서열 1위가 사라져? 기껏 재벌들의 세계에서 빠져나왔다 했더니 이제 서열들의 세계냐?

한 가지 놀라운 것은 그 대단하다는 전국 서열들이 내 기침 한 번에 몹시 당황하고 있다는 것이었다. 생각보다 평범한 고등학생인 모양이지? 생각하며 맥없이 기침을 마저 하는 내게 그들 중 하나가 내게 물컵을 건네주었다.

"일단 마셔."

"아, 아니요. 괜찮아요……."

이 방의 분위기를 봐서 물이 아니라 술이어도 이상하지 않다.

내가 단호하게 거절하자 머쓱하게 물컵을 내려놓은 학생이 갑자기 보라색 머리 남학생을 돌아보며 외쳤다.

"무슨 말인지는 알겠지만 우리한테만 이러는 건 부당해! 아까 보니까 선진 고등학교 녀석들도 1층에서 여자를 데려왔던데."

그러자 눈썹을 찡그린 보라색 머리가 대답했다.

"선진 고등학교? 내가 방금까지 거기 있다 왔는데 다른 여자는 못 봤어."

"분명히 있었다니까!"

그리고 얼음장같이 차가운 목소리가 우리 사이로 끼어들었다.

"지금, 우리 얘기한 거야?"

그쪽으로 채 고개를 돌리기도 전이었다. 와장창! 갈색 잔상이 보인다 싶기가 무섭게 테이블이 엎어졌다. 쏟아지는 테이블 위의 물건들을 피하려고 소파 위로 훌쩍 올라선 대운 고등학교 학생들의 얼굴이 이윽고 저승사자라도 만난 것처럼 창백해졌다.

난장판 속에서 옆을 돌아본 나는 주인이의 얼굴이 저들 못지않게 창백해졌음을 보았다. 다급히 그의 팔을 잡은 내가 물었다.

"주…… 선아? 왜 그래, 주선아?"

바로 그때였다.

누군가의 처절한 외침이 방 안의 공기를 갈랐다.

"우산, 또 너냐!"

그 소리에 한참을 뻣뻣하게 굳어 있던 나는 이윽고 가만히 고개를 돌렸다.

여전히 푸르스름한 조명 사이로 주인이를 쏙 빼닮은 갈색 머리카락과 오밀조밀한 이목구비, 반듯한 턱선이 눈에 들어오자 나는 살짝 기절하고 싶어졌다.

주인이가 운동을 열심히하고 조금 더 키가 컸다는 가정 하에 주인이의 곧 다가올 미래 같은 남학생이 거기에 있었다.

그리고 나는 은지호가 앞서 우산에 대해 말했던 것을 떠올렸다.

'야, 함단이. 너, 혹시라도 우주인이랑 꼭 닮은 형 있으면 절대로 가까이 가지 마라.'

'왜? 그 사람이 그렇게 나빠?'

'비유하자면, 착한 태풍 같은 사람이야. 이해되냐?'

그때 나는 침착하게 대답했었다.

'너라면 이해되겠냐?'

그리고 나는 은지호의 뒷말을 떠올렸다.

'아니, 그러니까. 음…… 그럴 의도는 아니었지만 돌아다니다 보니 다 부수는……?'

거기까지 회상한 나는 다시 앞을 보았다.

나는 속으로 실소했다. 은지호, 착한 태풍이라고? 저게 어디가 착한 태풍이야? 우산의 어깨 위에는 살벌한 검은 기류가 넘실대고 있었다. 그 모습을 바라보며 나는 잠시 어깨를 떨었다.

그에게서 느껴지는 박력은 은형이가 아주 가끔 보여 주는 차분한 박력이나 이루다의 정제된 살기와도 거리가 멀었다. 굳이 비유하자면 날뛰는 짐승의 눈먼 광기 같았다.

테이블이 와장창 쓰러지는 것과 동시에 소파 위의 한 녀석이 발돋움해서 우산에게로 달려들었다. 엄마야! 나는 기겁해서 그때까지도 내 옆에 멍하니 서 있던 주인이를 끌어당겼다. 주인이는 여전히 얼굴이 인형처럼 창백한 채 내가 당기는 대로 끌려왔다.

그리고 눈 하나 깜짝이지 않고 무표정하게 달려드는 상대를 바라보던 우산이 상대의 팔을 당겨 테이블 잔해 위로 메치기 했다.

부웅, 하는 소리와 함께 와장창 유리잔이 깨지고 접시가 깨졌다. 영화의 한 장면 같은 진풍경이었다. 다만 그 풍경을 연출해 낸 사람들이 교복 차림인 게 문제라면 문제였다. 내 표정은 잔뜩 썩어 들어가기 시작했다.

그 모습을 한동안 얼이 빠져서 지켜보던 전국 서열 2위라든가 뭐라든가 하던 보라색 머리가 갑자기 버럭 외쳤다.

"우산 너, 누가 오자마자 싸움 걸래!"

그새 방 안을 초토화해 버린 우산이 손을 탈탈 털며 대답했다.

"아니, 왠지 귀가 간질거려서 와 봤더니 개소리가 들리잖아."

그리고 우산의 대답에 나의 표정은 더더욱 이상해졌다. 귀가 간질거려서 와 봤다니, 서열이 높은 일진들은 귀에 GPS라도 달려 있는 걸까? 어떻게 다들 자기 소리 하는 줄 알고 위치까지 찾아서 튀어나오는 걸까?

다시 보라색 머리카락 남학생의 대답이 들려왔다.

"그렇다고 해도 변명을 해야지, 대뜸 테이블을 엎고 보면 어떡하냐?"

그러자 우산은 몹시 기분 나쁘다는 듯이 턱을 치켜들더니 대답했다.

"무슨 변명이 필요해? 내가 이딴 대운고 쓰레기들이랑 같아? 나는 아무도 끌고 온 적 없거든? 아, 물론 끌고 와 달라고 부탁한 적도 없고."

그 말을 들으며 나는 속으로만 감탄사를 흘렸다. 아하, 그렇게 된 거였군. 그가 나타난 것은 우리에게도 저쪽 대운고 원카드에게도 재앙 같은 일이었지만 상황을 파악하는 데는 도움이 되었다.

우리가 난데없이 매니저들에 의해 이 방에 들어오게 된 이유는 저쪽 대운고 학생들이 미리 매니저들에게 부탁해 뒀기 때문인 것 같았다.

거기까지 깨달은 나는 표정을 미묘하게 굳혔다. 아니,

덕분에 입장은 쉽게 했다지만 고등학생이 고등학생 덕분에 클럽에 입장한 이 묘한 상황을 어떻게 할 거냐고. 한숨을 내쉰 나는 상황을 마저 살폈다. 우산에게 맞아 나가떨어진 학생 하나가 뺨을 감싸 쥔 채 울먹이며 외쳤다.

"아니야, 데려온 적이 없기는 무슨! 너희들 방에서 분명히 봤어. 잔뜩 굽이치는 빨간 머리에 반짝이는 금색 옷에, 아무튼 성인 여자가 있었다고!"

그 말에 우산과 보라색 머리카락 남학생의 표정이 동시에 이상해지는 것이 보였다. 잠시 후, 우산이 떨떠름한 얼굴로 되물었다.

"너희, 설마 지금 리자 보고 그런 거야? 서열 10위 대리자?"

"무, 뭐?"

더듬대는 대운고 학생의 앞으로 이번에는 보라색 머리카락의 남학생이 나섰다.

표정을 잔뜩 굳힌 채로 그는 말했다.

"너희, 목숨 아깝다면 그 말은 취소하는 게 좋을 거다. 리자가 노안인 건 사실이지만, 걔가 들었다간 진짜 너희—"

그의 말이 채 끝나기도 전에 낭랑한 목소리가 그의 말을 잘랐다.

"—공하루 개새끼야."

그리고 크리스털 주렴 사이로 불쑥 들어온 다리가 보라색 머리카락 남학생. 그러니까, 공하루의 등을 걷어찼다.

그 짧은 순간 나는 그런 생각할 틈이 아닌데도 생각하고 말았다. 공하루라니, 이름 진짜 굉장하네…….

와장창 쿠당탕하는 소리와 함께 공하루의 몸이 일어나지 못하고 있던 대운고 학생들의 바로 옆으로 날아와 엎어졌다. 그 모습을 바라보며 대운고 학생들은 거의 경기를 일으킬 것 같은 표정을 지었다.

그에 아랑곳 않고 성큼성큼 다가온 붉은 머리카락의 미녀, 아마도 리자라는 이름일 터인 그녀가 공하루의 멱살을 잡아 짤짤 흔들기 시작했다.

그녀가 호호 웃으며 물었다.

"어쩐지 귀가 간지럽다 해서 와 봤더니, 개새끼가 개소리를 하고 있네? 복날에 개가 어떤 기분인지 궁금하지? 그래서 이러는 거지, 지금?"

아무래도 이 세계 일진들의 귀에 GPS장치가 달려 있다는 내 가설은 사실인 것 같군. 나는 생각했다.

그리고 맞고 있던 공하루가 더듬거리며 입을 열었다.

"아니, 잠깐."

커헉, 공하루가 채 말을 끝내기도 전에 대리자가 그의 턱을 때렸다. 이제 대운고 학생들은 우산에 대한 분노도, 공하루에 대한 반발심도 완전히 잊은 모양새로 벽에 붙은 소파에 찰싹 엎드려 벌벌 떨고 있었다.

그러다 그들이 껍질에서 살짝 얼굴을 내미는 소라게처럼

문으로 발을 떼는 그때였다.

"니들은 거기서 딱 목 씻고 기다리고 있어라."

"흐흭."

"도망치는 놈은 두 배로 팬다."

대리자가 스산하게 덧붙인 말에 방 안은 일종의 소강상태로 접어들었다. 그러고 나서야 나도 내 상황을 되짚어 볼 여유가 생겼다.

일단 대리자가 등장함으로써 상황은 종료된 것같았다. 공하루인가 하는 서열 2위 말을 들어 보면 외부인을 끌어들이는 게 여기 방침도 아닌 듯싶고. 즉, 내가 여기서 여장한 주인이를 데리고 심지어 동갑내기 고등학생들과 어울리는 위험천만하고 정신 나간 짓은 하지 않아도 된다는 얘기였다.

거기까지 생각한 나는 황급히 옆을 돌아보았다. 새파란 불빛을 받아 여전히 시체처럼 창백한 얼굴의 주인이가 보였다.

그의 시선이 우산에게 흔들림 없이 고정되어 있는 것을 보고서야 나는 주인이의 마음을 대강 이해했다. 나라도 지금 여기서 사촌 언니나 오빠라도 만나 봐. 딱 주인이 같은 표정 나오지.

나는 소리 죽여 속삭였다.

"주선아, 이만 나가자."

이 만남이 어쩌나 충격적이었던지 주인이는 평소의 기민

한 행동력조차 잃어버린 모양이었다. 한참이나 넋을 잃고 우산을 바라보던 주인이는 내가 몇 번이고 채근하자 그제야 어색하게 고개를 끄덕이며 발을 떼었다.

바로 그때, 익숙한 목소리가 우리를 불러세웠다.

"거기 잠깐."

주렴을 걷으며 나가려던 나는 그대로 굳었다. 천천히 뒤를 돌아본 내가 어색하게 웃으며 대답했다.

"네……?"

우산이 우리를 보고 있었다.

화려한 발차기와 함께 테이블을 엎으면서 등장했던 그때와는 달리 싸우지 않는 상태라고 해야 할까, 말하자면 안전 모드에 들어간 우산은 아까와는 전혀 다르게 보였다.

우산을 다시 한 번 자세히 들여다보게 된 나는 작게 감탄했다. 색이 연한 갈색 머리카락은 주인이와 같이 손대면 부드러울 것 같았고, 주인이보다 선이 굵기는 했으나 확연한 미남이었다.

얼굴이 작고 분위기 있는 이목구비라서 베이지 색 더플 코트 같은 것을 입고 낙엽수 아래 서 있는 그의 모습을 쉽게 연상할 수 있었다.

그렇듯 순식간에 맹수에서 잡지 모델 같은 분위기로 변한 우산이 갈색 눈으로 내가 아닌 내 등 뒤를 보며 물었다.

"아무튼, 같은 서열이 한 짓이니 사과할게요. 그쪽은 괜찮아요? 안 괜찮으면 안정제 같은 거 좀 줄까요?"

주인이는 말없이 고개만 내저었다. 그야 주인이는 루다나 루카스와는 달리 여자 목소리를 내는 재주는 없으니까.

게다가 사촌형 앞이다. 한마디 내뱉는 것만으로 정체가 들켜 버릴 줄 어떻게 알고? 생각하니 나까지 심장이 조여드는 기분이었다. 어서 이 자리를 벗어나는 것만이 상책이라고 생각한 나는 고개를 돌리며 대신 대답했다.

"아니요, 제 친구는 괜찮은 것 같아요."

그러나 우산은 끈질겼다.

"우리가 주는 거라 믿지 못하겠으면 제가 먼저 먹을게요. 그리고 30분쯤 있다가 그쪽이 먹게 해요. 그러면 되잖아요."

"아니, 정말로 괜찮은데……."

"어디가 괜찮아요? 말도 못하고 있잖아요, 지금."

그렇게 말한 우산이 이리로 다가왔다.

그가 나와 주인이 사이를 파고드는 것을 나는 감히 막지 못했다. 그가 일으킨 무시무시한 인간 재해를 본 직후인 터라 차마 다리가 움직이지 않았다.

그리고 마침내 주인이와 우산의 눈이 가까이서 마주쳤다. 다소 부담스러울 정도로 가까운 거리였다. 주인이의 숨소리가 커지고 우산의 눈이 마찬가지로 커졌다. 그런 우리에게 누군가의 외침이 날아왔다.

"거기, 우산! 방금까지 대운고 녀석들에게 뭐라고 하더니, 정작 네가 뭐 하는 거야?"

그런데도 우산은 듣는 척도 하지 않았다. 그러자 이번에는 다른 사람이 다가와 직접 우산과 주인이를 떼어 놓았다. 서열 10위라던가 하던 붉은 머리카락의 여학생이었다. 주인이의 어깨를 다정하게 두드린 그녀가 우산을 돌아보며 쏘아붙였다.

"산아, 너까지 왜 그래? 얼마나 무섭겠어, 방금 그런 일이 있었는데."

그런데 우산의 반응은 아주 뜻밖이었다. 무슨 대답이라도 할 줄 알았는데 그는 아무 말도 없이 복잡한 표정으로 눈을 찡그렸다 뜨기를 반복할 뿐이었다. 꼭 드라마에서 잊혀진 기억을 되찾는 순간의 주인공이라도 되는 것 같았다.

잠깐, 기억? 나는 황급히 주인이를 돌아보았다.

주인이의 손목을 다시 붙잡은 내가 황급히 허리를 숙였다.

"저, 구해 주시고 뒷수습에도 신경 써 주셔서 감사합니다. 그럼 저희는 이만."

"잠깐!"

그 다급한 목소리는 우산이었다.

"저기, 괜찮으시다면……."

그렇게 말하는 우산은 제 심장께를 잡고 있었다. 그 모습에 내 얼굴은 있는 대로 창백해졌다. 아니, 심장을 잡기는 왜 잡냐. 그 애절한 표정은 또 뭐고!

우산의 말이 이어졌다.

"가르쳐 주실 수 있으세요? 제가 왜 당신을 처음 보는데도……."

한 박자 쉰 우산이 말을 맺었다.

"어째서 예쁘고 귀엽고 사랑스럽다고 생각하는지."

"……."

"왜 처음 보는 여자에게 이런 느낌을 받는 거지, 내가……?"

쿵! 예상한 그대로의 폭탄이 방 안에 떨어졌다. 아니, 예상한 것보다도 더 심각한 폭탄이었다.

우산의 예상치 못한 고백에 모두가 이쪽을 보며 입을 떡 벌렸다. 그 가운데 고개를 휙 돌려 옆을 바라본 나는 주인이의 표정도 못지않게 창백해져 있음을 보았다. 그야 그럴 만도 하지.

지금 여기, 금단의 사랑이 시작되려 하고 있었다. 머릿속에 드라마 마지막 문구 같은 내레이션이 흘러가는 가운데 나는 눈을 질끈 감고 속으로 연발했다. 어떡해! 어떡하냐고, 정말!

뭘 어떡하긴 어떡해, 나는 여길 나가야겠어! 반사적으로 방을 뛰쳐나간 나는 잠시 후 다시 방으로 들어가 주인이의 손목을 잡아끌었다.

"미안해, 너무 나가고 싶어서 혼자 나가 버렸었어."

내 말 같지 않은 사과에도 주인이는 유령처럼 창백한 얼굴로 내가 이끄는 대로 따라왔다.

누가 우리를 쫓아 나오면 어쩌지 했는데 애초에 우리를 붙들던 대운고 학생들은 서열들의 등장으로 인해 깨끗하게 정리되었고(주로 우산에 의해), 걱정되는 것은 우산뿐이었으나 그는 따라오지 않았다.

그것 참 다행이라고 할 수밖에! 그렇게 생각하며 나는 주인이의 손목을 잡고 복도 위를 빠르게 가로질렀다.

사이가 안 좋은 게 비단 대운고 학생들과 우산만은 아닌지, 우리가 올라올 때만 해도 쥐 죽은 듯 고요하던 2층 테라스 이곳저곳에서 싸움이 벌어지고 있었다. 와장창 깨지는 소리가 쏟아져 나오고, 테라스에서 무협 영화를 방불케 하는 난투를 벌이는 이들도 있었다.

그러다 문득 정신을 차린 주인이가 갑자기 내 손목을 끌고 앞서 달리기 시작했다. 갑작스런 그의 변화에 당황하는 내게 그가 한 곳을 가리키며 외쳤다.

"저쪽으로!"

"왜?"

"화장실이 있어."

"화장실은 왜?"

갑자기 이 상황에? 그렇게 생각하는 내게 주인이가 달리는 채로 핸드폰을 들어 보였다.

"전화야. 받지 않으면 의심할 거야."

[산이형♡ ♡ ♡]

히익. 액정에 뜬 이름을 본 내 얼굴이 창백해졌다. 나와
별반 다르지 않은 표정의 주인이도 깊게 한숨을 내쉬었다.

계단을 달려 내려온 우리는 매니저가 채 저지하기도 전
에 사람들 사이에 섞여 드는 데 성공했다. 간신히 화장실
로 들어서자마자 문을 쾅 닫은 우리는 사방을 살폈다.

천만다행으로 화장실에는 아무도 없었다. 게다가 방음도
훌륭해서 바깥의 지옥 같은 소음이 안으로는 조금도 흘러
들어 오지 않았다.

그리고 무거운 긴장이 흐르는 가운데, 마침내 주인이가
핸드폰 폴더를 열었다.

"여보세요…… 산이 형?"

잠에서 방금 깬 듯 잔뜩 졸린 목소리를 들으며 나는 살짝
감탄했다. 하기는, 학생은 이 시간에 집이 아니면 이상하
니까.

이윽고 화장실 안이라 윙윙 울린 수화기 너머의 목소리
가 내 귀까지 닿았다.

[아, 미안해, 주인아! 형이 깨웠어?]

"아니야, 형 전화인데 당연히 받아야지. 무슨 일이야, 형아?"

[아니야, 별로 중요한 얘기 아니야.]

"얘기해 봐."

어눌한 발음과는 달리 그렇게 말하는 주인이의 얼굴은 잔뜩 굳어 있었다. 우산의 마음속에 어떤 의심이 있다면 지금 당장 그 싹을 잘라 버리리란 결심이 그 안에서 느껴졌다.

그리고 우산의 머뭇거리는 대답이 돌아왔다.

[아니, 아까 형이 어떤 여자를 봤거든, 그런데……]

"지금 거기가 어딘데?"

[응?]

"거기가 어디냐고."

두 사람의 관계를 잘 모르는 내가 들어도 주인이가 저런 태도로 말하는 일이 잘 없으리란 것 정도는 알 수 있었다. 주인이가 제 사촌들에게 얼마나 끔찍하게 잘하는데.

과연, 대답하는 우산의 목소리가 흐트러졌다.

그가 더듬거리며 대답했다.

[벼, 별 곳 아닌데.]

"형."

[노…… 노래방.]

흘러나온 대답을 들은 나는 어색하게 웃었다. 이미 시간이 밤 열한 시가 넘었는데 클럽이 아니라 노래방이라도 이상한 건 마찬가지인데. 전국 서열인 우산은 그런 사실에 대해 잘 모르는 모양이었다.

과연, 주인이가 드물게 낮은 목소리로 빈정거렸다.

"그렇구나, 형. 이 밤에 노래방에 있구나."

[아니야, 주인아!]

"봤다는 여자는 어땠는데? 어땠기에 내가 생각났어?"

혹 들어간 돌직구에 나도 같이 어깨를 굳혔다. 하기는 전화 통화가 길어지면 그것도 그것대로 위험했다.

그리고 나도 주인이도 긴장해서 핸드폰을 바라보는 가운데, 마침내 대답이 돌아왔다.

[아니, 그게, 처음 봤는데…… 너무 예쁘고 귀엽고 사랑스러운 거야.]

잠시 침묵하던 주인이가 조금 얼이 빠진 표정으로 물었다.

"그게 다야?"

[응.]

"얼굴이 닮았다든가……?"

[전혀. 모르겠는데? 아, 목소리는 못 들었어.]

잠시 정적이 흐른 뒤, 나와 주인이는 일제히 긴 한숨을 내뱉었다. 루카스의 변장보다 더한 화장술이 먹혀들어 갔는지 우산은 주인이에 대해 눈치조차 못 채고 있었다.

이마의 식은땀을 살살 닦아 내며 나는 생각했다. 그럼 주인이를 알아봤던 건 대체 어느 지점이었던 거야? 얼굴이 닮지도 않았고, 목소리도 못 들었다고 하는데.

그렇게 생각하던 나는 문득 주인이의 얼굴이 귀신 본 듯 창백해진 것을 깨달았다. 내가 소리를 낮춰 물었다.

"왜 그래?"

그러자 핸드폰의 마이크를 엄지로 틀어막은 주인이가 속 닥거렸다.

"그러고 보니까 산이 형 말인데……."

"으응……."

"핸드폰에 날 저장해 둔 이름이 '이쁘고 깜찍하고 사랑스 러운 내 동생'이야……."

"……."

그러니까, 주인이를 눈치챈 건 어디까지나 본능이라는 얘긴가? 나는 그만 이 사촌 형제를 이해하는 것을 포기하 기로 마음먹었다. 이것은 내 이해를 아득히 뛰어넘는 영역 에 있는 것이다.

긴장이 풀린 주인이는 우산과 평소처럼 길게 통화할 참 인 것 같았다. 갑자기 전화를 끊는 것도 수상해 보일 테니, 주인이의 양해를 구하는 눈빛에 고개를 끄덕인 나는 혼자 밖으로 나왔다.

주인이는 평소의 남학생 목소리를 내야 하니 누가 들어 오면 곤란할 테고, 어차피 할 일이 없다면 바깥에서 망이 라도 보는 게 낫겠지.

화장실 밖으로 나온 나는 벽에 붙어 서서 주변을 살폈 다. 다행히 이쪽에는 사람들이 많이 오가지 않았는데, 하 나 신경 쓰이는 것은 남자 화장실도 근처에 있어 남자들이 꽤 자주 돌아다닌다는 점이었다.

음, 혼자 이렇게 멀뚱히 있으려니 조금 곤란한데. 나는 그제야 먼저 들어온 루카스와 반여령에게 생각이 미쳤다. 아니, 생각할 겨를이 있었어야지. 대운고 원카드에 우산에 다른 서열들까지.

나는 문득 핸드폰을 꺼냈다. 메시지 표시가 반짝이는 것을 본 내가 별생각 없이 폴더를 열어젖히는 그때였다.

"저기."

"왁!"

누가 부르는 바람에 화들짝 놀란 나는 그만 핸드폰을 떨어뜨리고 말았다. 핸드폰이 바닥에 부딪혀 떨어져 나갔다.

내가 황급히 몸을 구부리는 그때였다.

바닥으로 뻗는 내 손을 가볍게 저지하는 손이 있었다. 하얗고 창백한, 피아니스트처럼 쭉 뻗은 손. 이 손을 어디선가 많이 봤는데 하는 생각이 들었다.

채 생각을 마치기도 전에 직접 몸을 굽혀 제 발치 사이에서 핸드폰을 주운 그가 내게로 내밀었다. 그가 신은 검은 가죽 구두가 불빛 아래 유난히 반질거렸다.

차분한 목소리가 들려왔다.

"여기요."

나는 눈을 깜빡였다. 화장실에서 나오자마자 물처럼 쏟아진 음악 소리가 주변을 감싸서 온통 시끄러운 와중에도 그 목소리는 기이하리만치 잘 들렸다.

핸드폰을 받아 들며 내가 무심코 그의 얼굴을 바라본 그때였다.

"감사합니, 다."

대답하다 말고 너무 당황해서 나는 혀를 씹을 뻔했다.

익숙한 푸른 눈 대신 검은 눈이더라도, 더군다나 마스크로 얼굴 반을 가렸더라도 그를 알아보기란 전혀 어렵지 않았다. 당연하지. 얼마나 봐 온 모습인데!

그의 눈을 마주보며 나는 속으로만 비명을 질렀다. 네가 왜 여기 있어!

아냐, 나는 그러다 움츠렸던 손끝을 폈다. 핸드폰을 받아 최대한 담담한 척 파우치에 넣으며 나는 생각했다. 안 들켰겠지? 안 들켰을 거야. 고작 한마디밖에 안 했고, 게다가 주인이조차 자기를 끔찍이 아끼는 사촌 형의 시선으로부터 유유히 피해 가지 않았던가. 게다가!

나는 고개를 들어 그, 유천영을 올려다보았다.

그의 안면 인식 장애야 우리 모두가 익히 알고 있는 바다. 그런 그가 루카스의 화장을 받은 데다 가발을 쓰고 렌즈까지 낀 나를 한눈에 알아본다고? 말도 안 되지. 주인이만 해도 '천영이는 나 절대 못 알아봐' 하며 여장 모습으로도 당당히 나타나지 않던가.

그렇게 생각하며 어색하게 웃은 내가 고개를 꾸벅 숙이

고는 그럼 이만, 하고 중얼거리고 도망치듯 그 자리를 벗어나는 그때였다. 대번에 손목이 붙들렸다. 지나치게 가까운 곳에서 목소리가 들렸을 때, 나는 터트리듯 한숨을 내쉬며 생각했다.

그럼 그렇지.

"감사하다니, 나야말로."

"……."

"왜 이 밤중에 밖에 있고, 또 어디로 갔을까 했는데…… 여기서 마주칠 줄은 몰랐지."

나는 위를 올려다보았다. 그러자 정수리가 그의 가슴팍에 부딪혔다. 나를 품에 가두듯 선 그의 턱을, 눈빛을 바라보며 나는 어색하게 웃었다. 하, 하하.

눈을 내리깔고 나를 바라보던 유천영이 못을 박았다.

"함단이."

나는 아주 오랜만에 기시감을 느끼지 않을 수 없었다. 내이름 부르는 게 이렇게 무섭게 들리기는 오랜만이야…….

침묵이 흘렀다. 한참을 혼자서 하하 웃어 대던 나는 금세지친 나머지 고개를 숙여 버렸다. 그의 시선을 최대한 피하기 위해 벽을 뚫어져라 쳐다보며 내가 대꾸했다.

"함단이라니, 누구를 말씀하시는 건지 전혀 모르겠는데요……."

내뱉으면서도 내 머릿속을 잠식한 생각은 단 하나였다. 도대체 어떻게 알아챈 거야? 은지호라면 모를까 그 유천영이.

과연, 내 어설픈 술수는 전혀 통하지 않았다. 그의 눈빛이 조금 더 차가워졌다.

　"너⋯⋯."

　그의 표정이 더 험악해지기 전에 나는 황급히 뒤돌아 그의 손을 두 손으로 덥석 잡았다. 잡은 손을 있는 힘껏 흔들며 활짝 웃은 내가 말했다.

　"유천영, 안녕! 학교에서 안 보고 이런 데서 보니까 더 반갑⋯⋯ 아니."

　이런 데서 봐서 반갑다는 말은 차마 빈말로도 할 수가 없어서 나는 가만히 뒷말을 삼켰다.

　클럽은 여전히 쿵쾅대는 음악 소리로 시끄러웠고, 스테이지에서 어지럽게 춤추는 남녀들과 번쩍이며 돌아가는 조명 불빛이 복도 사이로 내다보였다. 같은 학교 친구를 마주치기에 이보다 적절치 못한 곳이 있을까?

　내가 유천영의 손을 잡고 한동안 말이 없자, 그가 한숨을 내쉬며 고개를 숙였다.

　"여기서 뭘 하는 건데."

　"그러는 너는?"

　그렇게 대답하며 유천영의 모습을 살피니, 검푸른 머리카락은 다를 바가 없었지만 눈에는 검은색에 가까운 회색 컬러 렌즈를 끼고 있었다. 마스크로 얼굴을 가린 것은 워낙 그런 모습의 사진이 인터넷을 많이 돌아다녀서 효과가

있을지 잘 모르겠지만 회색 컬러 렌즈만은 확실히 효과가
있는 듯했다.

나도 그의 목소리가, 손의 생김새가 익숙하다고 생각했
으면서도 눈을 들어 눈을 마주쳤을 때 그 짧은 순간만은
그가 유천영이 아닌 줄 알았으니까.

검은 눈의 그는 평소보다 부드러워 보였다. 그렇다고 해
도 목소리까지 부드러운 것은 아니었다. 여느 때보다도 쌀
쌀맞은 어조로 그가 대답했다.

"난 잠시 일이 있어서. 그러는 너야말로—"

흐흠. 코끝을 찡그린 내가 그의 말을 끊었다.

"일이라니, 다른 누구도 아니고 은지호랑 같이? 은형이
는 어디 가고?"

미미하게 얼굴을 찡그린 유천영이 내 시선을 피하며 대
답했다.

"⋯⋯은형이가 이런 데 오는 걸 허락할 리 없잖아."

내가 턱을 들며 되물었다.

"그런데 너는 그걸 알면서도 굳이 왔고?"

"⋯⋯."

말없이 고개를 돌리는 유천영을 보며 나는 생각했다. 어
머머, 애 수상한 것 좀 봐!

유천영은 보기보다 막무가내는 아니라서 은형이가 말릴
줄을 알고도 비밀로 하고 왔다면 틀림없이 아주 중요한 일

일 것은 분명했다. 그런데 은형이에게도 내게도 그 이유를 설명하기가 싫다, 이거지?

바로 그때였다. 공세가 방향을 바꿨다. 유천영이 날카롭게 물어 왔다.

"그러는 너는?"

이크. 목을 가다듬은 나는 애써 태연한 목소리로 대답했다.

"아. 나도 좀 일이 있어서."

"혼자서?"

"아니, 설마 혼자 왔겠냐?"

"그런데 지금은 왜 혼자인데."

나는 잠시 고민했다. 아까 대로에서 마주쳤을 때 이미 나를 알아보았다면 그는 주인이의 여장한 모습도 보았을 것이다. 하지만 말하는 낌새를 봐서는 그게 주인이일 거라고는 상상도 못하는 눈치인데…….

나는 잠시 망설였다. 그렇다면 굳이 주인이의 존재를 알릴 필요는 없겠지. 여자 화장실 문 쪽을 힐끗 바라 본 내가 대답했다.

"이 안에서 만나기로 했거든."

그렇게 말한 나는 그 즉시 유천영의 목소리에 날이 서는 것을 듣고 깜짝 놀랐다.

"그럼 지금 혼자 입장했다는 얘기야?"

"응, 그, 그런데?"

"회원증도 없이 어떻게?"

"그러는 넌?"

괜히 되물은 나는 그 즉시 유천영이 품에서 자기 지갑을 꺼내더니, 지갑 사이로 나비가 인쇄된 금색 카드 한 장을 꺼내는 것을 보고 입을 다물었다.

유천영이 차분히 대답했다.

"이 정도 준비도 없이 왔을까 봐."

"……."

"넌?"

그리고 유천영이 대번에 눈을 가늘게 뜨며 되묻는 말에 나는 그만 딸꾹질을 시작했다.

"설마, 누구한테 손목 잡혀 끌려왔어?"

"아, 아니."

"2층이나 어디 방에 끌려가지는 않았고?"

"어……."

아니라고 해야 했는데, 그 순간 방에 끌려가자마자 들었던 대운고 원카드들의 화려한 인사와 우산의 테이블 엎지르기가 눈앞에 아른거리는 바람에 나는 타이밍을 놓치고 말았다.

그리고 나는 이어지는 유천영의 불같은 말에 다시 숨을 집어삼켰다.

"거기 어디야."

"어, 어디냐니? 어디가?"

"네가 들어간 방."

그의 흰 얼굴 위로 무거운 살기가 일렁이기 시작했다. 언제나 감정의 온도가 낮은 유천영의 드문 모습에 나는 황급히 그의 팔을 잡아챘다.

"아냐, 결과적으로 아무 일도 없었어!"

"그럼, 과정에선 무슨 일이 있었어?"

"……."

이럴 때만 쓸데없이 예리해지지 말아 줄래, 유천영.

그리고 서릿발 같은 목소리가 다시 들려왔다.

"어디인지 말해."

으아악! 나는 당장이라도 2층으로 올라갈 기세인 유천영을 간신히 붙드는 데 성공했다.

목소리를 낮추며 내가 외쳤다.

"안 돼, 나도 할 일이 있어서 몰래 잠입한 건 데다가, 너도 은형이한테 알리지도 않고 몰래 온 거 보면 마찬가지 아니야? 게다가 너, 공인이잖아!"

"내가 직접 싸움을 걸 리가 없잖아."

그렇게 말하며 살짝 미간을 좁힌 유천영이 나를 내려다보며 말을 이었다.

"얼굴이랑 이름만 확인해 둘 건데."

아니, 얼굴이랑 이름을 확인해 두겠다니. 그걸로 대체

뭘 하려고? 내가 떨떠름하게 대꾸했다.

"그 다음엔?"

"……."

"야, 잠깐, 유천영, 너 왜 시선을 피해? 응?"

내가 유천영의 팔을 짤짤 흔드는 그때였다. 여자 화장실 문이 덜컥 열리는 것을 보며 나는 얼굴을 하얗게 굳혔다. 아차! 한편 이쪽으로 걸어 나오던 주인이도 말을 하다 말고 천천히 얼굴을 굳혔다.

"너 뭐야, 거기서 안 떨어…… 져?"

그만 여자 목소리도 잊고 평소 목소리로 그렇게 말한 주인이가 자기 입을 막더니 한 발자국 물러났다.

그러나 이미 늦은 일이었다. 나는 잔뜩 굳어진 채로 유천영과 주인이의 대치를 바라보았다. 어떡하지! 유천영에게 핑계 대기에 급급해서 유천영과 만났다고 주인이에게 연락하는 것을 잊었다. 아니, 사실 연락했어도 우산과 통화하느라 어차피 보지는 못했겠지만.

숨 막히는 긴장감이 우리를 스치고 지나갔다. 괜히 입을 틀어막은 나는 유천영을 힐끗거렸다. 어떡하지? 알아차렸을까?

물론 평소라면 '유천영 걔가 어떻게!' 하며 손을 내저었겠지만 방금 유천영은 내 모습을 알아보았다. 그렇다면 유천영이 마찬가지로 주인이를 알아본다고 해도 별로 놀라울 일이 아니다. 게다가 목소리까지 들은 참이고!

그렇게 생각하던 나는 유천영이 마침내 입을 떼자 숨을 들이쉬었다. 그리고 고개를 기울인 유천영이 아무렇지도 않게 내 쪽을 돌아보더니 물었다.

"일행이 있다는 게, 저 애야?"

"으, 응……? 어."

대답하면서도 나는 유천영의 눈치를 살폈다. 설마 지금, 연기인가? 아니, 아무래도 그런 것 같지는 않았다. 유천영이 아무리 눈치가 좋아졌을지언정 연기라니, 말도 안 되지.

그러자 담담하게 고개를 돌리며 유천영이 말했다.

"일행 있다는 거, 사실이었네. 그럼 난 간다."

"응…….."

"내일."

유천영이 떠나면서 남긴 말의 의미를 나만이 간신히 이해했다. 내일이든 언제든 연락해서 오늘 일에 대한 진상을 털어놓으란 말이겠지. 내가 작게 고개를 끄덕이자 마찬가지로 고개를 끄덕인 그가 사람들이 있는 곳으로 걸어갔다.

문득, 내가 그를 다시 불렀다.

"유천영."

걸음을 멈춘 그가 고개만 돌려 이쪽을 돌아보았다.

조금 망설이던 내가 물었다.

"너, 어떻게 날 알아본 거야?"

목소리를 듣고서도 매일 같은 반에서 얼굴을 보는 주인이조차 못 알아봤으면서! 아니, 물론 그건 주인이가 여장을 한 탓이 크겠지만 어쨌거나 머리를 붙인 것은 나도 마찬가지다.

그러자 고개를 기울인 유천영이 차분하게 대답했다.

"내가 어떻게 널 못 알아봐."

"……."

나와 주인이가 말이 없어진 가운데 유천영은 다시 멀어져서 그대로 사람들 사이에 섞였다.

그가 사라진 방향을 보던 내 옆에서 주인이가 갑자기 쓰러지듯 허물어졌다. 놀라서 그쪽을 돌아보는 내게 주인이가 울 듯이 칭얼거렸다.

"엄마, 나 오늘 무슨 날인가 봐. 그러지 않고서야……."

나는 완전히 진이 빠져 버린 듯한 그의 등을 토닥여 주었다.

응, 나도 그렇게 생각해. 그러지 않고서야 사촌 형에 이어 유천영까지. 주인이로서야 이렇게 운수가 더러운 날이 있을 수 없었다.

그리고 내가 주인이를 도와 간신히 자리에서 일어나는 그때였다.

"너희, 왜 여기 있는 거야?!"

외치는 소리에 화들짝 놀란 나는 목소리의 주인이 다름 아닌 루카스임을 확인하고는 안도의 한숨을 내쉬었다.

하아. 그가 여자 목소리를 낼 수 있다는 것도 잊고 있었던 탓에 이번에는 우리 반 학생이라도 만난 줄 알았네.

그리고 그가 눈을 깜박이며 내뱉은 말에 나는 고개를 갸웃했다.

"너희, 내가 연락했잖아. 여기 너무 시끄러워서 문자로만 보냈는데, 핸드폰 못 봤어?"

"무슨?"

주머니에서 핸드폰을 꺼낸 나는 잠시 침묵했다.

[보낸 사람 : 바다 건너 루카스
들어오지 말고 그냥 있어! 우리만으로 충분할 것 같으니까]

"……."

돌연 침묵에 빠져든 우리 곁으로 여령이도 숨을 몰아쉬며 다가왔다. 그녀도 나와 주인이가 여기 있는 것을 보고는 화들짝 놀라더니 되물었다.

"너희 왜 여기 있어?"

주인이와 나는 담담히 시선을 교환했다. 그 가운데 루카스가 말했다.

"아니, 생각해 보니까 그렇게 많은 사람은 필요 없겠더라고. 게다가 사람이 많아 봐야 달아날 때 힘들 뿐이고."

그때까지도 우울한 눈을 하고 있던 주인이가 조용히 입

을 떼었다.

"저기, 그럼 묻겠는데……. 나, 여장 왜 한 거야?"

그러자 찡긋 웃은 루카스가 대답했다.

"으음, 통과 의례?"

그러자마자 주인이 달려들어 루카스의 멱살을 잡아 뜯으려고 하는 바람에 나와 여령이는 주인이의 허리에 매달려 그를 진정시키려고 무진 애를 써야 했다.

"주인, 아니, 주선아! 참아! 루카스 없으면 우리 아무것도 못해!"

"맞아, 이제 겨우 한 단계 왔어, 주선아!"

간신히 주인이를 뜯어말리던 우리를 보던 루카스가 문득 떠오른 것처럼 말했다.

"아니, 이럴 게 아니라 여기서 낭비하고 있을 시간이 없어! 정신을 차리고 쫓아오면 곤란해지니까 그 틈에 해결을 봐야 해."

그러자 이번엔 황당해지는 것은 나였다.

"도대체 뭘 했길래 그 사람들이 정신을 잃었어?"

"어서 나가자, 따라와!"

루카스는 대답하지 않고 우리에게 손짓했다.

우리는 아까 나와 주인이가 들어왔던 좁은 철문을 통해 바깥으로 나갔다. CCTV에 우리 모습이 잡힐 터였지만 우리 넷 다 부분 가발을 붙이거나 머리색이 완전히 다른 가

발을 쓴 터라 쉽게 잡지는 못할 터였다.

역 물품 보관소에서 가방을 찾아 다시 옷을 갈아입고 화장을 지운 다음 모자를 푹 눌러쓴 채로 우리는 택시를 탔다. 기사님이 물었다.

"어디로 모실까요?"

우리는 동시에 외쳤다.

"시청역이요!"

어쨌든 1단계는 아슬아슬하게 통과였다.

* * *

Reed사가 있는 시청역으로 가는 동안 우리는 작전에 대해 간단히 되짚었지만 사실은 작전이랄 것도 없었다. 루카스가 훔쳐 온 카드를 우리 네 사람에게 나눠 주었는데, 아마 두 번째 순서로 비밀번호가 있겠지만 이것은 어떻게든 자신이 무력화해 볼 수 있을 것이라고 말했다.

그걸 들은 반여령이 미심쩍은 듯 물었다.

"그러는 너는 도대체 무슨 성장 환경을 거쳐 온 거야?"

그러자 미심쩍게 웃은 루카스는 대답 없이 설명을 이어 나갔다.

"그래서, 들어가서 루다가 있을 것 같은 방을 적당히 찾아 루다를 데리고 나온다. 끝!"

"계획 진짜 너무 심플한 거 아니냐."

조금 질려서 중얼거리는 나를 뒤로하고 문득 새로운 얘기를 제시한 것은 반여령이었다.

"있잖아, 걱정되는 게 있는데."

"응."

"만약 이루다가 자기 어머니랑 같이 있기를 바란다면? 그러면 우리는 단순히 무단 침입죄가 되는 거 아니야?"

"아……."

루카스의 표정이 몹시 미묘해지는 통에 나는 고개를 기웃했다. 그리고 이어진 루카스의 말에 나는 의문이 풀리기는커녕 더더욱 의아해짐을 느꼈다.

"그런 걱정은 하지 않아도 될 거야. 이제니에게 있어서 이루다는 아들이라기보다는 후계자로서의 의미가 더 강하거든."

반여령이 물었다.

"그게 무슨 소리야?"

"말 그대로야. 이제니와 이루다가 친밀해 보이던?"

그 말에 나는 잠시 조용해졌다. 아니. 기억을 되새길 것도 없이 떠오른 생각이었다. 그리고 기억을 되짚느라 잠시 조용해진 우리 앞에서 루카스가 말을 이었다.

"그리고 루다는, 말하는 걸 들었으면 알겠지만 후계자 자리를 계승하기 싫어해. 그러니까 우리가 데리고 나가 주겠다고 하면 적극 협조할걸."

"흐음."

"그리고 우리가 루다를 방에서 빼내기만 한다면 그의 탈출이 실패할 리는 없어."

옆에서 주인이 조금 뾰족해진 목소리로 되물었다.

"그렇다면 더 위험한 거 아니야? 루다 형이 우리에게 협조한다고 해도, 이제니 입장에서 루다 형은 단순한 아들이 아니라 하나뿐인 후계자인 거잖아."

그러고 보니 그것도 그렇네. 나는 고개를 끄덕였다.

이루다와 이제니 사이에 보통 모자 관계 같은 친밀감이 조금도 없다고 해도 우리는 이제니의 유일한 후계자를 데리러 가는 셈이다. 그녀의 유일한 보석을 훔치러 가는 셈이다. 그렇다면 아무리 두 사람 사이가 안 좋다고는 해도, 일은 위험하면 위험했지 더 쉬워지지는 않을 텐데.

그러나 우리의 말에도 루카스는 여전히 빙긋 웃고 있었다. 그리고 이어지는 말에 우리의 눈이 일제히 커졌다.

"그거라면 괜찮아. 이제니는 철저하게 성과 주의니까."

"그게 무슨 소리야?"

주인이 답답한 듯 되묻는 가운데, 검지를 세워 입술에 가져다 댄 루카스가 말을 이었다.

"철저하게 성과 주의인 그녀가 설마 혈육의 정으로 뒤도 안 돌아보고 아들을 뽑았다고 믿을 건 아니지?"

주인이가 눈썹을 찡그렸다.

"말 돌리지 말고."

"무슨 얘기냐 하면, 이제니에게 있어서 후계자는 이루다 하나뿐이라고 쳐도 그를 대체할 후계자 후보는 무수히 많다는 거야."

응? 저게 무슨 소리야? 나와 주인이, 반여령은 일제히 시선을 교환했다. 루다 외에도 후계자 후보가 여럿이라니? 애초에 평범한 삶을 살아 온 우리로서는 얼른 이해되지 않는 이야기였다.

말이 없는 우리 앞에서 루카스는 담담히 말을 이었다.

"무술에 소질은 물론, 경호나 작전 수행에 필요한 기술을 익힐 수 있을 만큼 똑똑하고 손재주도 좋으며, 그리고 거슬리지 않을 정도로 반반한 얼굴에 예의 바른 몸가짐. 이제니가 후계자 후보들을 선출한 조건이었어."

반여령이 되물었다.

"그 후보들은 어디서 온 건데? 아들은 루다 하나라며."

"뭐, 유명한 문파나 도장에서 관심을 갖고 찾아온 애들도 여럿 됐지만, 고아들도 있었지."

어깨를 으쓱하며 대답하는 루카스에게 이번에는 내가 물었다.

"고아?"

"Reed사가 후원하는 고아들. 물론 이제니는 강요하지 않았지만 그중에 어떻게든 신세진 것을 보은해야 한다고 생각하는 애들도 여럿 됐거든. 게다가 후계자가 된다는 건 어떻게 생각해도 나쁠 것이 없고."

나는 가만히 눈을 찡그렸다. 이제니의 후계자가 되기 위해서는 혹독한 교육 과정을 거쳐야 하며, 심지어 후계자가 되고 나서도 또 다시 다른 수련이 기다리고 있다는 얘기군.

루카스의 말이 이어졌다.

"후계자 후보로 선출된 애들은 전부 같은 건물에서 각자에게 배정된 방에서 먹고 씻고 자며 후계자에게 필요한 모든 기술을 공평하게 배웠어. 그리고……."

그 대목에서 갑자기 루카스의 눈썹이 조금 일그러졌다. 우리 세 사람은 눈을 동그랗게 뜨고 그런 그의 변화를 관찰했다.

그도 그럴 것이 미국에서 단지 한 명의 친구를 찾기 위해 이곳 낯선 한국 땅을 밟고도, 아무리 한국어가 유창하다고는 해도 곤란한 기색 한 번 보이지 않았던 그였다. 심지어 그가 바다 건너서까지 찾으러 온 친구가 전혀 예상치 못한 일로 어머니에게 붙잡혀 갇혀 있음을 안 뒤에도 곤란한 기색은커녕 여장까지 하고 클럽에 들어간다는 계획을 세우질 않나, 회사 건물까지 쳐들어가는 무데뽀적 면모까지.

그런데 주인이나 여령이의 날 선 말투에도 그저 하하 웃어넘기던 그가 그토록 민감한 표정, 과거의 상처 같은 것이 헤집어진 듯한 표정을 짓는 것을 나는 처음 보았다.

잠시 창밖을 바라보던 루카스가 문득 입을 떼었다.

"아, 그래, 어디까지 했더라……? 맞아, 기술들을 배운 데까지였지."

그러더니 그의 목소리가 갑자기 평안해졌다. 교실에 난입해 왔던 때처럼 여유 있는 목소리로 그는 말을 이었다.

"그리고 매주 그들은 그때까지 배운 것들을 갖고 시험을 봤어. 시험 주제는 온전히 이제니의 선택. 때로는 무술로 경쟁하기도 하고 때로는 무기로 싸우기도 하고, 때로는 기계나 다른 도구 다루는 실력, 임기응변 능력을 시험당하는 날이면 시험 시간이 따로 정해지지도 않은 채 갑작스런 습격을 받아야만 했지. 그렇게 해서……."

그의 말이 끝나자 자못 긴장감이 맴돌기 시작했다. 나도 여령이도 표정을 바꾸는 가운데 주인이가 조금 질린 표정으로 대답했다.

"그렇게 해서 마지막까지 살아남은 사람이 루다 형이라 이거야?"

나도 굳어진 표정으로 고개를 끄덕였다. 방금 내가 생각한 것도 바로 그것이었다. 지금 이제니의 후계자가 이루다 단 한 사람밖에 없는 것을 생각하면 주인이의 저런 추측은 실로 타당했다.

그런데 의외의 대답이 돌아왔다.

"아니. 마지막 시험이 있기 전날, 남은 시험을 치르지도 않았는데 이제니는 갑자기 루다가 자기의 하나뿐인 후계자라고 선언해 버렸어."

뭐라고? 나는 이제니의 건조하던 얼굴을 떠올렸다.

루다를 대하던 그녀의 자세는 아들이 아니라 부하 직원을 대하듯 사무적이었고, 약간의 짜증스러움마저 묻어 있었다.

"어째서?"

여령이의 물음에 루카스는 경쾌하게 어깨를 으쓱했다. 갑자기 분위기가 바뀐 그가 가벼운 어조로 말을 이었다.

"글쎄, 이제니도 혈육의 정은 이길 수 없던 모양이지? 다른 이유가 있었을 수도 있고. 하지만 역시 의외라서 다들 이제니가 그렇게 발표했을 때 무척 어리둥절해했어."

그리고 자세를 고쳐 앉은 그가 말을 이었다.

"이제니가 치우침 없이 결과를 위주로 냉정하게 심사한다고 했을 뿐더러, 사실 루다의 성적은 중하위권이었거든."

내가 되물었다.

"정말?"

경쟁에 뒤처지는 루다라니, 쉽게 상상이 가지 않았다. 내 표정을 본 루카스가 말을 정정했다.

"아, 머리가 안 좋았다거나 운동 신경이 좋지 못했다거나 그런 게 아니라, 오히려 그 나이 대는 월등한 편이었지.

하지만 나이 문제가 있었어서 말이야."

"아."

"거기 모인 애들 중에서는 루다가 제일 어렸거든. 아무리 루다가 운동 신경이 좋아 봐야 성장기의 체격 차를 당해 낼 수는 없지. 그러니 자연스레 중하위권일 수밖에 없었고. 사실 최하위권이 되지 않은 것만 해도 대단한 일이긴 해."

그리고 루카스는 손을 쫙 펴 보였다.

"하지만 엄격하게 심사하겠다고 공언해 놓고 그것 때문에 굳이 하나뿐인 핏줄을 두고 후계자 후보까지 선발해 가며 시험을 치렀는데 일 처리가 그래서야, 아마도 이제니는 신뢰를 상당히 잃었겠지."

루카스의 목소리가 사라지자 차 안에는 잠시 묘한 침묵이 맴돌았다. 그리고 창밖을 힐끗 본 루카스가 덧붙였다.

"내가 아는 건 그게 전부야."

그 말을 마지막으로 우리 셋은 전부 생각에 잠긴 얼굴이 되었다. 심지어 루다의 과거가 보통은 아닐 것이라고 짐작하고 있었던 나조차도 약간은 표정이 굳었다.

나는 중얼거렸다. 원치도 않는 후계자 자리 때문에 자기보다 나이 많은 애들 틈에 껴서 교육받고 경쟁하며 자라다니, 확실히 루다가 이제니에 관해서라면 진저리 칠 만해. 게다가 루다의 의사를 묻지도 않고 시험의 결과에 상관없이 그를 후계자로 선발하기까지.

나는 중얼거렸다. 도대체 왜 그랬을까? 단순히 혈육의 정 때문에 변심하다니, 단 한 번밖에 보지 못했지만 이제니가 결코 그런 것에 이끌릴 사람은 아닐 것이란 확신이 내게는 있었다. 게다가 자신이 공언한 시험을 자신이 치르지 않는 것은 리더에게 가장 중요한 신뢰성의 문제가 아닌가?

음, 수수께끼투성이네. 내가 생각하기가 무섭게 내 옆의 주인이가 입을 떼었다. 나는 그쪽을 돌아보았다.

"루다 형에 대한 얘기는 대강 알겠어. 그런데 들으면 들을수록 수수께끼 같은 게 있는데."

창턱에 팔꿈치를 괸 루카스가 웃으며 물었다.

"그게 뭘까?"

"너, 정말로 루다 형과 단순한 친구 사이야?"

"흐음."

루카스는 의뭉스럽게 신음을 흘릴 뿐 답을 주지 않았다. 진지한 표정의 주인이가 다그쳤다.

"내가 궁금한 건 그거야. 단순히 친구라는 사람이 Reed 기업 내부의 일을 어떻게 그렇게 잘 알 수 있어?"

그러자 루카스는 어깨를 으쓱했다. 전혀 이해가 안 된다는 투로 그가 천연덕스럽게 물었다.

"왜 그래? 친구끼리 이 정도 얘기는 할 수 있잖아? 어린 시절은 얘기하다보면 흔히 나오는 주제고."

그러자 주인이가 으르렁거리듯 대답했다.

"내 생각에는 루다 형이 그런 얘기를 함부로 하고 다닐 것 같지 않아."

"그래서?"

"그리고 이상한 건 하나 더 있어."

"그게 뭐지?"

루카스가 거울 같은 하늘색 눈동자로 주인이를 올려다보았다. 차 안에 잠시 침묵이 흐르는 가운데, 주인이가 대답했다.

"너, 그 얘기를 하면 우리가 너를 의심할 거란 것 정도는 예상할 수 있지 않았어?"

"흐음."

"원한다면 얼마든지 거짓말을 지어내거나 적당히 얼버무릴 수도 있었을 거야. 급박한 상황이니까 아무도 더 따지지 않았을 테고."

그리고 주인이가 못 박듯 덧붙였다.

"그런데도 굳이 그걸 전부 털어놓은 이유가 뭐야?"

루카스가 어깨를 으쓱하고는 대답했다.

"아는 걸 다 알려 준 것도 잘못이야? 협력하는 사이에 비밀이 없게 하겠다는데 뭐가 나빠? 오히려 칭찬받아야 마땅할 일 아닌가?"

그러자 주인이는 입을 다물고 눈을 가늘게 떴다. 루카스의 대답은 명목상으로는 완벽했지만 내가 생각하기에도 루카스는 그 모든 것을 우리에게 털어놓을 이유가 없었다. 그런 의미에서 주인이의 의문은 타당했다.

그러면 도대체 의도가 뭐지? 설마 친구도 아닌 사람을 구하러 바다 건너와서 이 난리를 치고 있지는 않을 거고 말이야.

내가 루카스의 옆모습을 보며 중얼거리는 그때, 창밖을 보고 있던 여령이의 입에서 작은 목소리가 흘러나왔다.

"보인다."

그 말에 우리 세 사람은 일제히 앞을 돌아보았다.

과연, 차 정면으로 보이는 다리 너머 풍경 위로 언젠가 보았던 Reed사의 거대한 빌딩 모습이 우뚝 서 있었다.

그 모습을 확인한 나는 다시 차 안으로 시선을 되돌렸다. 여전히 질식할 듯 빽빽한 적의가 주인이와 루카스 사이를 가득 채우고 있었다. 나는 조금 현기증이 나는 것을 느꼈다.

주인이가 문득 말한 것은 그때였다.

"엄마, 여령아, 내리자. 이 작전, 다 그만둬. 말도 안 되는 짓이야."

왜 또? 잔뜩 당황한 여령이를 뒤로하고 내가 다급하게 되물었다.

"이제 와서?"

주인이가 내 등 뒤의 루카스를 노려보며 입술을 잘근 씹었다.

"저런 수상한 인간이랑 같이 수상한 건물에 들어가는 거, 난 도저히 현명한 생각 같지가 않아."

"그건⋯⋯."

주인이가 내 말을 썩둑 끊었다. 흔치 않은 일이었다.

여전히 루카스를 노려보며 그는 빠르게 말을 이었다.

"여장이나 잠입은 웬만한 전문가 뺨치는 실력으로 해내는 데다가, 대담한 행동력에 이제니의 후계자 일에 대해 그렇게 잘 알고 있기까지. 그래 놓고는 루다 형과는 단순한 친구 사이고 친구를 구하러 왔을 뿐이라니, 이게 말이나 돼?"

거기까지 말하고 잠시 숨을 몰아쉰 주인이가 덧붙였다.

"게다가 솔직히 말해서 지금까지 하는 행동을 봐서는 우리를 데려온 이유도 이해 안 돼. 네가 그렇게 모든 일을 알아서 할 수 있고 심지어 보안 시스템까지 손볼 수 있다는데, 우리를 데려와 봐야 방해밖에 더 돼? 애초에 우리를 데려온 이유가 뭔데?"

루카스는 대답하지 않고 다만 의뭉스럽게 양 입꼬리를 끌어올렸다. 두 사람의 팽팽한 대치를 나는 가벼운 두통을 느꼈다.

사실 나 또한 그런 생각을 아주 조금이라도 하지 않은 것은 아니었다. 소설을 하도 오래 읽다 보니 이런 쪽의 짐작이

늘었을 뿐, 추리력 자체는 좋지 못한 나마저 그런 생각을 했으니 주인이는 진작 그런 생각을 하고도 남았을 것이었다.

하지만 우리는 말하지 않고 침묵했는데 그 이유야 간단했다.

우리는 루카스를 도우면 루다를 구할 수 있다고 믿고 싶었다. 실제로 우리 힘만으로는 루다를 구할 수 없던 때, 루카스는 마치 기적처럼 나타났다. 우리가 그를 믿고 싶어 한 것도 어쩔 수 없는 일이다.

반면 주인이는 여전히 루다를 안타깝게 생각하지만 루다보다는 우리의 안위가 더 중요한 것이다. 얼마 전에 납치 시도가 있었으니 주인이로서도 당연한 일이다. 거기까지 생각한 나는 관자놀이를 짚으며 끙 하고 한숨을 내쉬었다.

나는 루카스를 돌아보았다. 차라리 이 무렵에서 솔직하게 털어놓아 주면 좋겠는데. 그리고 루카스의 표정을 확인한 나는 잔뜩 당황해서 눈을 크게 떴다. 응?

주인이에 의해 궁지에 몰린 루카스는 표정이 안 좋기는커녕, 두 하늘색 눈을 반짝반짝 빛내고 있었다. 그러더니 그는 고개를 돌려 나를 보았는데, 마치 밥을 앞에 두고 주인의 허락을 구하는 강아지 같은 표정이었다. 방금까지 주인이에게 뻔뻔스럽게 둘러대던 것과는 비교도 안 되게 순진하고, 어딘가 신나 보이기까지 하는 표정.

나는 잠시 고민했다. 루카스 쟤가 나한테 저렇게 허락을 구하는 듯한 표정을 지을 만한 게 도대체 무슨 일이 있지? 그와 내가 만난 지 얼마나 되었다고? 불과 이틀밖에…….

그러다 나는 복도 밖에서 그와 나누었던 대화를 불현듯 떠올렸다. 참고로 루카스를 복도 밖으로 끌고 온 사람은 다름 아닌 나다. 그리고 나는 루카스가 루다의 성별을 밝히는 것을 염려하고 있었다. 거기까지 생각한 내 얼굴에서 핏기가 싹 가셨다.

내가 외쳤다.

"잠깐, 주인아! 안 들어도 괜찮을 것 같아."

"뭐?"

하지만 이미 늦어 있었다. 루카스가 방긋방긋 웃으며 입을 열었다.

"좋아. 굳이 말할 필요는 없다고 생각했지만, 한배를 탄 이상 못 알려 줄 것도 없지."

그리고 이어진 의외의 말에 나는 깜짝 놀랐다.

"루다는 내 소중한 걸 훔쳐 갔어. 나는 사실 그걸 돌려받기 위해 온 거야."

뭐라고? 루다가 절도를? 내가 잔뜩 놀라는데, 주인이 눈을 찌푸리며 속이 불편해진 듯한 표정으로 대꾸했다.

"그 얼음 공주라던 거?"

대답하는 루카스의 목소리는 여전히 경쾌했다.

"아니? 그거 말고."

"그럼?"

"심장 강탈자라고, 알고 있어?"

그리고 루카스가 가슴께에 손을 얹으며 말했다.

"루다가 내…… 심장을 훔쳐 갔거든."

"……."

무거운 침묵이 흘렀다. 잔뜩 긴장한 나는 고개를 돌려 주인이와 여령이의 표정을 살폈다.

나는 생각했다. 루다가 여자라는 걸 이제는 들켰겠지? 들켰어도 어쩔 수 없어. 이미 얼음 공주 타령을 하고 온 사방을 돌아다닌 데다, 이제는 심장 강탈자 드립…….

바로 그때였다. 주인이가 묘하게 차분해진 얼굴로 웃으며 대답해 왔다.

"어이 강탈자라고 알아?"

"뭐?"

"루카스 네가 방금 내 어이를 훔쳐 간 것 같거든……."

주인이가 묘하게 차분한 얼굴로 그렇게 말하는 것을 들으며 나는 납득했다. 나라도 저런 표정을 지을 수밖에 없을 것 같긴 해.

그리고 그 옆에서 입을 연 것은, 내가 근래 본 것 중에 가장 예쁜 미소를 매단 여령이었다.

그녀가 손을 들어 올리며 입을 떼었다. 그리고 이어진 말에 나는 얼굴에서 핏기가 싹 가셨다.

"루카스, 진짜로 심장이 사라지면 어떻게 되는지 궁금하지 않니……?"

진정해라, 반여령! 사방신들이 개연성을 희생시켜 가면서까지 지켜 준 전체 연령가를 여주인공인 네가 무너뜨려서 어쩌자는 거야?!

바로 그때, 택시가 멈췄다. 우리는 동시에 고개를 돌렸다. 어느새 시청역의 환한 불빛이 우리를 반기고 있었다. 결국 루카스의 정체에 대한 문제는 어영부영 넘어간 건가? 시선을 교환한 우리는 Reed사의 본사로 걸음을 떼었다.

걷다 말고 주인이가 말했다.

"맞아, 사랑에는 국경도 성별도 없긴 해."

"그러고 보니 넌 그걸 둘 다 넘었네."

주인이와 여령이의 말을 들으며 나는 생각했다. 얼음 공주라는 얘기까지 듣고도 루다의 성별을 한 번쯤 의심해 볼 생각은 안 드는 거냐.

그리고 나는 루카스를 돌아보았다. 그는 하늘색 눈이 다 휘어지도록 기쁜 듯 웃고 있었다.

본사 건물로 걸음을 옮기기 전, 골목길에 접어든 루카스가 먼지투성이 환풍기 위에 아무렇지도 않게 걸터앉으며 노트북을 꺼냈다.

나는 그의 가방을 새삼 신기한 눈으로 바라보았다. 쟤 가

방에서는 뭐가 참 잘도 나와.

루카스가 말했다.

"보안을 무력화시킬 테니까 잠시만 기다려 줘. 오래는 못 버티지만 우리가 루다를 데리고 나올 만큼은 될 거야."

"그래……."

나와 여령이는 초조하게 기다렸다. 다만 해킹에 약간의 지식이 있는 주인이만이 루카스의 등 뒤로 노트북 화면을 들여다보면서 가끔 혀를 내두를 뿐이었다.

주인이가 우리에게 다가오자 내가 물었다.

"어때, 주인아?"

주인이는 고개를 설레설레 내저었다.

"괴물이 따로 없어. 루다 형도 그렇고 루카스도 그렇고, 어디서 저런 녀석들이 튀어나온 거야?"

그때 루카스가 노트북을 접으며 말했다.

"좋아, 사전 작업 끝. 들어가자."

"그래."

우리는 골목을 나섰다.

* * *

Reed사의 건물 안. 주말인데도 지하층에는 여전히 사람들이 남아 있었다. 양복 대신에 다소 편안한 추리닝을 걸친 그들은 벽 한 면을 빼곡히 채운 모니터 수십 대를 올려다보고 있었다.

그러다 문득 목이 뻐근해진 남자가 뒷목을 주무르는데 문이 열렸다. 다른 남자가 들어오고 있었다. 앉아 있던 사람들이 너 나 할 것 없이 가장 먼저 물은 것이 이것이었다.

"사장님 아들은 좀 어쩌고 있어?"

방금 들어온 남자는 고개를 설레설레 내저었다.

어깨를 으쓱하며 그가 대답했다.

"말도 마세요. 또 한 번 탈출 시도를 한 모양이에요. 꾀병을 부려서 사람을 들어오게 한 뒤에 천장에 붙어 있다 덮쳤다나. 그것도 감시 카메라 사각지대를 잘도 찾아서."

애기를 들은 사람들이 하나같이 혀를 내둘렀다.

"세상에."

"완전 동물원에 갇힌 짐승이 따로 없다니까요. 나가는 것에 혈안이 돼서 눈에 뵈는 것도 없는 것 같아요. 들어갔던 사람, 그대로 실려 나갔다니까요?"

다른 사람이 도넛을 우물거리며 물었다.

"사자이 아으, 치구으 어애(사장님 아들, 친구는 없대)?"

"다 먹고 말하세요."

"지으오 호아 타추하거 가으에, 데리어 오여 귀안아 지자나(지금도 혼자 탈출할 것 같은데, 데리러 오면 귀찮아지잖아)."

"뭐라고요?"

하나같이 그 말을 해석하기 위해 눈을 잔뜩 찡그리는 그때였다. 용케 잡담에 시선을 뺏기지 않고 모니터를 응시하고 있던 직원 하나가 탄성을 내질렀다.

"어!"

시선이 일제히 그쪽으로 쏠렸다. 하나둘 탄성이 흘러나왔다.

"저게 뭐야?"

* * *

나와 반여령, 주인이가 긴장해서 바라보는 가운데 루카스가 문 옆의 인식기에 카드를 긁었다. 그러자 삑 소리가 나더니 어이없을 정도로 간단히 문이 열렸다.

루카스가 우리에게 손짓했다.

"들어와."

카메라를 찾거나 벽에 붙을 생각도 않고 당당히 정면으로 걸어 들어가는 루카스를 보며 여령이가 물었다.

"그렇게 당당하게 들어가도 되는 거야?"

"말했잖아, 보안은 전부 무력화시켜 뒀다고. 카메라에는 계속 아무도 찍히지 않은 채로 돌아갈 거야. 도중에 누가 내가 조작해 둔 곳을 돌아다니거나 해서 들키면 곤란하지만, 들키기 전에 나가면 되잖아?"

산뜻할 정도로 자신 있게 말해서 다소 어이가 없었다. 가만히 서 있던 나는 루카스가 손을 팔랑이며 '안 올 거야?' 하고 묻는 말에 허둥지둥 걸음을 옮겼다. 들어선 곳은 벽과 바닥 모두 은색에 가까운 회색이었고, 바닥은 코팅한 것처럼 반짝이고 있어 미래 도시에라도 온 것 같았다.

걸음을 빠르게 옮기며 루카스가 말했다.

"건물 구조도를 봤는데, 내 추측상 이루다가 갇혀 있을 만한 곳은 두 군데야."

"어디?"

"하나는 지하 최하층, 하나는 옥상 바로 아래의 꼭대기 방."

주인이가 되물었다.

"그럼?"

"두 군데를 돌기엔 시간도 부족하고 위험 부담도 늘 테니까 팀을 나눠서……."

"그렇게 말할 줄 알았어. 내 말은 팀을 어떻게 나눌 거냐는 거야."

주인이의 말에 루카스는 나와 반여령을 번갈아 보더니 내 쪽을 가리켰다. 응? 나?

내가 그에게로 천천히 걸어가자, 그가 내 팔을 당겨 그의 옆으로 바싹 끌고 오더니 미소 지었다. 내게 친근한 듯 어깨동무하며 루카스가 말했다. 아니, 말하려 했다.

"좋아, 내가 애랑 같이 지하층으로 가고, 너희 둘이 옥상 아래층으로–"

"손목 부러지고 싶니?"

여령이의 살벌한 말이 들리고 나서야 루카스는 내 어깨에서 손을 치웠다.

그가 머쓱한 듯 말을 이었다.

"너희 둘이서 옥상 아래층으로 가지…… 않겠어?"

잠시 침묵이 흐르는 가운데, 나는 눈을 동그랗게 뜨고 세 사람이 하는 양을 가만히 지켜보기로 했다. 솔직히 말해서 나는 세 사람과는 달리 정말로 평범한 고등학생이라서, 세 사람이 나를 이 자리에 두고 가겠다고 해도 그러려니 했을 것이다. 지금도 나는 편 가르기에 대해 아무런 이견이 없었다. 어련히 잘 나눴으려고.

그러나 주인이는 생각이 다른 모양이었다. 그는 한참이나 루카스를 미심쩍다는 얼굴로 바라봤다.

루카스가 빙글거리며 물었다.

"왜? 우리 이럴 시간 없어."

"네가 엄마랑 굳이 같이 가야 할 이유가 있어?"

그러자 루카스는 손을 들어 올리며 간단히 대답했다.

"그거야 나는 전투력과 기술적 지식 둘 다 갖고 있고, 너는 기술적 지식이 뛰어나고, 여령이는 싸움을 잘하잖아? 그리고 이쪽은……"

그쯤에서 내가 끼어들며 힘없이 말했다.

"그만, 거기까지만 말해 주라……."

내가 무능한 건 나도 알고 있으니까, 확인 사살하지 말아 줄래? 내가 덧붙인 말에 루카스가 은은히 웃으며 주인이를 돌아보았다.

어디 한구석을 찔린 것처럼 윽, 하는 표정을 짓는 것도 잠시, 주인이가 다시 말을 이었다.

"의아한 건 하나 더 있어. 왜 우리가 옥상 쪽으로 가고 네가 지하 쪽인 건데?"

"보안 팀은 지하 쪽에 있어. 게다가 달리기가 가장 느린 사람이 우리 쪽에 있잖아?"

그가 그렇게 말하며 나를 바라보는 바람에 나는 속으로만 투덜거렸다. 그래, 난 싸움도 해킹도 심지어 도망치는 것도 못한다. 아니, 하지만 내 달리기 실력은 평범한 또래랑 비교해서는 상위권이라고. 그리고 사실 싸움이랑 해킹은 못하는 쪽이 당연한 거 아니야? 하여간, 루다만 아니었어도 이런 일에는 끼지 않는 건데. 내 능력 부족이 이렇게 강하게 실감난 적이 없었다.

잠시 침묵이 흐른 끝에 주인이가 웅얼웅얼 내뱉으며 돌아섰다.

"확실히, 네 말에 틀린 구석은 없어……. 그럼 어쩔 수 없지. 여령아, 가자."

"그래."

"좋아, 핸드폰에 지도를 전송해 둘게."

"그래."

짧게 말한 주인이가 여령이와 돌아섰다.

그런데 그들이 돌아서기 전, 나는 여령이가 나를 향해 이상할 정도로 강한 시선을 보내고 있다는 것을 알아차렸다. 그녀의 검은 눈이 무슨 말인가를 하려는 것처럼 반짝이고 있었다.

도대체 무슨 말을 하려고? 그것도 이 시국에서? 내가 의아해하는 사이, 한참이나 머뭇거리던 그녀는 결국 아무 말 없이 주인이를 향해 빠르게 달려갔다.

내가 그녀가 떠난 자리를 보고 있으려니 루카스도 내게 다가와 말했다.

"우리도 갈까?"

"아, 응."

나는 내밀어진 손을 붙잡고 빠르게 회색 복도를 달리기 시작했다.

* * *

가는 길은 이상할 정도로 조용했다. 루카스에게 붙들려 달리면서 나는 생각했다. 경호 업체라는 게 원래 다 이렇게 조용한가? 단지 휴일이라서? 하지만 경호 대상이나 경호원이 참석해야 할 행사는 휴일에 더 많이 열리는 것이 보통 아닌가? 그렇다면 건물 내부에도 관리 직원 몇몇은 돌아다닐 법도 한데.

내가 그렇게 생각하는 사이, 복도 끝에 이른 루카스가 개폐식 문을 열었다.

그가 나를 이끌었다.

"이리로."

"응."

계단을 달려 내려가다가 나는 하마터면 미끄러져 넘어질 뻔했다. 루카스가 옆에서 그런 내 팔을 간단히 잡아 일으켜 주었다.

우와. 그에게 매달려 균형을 잡으면서 나는 생각했다. 루다만큼이나 루카스도 보기와는 달리 힘이 장난이 아니구나.

루카스가 말했다.

"아직은 너무 서두를 필요 없어. 진짜 중요한 건 루다를 만나고 난 다음이니까."

나는 조금 머뭇거리다 대답했다.

"그래도, 마음이 급해서."

그러자 나를 빤히 바라보던 루카스가 가볍게 웃었다. 그의 하늘색 눈이 반쯤 잠긴 어둠 속에서 새초롬하게 반짝였다.

왠지 조금 낮아진 목소리로 그가 물었다.

"……루다랑 많이 친한가 보네?"

"응."

그렇지 뭐. 대수롭잖게 수긍하자 내 옆에서 계단을 한 단씩 내려가며 루카스가 부드러운 목소리로 물었다.

"어쩌다 친해지게 된 거야? 구하러 가면서 이런 말하기는 조금 그렇지만, 아무튼 살가운 녀석은 아니잖아?"

그러더니 조금 웃은 그가 덧붙였다.

"……우리끼리 부르던 이름이 얼음 공주였는걸."

"푸흡."

전혀 마음의 준비가 되지 않은 상태에서 그 이름을 듣는 바람에 나는 조금 휘청거렸다. 간신히 균형을 되찾은 내가 지끈거리는 이마를 문지르며 대답했다.

"아, 그렇지……. 맞아, 살가운 성격이 아니긴 하지. 그래도 다른 애들 앞에서는 티 잘 안 내. 평소에는 늘 밝고 명랑하고 분위기 메이커라서 우리 반 애들 다 무지 좋아하고."

"다른 애들 앞에서는 안 그랬다면, 너만 알고 있는 거야?"

의외라는 듯한 루카스의 물음에 나는 눈을 굴리며 대답했다.

"음, 나하고, 눈치챈 몇몇만?"

그렇게 말하며 나는 생각했다.

사실 얼음 공주라는 별명이 루다에게 잘 어울리지 않는다고는 결코 말할 수 없었다. 사실 나만 해도 루카스의 '얼음 공주' 타령을 들었을 때 가장 처음 떠올린 것도 이루다 였으니까.

뚜벅. 또 한 계단을 내려가며 나는 이루다를 처음 만났을 때를 떠올렸다.

내 손을 스스럼없이 잡던 그녀. 교무실에서 받은 프린트를 보려고 내 어깨 위로 스스럼없이 고개를 기울여 오던 모습이나 과장된 말투. 그게 연기라는 걸 알았을 때는 정말 놀랐지만, 오히려 당연한 듯 생각되기도 했다.

그리고 복도에서의 대화.

'너 같은 사람은 처음이야.'

거기까지 생각한 나는 잠시 눈을 찡그렸다.

그 애는 스스로를 외롭게 만들고 있었다. 자신이 얼음으로 이루어져 있어서 따뜻한 온기를 받기라도 하면 금세 녹아내릴 것같이 굴었다. 누군가와 가까워지는 게 아주 위험한 일이라도 되는 것처럼. 혹은 자기가 다른 사람들을 얼어붙게 하기라도 할 것처럼.

그런 생각에 잠겨 있던 나를 루카스의 물음이 일깨웠다.

"어쩌다 그렇게 친해지게 된 거야?"

"아, 그게……."

어차피 루카스도 루다의 복잡한 집안 사정에 대해 전부

알고 있던 듯하니까 상관없겠지.

나는 중국집에서 루다와 루다의 아버지 이안을 마주쳤던 일, 역으로 가는 길에 수상한 양복 사내들에게 쫓겼던 일에 대해 천천히 얘기하기 시작했다. 그리고 그것에 대해 루다가 설명하려 하자 내가 '말하지 말라'고 했던 일과, 다음날 루다가 내게 했던 말까지.

내 얘기가 끝나자 루카스가 픽 웃었다.

"너도 참 너구나. 보기보다 단호한 면이 있어."

"아, 하하……."

나는 어색하게 웃었다.

사실은 루다가 소설 속 여주인공이라는 것을 일찌감치 눈치채서 내 삶에서 떼어 내기 위해서 그런 거였단다, 하고 말할 수는 없는 노릇이었다. 사실 여기까지 와서는 어찌할 수 없게 됐지만. 나는 작게 한숨을 내쉬었다.

이런 일을 피하려고 루다와 가까워지지 않으려고 한 건데. 하지만 루다가 한 번 우리를 구해 줬으니까. 은혜도 모르는 사람이 될 수는 없지. 그렇게 생각하며 내가 걸음을 옮기는 그때였다.

"이쪽이 정답이었던 것 같아."

"뭐? 무슨 뜻이야?"

나는 생각했다. 길 얘기인가? 여령이와 주인이가 간 쪽이 아니라 이쪽이 정답일 것 같다, 이 뜻인가?

나는 루카스를 바라보았다. 내 물음에 대답하지 않은 그는 다만 산뜻하게 웃으며 어느새 나타난 철문 쪽을 손짓했다.

"갈까? 거의 다 왔어."

고개를 끄덕인 나는 마저 걸음을 옮겼다.

*　*　*

걸음을 빠르게 옮기며 우주인은 투덜거렸다.

"저 루카스라는 애, 아무래도 수상해. 이미 들어오고 헤어지기까지 한 이상 별수 없지만."

그에 옆에서 걷고 있던 반여령이 짧게 대답했다.

"응……."

그러나 대답하는 목소리나 태도로 보아 그녀는 다른 생각에 잠겨 있는 것이 분명했다. 실제로 그녀는 초점 없는 보라색 눈을 먼 곳에 맞춘 채로 한참을 눈썹만 찡그리고 있었다.

우주인은 아랑곳 않고 빠르게 말을 이었다.

"일단 이상한 점 하나, 팀을 나눠야 한다면 왜 들어오기 전에 그러지 않았냐는 거야. 팀을 이렇게 나눈 이유는 타당했지만, 적어도 미리 말해 줄 수 있었을 거 아니야? 이 건물 구조를 다 알고 있고 두 팀으로 나뉘어야 할 계획까지 갖고 있었다면."

반여령이 여전히 성의 없는 태도로 대답했다.

"응, 그러게……."

"그리고 결국 루다 형과 자기 관계에 대한 것도 그래, 얼렁뚱땅 넘어갔잖아. 자기가 이루다를 좋아하느냐 어쩌느냐 하는 게 중요한 게 아니라 그래서 결국 무슨 얘기냐는 거지. 연인이라는 거야, 일방적인 스토커라는 거야? 하나도 알려진 게-"

"아!"

갑자기 반여령이 외치는 것에 화들짝 놀란 우주인이 갈색 눈을 동그랗게 떴다. 그가 물었다.

"무슨 일이야?"

"단이가 위험해!"

비명처럼 그렇게 말한 반여령이 대번에 돌아서서 왔던 길을 가로질러 달려가기 시작했다.

반여령이 뛰기 시작한 속도는 그녀보다 키가 큰 데다 남학생인 우주인조차 쫓아가기 힘겨울 정도라 우주인은 간신히 몇 번 외쳐서 속도를 맞춰야 했다.

숨을 헐떡이며 그가 물었다.

"여령아, 왜 그래, 무슨 일이야?! 말을 해 줘야 뭔 줄을 알지."

그러자 반여령이 여전히 뛰는 채로 대답했다.

"계속 머리 한구석에 걸리는 게 있었는데, 아무리 생각해도 떠오르지를 않다가 방금에야 기억났어."

그리고 한 박자 쉰 반여령이 외쳤다.

"이루다네 어머니가 이루다를 옥상 아래층에 가둘 리가 없어! 왜냐하면 이루다……!"

* * *

"아, 알겠어."

내가 갑자기 불쑥 내뱉은 말에 루카스의 돌아선 등이 흠칫 떨렸다.

잠시 후 나를 돌아본 그가 차분한 목소리로 되물었다.

"알겠다니, 뭘?"

"아까 네가 그랬잖아. 우리 쪽이 정답인 것 같다고. 옥상 쪽은 아무래도 아닐 것 같다고."

루카스는 차분함을 잃지 않은 목소리로 물었다.

"……그래? 어째서인데?"

내가 대답했다.

"루다, 헬기를 조종할 줄 알거든."

그러자 그의 얼굴에 의외라는 기색이 번졌다. 느리게 고개를 끄덕이며 그가 대답했다.

"아아."

"이거 아니야? 왜냐하면 헬기를 조종할 줄 아는데 루다네 어머니가 루다를 옥상 가까이에 둘 리가 없잖아. 하늘로 도망치면 잡아낼 방법도 없고."

분명히 이런 이유일 것이라고 생각했는데 도리어 루카스가 고개를 끄덕이면서 감탄하는 바람에 나는 조금 심란해졌다.

"그렇구나. 그런 이유가 있었구나."

"그럼, 네가 추측한 이유는 이게 아니었어?"

내가 눈을 찌푸리며 되물은 말에 루카스가 돌아서며 대답했다.

"글쎄, 뭘까?"

그러면서 주머니를 뒤적여 카드 키를 다시 꺼내는 그를 나는 뒤에서 미심쩍은 눈빛으로 응시했다. 주인이가 루카스에게 다소 과도하게 짜증을 낸 것도 대강 이해는 되었다.

이 애, 무슨 말이든 제대로 끝까지 하는 법이 없단 말이야. 괜히 사람 불안하게. 투덜거리다 말고 나는 철문의 모습을 살폈다.

우리의 추측이 맞다면 저기 안에 이루다가 있을 것이다. 철문은 한눈에 봐도 단단한 소재였기 때문에 이쪽의 얘기가 전혀 들리지 않을 것이라, 결국 확인할 방법은 문을 여는 것밖에는 없지만.

철문 아래쪽에는 감옥에나 있을 법한 개폐구 같은 것이 있었는데, 식판이 들어갈 크기인 것으로 보아 저기서 음식을 주고받는 모양이었다.

루카스가 카드 키를 갖다 대자, 기계에는 황색 불빛이 들어올 뿐 초록색으로 바뀌지 않았다. 어라? 왜 저러는 거야? 내가 팔짱을 끼고 그 모습을 지켜보는데 잠시 후 삐 소리와 함께 아래 개폐구가 스르르 열렸다.

나와 루카스는 무릎을 꿇고 그 가까이로 얼굴을 가져다 대었다. 그 순간, 그 사이로 발이 튀어나오는 바람에 우리 둘 다 깜짝 놀라 물러섰다.

곧 으르렁거리는 성난 외침이 들렸다.

"너희 당장 이거 안 열어? 진짜 사람 죽는 꼴 보고 싶어?!"

그 기세에 놀라는 것도 잠시, 너무나 오랫동안 듣고 싶었던 그 목소리에 감격이 차올랐다. 클럽을 거쳐서 미션 임파서블까지 찍고서야 드디어 만나다니!

한참을 말없이 있던 나는 간신히 입술을 떼었다.

"자, 잠깐만, 루다야. 나야, 나!"

잠시 침묵이 흐르더니 믿을 수 없다는 듯한 목소리가 들려왔다.

"설마, 단이?"

그가 대차 물었다.

"단이야?"

"응!"

"네가 왜 여기 있어!"

감격도 잠시, 곧바로 들려온 말에 나는 얼굴을 조금 찌푸렸다. 물론, 반갑게 맞아 줄 것이라고는 기대하지 않았고, 실제로 내가 루다의 입장이더라도 크게 다르지는 않겠지만 돌아오는 말이 너무 가차 없었다.

루다는 그 즉시 다다다 기관총처럼 쏘아 댔다.

"왜 여기 있어? 너 이렇게 무모한 애 아니잖아! 갑자기 이렇게 와서, 아니지, 혹시 이제니가 내 얘기를 하던? 이제니가 내가 널 보고 싶어 한다고 그래?"

잠시 움츠려 들었던 나는 이윽고 다시 입을 열었다.

"아니, 그런 거 아니야, 루다야! 내가 너 데리고 오고 싶어서 온 거야."

"뭐? 아니, 어떻게……."

설명하는 것보다 나가는 것이 먼저였다.

"빨리 나가자. 여기 문 열 방법 없을까?"

"뭐? 여기 카드 키는 다른 곳이랑 다른 거라서 이제니가 갖고 있는 걸로만 열려. 아니, 그보다……."

루다가 다시 물었다.

"네가 직접 왔다니? 네가 여길 혼자서 어떻게?"

아, 그렇구나. 이곳의 문을 열려면 우리가 가진 일반 키가 아닌 이제니의 키가 필요하구나. 나는 낭패감에 입술을 깨물고는 옆의 루카스를 힐끗거렸다. 보아하니 루카스는 조금도 놀란 눈치가 아니었다.

어차피 이 문이 이제니의 카드 키로밖에 열리지 않는다면 내가 할 수 있는 것은 없다. 무슨 일을 한다고 해도 루카스가 해 주겠지. 그의 담담한 표정을 보아 더더욱 믿음이 갔다.

그렇다면 나는 상황을 미리 설명하고 있는 것도 괜찮겠다. 그런 생각으로 나는 입을 떼었다.

"아, 혼자 온 게 아니라 루카스랑 같이 왔어."

"루카스?"

그렇게 되묻는 루다의 목소리가 조금 낮아져 있어서 나는 눈을 찡그렸다. 혹시 기억이 안 나는 걸까?

하기는. 나는 루다의 본래 성격을 떠올렸다. 그렇게나 까칠한 루다인 데다, 얼음 공주라는 낯간지러운 별칭까지 불러 대니까 루다로서는 루카스가 싫을 수밖에 없겠다. 그렇다고 해도 사이가 안 좋은 것은 아니고, 말하자면 루다를 형으로 부르면서 일방적으로 매달리는 주인이와의 관계에 좀 더 가깝겠지.

그렇게 생각한 내가 덧붙였다.

"응, 네 친구라던데? 왜 있잖아, 하늘색 머리카락에……."

그리고 나는 주절주절 말을 이어 갔다. 바다 건너에서 널 만나러 왔다는데 네가 학교에 없어서. 마침 우리도 널 데리러 오려고 했는데 루카스가 도와줬어…….

바로 그때였다. 갑자기 루다의 날카로운 외침이 내 귓가에 내리꽂혔다.

"단아, 그 녀석한테서 떨어져!"

놀란 내가 눈을 크게 떴다.

"뭐?"

"그 녀석, 믿을 게 못 돼! 그 녀석이 좋은 의도로 여기 왔을 리 없어!"

내가 무슨 소리냐고 재차 물으려는 그때였다. 갑자기 복도 저편에서 성난 황소 같은 발소리가 우르르 몰려왔다.

이게 무슨 일이야? 보안 카메라는 무력화해 뒀다며? 옆을 돌아본 나는 루카스가 조금도 놀란 표정을 짓고 있지 않은 것에 당황했다. 그리고 내가 이도 저도 못하는 사이, 복도 양 끝에서 파도처럼 몰려온 검은 양복 차림의 남자들이 양쪽을 포위해 왔다.

숫자는 수십 명인 데다 다들 잘 단련된 몸을 갖고 있다는 것이 옷 너머로도 느껴졌다. 절대로 내가 상대해 볼 만한 게 아니었고, 루카스가 있다고 해도 승패를 점지할 수 없을 것 같았다.

게다가 맞닥트린 것도 하필이면 이런 좁은 복도라니! 내가 입술을 깨무는 그때였다. 우리를 확인한 그들이 '정말이잖아?', '정말 있어' 하고 수군거리더니 그들 중 하나가 앞으로 나오며 물었다.

"뭐야, 루카스? 정말 루카스잖아?"

"어떻게 된 게 몇 년 동안 달라진 게 하나 없어?"

"이봐, 그 말도 안 되는 메시지를 보낸 게 너야?"

그들이 차례로 하는 말에 나는 놀라서 루카스를 돌아보았다. 내 머리로는 지금 이 상황을 도저히 따라갈 수가 없었다.

이게 대체, 어떻게 된 거야?

루카스를 믿을 게 못 된다고 말하는 루다, 그리고 지금 몰려온 남자들의 대화. 그리고 루카스는 어째서 진퇴양난의 상황에서 저렇게 느긋하게 웃고 있는 건지. 저 남자들이 말하는 메시지라는 건 또 뭐고?

그리고 혼란 속에서 생긋 미소 지은 루카스가 입을 열었다.

"그래. 그 메시지, 내가 보낸 거야."

그리고 나는 한 남자가 품에서 종이 한 장을 꺼내어 펼쳐 보이는 것을 보며 경악했다.

[Miss me? Its Lukas.

제니에게 연락해. 선물을 가져왔으니까.]

그 문구가 모든 텔레비전 화면을 꽉 채우고 있는 사진이었다.

잠깐. 나는 가만히 이마를 짚었다. 그럼 설마 바깥에서 보안 무력화를 시키겠다던 게, 사실은 보안 무력화를 시킨

게 아니라―

남자가 나를 바라보며 물었다.

"선물이, 이 애라고?"

"그래. 루다가 학교에서 사귄 단 한 명의 친구지. 그리고 제니에게 말 좀 더 전해 줄래?"

그리고 비릿하게 웃은 루카스가 말을 이었다.

"당신 아들이 얼마나 후계자에 어울리지 않는지 보라고."

양복 입은 남자 중의 하나가 지친다는 듯한 말투로 물었다.

"하아. 루카스, 너 설마 아직까지 앙심을 품고 있는 거야?"

그 말에 나는 다시 루카스를 돌아보았다. 앙심을 품고 있다니?

루카스의 대답은 내 기대를 배반하지 않았다.

"나는 분노할 자격이 있어. 그렇잖아? 그 잘난 후계자께서 뭘 하고 있나 확인해 봤더니, 기껏 후계자가 되어 놓고도 도망에 도망을 치는 도주 생활을 하고 있질 않나, 그리고 자기 자유와 맞바꿨다는 친구가 고작 이런⋯⋯."

그리고 그가 나를 돌아보며 못 박는 말에 나는 잔뜩 얼어붙었다.

"멍청이들이라니."

방금까지 살갑던 그를 생각하면 대단한 폭언이었다.

내가 얼어붙어 있는 사이, 내 표정을 힐끗 본 양복 차림 남자들이 저마다로 내뱉기 시작했다.

"루카스, 말이 심하잖아? 너보다 한참은 어린 여자애한테."

내가 더욱 놀랄 차례였다. 우리 집에서 작전 회의를 할 때 루카스는 자신과 루다와 동갑이며 따라서 우리와도 동갑이니 존대를 할 필요가 없다고 말한 적이 있었다. 그런데, 나이까지 속였다는 거야?

다른 남자가 동조하며 거들었다.

"그래, 루카스. 너 이런 성격 아니었잖아? 그런 데다 화풀이를 하면 안 되지."

뭣보다 저 남자들이 말하는 '화풀이'라는 단어가 나는 이해가 되지 않았다. 마치 루다가 무언가에 마땅히 화내야 하는 것처럼.

생각하던 나는 문득 들려오는 또 다른 발소리에 고개를 돌렸다. 하나둘 그쪽을 돌아본 주변 양복 차림의 사내들이 일제히 고개를 숙이기 시작했다. 반면 루카스는 고집스럽게 목을 꼿꼿이 하고 서서 정면을 응시하고 있었다.

가장 마지막에 등장한 사람은 전에 보았듯 검은 정장 바지 차림의 이제니였다.

단정히 가르마를 타서 등 뒤로 질끈 묶은 검은 머리카락, 석고상처럼 희고 건조한 얼굴. 루다와는 달리 생기라고는 조금도 느껴지지 않는 건조한 검은 눈동자가 힐끗 내게 시선을 던졌다가 다시 루카스를 향했다.

그녀의 색이 옅은 입술이 열렸다.

"이게 무슨 소란이지?"

팔을 벌리며 과장스럽게 환영한다는 듯한 제스처를 취한 루카스가 대답했다.

"보시다시피 선물이죠."

그러자 이제니의 얇은 눈썹이 꿈틀거렸다.

"배달원도 노크 정도는 하는 법 아닌가?"

"그래서 메시지를 보냈잖아요?"

"답장을 보낼 수 있었다면 당장 반송했을 거다."

그리고 이제니가 걸음을 옮겨 내게로 다가왔다. 이루다와 대화하느라고 여전히 바닥에 주저앉아 있는 나를 내려다보는 그녀의 눈빛이 건조했다.

잠시 침묵이 흐른 뒤에 그녀가 손을 내밀었다. 그녀는 놀랍게도 나를 향해 조금 미소 짓기까지 했다.

"안녕. 또 보네, 아가씨."

나는 잠시 눈을 굴리다 꾸벅 고개를 숙였다.

"아, 네, 안녕하세요……."

"아가씨가 여기는 왜 온 거지?"

이제니의 물음을 루카스가 간단히 잘랐다.

"당신 아들을 당신으로부터 구해 내기 위해서라던데. 루다 친구에게 실망한 것만큼이나 루다에게도 실망했어. 당신 아들, 어디까지 수준이 떨어질 셈인 거야?"

그제야 루카스를 돌아본 이제니가 짜증스런 목소리로 일

갈했다.

"네게 내 아들 수준을 따져 달라고 하지 않았어. 하지만 확실히, 그래……."

아직 열린 채인 개폐구 쪽을 보며 이제니가 말을 맺었다.

"……재고가 필요하긴 하겠어."

그 순간 쾅! 하고 귀청 떨어질 듯한 큰 소리가 났다.

내가 어깨를 움찔하는 가운데, 양복 몇몇이 눈살을 찌푸리며 저들끼리 속닥거리기 시작했다.

"오늘도 시작이군."

"왜 저 난리 안 나나 했어."

그러기가 무섭게 개폐구 쪽에서 날카로운 루다의 외침이 들려왔다.

"내 친구한테 손대면 가만 안 둬! 루카스도, 그리고 당신도!"

그러자 비웃듯 웃은 이제니가 대답했다.

"아무렴 우리는 합법적인 기업인데 평범한 고등학생에게 무슨 짓을 할 것 같으니?"

그러자 루다는 다른 곳으로 화살을 돌렸다.

"젠장, 루카스! 하필이면 끌어들여도 그 애를 끌어들여? 당신, 절대 가만 안 둬!"

루다의 필사적인 말에도 루카스는 이제니처럼 비웃는 듯한 표정을 짓고 있을 뿐이었다.

그런 루카스의 모습을 옆에서 지켜보면서 나는 심장 한

구석이 따끔거리는 것을 느꼈다. 지금 저게 진짜 루카스의 모습이었다니!

이윽고 루카스가 놀리는 듯한 목소리로 대답했다.

"거기서 나오고나 얘기하시지?"

"젠장! 루카스 당신, 후계자 자리가 그렇게 탐나면 그냥 가져가 버리면 되잖아! 애초에 당신은 날……."

이어지는 루다의 말을 무시한 루카스가 문 옆에 대고 카드 키를 다시 긁었다. 그러자 삑 소리와 함께 빨간불이 들어오더니 개폐구가 탕 닫혀 버렸다.

나는 여전히 이 상황이 이해가 되지 않았다. 무엇보다도 루카스와 루다 사이에 후계자라는 단어가 오가야 할 이유를 나는 아직 찾지 못하고 있었다.

아니, 한 가지 짐작 가는 것이라면 있었다. 루다와 루카스의 관계, 그것은…….

내가 투명인간이라도 되는 것처럼, 설명의 필요조차 느끼지 않는 것처럼 간단히 내 옆을 지나친 루카스의 시선이 이제니를 향했다. 그는 여전히 자신만만한 태도로 입을 열었다.

"당신 후계자의 자격 증명을 위해 왔어요. 아무래도 자격이 없는 것 같아서."

"네게 해 달라고 부탁한 적 없어."

냉정한 이제니의 대답에도 루카스는 조금도 기죽지 않고

어깨를 으쓱했다.

"버려진 후계자 후보로서 이 정도 권리는 있지 않나요?"

역시, 그랬다. 나는 입술을 깨물었다.

루카스가 Reed기업의 후계자 선발 과정에 대해 그토록 자세히 알고 있던 이유, 마지막에 가서 우리를 배신한 이유.

루카스는 후계자 자리를 노리는 루다의 라이벌이었다.

* * *

우리를 한참이나 보던 이제니는 결국 한숨을 내쉬며 일단 자리를 옮기자고 제안했다.

이제니의 안내에 따라 자리를 이동하는 내내 나는 루카스와 실수로 손끝이라도 스치지 않기 위해 무던히 노력했다. 그런 내 기색을 눈치챈 루카스가 이윽고 놀리듯 물었다.

"그렇게 쫄지 않아도 되는데. 이제니를 만났으니 이제 너에게는 관심 없어."

나는 그와 눈도 마주치지 않고 대답했다.

"말 걸지 말아 주세요."

"하?"

"사람 속이면 좋아요?"

아까 나를 가리켜 멍청하다고 한 주제에, 루카스는 어느새 처음 보았던 친근한 태도로 돌아와 있었다.

눈웃음치듯 가늘게 웃은 그가 뻔뻔하게 물었다.

"아니, 나라고 좋을 리 있겠어? 필요해서 좀 속였어. 그뿐이야."

"말이나 못하면."

기막혀하는 내게 그가 갑자기 불쑥 물었다.

"그런데, 갑자기 왠 존대야?"

잠시 그의 눈치를 보던 나는 대답했다.

"……저랑 동갑 아니라면서요."

그 말에 반응한 것은 이제니였다. 앞서 걷던 그녀가 우리를 돌아보더니 어처구니없다는 듯 물었다. 그녀의 무표정하던 얼굴에 처음으로 나타난 변화다운 변화였다.

루카스와 우리가 그렇게 나이 차이가 많이 나나? 생각하던 나는 이어지는 말을 듣고 놀랐다.

"걔, 스물넷이야."

"네?"

"내가 좀 동안이기는 해."

뻔뻔스런 루카스의 말을 무시하고 혼자 속으로 손가락을 꼽아 보던 나는 이윽고 비명을 질렀다. 말도 안 돼! 루카스 저 사람이 스물넷이면 우리랑 일곱 살이나 차이 난다는 거잖아!

도저히 그렇게 보이지는 않았다. 내가 충격에 빠져 가만히 걷는 사이 앞서 걷던 이제니가 문득 걸음을 멈추고는

얼음 공주는 옆 나라에 있었던 것 같은데요 〈361〉

카드 키를 꺼내 문 옆에 가져다 댔다.

그러자 마치 우주선의 함실처럼 문이 양쪽으로 열리면서 응접실이 나타났다. 모든 것이 회색 일색인 이곳 건물에서 응접실만이 정상적인 방 모습을 하고 있었다.

바닥은 검고 판판한 대리석으로 이루어져 있었고 한쪽 벽면 전체가 유리였다. 그 너머로는 아직도 불이 꺼지지 않은 시청역 빌딩들이 휘황하게 빛나고 있었다.

나와 루카스를 굳이 소파에 앉혀 놓고 이제니는 직접 차를 끓이겠다며 포트 쪽으로 갔다.

나는 루카스와 나란히 앉게 된 것이 불편해서 소파 끝에 걸터앉았다. 그러기가 무섭게 루카스가 말했다.

"아까도 말했지만 목적을 달성한 이상 너한테 관심 없다니까. 그런 식으로 굴면 자존심 상하는데."

그가 스물네 살인 것을 안 이상 조금쯤 예의 바르게 굴어도 되겠지만 이번만은 그럴 수 없었다.

조용히 인상을 쓴 나는 대꾸했다.

"그쪽이야말로 제가 어떻게 굴든 신경 꺼 주세요. 멍청이라는 소리까지 들은 판국에 손도 닿기 싫어서 이러는 거니까."

그러자 소파 등받이에 기대앉아 있던 그의 표정이 조금 흐트러졌다. 그가 어이없다는 듯 물었다.

"보기보다 맹랑하다, 너?"

그러더니 그는 갑자기 자세를 바꾸어 다리를 꼬고는 웃었다.

"그리고, 낯선 사람에게 속아 여기까지 왔는데 멍청이가 아니면 뭐라고 불러?"

비웃는 듯한 그 말에도 나는 아무런 대답도 할 수 없었다. 아니, 하지만 속인 사람이 나쁜 거지, 속은 사람이 나쁜 거냐고! 애초에 루다의 후계자 건에서부터 내가 이해하기에는 너무 스케일이 커진 얘기였다.

그리고 나는 아주 오랜만에 폭력에 대한 충동을 느꼈다. 어차피 덤벼도 안 될 거, 마음을 다스리려고 심호흡을 하는 사이, 마침내 돌아온 이제니와 나와 루카스의 앞에 찻잔을 내려놓았다.

우리의 대화가 전부 들렸던 모양인지 맞은편 의자에 앉자마자 이제니가 루카스를 향해 물었다.

"너, 못 보던 사이에 성격이 많이 달라졌구나."

루카스도 미소를 잃지 않고 대답했다.

"그럼요, 아무렴 10년이나 됐는데."

그의 입에서 아무렇지도 않게 툭 튀어나온 시간 단위에 나는 놀랐다. 루카스에게서 들은 후계자 시험에 대한 얘기는 너무 생생해서 3년 이상 지났을 것 같지 않았는데. 생각하던 내게 다시 이제니의 물음이 들려왔다.

"그동안 뭘 하고 지냈니?"

"가르쳐 주신 기술이면 밥 못 벌어먹을 걱정은 없지요."

말은 그렇게 하지만 전혀 감사하지 않은 투였다.

차를 홀짝인 이제니가 태연하게 대답했다.

"그러면 그냥 살아갈 일이지. 여기는 왜 온 거니?"

"말했잖아요, 루다의 후계자 자격을 검증하러 왔다고."

루카스의 대답에 이제니의 눈이 날카로워졌다. 팽팽한 긴장감이 흐르는 가운데 두 사람의 시선이 허공에 마주쳤다.

먼저 입을 연 것은 이제니였다.

"그건 네가 신경 쓸 일이 아니야."

"제게는 그럴 자격이 있지 않나요?"

"이미 끝난 일이야."

"저는……!"

루카스의 말을 간단히 무시해 버린 이제니가 이번에는 내게로 시선을 돌렸다.

나는 긴장해서 침을 삼켰다. 꼴깍, 침 넘어가는 소리가 유난히 목울대를 크게 울리는 가운데 이제니가 물었다.

"자, 아가씨는 여기 왜 온 거지?"

"아, 저……."

루다와의 거래가 있었다고는 해도 일단은 헬기를 보내 우리를 구출하는 데 도움을 준 사람인데 얼른 용건을 말하기가 쉽지 않았다.

어물거리는 내 옆에서 말한 것은 루카스였다.

"나랑 같은 용건이지."

"하?"

"루다를 데리러 왔어요."

어이없다는 듯 숨을 내뱉는 이제니에게 내가 말했다. 그러자 그녀의 표정이 묘하게 변했다. 이제니가 다시 물었다.

"정말이니?"

"네?"

"너도 루다가 후계자가 될 '자격'이 없다고 생각해?"

그녀의 입에서 갑자기 튀어나온 자격 소리에 놀라는 것도 잠시, 나는 루카스를 돌아보았다. 아차, 그제야 내 머릿속에 또 다른 생각이 떠올랐다. 이제니는 내가 루카스의 말에 감화되어 진정한 후계자가 될 자격이 있는 것은 루카스라고 생각한다고 믿는 것 같았다.

나는 재빨리 고개를 내저었다.

"아, 아니요, 그런 게 아니라! 아니, 그게 맞을지도 모르겠어요."

내가 당황해서 말하다 말고 갑자기 차분하게 태도를 바꾸자 이제니의 눈썹 끝이 살짝 꿈틀거렸다. 테이블 위에 찻잔을 탁 소리 나게 내려놓으며 이제니가 물었다.

"그게 무슨 소리일까?"

나는 무릎 위로 두 손을 말아 쥐었다. 심호흡을 한 내가 천천히 말을 이었다.

"저는, 루다가 후계자 자리에는 어울리지 않는다고 생각해요. 또 후계자가 되어야 할 이유도 없고요."

그러자 다시 침묵이 흘렀다. 나는 옆의 루카스가 나를 바라보는 시선이 묘해졌다는 것을 느꼈지만 왜인지는 알 수 없었다. 내가 그와 비슷한 주장을 하고 있어서 당황한 걸까?

그리고 침묵 끝에 이제니가 나직이 말했다.

"왜 그렇게 생각하지?"

또 한 번 침을 꼴깍 삼킨 나는 대답했다.

"일단은, 루다가 나가고 싶어 하니까요. 방금 경호원들하는 말을 들어 보니까……."

꾸준히 탈출 시도를 했던 것 같던데. 이어지던 내 말을 끊고 이제니가 딱 잘라 말했다.

"그게 내가 그 애를 내보내 줄 이유가 되니?"

그 말에 나는 숨이 턱 막혀 오는 것을 느꼈다. 이제니의 건조한 얼굴을 올려다보며 나는 중얼거렸다. 이 사람, 대체 무슨 소리를 하고 있는 거야?

"루다도…… 자기가 원하는 삶을 살 권리가 있잖아요?"

"단순히 내 아들일 뿐이라면 그렇겠지."

그리고 잠시 쉰 이제니가 못 박듯 말했다.

"하지만 그 애는 내 유일한 후계자야."

"애초에 저는 루다가 후계자가 되어야 할 이유를 모르겠어요. 후계자 후보는 여럿이었다면서요? 옆의 루카스를 포함해서."

"내 선택에 반대라도 하겠다는 거니?"

대답하는 이제니의 목소리는 여전히 건조했다. 소파 팔걸이를 쥐며 그녀가 말을 이었다.

"심지어 루카스 외에 다른 후보들은 본 적도 없고, 시험 장소에도 없던 네가?"

말하는 것과 달리 그녀는 화나 보이진 않았다. 오히려 너무 어이가 없어서 조금쯤 즐거워진 듯 살짝 웃고 있기까지 했다.

그녀의 휘어진 눈매가 이루다와 조금은 닮았다고 생각하는 것도 잠시, 나는 입술을 깨물었다.

그래, 확실히 이제니의 입장에서 보면 후계자 시험이 치러지던 10년 전에는 고작 일곱 살 꼬마이던 내가 이렇게 말하는 것은 우스울 지도 모른다.

하지만 나는 현재의 루다를 알지 않는가.

열일곱의 루다를.

혀로 입술을 축인 나는 마침내 신중하게 입을 떼었다.

"그렇게 경쟁시키신 걸 봤을 때 냉정하고 야심 찬 사람이 후계자가 되어야 한다고, 그렇게 생각하시는 거죠?"

이제니가 태연하게 되물었다.

"그런데?"

"제가 생각하기에는 루다는 전혀 그런 성격이 아니거든요."

"흐음."

이제니가 태연하게 다리를 꼬는 가운데, 나는 바닥을 보며 힘겹게 말을 이었다.

"제가 본 루다는 절대로 그런 성격이 아니었어요."

그렇다. 나는 과거의 루다에 대해서는 모르지만 현재의 루다에 대해서는 얼마든지 말할 수 있었다.

"루다가 얼마나 사람 말을 잘 들어 주는데요."

만난 지 며칠도 안 되었던 어느 날, 다른 사람들의 시선을 어려워하는 내 마음을 가장 먼저 눈치채고 위로해 주었을 정도로. 그 뒤로도 수많은 일이 있는 동안 루다는 변함없이 내 말을 그저 들어 주었다.

"그리고, 사람 위로해 줄 줄도 알고."

패닉에 빠져 있던 나를 기꺼이 끌어 당겨 품에 안아 줄 정도로. 안긴 그녀의 품은 답지 않게 단단하고 따뜻해서 나는 그녀가 곁에 있으면 늘 마음이 놓였다.

"또…… 루다는 우리 반 애들을 정말 좋아해요. 진짜로."

그렇지 않았으면 그녀가 파티에서 우리 반 아이들을 보면서 그토록 슬픈 표정을 지을 이유가 없었다. 진정한 자신의 모습이 되지 못한다며 우리를 보고 자괴감을 느낄 이유가.

그녀도 사실은 우리 앞에서 진정 자유로워지고 싶었던 것이다. 우리가 그녀 앞에서 진심으로 대하는 것만큼이나. 그것은 마음을 받은 만큼 돌려주고 싶다고 생각하는 것은 서로 간에 좋아하는 사이가 아니라면 불가능한 일이다.

마침내 말을 마친 나는 고개를 들었다. 이게 내가 지금까지 반년을 함께하며 보아 온 루다의 모습이었다. 10년 전의 루다에 대해서는 모르지만 지금의 루다에 대해서는 누구보다도 잘 안다고 자부할 수 있었다.

그리고 나는 말을 이었다.

"그런 루다가 후계자 자리에 어울릴 리가 없어요."

"그래?"

내 말을 들은 이제니의 표정은 전혀 뜻밖이었다. 자기 자식의 전혀 다른 모습을 알았다면 동요할 만도 한데 그녀는 심드렁한 표정이었다. 마치, 내가 방금 말한 것이 전부 거짓이라는 것처럼.

잠시 머뭇거리던 나는 애써 힘을 잃지 않고 말을 이었다.

"갑자기 마지막 시험을 취소하시고 루다를 후계자로 선발하셨다고 들었어요."

"그걸 어떻게 알았니? 아, 루카스로구나."

그리고 눈을 힐긋 돌려 루카스를 바라본 그녀가 물었다.

"그래서?"

나는 루카스의 표정이 아까보다도 더욱 굳어져 있는 것을 보았다. 마치 나쁜 기억이라도 떠올린 사람처럼.

그것을 의아하게 여기는 것도 잠시, 나는 애써 말을 이었다.

"마지막 시험까지 치렀다면 분명히 후계자가 되는 건 루다가 아닌 다른 사람이었을 거라고 생각해요. 그러니까……."

차라리 지금이라도 다시 시험을 치르시면, 그렇게 말하려던 나는 이어진 그녀의 말에 고개를 들었다.

"너, 정말 루다에 대해 하나도 모르는구나."

"네?"

"마지막 시험에 대해서, 그거 루카스가 정말 용케도 가르쳐 줬네."

그리고 그녀의 이어진 말에 나는 입을 멍하니 벌렸다. 뭐?

"자기가 배신당한 때의 이야기인데도 말이야."

"네?"

배신당한 이야기라니? 놀라서 어안이 벙벙해진 내게 이제니의 물음이 돌아왔다.

"자세히 들었니? 그러니까, 시험당한 내용에 대해서도 말이야."

나는 힘겹게 고개를 내저었다. 그리고 나는 고개를 돌려 루카스를 바라보았다. 그의 낯빛은 여전히 좋지 않았다. 조금쯤 독기가 서려 있는 듯도 했다.

우리 앞에서 태연히 찻잔을 끌어당긴 이제니가 말을 이었다.

"그래. 이미 들었는지 모르겠지만, 내가 혈육에 신경 쓰지 않고 공정하게 후계자 후보를 뽑기로 했다는 건 들었을 거야."

나는 고개를 끄덕였다. 이제니의 무심한 목소리가 이어졌다.

"사분지 일이 탈락하고 열여섯 명 정도가 남은 시점에, 나는 다음 시험 내용으로 일대일 싸움을 제안했지."

애기를 들으며 나는 입술을 꾹 깨물었다. 일대일 싸움 정도야 여느 운동 경기에서도 보이는 일이지만 이제니의 입에서 나왔으니 틀림없이 보통 싸움은 아니리란 생각이 들었다.

그리고 그를 증명하는 이제니의 말이 이어졌다.

"처음으로 무기를 사용하게 허락했지. 승부는 어느 한쪽이 상대방이 항복을 외칠 때까지."

"그럼……."

"오기와 근성의 싸움이었어."

눈을 내리깔며 이제니가 말을 이었다.

"너무 많은 부상을 입히면 실격이었기 때문에 상처를 입고도 버틸 수 있는 만큼 버틴다면 도리어 상대를 실격시킬 수 있었어. 반대로 효과적으로 고문한다면 얼마 상처를 입히지 않고도 항복을 받아 낼 수 있었지. 아니면 거래 조건을 제시한다든가."

나는 입안이 바싹 마르는 것을 느꼈다. 이게 현대에서 일어난 일이라는 게 믿기지 않았다. 내가 힘겹게 되물었다.

"그러고요?"

"그리고, 그 일이 일어났어."

이제니의 말이 무겁게 이어졌다.

"루카스의 대전 상대는 이루다로 정해졌었지. 사실 나는 걱정이 많았어. 루카스와 이루다는 많이 친했거든."

"루카스와 이루다가 친했다고요?"

너무 놀라서 되물은 나는 루카스를 돌아보았다. 본성을 드러낸 루카스는 착하기는커녕 영악한 데다, 입버릇 더럽고 속내 시커멓기까지. 루다와 원수 지간이 될지언정 친구가 될 수 있을 것 같지는 않았다.

다시 차를 홀짝인 이제니가 태연하게 말했다.

"놀랍기는 하겠지만 그때의 루카스는 거기 모인 애들 중에서 가장 착했어."

"그럴 수가."

"그렇게 말하면 저, 좀 상처받는데."

내 옆에서 뻔뻔하게 지껄이는 루카스를 간단히 무시하고 이제니는 말을 이었다.

"루다는 거기 모인 사람들 중에서 가장 어렸는데, 성장기에 체격 차라는 건 싸움에 있어 아주 중요한 요소잖아? 괴롭힘을 당할 뻔한 일도 여러 번이었는데 그럴 때마다 루카스가 구해 줬어."

"아."

그런 관계였구나. 그리고 나는 분에 차서 아득바득 외치던 루다를 떠올렸다. 루카스가 좋은 의도로 왔을 리 없다니, 도대체 무슨 일이 있었기에 두 사람의 사이가 그 지경으로 틀어져 버린 걸까?

그리고 이어진 이제니의 말에 나는 고개를 들었다.

"그래서 나는 루카스가 후계자 감으로는 알맞지 않다고 일찌감치 점찍어 두고 있었어."

"잠시만요."

내가 끼어들었다.

"루카스가 후계자 감으로 알맞지 않다니요? 루카스가 루다를 보호해 준 게, 왜 루카스가 후계자가 될 수 없는 이유가 되는 거죠?"

대번에 냉정한 대답이 돌아왔다.

"감정은 일을 망쳐."

"그런……."

"일을 처리할 때 감정적이 되어야 할 이유는 전혀 없어. 우리는 필요하다면 개인적인 호의보다도 일의 우선순위를 중시해야 해. 그런데 정이 많은 경호원이라니, 그런 게 도움이 될 것 같니?"

자신의 직업에 대해 얘기할 때만은 이제니의 목소리도 날카로워졌다. 그리고 이제니가 말을 맺었다.

"그래서 내가 루다를 택한 거였어."

"네? 그게 무슨……."

맥락 없이 이어지는 말에 내가 당황한 그때였다.

"내가 루다를 선택한 이유가 궁금하다고 했지?"

그리고 이어진 말에 나는 돌이 쿵 떨어지는 듯한 느낌을 받았다.

"그날 밤, 루다가 루카스를 기습해서 찔렀거든. 형처럼 여기던 그를 말이야."

"네?"

나는 앉은 자리에서 벌떡 일어나며 되물었다. 그런 나를 보며 이제니가 여유 만만하게 웃었다.

"그렇게 놀랍니?"

"그럴 리 없어요. 루다가……."

내 놀란 표정을 즐거운 듯 응시하던 이제니가 대답했다.

"사실이야. 뭣하면 루카스에게 흉터라도 보여 달라고 하지 그러니? 아직 있을 텐데."

"아……."

나는 고개를 돌렸다. 나와 눈이 마주치자 무심하게 어깨를 으쓱한 루카스가 셔츠를 걷어 올렸다. 그의 옆구리를 선명하게 가로지른 자상을 보고 나는 신음을 흘렸다.

그럴 수가. 내 표정을 보고 비웃는 듯 눈을 가늘게 뜬 루카스가 말을 이었다.

"이젠 알겠지? 루다가 나를 믿을 만한 사람이 아니라고 말했던 이유. 좋은 의도로 왔을 리 없다고 말한 이유."

"……."

"자기가 이미 한 번 배신했던 사람을 어떻게 믿겠어?"

내가 멍하니 입을 벌리는 가운데, 루카스가 조금 씁쓸한 표정을 지으며 말했다.

"참 웃기지? 내가 그 애를 배신한 것도 아니고, 배신당한 입장인데 그 애가 날 가리켜 믿을 게 못 된다느니 어쩌니 소리 지른다는 게."

"그런……."

"아무튼 나는 복수하러 온 게 맞으니 그 말이 맞긴 맞아."

지금 내가 들은 게 사실일까? 하지만 여전히 드러나 보이는 루카스의 흉터는 너무 선명해서 저 말을 믿지 않을 수도 없었다.

멍하니 충격에 빠져 있는 내게 이제니의 목소리가 들려왔다.

"너는 네가 루다를 잘 안다고 생각하는 모양이지만, 그건 어디까지나 학교 안에서의 제한적인 모습이었겠지. 안 그러니?"

차분한 이제니의 말에 나는 대답하지 못하고 입술만 깨물었다.

그런 내 침묵이 적잖이 만족스러웠던지 눈을 내리깔며 이제니가 말을 이었다.

"학교에서 보여 줄 수 있는 모습이 얼마나 있을까? 공부하는 모습? 몸을 움직이는 모습이라고는 기껏해야 체육 시간에 공이나 운동 기구 가지고 점수를 따내는 일이겠지."

"……."

"그런 걸 보고 루다의 모든 면모를 알 수 있을 리 없잖니. 고작 또래 애들이랑 어울리는 모습을 보고. 평범한 세상은 그 애에게 너무 좁거든."

이번에야말로 나는 그 말을 반박하지 못했다.

평범한 세상은 너무 좁다. 이제니의 모든 말 중에 그 말만큼 공감이 되는 말이 없었다.

내가 루다에 대해 잘못 생각한 걸까? 평범한 일상 속에서의 그 애는 맞지 않는 옷에 억지로 몸을 구겨 넣은 듯 불편해 보인 것도 사실이었다.

그렇다고 해서 이루다의 이런 면모까지 내가 알아야만 했을까? 생각에 잠겨 있던 내게 이제니의 말이 비수처럼 내리꽂혔다.

"네가 아는 루다의 모습은 극히 일부에 불과해. 장님들이 코끼리를 만져 본 것만으로 코끼리가 어떻게 생겼는지 안다고 주장하는 것과 같지."

그때였다. 우리가 하는 양을 가만히 지켜보고 있던 루카스가 조용한 목소리로 끼어들었다.

"자기 아들 반 친구한테 자기 아들은 자기가 더 잘 안다는 거, 그렇게까지 증명하고 싶어요?"

"그러는 너는 저 애를 속여서 데려온 주제에 갑자기 챙기는 척하는 거니?"

"당신한테 당하는 거 보니까 불쌍하긴 해서."

편을 들어 줘도 별로 고맙지는 않았다. 내가 말없이 눈만 내리까는 사이, 상체를 앞으로 내밀며 루카스가 말했다.

"당연한 얘기는 집어치우고, 그래서 당신은 루다 친구라는 녀석들의 수준을 보고도 루다 그 녀석을 후계자 자리에서 내쫓을 생각이 없으시다?"

당연한 듯 고개를 끄덕인 이제니가 대답했다.

"그럼. 루다에 대해 아무것도 모르는 이 애를 보고 내가 루다의 수준을 재고할 필요는 없잖니?"

그러자 루카스는 하, 하고 날카로운 웃음을 터트렸다.

그가 빈정거렸다.

"독불장군이신 건 여전하군."

"너야말로 후계자 자리를 원한다면 좀 더 공손한 방법을 써야 할 거야. 다음에도 이런 저돌적인 방법을 쓴다면……."

그리고 이제니의 눈빛이 잠시 차갑게 내리깔렸다.

"아무리 너라도 봐주지 않아."

"아, 네, 네."

루카스의 빈정거리는 소리를 뒤로하고 이제니가 자리에서 일어났다.

나는 멍하니 고개를 들어 그녀를 올려다보았다. 이제니

가 여전히 무심한 표정으로 말했다.

"루다가 내게 돌아온 건 너희들 덕분이기는 하니, 이번만 무사히 내보내 주지. 하지만 다음은 없어."

"아⋯⋯."

여전히 대답하지 못하는 내게 이제니가 말을 이었다.

"여기까지 찾아온 정성을 봐서 얼굴은 보게 해 주지. 하지만 길게 대화하는 건 안 돼."

"아, 네."

일단은 그거라도 좋았다. 재빨리 대답하는 나를 본 이제니가 루카스에게 뭔가를 집어 던졌다. 허공에서 반짝이던 금색 사각형 모양의 무언가가 루카스의 손안으로 쏙 빨려 들어갔다.

이제니가 말을 이었다.

"루카스, 네가 잘 감시하고 카드 키는 내게 갖고 와."

"절 믿어도 되겠어요?"

"적의 적은 나의 친구지. 너만큼 믿기 좋은 감시인도 없을걸."

이제니가 쏘아붙이는 말을 들으며, 나는 그제야 루카스의 손안에서 반짝이는 것의 정체를 확인했다.

이제니의 카드 키였다.

그토록 바랐던 이제니의 카드 키가 드디어 우리 손에 들어왔음에도 나는 별로 기쁘지 않았다. 왜냐하면 카드 키를 쥔 것이 다름 아닌 루카스였기 때문이었다.

나를 힐긋 본 루카스가 즐거운 듯 지껄였다.

"뭐, 잘됐긴 하네요. 루다가 무너지는 표정이 궁금했거든요."

저건 또 무슨 소리야.

"그토록 보고 싶었던 자기 친구를 만나는 게 이번이 처음이자 마지막이란 걸 알았을 때, 그 애가 어떤 표정을 지을지."

그러자 나와 이제니가 동시에 질린 표정을 지었다.

저 사람, 원한이 대단하잖아. 그렇게 중얼거리는 내 앞에서 이제니가 말했다.

"나는 내 아들의 망가지는 표정 같은 것에는 흥미 없으니, 때리지만 마. 얼굴에 못 보던 흉터라도 생겨 있으면 가만 안 둬."

"네, 네."

루카스가 손을 흔들며 설렁설렁 대답하는 것을 마지막으로 이제니가 방을 나갔다.

단둘이 남자, 루카스가 나를 보며 물었다.

"자, 갈까?"

아까 처음 그의 안내에 따라 이곳 건물에 들어올 때와는 달리 지금은 그를 따라가고 싶지 않았다. 하지만 이번에야말로 정말로 루다를 보게 해 준다는데 안 갈수도 없는 노릇이었다. 비록 이번이 마지막이라고 할지라도.

결국 한숨을 내쉬며 발을 뗀 나는 문득 고개를 돌려 복도 반대편을 보았다. 그곳엔 떠나는 이제니의 뒷모습이 보였다. 한참이나 입술을 달싹이던 나는 결국 입을 열었다.

"저, 저기요!"

이제니가 이미 예상했다는 듯 차분히 고개를 돌려 나를 보았다.

"뭐니?"

입술을 잘근 깨문 나는 망설이며 말했다.

"저기…… 루다의 지금 모습이 자기가 원하는 모습이랑 많이 다르다고 해도, 그래도 자기가 원하는 모습이 되도록 추구할 권리는 있다고 생각해요."

그래, 루다의 진짜 모습이 내가 아는 루다의 모습이랑은 전혀 달랐다고 해도, 심지어 루다 본인이 원하는 모습과도 전혀 다르다고 해도, 그래도 나는 이 말만은 하고 싶었다.

루다가 루카스를 찔렀던 것이 자기 자신이 바라서 한 일이라고 나는 믿지 않는다. 경쟁에 내몰린 그로서는 어쩔 수 없는 선택이었을 것이고, 다른 환경에서의 루다는 다른 모습을 보여 줄 수 있다고 믿었다.

마치, 학교에서 같이 지낼 때의 모습처럼.

그러니까 루다가 아무리 이제니의 후계자에 걸맞은 차가운 성품을 지녔다 한들, 그 애가 다른 모습을 계속 바라고 추구한다면 달라질 수 있을 것이다.

설령 스스로의 힘으로는 그렇게 될 수 없더라도 괜찮다.

예전의 은지호가 그랬듯, 주인이가 그랬듯, 반여령이 그랬듯 사람은 사람을 만나서 달라질 수 있다고 나는 믿었다.

그들이 나를 바꾸었듯이.

이제니는 내 말에 대답 없이 한쪽 입꼬리만 비틀어 올렸다. 그녀는 잘 가란 말도 없이 다시 몸을 돌려 성큼성큼 걸음을 옮겼다.

그녀의 구둣발 소리가 한참이나 멀어지는 가운데, 나는 문득 루카스를 돌아보았다.

이제니에게는 그렇게 말하기는 했지만 나는 루카스의 눈치가 보였다. 루카스에게 있어서는 가해자인 이루다를 내가 옹호하는 것이 못마땅할 것이다. 못마땅한 것을 넘어서서 화를 내도 이상하지 않다.

그러나 그는 의외로 아무렇지도 않은 표정이었다.

다만 내 팔을 당기며 그가 말했다.

"저쪽이야."

*　*　*

과연 이제니의 카드 키를 쓰자 기계의 불이 주황색으로 변하는 일 없이 곧바로 초록색으로 바뀌었다.

루카스가 나를 밀어 넣더니 자신도 들어오고는 재빨리 문을 잠갔다. 내가 채 방 안을 제대로 확인하기도 전에 방 구석에 널브러져 있던 금색 형체가 벌떡 몸을 일으켰다.

나는 드디어 그쪽을 보았다.

책상 하나, 그 외엔 온통 운동 기구로 가득한 어질러진 방에 아주 넓은 침대가 하나 있었고, 그 가운데 이불로 온 몸을 돌돌 만 이루다가 누워 있었다.

"단아?!"

그녀는 그렇게 외치다 말고 자기 자신의 몰골을 깨달은 듯 얼굴을 빨갛게 붉혔다.

그녀가 허우적대며 이불에서 얼른 빠져나오려고 안간힘 을 쓰기에 나는 휘휘 손을 내저었다.

"아, 아냐, 괜찮아."

천천히 나와도 된다는 뜻으로 한 말이었는데, 그러기가 무섭게 루다가 벌컥 소리를 질렀다.

"괜찮기는 무슨!"

그렇게 외친 그녀가 마침내 이불을 벗어나 내게로 두두 두 달려왔다. 곧바로 내 어깨를 잡고 상한 데라도 없는지 이곳저곳을 확인하는 이루다를 보면서 나는 생각하지 않을 수 없었다.

정말로 루다가 루카스를 배신했다고? 옆구리의 그 무시 무시한 흉터를 만든 게 정말로 루다란 말이야?

그리고 확인을 마친 루다가 내 옆을 돌아보더니 물었다.

"루카스 저 자식이 무슨 짓 안 했어?"

그렇게 묻는 루다의 태도는 너무나 당당해서 도저히 배신한 사람처럼 보이지는 않았다.

나는 잠시 루카스의 표정을 살폈으나 루카스는 분기탱천하기는커녕 이제니와 있을 때와 마찬가지로 태연한 표정이었다.

그리고 루다가 말을 이었다.

"그리고 이제니를 만났었잖아."

"아."

"그런데 여기는 어떻게 들어온 거야?"

그제야 정신을 차린 나는 입을 열었다.

"아, 그게. 몰래 와서 너만 데리고 나갈 생각이었는데, 아까도 봤겠지만 맞는 카드 키가 없어서 실패했었잖아."

"응."

"그런데 의외로 면담만 좀 하시더니…… 온 정성이 갸륵하다고 만나게는 해 주시겠대. 물론, 데리고 나가는 건 안 되지만."

그제야 루다는 크게 한숨을 내쉬며 침대에 풀썩 걸터앉았다.

그녀가 말했다.

"다행이다."

내가 그녀를 데리고 나갈 수 없게 되었다고 말하는데도 그녀는 전혀 신경 쓰는 기색이 아니었다. 그저 나의 안전에 안도하는 기색, 나는 그것이 몹시 미안하게 느껴졌다.

그것도 잠시였다. 고개를 든 루다가 루카스를 새치름하게 쏘아보았다. 그녀가 물었다.

"그보다, 루카스 저 자식이 너한테 무슨 짓 안 했어? 아니, 애초에 뭐라고 꼬여 내서 널 여기까지 오게 한 거야?"

그제야 고개를 든 내가 입을 열었다.

"아. 그냥 너를 만나게 해 주겠다고 했어. 그리고 아무튼 만났으니 됐잖아."

"정말 아무 짓 안 했어?"

여전히 마음이 놓이지 않는다는 듯 루다가 물었다.

나는 머쓱하게 뺨을 긁적였다.

"음, 막말을 좀 한 것 외에는……."

그냥 멍청하다고 소리 좀 들었을 뿐인데. 그렇게 말하자마자 고개를 획 돌린 루다가 루카스를 쏘아보았다. 맹수같이 흉포한 살기가 루카스를 덮쳤다. 그런데도 루카스는 여유롭게 웃기만 했다. 과연 루다와 같이 후계자 수업을 받은 사람 같다고 할까.

루카스가 웃으며 물었다.

"이렇게 낭비할 시간 있어? 얼른 할 얘기나 끝내시지."

"……제기랄."

"나는 듣지 않고 있을 테니까 천천히 얘기들 나눠."

그렇게 말하면서 루카스가 노트북을 꺼내어 타닥대기 시작했다. 지뢰 찾기라도 하려는 모양이지? 미심쩍게 그를 바라보던 나는 다시 루다를 돌아보았다.

확실히 시간이 많지 않았다. 막상 시간이 없다고 생각하니 머릿속이 마구 헝클어졌다. 나는 겨우겨우 입을 열었다.

"루다야. 일단은 우리 반에 대한 얘기인데."

"응."

"애들이 너 많이 보고 싶어 해."

그러자 루다가 작게 웃었다. 그 작은 미소만으로 나는 지난 모든 밤이 아깝지 않았다. 그러니까 루카스를 만나고 집에서 몰래 빠져나온 일, 클럽에 뛰어들어 온갖 사건에 휘말렸던 일, 그리고 검은 양복 사내들에게 붙잡혀 끌려갔던 일까지. 그 작은 미소만으로 간밤의 고생이 전부 보상받는 듯한 느낌이 들었다.

나는 더듬더듬 말을 이었다.

"그리고 물론 나도 그렇고. 전에 여령이랑 내가 그렇게 널 보내고 나서 뭐가 이상하다 싶었더니, 정말로 네가 학교에 나오지 않은 거야. 그래서……."

"응."

루다가 부드럽게 고개를 끄덕였다.

"여령이가 특히 아쉬워했어. 여령이가 빚지고는 못 사는 성격이거든. 그리고 나도."

그리고 잠시 쉰 나는 말을 이었다.

"아, 나는 빚지는 게 싫다거나 그런 건 아니고, 감사 인사도 하고 싶었지만 널 보고 싶기도 했어서."

그렇게 말하던 나는 문득 시선이 느껴져서 고개를 들고는 조금 당황했다. 루다의 푸른 눈은 지금까지 내가 보아 온 것 중에 가장 기쁜 빛으로 반짝이고 있었다. 도저히 이 방에 앞으로도 갇혀 있어야 할 사람의 것 같지 않았다.

나는 갑자기 눈시울이 뜨거워지는 것을 느꼈다. 라푼젤을 만나러 창문을 타고 올라온 왕자라도 된 듯한 기분이 들었다. 이제 곧 그녀를 떠나보내야 한다니.

기어이 울먹이기 시작한 나는 힘겹게 이것저것 맥락 없이 말을 잇기 시작했고, 조용히 고개를 끄덕이던 루다는 이윽고 티슈까지 가져와 내 앞에 앉았다.

그녀가 내가 말하는 내내 내 눈가를 상냥하게 닦아 주어서 나는 조금 더 마음이 아팠다. 지금 울고 있어야 할 사람은 내가 아니라 이루다인데. 누구를 걱정시키고 있는 거야, 정말.

그리고 노트북을 하던 루카스가 문득 입을 연 것은 그때였다.

"가자. 슬슬 시간이다."

"아."

나는 아쉬운 표정으로 루다를 보았다. 루다는 의외로 전혀 아쉬워하는 기색이 아니었다. 다만 빙긋 웃은 그녀가 산뜻하게 손을 흔들었다.

"만나서 반가웠어. 잘 가."

그리고 그때였다.

"잘 가긴 어딜 잘 가? 너도 준비해."

퉁명스럽게 내쏘는 루카스의 말에 나는 당황했다. 엥?

루다를 보며 장난스럽게 웃은 루카스가 말했다.

"가는 건 너도 함께야."

한참이고 침묵만이 흘렀다. 마침내 먼저 입을 뗀 것은 루다였다.

"……그게 무슨 소리야?"

그렇게 말하는 루다의 목소리에는 미미한 원망이 배어 있었다.

원망이라고? 나는 의아해졌다. 루다가 한 일을 생각하면 루카스야말로 루다를 원망해야 할 텐데. 그런데 정작 루카스는 루다를 구해 주겠다는 소리나 하고 있었다.

그리고 생각에 잠겨 있던 내 옆에서 루다가 다시 물었다.

"갑자기 그게 무슨 소리야? 루카스 당신, 나 싫어하잖아."

"응?"

"지난 10년간 계속 원망했을 거 아니야. 그런데 갑자기 나를 도와주겠다는 소리가 나와?"

그리고 나는 이어지는 루다의 말을 듣고 놀라서 입을 크게 벌렸다. 이건 또 무슨 상황이야?

"그날 기습한 게 내가 아니라는 말조차 조금도 믿지 않은 주제에."

루카스가 조용히 불렀다.

"루다야."

"그래서 나는 형 때문에 원치도 않던 후계자가 됐어. 알아? 형이 내 말을 조금도 믿어 주지 않아서……! 형이 그 사실을 이제니에게 말하는 바람에!"

"루다야, 잠깐만."

그렇게 말하는 루카스의 목소리는 내가 들어 본 것 중에 가장 부드러웠다. 그 목소리를 들으며 나는 처음으로 어쩌면 루카스가 예전에는 루다와 사이가 좋았다는 사실을 믿을 수 있을 것 같다고 생각했다.

그리고 고개를 내저은 루다가 외쳤다.

"잠깐은 뭐가 잠깐이야, 나를 믿지도 않은 주제에 이제 와서 나를 돕겠다고? 그런 적선 같은 도움은 필요 없어."

"아니야, 루다야. 잠깐 내 말 좀……."

"꺼져!"

외치며 뭔가를 던지려는 듯 주변을 두리번거리던 루다의 얼굴에 이윽고 절망이 번졌다. 혹시나 루다가 자해 시도를 할까 염려했던 것인지 루다의 방에는 단단해 보이는 물건이라고는 아무것도 없었다.

여전히 빈손인 채 루카스를 노려보며 루다가 바락바락 외쳤다. 그의 목소리에 깃든 노기가 하루 이틀의 것이 아니라서 나는 그저 어깨를 떨었다.

"형은, 형은 어떻게 그걸 믿을 수가 있어? 어두운 와중에 찔렸다며, 그러면 누가 찔렀는지는 못 봤을 거 아니야. 어쩌면 나로 분장한 다른 누군가였을 수도 있잖아!"

그리고 루다는 씨근거리며 입술을 깨물었다.

"그런데도 형은 내가 형을 찔렀다고 믿었잖아. 나한테 한 번 물어보지도 않고 당장 이제니를 찾아가서, 그래서 일러바치기나 하고……."

"잠깐만 내 말 좀 들어 봐!"

루카스가 급하게 루다의 말을 끊었다. 씨근거리며 루카스를 노려보던 루다가 물었다.

"뭐."

그리고 이어진 말에 나는 다시 눈을 동그랗게 떴다.

자신의 옆구리를 매만지며 루카스가 천천히 입을 떼었다.

"이 상처를 만든 게 네가 아니란 건 알아."

루다는 믿는 눈치가 아니었다.

"이제 와서?"

비웃는 듯하던 그의 얼굴이 이어진 루카스의 말에 굳어졌다.

"왜냐하면, 이 상처를 만든 건 다른 누구도 아닌 나니까."

상황은 새로운 국면으로 접어들고 있었다.

* * *

이번에는 루카스가 먼저 침묵을 깼다. 노트북을 초조하게 힐끗 바라본 루카스가 말을 이었다.

"그보다 우리 지금 이럴 때가 아니야, 루다야. 어서 옥상으로 가야 해."

아. 나는 그제야 옥상으로 간 반여령과 주인이의 존재를 떠올렸다. 그들과 연락이 닿지 않아 초조해하고 있던 참이었는데, 설마 루카스가 처음부터 루다를 도주시킬 계획이었다면 전부 설명이 된다.

루카스는 반여령과 우주인을 일부러 옥상에 먼저 보내놓은 것이다. 나중에 합류하기 위해서.

아니, 하지만 이게 도대체 어떻게 된 일이야? 나는 이해가 가지 않는다는 눈으로 상황을 지켜보았다.

"그게 무슨 소리야?"

"루다야, 이러고 있을 때가 아니라고 했잖아. 어서 가지 않으면……."

그러자 벌게진 눈으로 고개를 가로저은 루다가 대답했다.

"아니, 난 들어야겠어. 그럼 내 지난 몇 년 간의 세월들은 대체 뭐야?"

"루다야…….."

"말해. 나는 왜 당신이 스스로 저지른 일로 이제니에게는 유일무이한 후계자 취급을 받고, 인정사정없는 기계가 될 것을 요구당했지? 그리고 난…… 난 내가 형에게 버림받았다고 생각했어."

그렇게 말하는 루다의 눈에서 다시 눈물이 흘러내렸다.

내가 숨도 못 쉬고 그 광경을 쳐다보는 가운데, 루다가 루카스의 멱살을 틀어쥐지 않은 다른 손을 들어 눈물을 훔쳤다.

"응? 대체 뭐냐고. 뭣 때문에…….."

그러자 루카스는 복잡한 눈빛으로 이루다를 응시했다. 한참 만에 그가 입을 떼었다.

"네가 후계자 자리를 바라지 않는 건 알고 있었어. 그거야 알 수밖에. 네가 밥 먹듯이 얘기하고 다녔으니까."

"그리고?"

고개를 푹 숙이며 루카스가 말을 이었다.

"내가 후계자 자리를 욕심 내지 않았다면 거짓말이겠지. 하지만 나는 그 이상으로 너와 싸우고 싶지 않았어."

"그럼…….."

"네가 후계자가 되기 싫다면 다음날 있을 싸움에서 네가 항복하면 그만이었겠지만, 그것마저도 네게는 허용되지 않앗겠지. 왜냐하면 너는 이제니의 아들이니까. 이제니는 자기 자식을 벼랑에서 떨어뜨려 길러 낼 사람이야. 마치 사자처럼. 누구나 그걸 알고 있었어."

루다가 바닥을 노려보며 말이 없는 가운데, 루카스가 천천히 한숨을 내쉬고는 말을 이었다.

"그렇다고 내가 항복 선언을 해도 곤란해. 내 뒤에 나올 사람들을 상대하면서 네가 다치지 않을 수 있을 리 없었으니까. 그래서 생각한 게……."

그때까지 조용히 있던 이루다가 툭 내뱉었다. 그의 말은 종이비행기처럼 푹 꺾이며 떨어졌다.

"나를 부정행위로 실격시키자."

루카스는 조금의 망설임도 없이 대답했다.

"그래."

"……."

"이제니가 설마 후계자 자질로 비열함과 냉정함을 생각하고 있을 줄은 몰랐어. 나는 적어도 정직함을 더 중요하게 볼 거라고 생각했지. 내 실수였어."

하. 이 이야기와는 전혀 상관없던 나조차 숨을 죽이고 듣고 있던 이야기가 드디어 끝이 났다. 마침내 모든 진상이 밝혀진 셈이었다.

나는 이제니의 자신만만하던 태도를 떠올렸다. 그녀는 루다가 냉정하기 짝이 없다고 믿고 있었지. 그래서 자신의 후계자로 손색이 없다고.

물론 그녀가 생각하는 대로 냉정함은 루다의 주요한 특성 중 하나이긴 했지만, 그건 어디까지나 선 밖의 사람에 대한 얘기였다.

그렇게 생각하며 나는 루다의 얼굴을 바라보았다.

그녀의 얼굴빛이 달라져 있었다. 안도감과 약간의 원망이 섞인 눈빛, 그 모습을 지켜보던 내가 문득 물었다.

"저기."

"응?"

루카스가 나를 돌아보았다. 잠시 망설이던 내가 물었다.

"아까 이제니의 앞에서는 왜 그런 얘기를 하지 않은 거예요?"

그러자 어깨를 으쓱한 루카스가 태연히 대답했다.

"내가 후계자 자리를 노린다는 걸 알고 있던 이제니가, 내가 지금 와서 사실을 밝힌다고 해도 들어줄 리 없잖아."

"아."

"차라리 원망하는 척 보일 생각이었어. 그러면 나를 믿을 테니까."

그렇게 말하며 루카스가 루다를 돌아보았다.

"……내가 루다를 배신하리란 걸 말이야."

그리고 그때였다. 한참이고 안도감 깃든 눈빛으로 루카스를 바라보던 루다가 마침내 짓씹던 입술을 열었다.

그리고 그녀가 당장 달려들어 루카스의 옆구리부터 홀랑 벗기는 바람에 나는 깜짝 놀라 얼굴을 가렸다. 아니, 갑자기 뭐 하는 짓이야! 아니, 아무리 친해도 그렇지!

한편 놀란 것은 루카스도 마찬가지였다. 그가 당황하며 외쳤다.

"왜, 왜 이래?! 형이 미안하다고 했잖아!"

아랑곳 않고 루카스의 옆구리에 길게 난 상처를 가리키며 루다가 외쳤다.

"그렇다고 칼을 이렇게 무식하게 박아 넣어? 이게 뭐야, 피 철철 났겠네!"

하기는 10년 가까이 지났는데 아직도 복부까지 가로지르고 있는 상처는 여간 아파 보이는 게 아니었다. 10년 전에는 더 심했겠지. 이제니를 상대로 설득력 있게 보이려면 루카스는 정말 혼신의 힘을 다해 칼을 찔러 넣었을 것이다.

과연, 찔끔한 표정을 지은 루카스가 대답했다.

"아니야, 버틸 만했어. 내가 누구야, 후계자들 사이에서 우승 후보로 손꼽히던 사람인데."

"그렇다고 아프지 않은 건 아니잖아."

루다가 루카스의 옷깃을 잡아당기며 하는 말에 나까지 심장 한구석이 뻐근해져 왔다.

방금까지 허울 좋게 변명하던 것도 집어치우고 진지한 표정을 떠올린 루카스가 이윽고 미소 지었다. 그리고 그가 손을 들어 루다의 머리를 토닥였다.

루다는 그 손길을 피하지 않았다. 오히려 루카스에게 좀 더 가까이 가더니 그의 어깨에 머리를 푹 기댔다.

마주 선 두 사람의 모습을 보면서 나는 생각했다. 두 사람, 형제같이 지냈다고 하더니 정말이었구나.

아니, 루카스의 루다를 생각하는 마음은 분명히 친동생을 위하는 것 이상이었다.

마침내 우애를 확인하는 것도 잠시, 10년 전 사건의 진실과 루카스의 의도가 밝혀지자마자 루다는 곧바로 마음을 정한 듯했다.

그의 어깨에서 이마를 떼어 낸 루다가 즉시 몸을 돌리며 물었다.

"어디로 가면 된다고 했지? 옥상?"

마찬가지로 침착한 표정으로 돌아온 루카스가 또렷해진 목소리로 대답했다.

"그래. 원래는 내가 헬기를 조종할 예정이었지만, 단이가 말하길 너도 조종할 수 있다던데. 어디 오랜만에 동생 실력 좀 볼까?"

루카스가 장난스럽게 던진 말에 루다가 인상을 찡그렸다. 그러더니 그녀는 나를 돌아보았다. 응? 잘못한 게 기억나지 않는데도 나는 괜히 찔려서 움츠러들었다.

내가 물었다.

"왜?"

"'단이'가, 라니?"

"……아, 혹시 비밀이었니? 네가 헬기 조종할 수 있는 거?"

내가 조심스럽게 물은 말에 고개를 내저은 루다가 루카스를 돌아보았다. 그리고 그녀가 인상을 찡그리며 내뱉은 말에 나는 살짝 기침을 터트렸다.

"언제부터 두 사람, 그렇게 친했어?"

아차. 나는 이 건물에 들어오고부터 하도 급박한 상황만 생겨서 잊고 있던 사실 하나를 이제야 떠올려 냈다.

그렇지, 루카스의 루다를 가리키던 말.

'심장 강탈자.'

아마도 루카스와 루다는 보통 관계 이상인 것이 틀림없었다. 아까 루다가 거리낌 없이 루카스의 옆구리를 들추던 때부터 알아봤어야 했는데!

바로 그때였다. 루카스가 손을 내저으며 깔끔하게 부정했다.

"아, 내가 한국 문화에 익숙지 않아서. 혹시 질투한 거야, 루……."

"이상한 소리 하지 마!"

그 즉시 붉어진 얼굴로 빽, 외친 루다가 고개를 돌리더니 내 눈치를 보았다. 아니, 나는 신경 쓰지 않고 마음껏 염장

질 해도 되는데. 나는 이 말을 할까 말까 무던히 고민했다.

사실 인터넷 소설에 들어온 이상, 납치극이든 탈출극이 벌어지는 동안 대단한 꽁냥질이든 보게 되리라고 이미 각오하고 있었다. 게다가 무려 루다가 루카스의 심장을 갖고 있다는데.

"……."

아니, 생각해 보니까 진짜 무슨 별주부전도 아니고 루다가 자기 심장을 가져가기는 왜 가져가? 아무튼 저들 마음이 저렇다니 할 수 없지, 뭐. 대수롭잖게 고개를 돌린 내게 마침 루카스의 말이 들려왔다.

"아, 참. 우리 이대로 나가면 바로 걸릴 테니까 이걸로 갈아입어. 감시 카메라를 무력화시켜 놓기는 했지만 직원들에게는 바로 걸릴 테니까."

"응?"

아까 바쁘게 노트북을 타닥거리던 이유가 바로 그 때문이었구나. 생각하는 것도 잠시, 나는 루카스가 내민 것을 바라보았다. 그건 다름이 아니라 아까 양복 차림의 남자들이 입고 있던 (아마도) 이곳 유니폼이었다.

옷은 압축 팩 안에 고깃덩이처럼 밀봉된 채였다. 방 안에 날붙이가 없었기 때문에 우리는 간신히 이빨로 밀봉 팩을 뜯어냈다.

루카스가 내게 말했다.

"우리는 여기서 갈아입을 테니, 너는 화장실에서 갈아입고 나와."

"아, 네."

성별을 생각한 처우겠거니 생각하다가 문득 위화감을 느낀 나는 눈을 찡그리며 다시 고개를 돌렸다.

나와 루다의 시선이 마주쳤다. 그녀가 의아한 듯 눈을 깜빡였다.

"왜?"

그러더니 그녀는 갑자기 무슨 생각을 했는지 목까지 새빨갛게 달아올라서 고개를 내저었다.

그녀가 말했다.

"아니, 절대로 안 봐. 절대로 안 들여다볼게, 화장실."

"아니, 그런 생각 전혀 안 했는데……."

"열쇠 구멍으로도 안 봐."

아니, 내가 널 뭘로 생각한다고 생각하는 거니? 너에 대한 내 신뢰도에 대한 건 둘째 치고, 네가 날 엿보기는 왜 보겠어?

나는 그냥 이루다가 화장실 안으로 들어오지 않는지 궁금할 뿐이었다. 루카스와 어렸을 때부터 같이 지내서 별로 내외할 사이가 아닌 건가? 그렇다면 그런 거겠지, 뭐. 그렇게 생각한 나는 화장실로 걸음을 옮겼다.

자주색 타일과 금색으로 장식된 화장실은 조금 스릴러

영화의 무대 세트 같은 구석이 있었지만 그런대로 멋졌다. 그것보다, 화장실이 내 방만 하네. 잠시 자괴감에 빠져 그렇게 중얼거린 나는 옷을 갈아입었다.

양복은 급하게 구한 듯 품이 전혀 맞지 않아서 나는 바짓단을 한참을 걷어 올려야 했다. 그러자 한참 걷어 올린 바짓단 끝이 부풀어 올라 나팔바지처럼 되고 말았다. 뭐, 경호 업체에 들어와서 탈출 작전을 강행하는 주제에 이 정도는 참아 줘야겠지. 한숨을 내쉰 나는 아무 생각 없이 문을 달칵 열었다.

그때, 두 사람의 말소리가 들려왔다.

"우리 루다 애기 다 됐네. 그새 단추도 잘 못 잠그게 되고."

"시끄러, 급한 마음에 밀려 잠근 것뿐이란 말이야."

"형이 잠가 줄까?"

"아, 좀."

와이셔츠조차 걸치지 않은 채 상체를 내비치고 있는 루다를 보고 나는 뻣뻣하게 얼어붙었다.

루다가 나를 돌아보더니 황급히 돌아섰다. 그러면서 그는 허겁지겁 와이셔츠를 걸쳤다. 와이셔츠가 그의 등 뒤로 깃발처럼 펄럭이다 가라앉았다.

루다가 붉어진 얼굴로 말했다.

"마, 말 좀 하고 나오지!"

그녀의…… 아니, 그의 말이 내게는 전혀 와닿지 않았

다. 우리 사이에 순식간에 천 길 낭떠러지보다도 깊은 골짜기가 생겨 버린 듯했다.

그의 목소리가 내게 닿지 못하고 한참이나 골짜기 사이로 떨어져 내리는 사이, 내 눈 앞에는 루다와 보냈던 모든 시간들이 주마등처럼 스쳐 지나갔다.

수학여행 때의 키스, 자주 내 가까이에 앉아 턱을 괴고는 빙긋 웃고는 하던 모습과 달랠 때면 나를 껴안곤 하던 단단한 품.

그리고, 한참 만에 나는 내뱉었다.

"너, 남자였어……?"

내뱉은 순간 나는 그 말을 후회했다.

아니, 무슨 바보 같은 소리야! 당연히 남자겠지! 아무렴 루다가 몸 위에 신소재 인공 피부 같은 거라도 덧씌웠을까 봐?!

지금까지 미심쩍었던 그의 모든 행동들이 이제야 이해되었다. 또한 루카스가 왜 루다의 앞에서 자신을 가리켜 계속 '형'이라 호칭했는지. 아니, 잠깐. 그럼 심장 강탈자 어쩌고는 뭐야?

한편 패닉에 빠진 것은 루다와 루카스도 마찬가지였다.

루다가 잔뜩 창백해진 얼굴로 되물었다.

"그, 그게 무슨 소리야? 단이야, 남자라니? 그럼 너 설마……."

아랑곳 않고 고개를 퍼뜩 든 나는 곧장 루카스부터 보았다.

그는 동생 찾으러 왔더니 갑자기 동생의 동급생이 새삼 동생 성별을 재발굴하고 있는 이 사상 초유의 사태에 어쩔 줄을 몰라 하고 있는 것 같았다.

그리고 내가 외치듯 물었다.

"루다가 루카스 네…… 댁의 심장 강탈자라면서요?! 심장을 훔쳐 바다 건너로 달아났다고.!"

"아, 그거야……."

그리고 루카스가 뒷머리를 긁적이며 내놓은 대답에 나는 속으로 비명을 질렀다. 아악!

"루다가 어렸을 때 얼마나 귀여웠는데. 인형 같은 금발 곱슬머리에 푸른 눈을 초롱초롱, 완전 인형 같았다니까."

아악! 나는 잠시 뒷목을 부여잡았다.

루다가 내게 조심스럽게 뭐라 말하려는 것을 무시하고 내가 다시 말했다.

"그, 그럼, 그럼 얼음 공주는요?! 왕자도 있잖아요!"

"그건……."

그렇게 말하고 루카스가 갑자기 얼굴을 확 붉히는 바람에 나는 잠시 당황했다. 엥?

한편 그 모습을 보고 루다는 미심쩍은 듯 눈을 가늘게 떴다.

그리고 내가 말했다.

"루카스, 당신 설마……."

"루다 네가 그렇게 예쁘게 생기지 않으면 될 일이지."

그의 툴툴거리는 소리를 듣고서야 나는 깨달았다. 루카스 당신도 처음에 루다 봤을 때 여자인 줄 알았구나!

그래, 나는 루카스를 십분 이해할 수 있었다. 그러면서 나는 루다의 여전히 가느다란 허리와 매끈한 목선, 수려한 옆얼굴을 바라보았다. 서양 애들에게는 다 있다는 마의 열일곱이 되고도 저렇게 예쁜데 어렸을 때는 얼마나 대단했겠냐고!

그리고 상황을 파악한 루다가 으르렁거리기 시작했다.

"루카스 형! 형 지금 내가 여자애인 줄 알았다 이거야?"

"그 다음날 곧바로 남자애인 줄 알았어! 하지만 얼음 공주라는 말이 입에 너무 붙어서……."

"그렇다고 1년 가까이 성별을 바꿔 불러?"

그렇게 말하며 루다가 루카스의 멱살을 틀어쥐는 것을 보고서야 나는 깨달았다. 루카스, 저 인간도 은근히 막나가는 데가 있구나. 여자애가 아닌 줄은 진작 알아봤지만 단지 입에 붙어서란 이유로 그렇게 불러 댔다니.

아니, 잠깐. 그것보다 루다가 남자라고? 루다가 남자? 정말로?

넋이 빠져서 머리를 붙들고 그 말밖에 하지 못하는 나를 루카스가 불렀다.

"이럴 때가 아니야! 옷도 갈아입었으니 어서 나가자."

"아차."

혼란을 수습할 새도 없었다. 마지막으로 양복 재킷을 허겁지겁 걸친 우리는 황급히 문을 얼어 젖혔다. 그러면서도 나는 끝없이 중얼거렸다.

루다가 남자라니……

나는 탈출이고 뭐고 이 자리에서 기절하고 싶어졌다.

＊　＊　＊

나가는 길은 루다가 안내했다.

복도를 가로질러 뛰는 우리를 알아본 몇몇 경비원들이 외쳤다.

"뭐야, 루카스 네가 왜—"

그러나 그가 무전기를 켤 새도 없이 루카스의 손날이 그의 뒷목을 강타했다.

그 뒤로 달리던 루다가 쓰러지는 경비원의 몸을 가뿐히 뛰어넘었다. 하지만 그와 동시에 우리는 또 다른 경비원 두 명과 마주쳤다.

시선을 교환한 루다와 루카스가 각각 땅을 박차며 경비원들을 엎어뜨렸다. 부웅, 크게 회전한 경비원들은 땅에 크게 부딪히며 의식을 잃었다.

눈에서 초점이 사라진 경비원들 사이를 달려서 지나가면서 나는 속으로만 외쳤다. 죄송해요, 아저씨들, 죄송합니다!

좁은 철문 앞에서 루다가 내게 손짓했다.

"단아, 얼른!"

"으, 응!"

내가 외치며 철문 안으로 뛰어들자마자 루다가 문을 쾅 소리 나게 닫았다.

우리는 좁은 층계를 따라 달리기 시작했다. 아까 나와 루카스가 달려 내려왔던 곳이 아닌 조금 더 좁고 가파른 층계였다. 아마도 이 건물 안의 비밀 통로인 것 같았다.

앞서 뛰던 루다가 말했다.

"여기는 감시 카메라가 없어. 탈출 사실을 발각당하기 전에 위로 올라가서 헬기를 타면 우리 승리야."

그러자 고개를 끄덕인 루카스가 대답했다.

"좋아, 가자. 여령이와 주인이는 옥상에 가 있게끔 해 뒀어."

루다의 눈이 미심쩍은 듯 가늘어졌다.

그녀가, 아니, 그가 불퉁한 목소리로 대꾸했다.

"정말 친해졌나 보네? 성 떼고 막 부르게."

"아, 한국 문화가 이게 아닌가?"

저 사람들 숨도 안 차나, 정말? 십여 년 동안이나 헤어져 있었다는 것이 거짓말인 것처럼 두 사람은 태연하게 대화를 주고받고 있었다. 주로 루카스가 아무렇게나 지껄이고 루다가 지적하는 식이었지만, 아무튼.

이 가파른 계단을 끝도 없이 오르며 대화를 주고받을 체력이 있다는 것 자체가 대단하게 여겨졌다. 아니지, 나는 고개를 내저으며 마음을 다잡았다.

우리가 계단을 한 걸음씩 오를 때마다 루다의 자유와도 한 걸음씩 가까워진다! 그렇게 생각하면 이깟 계단 오르는 일쯤은 조금도 힘들지 않다.

"……."

아니, 힘들군.

불과 몇 분도 안 되어 나는 생각을 정정했다. 결국 견디다 못한 내가 무릎을 짚으며 한숨을 깊게 내쉬었다.

"휴우우……."

그래. 이 스릴러 영화 같은 탈출극에 심취해서 잠시 잊고 있었는데, 나는 꿈과 희망만 있으면 어떻게든 살아갈 수 있을 것 같은 청춘물 주인공 같은 게 아니었다. 아니, 일단 인터넷 소설의 주요 인물들만 인체 구성 성분이 다른 것부터 어떻게 좀 해 줬으면 좋겠는데.

내가 그렇게 생각하던 그때였다. 위에서 루다가 외치는 소리가 들려왔다. 두 단씩 성큼성큼 뛰어 내려오며 그가 물었다.

"단아, 괜찮아?!"

여느 때처럼 성을 떼고 친근하게 부르는 모습이 그가 남자란 것을 알자마자 어색하게 느껴졌다. 하지만 내색하면 서운해 하겠지.

나는 손을 내저으며 대답했다.

"아니, 잠깐 숨이 차서. 내가 체력이 너무 안 좋거든……."

말하다 말고 나는 시야가 휙 도는 바람에 눈을 크게 떴다. 어느새 내려온 루다가 나를 안아 들고 있었다. 그의 금색 머리카락 위로 쏟아지는 불빛이 수련회 조명의 빛과 겹쳐져 보였다.

굳어진 표정으로 루다가 말했다.

"미안해. 탈출이 급하니까 조금만 참아 줘."

그렇게 말하는 그를 보며 나는 가만히 입을 다물었다. 그리고 나는 고개를 끄덕이며 두 손으로 얼굴을 파묻었다.

아, 루다가 여자라고 생각했을 때도 심장이 편치 않았는데! 옷자락 너머로 루다의 쿵쾅대는 심장 고동이 내게까지 번져 왔다.

내가 스티로폼으로 이루어지기라도 한 것처럼 루다는 나를 품에 안고도 조금도 힘든 기색 없이 계단을 두세 단씩 성큼 오르기 시작했다.

앞서 달리던 루카스가 외쳤다.

"힘들면 말해! 교대해 줄게."

아직 가시를 잃지 않은 루다의 뾰족한 목소리가 돌아왔다.

"내가 형의 뭘 믿고?"

"너무해, 루다야. 친형처럼 생각했다며?"

"그건 그때고."

루다가 말할 때마다 목젖의 진동이 윙윙 울려 내게까지 닿는 느낌이라 나는 괜히 얼굴을 붉혔다.

근래에 나를 끌어안은 사람이라고 해 봐야 한 번씩 인사나 장난치듯 포옹하고 놓아주는 식이었지, 이런 식으로 푹 파묻힌 일은 잘 없었는데.

그리고 그때 루다와 나의 시선이 마주쳤다. 그러자마자 그가 나를 따라서 얼굴을 붉혔다. 나는 괜히 기분이 더 이상해져서 속으로 머리만 잡아 뜯었다.

잠깐, 그리고 보니 유천영은?

나는 그제야 루다의 성별 파문에 이어 잊고 있던 문제 하나를 떠올렸다. 유천영의 첫 키스를 다름 아닌 루다가 차지했으니, 당연히 유천영의 짝 역시 루다라고 생각했는데.

그런데 루다는 남자고 유천영에게는 여전히 적대감 외에 아무것도 갖고 있는 것 같지 않다. 그렇다면 유천영의 짝의 행방은 어떻게 되는 건데? 그런 생각에 둘러싸여 있던 나는 루카스가 앞서 외치는 소리에 퍼뜩 고개를 들었다.

"옥상이야!"

그리고 그가 문을 벌컥 열어젖혔다.

문을 통해 밀려들어 오는 들어오는 광경에 내 숨이 일순 멎었다.

옥상의 바닥이 넓은 회색 지평선으로 펼쳐져 있었다. 바닥 위에 선명하게 그려진 둥근 원 문양과 원 안에 새겨진

H 마크가 보였다. 회색 지평선 너머로 시청역 빌딩들이 삐죽삐죽하게 솟아 있었다.

동이 터 오고 있었다. 어슴푸레한 주황색이 짙은 보랏빛 구름 사이로 은은히 새어 들었다.

H 문양 위에 헬기는 없었다. 거기까지 확인한 나는 무심코 고개를 돌렸다가 신음을 삼켰다.

쇼생크 탈출 같은 극적 결말을 기대한 것은 너무 바보 같은 일이었던 걸까? 우리에게 필요한 헬기는 정작 온데간데 없고 대신 눈에 들어온 것은 반여령과 주인이었다.

그러나 둘의 표정은 좋지 못했다. 그럴 수밖에. 그들은 검은 양복 차림의 사람들에게 잔뜩 둘러싸여 있는 채였으니까.

나는 고개를 돌렸다. 그들에게서 얼마 떨어지지 않은 곳에 하나로 질끈 묶은 검은 머리, 검은 투피스 양복 차림의 이제니가 서 있었다.

한 손은 주머니에 넣고 다른 손은 이쪽을 향해 흔들며 그녀가 말했다.

"안녕? 다들."

나를 비롯해 루다와 루카스의 표정이 싸악 굳었다.

나는 중얼거렸다. 망했다. 차라리 지금 아래를 통해 도망친다면 도주는 어떻게든 가능할지도 몰라. 나는 우리가 방금 열고 나온 옥상 철문을 보며 중얼거렸다. 하지만 그렇다고 해도 여령이와 주인이가 이제니에게 붙들려 있는데 그들을 두고 갈 수도 없는 노릇이었다.

루다가 나를 내려놓자, 옥상에는 다시 무거운 정적이 흐르기 시작했다. 나도, 루카스도, 루다도 고개를 들지 못했다.

다만 내 머릿속에는 한 가지 생각만이 가득했다. 어떻게 이제니가 먼저 옥상에 와 있던 거지? 우리의 계획을 어떻게 알고?

의문은 이제니의 이어진 한마디에 풀렸다.

"얘, 루카스."

그녀가 나긋하게 물은 말에 잔뜩 긴장된 태도로 루카스가 대답했다.

"……네."

"너 말이야……. 내가 루다 방에 도청기 하나 설치하지 않았을 것 같으니?"

그렇게 말하며 이제니가 귀에 달린 인이어를 톡 건드렸다.

그렇게 된 거였군. 한숨을 폭 내쉰 나는 곧바로 불안한 표정을 지었다.

불안한 표정이 된 것은 루다와 루카스도 마찬가지였다. 루다의 방에서 우리가 하는 대화를 모두 듣고 있었다. 그렇다면 그녀는 10년 전 사건의 진상에 대해서도 전부 알았다는 뜻이 된다.

여령이와 주인이만이 헬기 착륙장 근처에 서서 불안한

듯한 표정으로 우리를 지켜보고 있었다. 그거야 그들은 루다와 루카스 사이에 있었던 일에 대해 전혀 아는 게 없으니까, 돌아가는 상황을 파악하지 못했을 수밖에.

그 가운데 다시 한 번 귀의 인이어를 두드린 이제니가 물었다.

"뭐? 나를 속이기 위해 일부러 원망하는 척을 해?"

"아, 그게."

"주워 거둬 준 은혜를 원수로 갚는구나."

한마디 말이라도 보탤까 망설이던 것도 잠시, 이어진 이제니의 말에 나는 헙, 하고 입을 다물었다. 루카스를 힐긋거리며 나는 생각했다. 루카스는 고아였구나.

힐끗 살핀 루카스의 얼굴은 담담했다. 자신이 주워서 거둬진 처지라는 것을 한시도 잊지 않았다는 듯한 표정이었다.

그리고 나는 중얼거렸다. 이제 루카스는 어떻게 되는 거지? 이제니의 냉정한 성격을 생각했을 때, 내내 무례하던 루카스에게 이제니가 전에 없이 호의를 베푼 이유는 아마도 단 하나였을 것이다.

다소 부당한 이유로 시험 자격을 박탈당한 예전 후계자 후보에 대한 약간의 보상.

그러나 지금 그 모든 것이 루카스의 계략이었다는 것이 밝혀졌다. 심지어 그는 후계자의 온전한 선발 따위에는 관심도 없이 그저 루다를 위하고자 했다.

완벽한 후계자 시험을 뽑길 원해서 시험을 치렀던 이제니의 의도와는 완벽하게 거스르는 존재인 것이다. 거기까지 생각하자 심장이 자꾸만 쿵쾅거렸다.

고개를 슬그머니 떨어뜨리던 나는 내 옆에 선 루다의 손이 떨리고 있음을 보았다. 잠시 망설이던 나는 손을 들어 루다의 꽉 쥔 주먹 위에 조용히 올려놓았다.

그러자 루다가 나를 돌아보았다. 그의 푸른 눈이 내게 뭔가를 말하고 있는 듯했다. 나는 그 내용을 짐작할 수 있었다.

내가 나서야 할까?

나는 고개를 끄덕였다. 루카스에게 받은 호의를 갚기 위해서라면 바로 지금이야.

그리고 루다가 한 걸음 앞으로 나서며 입을 여는 그때였다. 문득 두 손을 주머니에 찔러 넣으며 이제니는 어이없다는 듯 웃었다. 그녀의 입에서 목소리가 흘러나왔다.

"기가 막혀서. 지금이야 스물넷이니 날 그럭저럭 속여 넘겼다 치고, 그때 넌 고작 열넷이었어."

"⋯⋯."

루카스는 굳어진 표정으로 대답하지 않았다. 그리고 이제니가 말을 이었다.

"게다가 옆구리에 칼이 박혀 피가 철철 나고 있었는데, 그 칼을 심지어 직접 찔러 넣고 그 아픔을 참고 연기를 했다고."

"저기."

내 옆에서 루다가 참지 못하고 입을 떼는 그때였다. 문득 나를 돌아본 이제니가 말했다.

"거기 너, 함단이라고 했나?"

"네? 네."

왜 이 판국에 나를 부르는 지 알 수가 없어 나는 뻣뻣하게 굳어졌다.

"그러고 보면 나는 결국 너보다 내 아들에 대해 몰랐던 셈이 되는구나. 루카스를 찌른 게 루다라고 말했을 때, 너는 전혀 믿지 못하겠다는 표정이었으니 말이야."

"……."

나는 속으로만 생각했다. 이게 무슨 의미지? 화내고 있는 건가? 그렇다기에는 이제니의 표정은 지나칠 정도로 태연했다.

그리고 갑자기 물음이 돌아왔다.

"기왕 네 의견이 옳다고 밝혀진 참에 한 가지만 묻자."

"네? 네."

"너는 여전히 루다가 내 후계자 자리에 어울리지 않는다고 생각하니?"

잠시 고민하던 나는 곧바로 대답했다.

"네."

최대한 확신을 담아 대답하려 했는데도 이제니의 기세에

눌려 목소리가 조금 작아지는 것은 어쩔 수 없었다.

내 힘없는 대답에도 아랑곳 않고 이제니가 되물었다.

"왜 그렇게 생각하지?"

옆의 루다를 힐끗거린 나는 잡고 있던 손을 들어 올렸다.

루다가 눈이 동그랗게 되어 나를 바라보는 가운데 이제니를 돌아본 나는 입을 떼었다.

"아, 그게요. 사장님…… 이 원하시는 후계자는 자기 친형제도 필요하다면 찌를 수 있을 정도로 비정하고 메마른 사람이셨잖아요. 그런데 루다는 보시면 아시겠지만 전혀 그렇지가 않거든요."

그리고 나는 마찬가지로 내 쪽을 보고 있는 루카스를 힐끗 쳐다보았다.

"아까 방에서 대화를 들으셨으면 아실 거예요. 루다는 루카스가 자기를 배신했다고 생각했고, 그것 때문에 몇 년 동안이나 원망하고 있었다는 거. 어디 보자, 10년이었나? 정말 긴 세월이죠."

더는 기다리지 못하겠다는 듯 이제니가 물었다.

"그런데?"

"루다가 진상을 알게 된 건 불과 하루도 안 됐어요. 그럼 루다 입장에서는 루카스를 원망할 만도 하죠."

"그래서?"

"그런데 사장님이 루카스를 추궁하셨을 때, 루다의 손이 떨렸거든요."

"……."

잠시 침묵이 찾아왔다.

그런 가운데 나는 붙잡고 있던 루다의 손을 허공에서 흔들어 보였다. 루다의 손은 내가 흔드는 대로 힘없이 따라왔다.

그러면서 나는 말을 이었다.

"보시면 아시겠지만 아직도 떨리고 있어요. 잡아 보시면 바로 아실 거예요."

"……."

무엇이 마음에 안 드는지 이제니는 가느다란 눈을 더욱 가늘게 뜨더니 입술을 깨물고는 말이 없어졌다.

나는 그런 그녀를 향해 더듬거리듯 말을 이었다. 음, 그러니까요.

"제가 하고 싶은 말이 뭐냐 하면은, 루다는 사장님이 생각하는 그런 사람이 아니라는 거예요. 10년 전에 자기를 잠깐 챙겨 줬던 형을 아직도 잊지 못해서 형이 곤란한 일을 당하면 손이 떨릴 정도로 정이 많은 애니까요."

내가 그렇게 말하는 사이 루다의 손의 떨림은 천천히 잦아들었다. 다시 고개를 돌려 루다를 바라보았다가 그의 눈빛이 차분해진 것을 확인한 나는 잡았던 손을 내렸다.

나는 다시 말을 이었다.

"그리고 아까도 말했던 거지만, 저는 루다에게 도움을 받은 적이 많아요. 얼마 전에 납치에서 구해 준 일뿐만이 아니라 학교에서 안 좋은 소문이 돌 때도, 그 외에 그냥 제가 저에 대해서 확신이 없을 때도……."

숨을 들이쉰 내가 말을 이었다.

"루다는 저를 위해 좋은 말을 해 주고 좋은 일들을 해 줬어요. 그리고 무엇보다도, 그냥 곁에 있어 줬어요."

그리고 나는 천천히 말을 맺었다.

"그건 마찬가지로 외로움을 많이 느껴 본 사람만이 줄 수 있는 그런 위안이었다고, 저는 생각하거든요."

내 말을 마지막으로 옥상에는 침묵이 찾아왔다.

나는 눈을 굴려 사람들의 눈치를 보았다. 이제니의 시선이 여전히 내게서 떨어지지 않는 가운데, 여령이와 주인이가 작게 고개를 끄덕이고 있었다.

루카스는 이제 제 처우가 어찌 되어도 상관없다는 듯 나를 향해 희미하게 미소 짓기까지 했다. 공감과 지지의 뜻이 담긴 미소였다.

내가 따라 웃는 그때, 마침내 이제니의 입이 열렸다.

나는 고개를 돌렸다.

"루카스."

"예."

"아직도 후계자가 되고 싶니?"

루카스가 눈을 크게 떴다. 믿을 수 없다는 듯 눈을 깜빡이다가 그가 천천히 고개를 끄덕였다.

"그렇기야 하지요. 하지만 이미 10년이나 지난 지금 그걸 정정해 볼 마음은……."

"그래, 네가 날 속인 세월이 딱 10년이구나."

싸늘한 이제니의 말에 루카스가 금세 입을 다물었다.

그리고 이어지는 말에 나는 다시 눈을 크게 떴다.

"너 말이야. 솔직히 내가 바라는 후계자 상에서는 정확히 반대야."

"네? 네."

"날 속였다는 게 잘했다는 건 더더욱 아니고."

두 사람의 영문을 알 수 없는 대화를 가만히 지켜만 보던 나는 이어지는 말에 작게 미소 지었다.

"하지만 열네 살에 옆구리에 칼 박히고도 혼신의 힘을 다해 목적을 달성한 그 의지가 가상해서, 그래서 기회를 주는 거니까."

"네."

바짝 굳어져서 대답하는 루카스에게 이제니가 마지막으로 못을 박았다.

"한 번만 더 속이면, 그땐 정말 가만 안 둬."

루카스가 아무 말도 하지 못하고 굳어진 사이, 이제니가 돌아서며 중얼거렸다.

"기가 막혀. 완전히 어린애한테 놀아난 셈이잖아. 게다가 생각지도 못하게 양아들을 들이라니."

그리고 여전히 상황을 이해하지 못한 듯 멀뚱히 선 루카스에게 이제니가 돌아보며 버럭 외쳤다.

"뭐 해, 따라오지 않고? 설마 옥상에서 계속 얘기할 셈이야?"

"⋯⋯아, 네!"

"자세한 얘기는 응접실에서 마저 할 테니까."

그리고 다시 이제니는 돌아서서 철문으로 향하는 이제니는 더 이상 예전 루다를 데리고 갈 때처럼 죄수를 감옥으로 끌고 가는 간수처럼 보이지 않았다.

* * *

이후 사건은 일사천리로 진행되었다.

우리가 지켜보는 가운데 이제니는 서류를 정리하며 루카스에게 몇 가지 항목에 대해 사인하도록 했다.

그러면서 그녀는 계속 투덜거렸다.

"겨우 나이 열넷에 이 나를 정면으로 속였단 말이지."

"아, 하하⋯⋯."

멋쩍은 듯 뒷머리를 긁적이면서 서류를 마저 읽어 내려가는 루카스를 우리는 응접실의 다른 소파에 앉아 빤히 바라보았다. 그러니까 루다와 나, 여령이와 주인이 말이다.

사건의 진상을 모르는 주인이와 여령이에게 나는 귓속 말로나마 대강 설명해 주었다. 나는 개인적으로 루카스의 자신의 편마저도 속이는 과감한 행동력에서 다들 놀랄 것이라 생각하고 있었는데, 주인이와 여령이가 신경 쓴 것은 전혀 다른 부분이었다.

눈을 시퍼렇게 뜨며 루카스를 돌아본 여령이가 살벌하게 말했다.

"그러니까, 저 자식이 단이 너한테 멍청이라고 했다고?"

"아, 저기……."

망했다. 나는 생각했다. 저 모드에 들어간 여령이는 무슨 말로도 잠재울 수가 없는데. 사건이 그럭저럭 기분 좋게 마무리된 지금, 어떻게 해야 곧 응접실에서 일어날 참사를 막을 수 있을까?

이제니의 물음이 날아온 것은 바로 그때였다.

"루다야."

내 옆에 앉아 있던 루다가 퍼뜩 고개를 들었다.

"네."

더없이 차분한 표정으로 이제니가 말을 이었다.

"루카스가 내 후계자가 되기로 한 것과는 별개로, 나는 네 보호자로서 네 교육에 대해 일정 수준의 영향을 행사할 권리가 있어."

"……."

루다는 다만 창백한 표정으로 입술을 깨물었다.

나도 조용히 미간을 좁혔다. 무슨 얘기가 나올지 대충 짐작했기 때문이었다.

과연 예상과 전혀 다르지 않은 질문이 돌아왔다. 차분한 검은 눈으로 이쪽을 들여다보며 이제니가 물었다.

"네게 그 학교가 정말로 필요하다고 생각하니?"

"……."

앉은 자리에서 다리를 반대쪽으로 꼬며 이제니가 말을 이었다.

"이 나라에서는 수준이 높은 축에 속하기는 하지만, 그래 봐야 보통 고등학교에 불과해. 되도 않는 학교 체육 시간 따위에 너를 끼워 맞추는 거, 너무 불편하지 않겠니?"

루다는 입술을 꾹 다문 채로 대답하지 않았다. 그 가운데 나와 여령이, 주인이는 눈을 살살 굴리며 이루다의 눈치를 보았다.

그럴 수밖에 없었다. 우리는 지금 이루다를 구하러 이곳으로 온 것이었다. 그러나 이렇게 이루다를 만났고, 결과적으로 모든 문제를 했다고는 해도 가장 중요한 것은 이루다 본인의 의사였다.

나는 당연히 루다가 학교로 돌아가고 싶어 할 것이라 믿었지만 다시 생각해 보니 그것은 어디까지나 억측에 불과

했다.

사실 루다는 이제니를 피할 수 있는 장소면 어디든 좋았던 것 아닐까? 이제니가 자신을 더 이상 후계자로 여기지 않는 지금, 그는 자신과 어울리는 다른 환경에서 보다 자유로운 생활을 할 수도 있지 않을까?

무거운 침묵이 흘렀다.

그 가운데 우리 세 사람의 시선을 받던 이루다의 입술이 마침내 열렸다.

"저는…….."

그리고 이어지는 말에 나는 한숨을 터트렸다. 하아.

"제게 그 학교가 필요하다고는 생각하지 않아요. 하지만…….."

"하지만?"

"그 학교 녀석들이 저를 필요로 할 것 같아서요."

나는 참았던 숨을 터트렸다. 옆에서는 주인이 작게 미소 짓고 있었다. 여령이가 불퉁하게 중얼거리는 것도 들렸다.

"……최소한 단이는 아니야."

그리고 루다의 말이 이어졌다.

"제가 아무것도 아니더라도, 전혀 대단한 사람이 아니더라도, 그 애들은 저를 친구로 여겨 주고 필요로 해 줬어요. 저는 그 애들 안의 제 모습이 가짜라고 생각했어요. 그래서 죄책감을 가졌던 것도 사실이고."

이제니가 되물었다.

"그런데?"

가슴께에 손을 얹으며 이루다는 말을 이었다.

"그런데 그냥 그건, 또 다른 제 모습이었던 거죠. 그냥 다른 환경에서의 제 모습이요. 그냥 그것 역시 진짜 저였던 거예요."

"……."

그리고 루다는 힘 있게 말을 맺었다.

"그 애들과 함께라면, 제가 어디까지 달라질 수 있는지 보고 싶어요."

그렇게 말하는 이루다를 보며 이제니는 눈부시다는 듯 눈을 조금 가늘게 떴다. 하지만 그것도 잠시, 다시 응접실 안에는 침묵이 돌아왔고 나는 긴장하여 두 손을 매만졌다.

바로 그때, 이제니가 나를 불렀다.

"단이, 네가 그랬었나? 루다도 자기가 원하는 대로 변할 권리가 있다고."

"네? 네."

눈을 휘둥그렇게 뜨고 대답하는 한편, 나는 심장이 살짝 찔리는 것을 느꼈다. 그래, 그랬지. 내가 이제니에게 화가 난 나머지 겁도 없이 그런 말을 했어.

하지만 이제니와 이루다가 원하는 삶의 모습이 다르다면 그것은 대화로 조율해야 하는 부분이지, 결코 이제니가 이루다에 대해 미리 결론 내려서는 안 된다고 생각했는걸.
나는 한숨을 내쉬었다

마치 우리 부모님이 나에게 뭐가 되라고 설득할지언정
강요할 권리는 없는 듯이. 그리고 내가 무엇이 되고 싶은
지는 주변 사람들과 아무리 많은 얘기를 나눴다 한들, 결
국 내 스스로가 찾아야 하듯이 말이다.

그리고 나는 이어진 이제니의 말에 눈을 크게 떴다. 그녀
가 손을 들어 루다를 손가락질했다.

"어딜 봐도 학교 애들이 저 녀석을 필요로 하는 게 아니
라 저 녀석에게 학교가 필요한 건데, 저 녀석 말하는 꼴을
봐서는 아직 갈 길이 멀었구나. 솔직하지 못한 내 아들 녀
석, 네가 이해 좀 해 주렴."

"네……?"

"모쪼록 잘 부탁한다는 얘기야."

이제니의 그 말이 떨어지고도 나는 한동안 상황을 이해
하지 못해 가만히 있었다.

그러다 고개를 돌리고 루다의 얼굴 가득 미소가 피어오
르는 것을 보고서야 나는 환호를 터트리며 그의 어깨를 얼
싸 안았다.

그러자 옆에서 여령이와 주인이가 기겁해서 그런 내 뒷
덜미를 잡아당겼다.

아차, 루다 여자 아니었지, 참? 나는 잊고 있던 사실을

떠올리며 재빨리 루다로부터 떨어져 나왔다.

아무튼 여자 친구처럼 기쁘면 그저 끌어안고 보는 이 버릇도 조속히 고쳐야겠군. 그러던 나는 문득 이제니가 중얼거리는 소리를 들었다.

"……이제 나도 이안과 화해할 수 있겠군."

"앗."

눈을 휘둥그렇게 뜬 나는 중얼거렸다. 맞아, 그랬지! 이안과 이제니는 따로 살고 있었지!

내 표정을 힐긋 본 이제니가 말했다.

"뭘 그렇게 놀라고 그러니? 우리 부부는 딱히 사이가 안 좋은 건 아니야. 다만, 교육관이 맞지 않아서……."

"……내 요청에 따라 이안이 날 데리고 튄 것뿐이지."

"와아."

간혹 집에서 보곤 하는 이안의 선한 얼굴을 떠올리며 나는 중얼거렸다. 그 아저씨, 저렇게 무서운 부인에게 정면으로 대항해서 집을 박차고 뛰쳐나오다니, 보기보다 깡이 장난이 아니군. 아니, 하기는, 그러니까 결혼했으려나?

이제니가 말했다.

"조만간 너희 집에 찾아가마. 나 없이 어떻게 살고 있었는지 좀 봐야 겠으니까. 주소 찍어 둬."

그러자 루다의 얼굴이 금세 새빨개졌다. 그가 외치듯 말했다.

"자, 잘 살고 있었다, 뭐!"

"알만 하구나."

이제니의 능숙한 빈정거림을 들으며 나는 방금 보았던 루다의 방을 떠올렸다. 초토화된 듯하던 그 몰골이 단지 루다의 탈출 시도의 흔적이었을까? 아니면……

아무튼 그렇게 말을 주고받는 이제니와 이루다는, 아들의 학교생활을 걱정하고 집의 청결 상태를 걱정하는 평범한 모자처럼 보여서 나는 조금 웃음이 나왔다.

* * *

후일 내가 들은 바에 따르면 외국에서 돌아와 갈 곳이 없는 루카스는 잠시 이제니와 지내기로 했다. 그리고 루다는 이안에게 잠시 돌아갔다가 조만간 이제니와 다시 자리를 갖기로 했다고.

다음날 일요일 저녁, 나는 이루다에게서 무수히 많은 문자를 받아 볼 수 있었다.

[보낸 사람 : 이루다

살려 줘 단아]

[보낸 사람 : 이루다

아냐 차라리 죽을래]

[보낸 사람 : 이루다
죽으면 지옥에 가겠지만 지옥보다 더한 곳엔 안 가도 되잖아]

[보낸 사람 : 이루다
정말 가고 싶지 않아]

간격도 없이 퍼붓듯 쏟아지는 그의 메시지를 읽으며 나는 허허 웃었다.

어려서부터 온갖 일은 다 겪어 본 천하의 이루다가 도대체 무슨 대단한 일로 이 난리를 치고 있는고 하니, 다름이 아니라 오늘 저녁 루다네 가족이 오랜만에 호텔에서 모여서 식사를 갖기로 했다는 모양이다.

이제니와 이안, 이루다가 한자리에 모여 몇 년간 쌓인 회포를 풀고 이러저러 얘기를 나눌 거라고 하는데, 루다 말로는 틀림없이 두 사람은 몇 년 만에 만났든 아니든 간에 사이가 좋을 것이고 자신만 가루가 되도록 까여 댈 것이라고.

나는 어색하게 웃으며 답장을 입력했다.

[받는 사람 : 이루다
그래도 루카스도 그 자리에 있지 않아?ㅎㅎ……]

그렇다. 이루다네 가족 식사이니 만큼 새로 편입된 가족, 루카스도 그 자리에 참석한다고 들었다. 그 자리에서 루카스와 이안을 처음 대면시킬 예정이라고.

루다를 어려서부터 끔찍이 아끼던 루카스이니 당연히 루다를 편들어 주지 않을까? 게다가 이안과는 처음 보는 사이일 테니 그렇게까지 짓궂게 굴진 않을 것 같은데.

그리고 답장이 돌아왔다.

[보낸 사람 : 이루다
루카스 형이랑 엄마랑 약속한 거 기억 안 나?]

와, 엄마라니. 분명히 일상적인 단어인데도 루다에게서 나온 것이 너무 생소해서 나는 그 글자를 한참이나 바라보았다.

그러다 나는 다시 손가락을 움직였다.

[받는 사람 : 이루다
잘 기억 안 나는데…… 뭐더라?]

[보낸 사람 : 이루다
거짓말하지 않기로 했잖아]

나는 짧게 내뱉었다.

"아."

그리고 나는 나도 모르게 웃음을 삼켰다. 이거 정말 큰일
이네. 그렇다면 루카스는 루다의 성격이 알게 모르게 더러
운 거라든가, 내 앞에선 내숭을 떨었던 것까지 죄다 털어
놓을 수밖에 없다.

그때 다시 한 번 진동이 울렸다.

나는 고개를 숙여 답장을 확인했다. 그리고 내 입가에 다
시 한 번 미소가 떠올랐다.

[보낸 사람 : 이루다

솔직히 말해서 엄마한테 인성 같은 걸로 잔소리 듣고 싶진
않아…… 왜냐하면 그걸 물려준 게]

그리고 갑자기 문자가 끊겼다. 하필이면 저런 대목에서
끊기다니, 루다 지금 괜찮은 걸까? 내가 걱정스레 핸드폰
을 응시하는 그때였다.

"단아."

낙엽처럼 귀에 내려앉는 차분한 목소리에 나는 고개를
들었다. 나를 다정하게 내려다보는 눈과 시선이 마주치자,
나는 내가 할 수 있는 한 가장 공손한 미소를 지으며 대답
했다.

"네……."

"우리 웃자고 여기 모인 거 아니지?"

부드럽게 웃으며 그렇게 말하는 은형이 뒤에서 나는 예쁜 무늬 접시가 깨지는 것 같은 환상을 보았다.

그러니까 이 경우, 예쁜 접시는 다름 아닌 은형이의 인내심이라고 할 수 있다. 애초에 은형이 입에서 저런 말이 나왔다는 것 자체가 상황의 심각성을 증명한다.

부드러운 목소리와는 달리 엄격한 눈빛으로 나를 바라보던 은형이가 마침내 내게서 고개를 돌리자, 나는 하, 소리 나게 한숨을 내쉬었다.

나는 작게 중얼거렸다. 루다야, 너는 너희 가족 식사 자리가 지옥이 될 것 같다고 했지만, 만만치 않은 지옥이기는 여기도 마찬가지구나.

내 양옆에는 다 같이 모일 때면 으레 그렇듯 여령이와 주인이가, 그리고 맞은편에는 유천영과 은지호가 앉아 있었다.

학기가 시작되고 나서 처음으로 카페에 모인 우리가 시끌벅적하게 떠드는 대신 우중충하게 앉아 입을 다물고 있는 이유는 간단했다.

은형이가 다시 말했다.

"학생들이 클럽을 가면 안 되지."

도대체 은형이가 우리가 클럽 간 걸 어떻게 알았느냐고! 나는 속으로 소리를 질렀다.

솔직히 말해서 여령이는 인정한다. 여령이는 너무 예뻐

서 가발을 쓰고도 그 미모를 알아볼 사람들이 틀림없이 있으리라고 생각했으니까. 하지만 나는 평범한 인상인 데다 주인이는 심지어 여장까지 했다. 그러고도 들켰다니, 도대체 어떻게 안 거야?

그나마 마음에 위안을 주는 것은 유천영과 은지호도 그날 우리와 같은 클럽에 있었다는 것을 들켰다는 것이다. 이로서 우리는 단 셋이서 혼나지 않아도 되었다.

아니 하지만 그렇기에 상황은 더욱 심각해졌다. 무슨 이유인고 하니, 은형이가 우리가 말하는 이유를 도통 믿어 주지 않는다는 것이다.

볼을 부풀린 여령이가 조금 칭얼거리듯 말했다.

"아니, 은형아. 계속 얘기하는 거지만 우리는 정말로 그 녀석, 그러니까, 이루다를 도와주러 간 거라니까. 놀러 간 게 아니라."

그러자 은형이는 웃으며 대답했다.

"그러면 굳이 천영랑 지호까지 클럽에 모일 필요가 있었어?"

맞은편에서 은지호도 끼어들었다.

"아니, 그거야말로 진짜 오해라니까. 내가 거기 놀러 간 거였으면 뭐하러 쟤들이랑 같이 가? 나 혼자 가고 말지."

은형이가 말했다.

"계속해 봐."

"그러니까, 네가 생각하는 그런 게 아니라. 아, 그래!"

그리고 은지호의 이어지는 말에 나는 놀라서 눈을 휘둥
그렇게 떴다.

"우리도 이루다를 도우러 간 거였어! 납치 장소에서 사
라졌던 함단이가 갑자기 이루다 핸드폰으로 전화를 걸어서
구출됐다고 했으니 어떻게 된 일인지는 뻔하잖아."

그렇게 말한 은지호가 짜증스러운 듯 머리를 털어냈다.
그 모습을 보던 은형이가 작게 고개를 끄덕였다.

"아아."

"빚을 졌는데 가만히 있는 것도 좀 아닌 것 같아서 어떻
게 된 일인지 알아보고 둘이서만 움직이려고 했지."

그렇게 말한 은지호는 부루퉁하게 덧붙이며 우리 쪽을
흘겨보았다.

"뭐, 우리도 설마 저 녀석들이 따로 움직이고 있을 거라
고는 상상도 못했고."

어쭈. 그 시선을 정면으로 맞받아치며 나는 생각했다.
우리야말로 그런 거였으면 당연히 말을 해 줬어야지!

애초에 여령이와 내가 처음에 단둘이서만 움직일 계획을
했던 것도 저 둘이 절대로 동의하지 않을까 해서였는데 알
고 보니 이미 따로 움직이고 있었다니! 차라리 힘을 합치
는 편이 나을 뻔했다.

아무튼, 그렇다면 유천영과 은지호가 클럽 파피용에 갔
던 것도 우리와 같은 이유겠군. REED사의 그 직원, 동네

방네 소문날 정도면 정말 요란하게 논 모양인데.

그건 그렇고 두 사람이 클럽에 갔던 게 인터넷 소설 사대 천왕들 같은 이유가 아니었다니, 그것만은 정말로 안심이 되지 않을 수 없었다. 가볍게 안도의 한숨을 내쉰 나는 다시 상황을 살폈다.

드디어 우리의 변명을 그럭저럭 납득했는지, 은형이의 표정은 조금 풀렸지만 한쪽 눈썹은 여전히 들린 채였다.

두 손을 테이블 위에 올려놓으며 한결 부드러워진 목소리로 그가 물었다.

"그러면 나한테 말을 안 한 이유가 뭐야? 차라리 같이 가자고 할 수도 있었잖아."

"그건⋯⋯. 너한테 그런 일을 하자고 하기에는 좀 그래서."

은지호가 주저하듯 대답하자 은형이가 입꼬리를 끌어올리며 부드럽게 웃었다. 사실 이 테이블 사람들은 전부 아는 것이지만, 저건 화가 풀리기는커녕 더욱 화났다는 증거였다.

은형이가 되물었다.

"왜? 내가 마냥 착한 성격 아니라는 것도 이제 잘 알면서."

그러자 은지호가 머리를 털어 내며 대답했다.

"아, 몰라. 그래도 너한테는 그냥 그런 게 있다고. 그냥, 올바른 삶의 등대 같은 느낌? 등대로 계속 남아 주었으면 하는 느낌?"

은지호가 하는 말을 맞은편에서 들으며 나는 가만히 고개를 끄덕였다. 옆을 보니 여령이와 주인이도 나와 비슷한 생각을 하고 있는 것 같다.

  그렇지. 일종의 환상이란 것은 알고 있지만 우리는 은형이에게 삶의 등대 같은 역할을 기대하게 되곤 한다. 신처럼 모두를 자비롭게 굽어 살피는 역할 그런 거. 은형이를 나쁜 일에 섣불리 끌어들이지 못하는 이유가 바로 그래서였다. 암, 저건 이해할 만하지, 이해할 만하고말고.

  그리고 그때였다. 은형이가 부드럽게 웃으며 내뱉은 말에 우리 모두는 사악 얼어붙었다.

  "그래? 그럼 어디 내가 보기보다 나쁜 사람이란 걸 성심성의껏 가르쳐 줘 볼까?"

  그것은 은지호뿐만 아니라 우리 모두에게도 지옥문이 열리는 소리였다. 은지호가 앉은 자리에서 뒤로 물러나며 허둥지둥 말했다.

  "아니, 내가 잘못했다. 야, 내가 잘못했으니까 그거 좀 그만둘래……?"

  "나는 나름대로 솔직하게 굴었다고 생각했는데도 네가 내 진짜 모습을 잘 모르고 있다니…… 보여 주는 수밖에."

  "아니, 더 보여 주면 죽을 것 같거든?"

  은지호의 대답하는 목소리가 점점 애처로워질 무렵이었다. 누군가 부르는 소리에 우리는 일제히 고개를 돌렸다.

"안녕하십니까, 형님!!"

크게 외치는 소리와 함께 허리가 90도로 굽었다.

나는 눈을 동그랗게 뜨고 그 광경을 바라보았다.

교복으로 봐서는 근처 고등학교였는데, 아마도 선진 고등학교? 그렇다고 해도 상당한 거리가 있을 텐데 도대체 우리 중 누구와 면식이 있어서? 그렇게 생각하며 나는 고개를 들어 그 인사가 향한 방향을 바라보았다.

그곳에는 어색하게 웃고 있는 은형이가 있었다. 인사했던 남학생이 고개를 들자, 은형이가 어색하게 웃으며 손을 흔들었다.

"아, 안녕……. 동운이랬나?"

그러자 동운이라고 불린 남학생은 기쁜 듯 콧김을 뿜어 댔다.

"기억해 주셨군요, 형님! 저는 정말 너무 기쁩니다!"

"아, 그래……."

"전에 친구 분들 관해서 제가 전해 드린 얘기가 도움이 되었나요?!"

그 말을 들은 은형이가 어색하게 웃더니 우리의 눈치를 보았다.

잠깐, 친구 얘기? 나는 눈을 가늘게 뜨고 동운이란 학생의 얼굴을 자세히 살폈다.

자세히 보니 아닌 게 아니라 클럽에서 분명히 본 적 있는 얼굴이었다. 나는 기억력이 그리 좋은 편이 아니지만 그럼에도 그날 밤에 보았던 얼굴 대부분은 기억하고 있을 수밖에 없었다. 그야 상황이 보통 상황이어야지.

그럼 설마! 우리를 클럽에서 봤다는 정보를 줬던 게 저 애들이었어? 나는 중얼거렸다.

한편 동운이라던가 하던 남학생도 우리 테이블을 살피다가 대강의 상황을 파악한 모양이었다. 그러니까 그가 준 정보 때문에 우리가 혼나고 있다는 사실을.

금세 어색해진 표정으로 눈을 데굴데굴 굴리던 그가 황급히 물러났다.

"그럼 즐거운 시간 보내십쇼, 형님!"

"응, 그런데 동운아, 너 나랑 동갑인데……."

어색한 미소와 함께 은형이의 이어진 뒷말은 동운이란 학생에게까지 닿지 않은 것 같았다. 그는 대답도 없이 헐레벌떡 자리를 떠나버렸다.

그리고 우리 테이블에 묘한 정적이 찾아온 가운데, 동운이란 학생이 자기를 기다리고 있던 친구들에게로 가며 외치는 것이 들렸다.

"너희는 가서 인사 안 해?"

동운이란 학생과 비슷하게 껄렁해 보이는 무리였다. 어쩌면 일전에 클럽에서 보았던 얼굴 몇몇이 또 끼어 있을지도 몰랐다.

주머니에 손을 쑤셔 넣고 있던 그들 중 하나가 물었다.

"몰라, 누군데?"

"그것도 몰라? 너희 그때 선진 고등학교 운동장에 없었어? 저 형님이 싸우는 모습 못 봤느냐고."

"그러니까 누군데?"

되묻는 남학생의 목소리에 조금 짜증이 섞였다. 그리고 이어지는 말에 나는 작게 기침을 토해 냈다. 커헉.

"숨겨진 서열 0위잖아!"

"……."

이중에 제일 귀가 좋지 않은 내가 모든 대화를 들었을 정도이니 다른 이들이 저 대화를 들었으리란 건 자명했다.

은형이가 몸을 숙이고 급하게 기침을 내뱉는 가운데, 이번에는 우리의 눈빛이 묘해지기 시작했다.

가장 먼저 입을 뗀 것은 유천영이었다.

"너, 언제 그렇게 됐어⋯⋯?"

"아니야, 그런 거 아니야. 나랑 계속 같이 있어서 알잖아, 천영아."

유천영에 이어 은지호가 이죽대며 내뱉었다.

"아하, 그러니까 숨겨진 서열 0위가 클럽 곳곳에 정보망을 심어 뒀고, 그래서 우리 일을 알 수 있었다⋯⋯. 이거, 조심해야겠네."

"아, 정말 그런 거 아니야."

그렇게 말한 은형이가 손을 들어 얼굴을 쓸어내렸다. 그리고 한숨 섞인 목소리로 그가 말을 이었다.

"좋아, 클럽 일은 내가 오해했어. 내가 오해했다고 치고, 그리고 너희들 저 얘기 그대로 믿으면 안 돼."

"네에."

놀리듯 대답하는 주인이를 한 번 흘겨본 은형이가 우리 쪽을 돌아보며 말을 이었다.

"정말로 나는 한 번 싸운 것뿐인데, 그것 갖고 이러저러 말이 붙어서 소문이 와전된 것뿐이니까……. 그래도 저쪽에서 알아서 들려주는 소문들은 유용할 때가 많지만."

턱을 괴고 듣고있던 여령이가 물었다.

"소문?"

고개를 끄덕인 은형이는 잠시 복잡한 표정으로 말을 고르는 듯했다. 그리고 그가 어렵사리 입을 떼었다.

"아, 어떻게 말해야 할까……. 사실 그렇게 예민하게 굴고 싶지 않지만, 아무튼 당분간 아무리 필요하더라도 클럽 같은 곳은 절대로 가지 말아 줬으면 좋겠어. 그리고 서열들 일에 끼지도 말고."

서열이라는 소설 같은 것이 정말로 존재한다는 것을 알고는 있었지만 은형이 입으로 들으니 조금 더 충격적인 느낌이었다.

아니, 애초에 은형이가 전국 서열 0위라느니 뭐니 하던 것부터가 대단한 충격이었지만. 은형이가 저토록 극구 부인하니 그것은 저들의 착각이라고 봐야 하겠지.

아니, 그보다. 내가 물었다.

"무슨 일이 있는 건데?"

그제야 내 쪽을 힐긋 바라본 은형이가 주저하듯 말했다.

"행방불명된 전국 서열 1위에 대한 얘기야. 이름은 반휘혈인데……."

난감한 듯 머리를 연신 쓸어넘기며 말을 잇는 은형이를 보며 나는 입을 떡 벌렸다.

반휘혈! 나는 속으로만 외치고 말았다. 결국 나오고 마는가, 전국 서열 1위……. 과연 전국 서열 1위답게 이름이 장난이 아니로군.

은형이의 말이 이어졌다.

"반휘혈이 전국 서열 1위가 되고 얼마 안 돼서 반휘혈의 동생이 서열들에게 맞고 가사 상태가 되는 일이 있었거든. 동생은 정말 평범한 모범생이었는데 말이야."

"세상에."

우리 중에 남매끼리 가장 사이가 좋은 여령이가 가장 먼저 반응했다. 은형이의 안색도 비슷하게 어두워졌다.

그러고 보니, 은형이도 여동생이 있던가? 나는 그의 얼굴을 물끄러미 올려다보았다. 내 기억이 잘못된 것은 아닐 텐데, 그가 여동생의 존재를 잊어버린 것처럼 굴기 시작했던 것이 언제부터인지 기억이 나지 않았다.

이 일을 함부로 들출 수도 없고 말이야. 생각하던 내게 은형이의 말이 이어졌다.

"그 뒤로 자기 동생처럼 평범하고 힘없는 학생들의 기분을 느껴 보겠다며 아예 종적을 감추었대. 아마도 정체를 숨긴 채 평범하게 생활하고 있는 거겠지……. 그 반휘혈을 노리는 서열들이 많아."

"시한폭탄이란 거군."

은지호의 말에 은형이는 고개를 끄덕였다. 그리고 눈을 들어 우리를 한 번씩 둘러본 그가 말을 이었다.

"아마 너희가 클럽에 갔을 때 회의가 열리고 있던 것도 반휘혈 문제였을 거야. 그러니까 내 말은 지금까지 그랬듯 앞으로도 절대로 그쪽 일에는 신경을 쓰지 말라는 거야. 민감한 시기니까."

"그래."

우리가 다들 동의하는 것으로 마침내 대강의 대화가 마무리되었다. 평소처럼 일상적인 이야기가 하나 둘 시작되는 가운데 나는 복잡한 표정으로 테이블 위를 응시했다.

은형이의 어른스러움은 사실 우리에게 본인의 잣대를 강요하지 않는다는 데서 더 드러나곤 하는데, 평소보다 엄격하게 굴기에 무슨 이유가 있겠거니 짐작은 했다.

하지만 이런 얘기는 미처 예상도 못했는데……. 나는 이마를 짚으며 고개를 숙였다. 설마하니 은형이 입에서 전국 서열 1위 이야기가 툭 튀어나와 버릴 줄이야.

모든 이야기가 마무리된 지금, 가슴은 또 다시 수런거리기 시작했다.

새로운 파란의 예감이었다.

제26조. 여주인공 오빠와 나(상)

여주인공 오빠와 나(상)

이루다가 돌아온 것을 실감할 새도 없이 우리는 2학기를 맞이해서 바쁜 나날들을 보내게 되었다.

가장 먼저 진로 상담이 있었다. 우리 모두는 진로 희망서를 제출한 후 담임 선생님과 한 사람씩 개인 면담하는 시간을 가졌다.

내가 아는 한 진로 희망서에 아무것도 쓰지 않고도 혼나지 않은 것은 루다 한 사람뿐이었다.

루다에게 직접 들은 바로는 두 사람의 대화는 다음과 같았다고 한다.

'너 왜 아무것도 안 적었니?'

'이제야 후계자 자리에서 벗어나게 돼서 생각해 본 게 없네요…….'

내가 선생님이었어도 당황해서 진로 선택의 압박을 멈췄을 만했다. 한참을 망설이던 담임 선생님은 잠시 후, 조심스럽게 다시 물었다고 한다.

'너도 후계자였니? 이 학교는 뭐가 이렇게 후계자가 많아?'

저도 같은 생각입니다. 담임 선생님. 한 반에 후계자가 몇 명이나 있는지 알 수 없는 학교에서 하필 근무하고 계신 것에 유감을 표하는 바입니다.

나는 속으로만 그리 생각했다.

아무튼 그렇게 해서 이루다는 특별히 1학년이 마무리될 때쯤 진로 희망서를 제출하는 것으로 얘기가 되었다.

그러고도 개인 면담은 반 번호 순으로 하루에 세 사람씩 진행되었는데, 반 번호는 이름 순으로 정해졌으므로 나는 거의 맨 끝이었다.

내가 뜬금없이 예술 계통을 지망하겠다니 담임 선생님은 좀 황당하게 생각하시긴 하셨지만 말리지는 않았다. 아무튼 진로는 내 소관이기도 하고. 다만 내가 성적에 자신감이 없어서 갑자기 진로를 튼 게 아닌가 하며 원하면 어디든지 갈 수 있을 것이란 긍정적인 조언까지 해 주셨다.

면담이 끝나고 혼자 교실로 돌아온 나는 가방을 챙겼다.

내가 우리 반에서 마지막 차례였기 때문에 교실에 달리 있는 사람도 없었다. 오랜만에 혼자 돌아가는 길이 되겠군. 가방을 어깨에 걸치며 나는 생각했다.

여령이가 굳이 읽을 책까지 가져와서 기다리겠다고 했는데도 억지로 돌려보낸 건 나였다. 솔직히 말해서 여령이에 대한 질투를 완전히 버리겠다고 생각한 지금도, 진로 면담 같은 것을 마치고 내 입장을 확인하고 나서도 그러지 않을 수 있을지 확신이 서지 않아서.

그런데 생각보다 결과는 나쁘지 않았고, 기분도 나쁘지 않았다. 복도를 걷던 내 발걸음이 점차 가벼워졌다. 살짝 미소지으며 빠르게 복도를 걷다 말고 나는 창밖을 힐끗 보았다.

면담이 시작되기 전, 교무실에서 보았던 먹구름이 짙게 낀 하늘 위로 이제는 황혼이 번뜩이고 있었다. 그렇다고 비가 내릴 기미가 사라진 것은 아니었다.

온 대기를 가득 메운 축축하고 서늘한 공기. 심호흡을 크게 한 나는 걸음을 빨리했다. 기분이 좋아서 산책하듯 천천히 걷고 싶은 기분이었는데, 날씨가 이래서는 언제 비가 올지 모르겠네.

아파트와 얼마 떨어지지 않은 갈림길에서 잠시 고민하던 나는 평소에는 잘 다니지 않는 골목길로 발길을 돌렸다.

언덕길 하나만 오르내리면 5분 안에 우리 아파트로 통하는 초단거리 지름길이었지만 오싹해서 평소에는 잘 다니지 않는 길이었다. 하지만 비가 오기 전에 집에 들어가려면 할 수 없을 것같았다.

골목길 양옆은 시커멓게 뚫린 공영 주차장 입구로 가득했다. 그새 날이 더 어두워지기 시작했다. 그러다 말고 나는 문득 팔을 매만졌다. 목을 움츠린 채 게슴츠레하게 주변을 둘러보며 나는 중얼거렸다.

내 착각일까? 무슨 소리가 들린 것 같았는데.

에이, 설마. 고개를 절레절레 내저은 나는 다시 바삐 걸음을 옮기기 시작했다. 그러면서 나는 다짐했다. 다시는 이 골목길 혼자서 안 들어와야지, 다시는!

사실 여령이와 같이 있으면 시비 걸릴 확률도 다섯 배쯤 높아지는 것은 사실이나, 대신에 시비 걸어 온 사람이 털릴 확률 또한 다섯 배쯤 늘어난다는 것도 사실이다.

여령이도 옆에 없는데 겁도 없이 이 골목을 혼자 올 생각을 하고, 정말 겁도 없지! 과거의 내게 무수히 욕을 하던 나는 마침내 언덕길의 정점에 올랐다.

나는 거칠어진 숨을 내뱉었다. 아파트가 한눈에 내려다보였다. 이제 그대로 경사진 길을 달음박질쳐 내려가기만 하면 된다.

바로 그때였다.

뭔가를 걷어차는 소리, 그리고 조금 큰 신음 소리가 들렸다. 나는 그대로 얼어붙었다.

나는 가만히 눈을 굴렸다. 불량배들이 다니기 좋은 길이라고 생각은 했지만 실제로 폭력 현장과 맞닥트릴 줄은 상상도 못했는데. 두방망이질하는 심장을 붙들고 나는 한참 서서 고민했다.

어쩌지? 어떡한다? 물론 가장 좋은 선택은 눈 딱 감고 뒤도 돌아보지 않고 아파트로 달려가는 것이다. 뒤에서 내 다리 내놔 귀신이라도 쫓아오는 것처럼.

하지만 그랬다가 맞는 쪽에 무슨 큰일이라도 생기면?

한참을 고민하다 나는 결국 돌아섰다. 아무튼 나는 책임을 회피할 수 있을 정도로 뻔뻔한 성격도 못 되는 사람이다.

슬금슬금 걸음을 옮겨 소리 나는 곳으로 다가간 나는 마침내 걷던 것을 멈췄다. 멈추고 보니 언덕길 맨 위에 위치한 빌라 1층 주차장이었다.

바깥 기둥 뒤에 몸을 숨긴 나는 빼꼼 고개만 내밀어 안쪽을 보았다. 차 한 대 없이 텅 빈 주차장 기둥 사이로 두어 명의 그림자가 너울거렸다. 그리고 그 아래에 누군가 있었다.

앗! 교복을 확인한 나는 작게 탄성을 내뱉었다.

우리 학교 교복이다! 모른 척 지나갔으면 어쩔 뻔했어, 다음 날 학교에서 우리 집 근처에서 무슨 일이 있었다고 얘기를 들으면 죄스러워서 고개를 어떻게 드느냐 말이야. 그렇게 중얼거리며 나는 헐레벌떡 핸드폰을 꺼내 112번호를 눌렀다.

문자로 신고하면 되겠지? 자판을 두드리면서도 나는 힐 긋힐긋 눈을 들어 학생의 얼굴을 확인하려고 했다. 혹시나 내가 아는 사람이면 어쩌나 싶어서였다.

하지만 한눈에 봐도 내가 아는 사람은 아닌 것 같았다. 지금은 흙먼지와 뒤섞여 까치집이 된 덥수룩한 검은 머리 는 그 자체로 강렬한 존재감을 발산했기에, 저런 녀석이 우리 반에 있었다면 내가 기억을 못할 리 없었다.

그럼 위 학년인가? 3학년? 아닌 게 아니라 교복 아래 드 러난 체격은 의외로 다부진 편이었다. 심지어 저렇게 얌전 히 맞고 있는 게 이해가 가지 않을 정도였다.

그리고 나는 고개를 숙여 문자 전송을 마쳤다. 여기 어느 동 무슨 빌라 앞인데요, 사람이 맞고 있어요. 빨리 좀 와 주세요.

그리고 나는 망설인 끝에 가방을 도로 맸다. 솔직히 신 고를 한 이상 경찰이 오기까지 일의 경과를 지켜보고 싶은 마음도 있었지만, 여기 있다가는 언제 들킬지 몰랐다.

죄송해요, 저도 살고 싶은지라. 작게 중얼거린 나는 뒤 돌아 걸음을 떼었다.

뒤에서 들려온 말만 아니었다면 그랬을 것이다.

숨 가쁘게 씩씩대는 목소리가 외쳤다.

"야, 이 새끼 명찰 봐라? 이름이 반휘혈이야, 반휘혈!"

뭐라굽쇼?

나는 고개를 돌렸다.

내 머릿속 어딘가가 내 지난 기억들을 부정하기 시작했다. 반휘혈? 그런 이름 처음 들어 보는데? 전혀 모르겠어.

하지만 모를 리 있나! 저 이름을 도대체 어떻게 기억을 못해?! 평온하던 심장이 순식간에 마라톤이라도 완주한 듯 가쁘게 쿵쾅대기 시작했다.

가방을 끌어안고 몸을 푹 수그린 나는 다시 주차장 안으로 빼꼼 고개를 들이밀었다. 그리고 나는 중얼거렸다.

미쳤어, 미쳤어! 같이 반휘혈을 패던 다른 녀석은 뭐가 좋다고 허리를 접으며 폭발적으로 웃음을 터트리고 있었다.

"미친, 그거 실종된 전국 서열 1위 이름 아니야? 야, 기막힌 우연이네. 그 이름이 흔하던가?"

그러자 한 녀석이 이죽거리며 발을 들어 반휘혈의 어깨를 지그시 밟았다.

그러면서 그가 외쳤다.

"그러게, 어떻게 성씨까지 토씨 하나 안 틀리고 똑같냐! 야, 반휘혈 씨, 전국 서열 1위 반휘혈 씨, 정말로 한 푼도 없어?"

그러자 또 배를 잡으며 정신없이 웃어 젖힌 녀석이 대답했다.

"야, 그러지 마. 정말로 이 새끼가 전국 서열 1위면 어떡하려고 그러냐?"

"으하하, 농담, 농담도!!"

그리고 스스로의 재치에 취해 저들끼리 미친 듯이 웃는 녀석들을 보며 나는 착잡한 표정을 지었다.

야, 너네 그러는 거 아니야…….

그런 와중에도 녀석들은 쉴 새 없이 반휘혈을 발로 집적거리고 있었다.

"으하하, 이봐, 말 좀 해 보라고! 형씨!"

아냐, 너네 그러지 마.

"전국 서열 1위 반휘혈 씨! 주먹맛 좀 보여 달라니까! 으히히!"

그러지 말라니까.

"으히히! 아, 전국, 전국 서열 1위!! 야, 뭐라고 말 좀 해 보라고! 으하하!"

너희 정말로 그 사람이 누구인지 모르겠니? 나는 한눈에 알겠는데? 마침내 참지 못한 나는 속으로만 비명을 질러 댔다.

반휘혈은 조금의 반항할 기미도 없이 인형처럼 바닥엔 늘어져 이들의 발길질을 묵묵히 견디고 있었다. 축 늘어진 어깨 하며 조금도 힘이 들어가지 않은 허리에서는 인간의 기본적인 삶의 욕구나 방어 욕구마저 읽을 수 없었다.

그러나 눈만은 달랐다.

자르지 않은 지 몇 개월은 된 듯 덥수룩한 새카만 머리카락 아래로 형형하게 빛나는 한 쌍의 눈동자는 선명한 핏빛이었다. 두꺼운 안경을 쓰고 있었지만 그 선명한 붉은빛은 조금도 가려지지 않았다.

거기까지 확인한 나는 고뇌하듯 이마를 감싸며 속으로만 외쳤다. 아악, 미치겠네!

내 감이 말하고 있었다. 아니, 말하는 수준이 아니라 미친 듯이 울려 대고 있었다.

저건 진짜 반휘혈이다.

아니, 그러니까 도대체 왜 행방불명됐다는 녀석이 우리 집에서 엎어지면 코 닿을 거리에서 맞고 있느냐고! 나는 다시 한 번 비명을 질렀다.

내가 이곳을 현실로 받아들이는 것과는 별개로 소설의 법칙들은 아직도 정상적으로 작동하고 있는 모양이었다. 그러지 않고서야 덥수룩한 검은 머리카락과 뿔테 안경 같은 것으로 저 위협적인 덩치를 가릴 수 있을 리 없다.

아니, 도대체 반휘혈을 겁도 없이 패고 있는 저 녀석들은 눈이 어디 달린 거야? 나는 여전히 주차장 바깥 기둥에 등을 붙인 채 고개만 빼꼼 내밀고는 눈을 부릅떴다.

해가 지기 시작할 무렵인 데다 날이 흐려 빛이 거의 들지 않았지만, 차차 눈이 어둠에 적응하자 옅은 빛으로도 반휘혈의 생김새를 파악할 수 있었다.

세상에, 소설 속 전국 서열 1위란 녀석들은 얼굴로도 전국 서열 1위 한다고들 하더니, 아닌 게 아니라 정말로 그랬다. 뿔테 안경 아래로 콧마루며 콧날이 어찌나 가파르게 서 있는지, 종잇장도 벨 것 같은 콧날이란 말이 저래서 나오는구나 싶었다.

턱선은 굳이 말하자면 은지호나 유천영보다는 굵은 편, 달리 말하자면 남자다운 편이었다. 게다가 아까도 말했지만 어깨나 팔이며 다리 근육, 전체적인 덩치가 장난 아니었다. 교복 너머로도 저게 대부분 근육이란 것은 확인할 수 있었다. 아마 타고난 체격인 거겠지. 나는 고개를 끄덕였다.

물론 반휘혈의 외모 가운데 가장 시선을 끄는 것은 다른 것도 아니고……. 나는 침을 꼴깍 삼키며 반휘혈의 안경 너머를 주시했다. 도수가 조금 높은 모양인지 각도가 이지러진 그의 선명한 붉은 홍채를.

그리고 나는 신음하며 이마를 짚었다.

그러니까 대체 왜? 대체 왜 행방불명됐다던 전국 서열 1위가 이런 곳에서 이러고 있는 거야?

아니, 차라리 잘된 걸까?

나는 퍼뜩 고개를 들었다. 왜냐하면 내가 애초에 여기 머물렀던 이유는 혹시나 발생할지 모르는 인명 피해를 막기 위해서인데, 맞고 있는 사람이 다른 누구도 아니고 전국 서열 1위였다니. 그것도 소처럼 튼튼해 보이는 몸을 가진.

그러니까 반휘혈이 여기서 아무리 맞는다 한들 실려 갈 일은 없지 않을까? 그런 결론을 얻은 뒤, 나는 슬금슬금 걸음을 떼기 시작했다.

　거, 반휘혈 씨. 혼자 두고 가는 건 좀 죄송하긴 하지만, 경찰도 불렀고 하니까 지나가던 마을 주민1로서의 소임은 다한 것으로 생각되오만…….

　그리고 내가 한 걸음 더 떼는 그때였다.

　내 귀에 둘의 이죽거리는 소리가 닿았다.

　"으하하! 야, 전국 서열 1위인데 돈은 왜 이렇게 없으실까? 응?"

　뭔가를 잡아 흔드는 소리와 함께 이윽고 땅에 가벼운 것이 철퍽 떨어지는 소리가 들렸다. 아마도 지갑 같은 것일지도 모른다는 생각이 들었다. 그만큼 가벼운 소리였다.

　그리고 다시 말소리가 들렸다.

　"아, 그 드립 그만하라고. 찌질이 새끼한테 존대 쓰려니까 지겹다."

　"아니, 이런 기회가 아니면 내가 언제 전국 서열 1위 이름을 막 불러 보겠어?"

　그러니까 지금 당사자 앞에서 열심히 부르고 있거든.

　잠시 이마를 짚은 나는 다시 단호하게 발을 뗐다.

　됐다. 붉은 눈과 저 덩치를 보고도 설마 진짜 반휘혈일 것이라곤 짐작도 못하는 녀석들 목숨까지 내가 지켜 줄 의리는…….

"지갑, 돌려 줘."

의리는…….

나는 고개를 퍼뜩 들었다. 방금 무슨 목소리 들리지 않았나? 그러니까, 지금까지와는 완전히 다른.

이미 먹구름이 온 하늘을 뒤덮어 대기는 축축하고 무거웠다. 그리고 그 무거운 대기보다도 더욱 무겁고 낮은 목소리는 내 간담을 서늘하게 했다.

나는 고장 난 로봇처럼 삐걱삐걱 고개를 돌렸다. 여전히 분위기 파악 못한 녀석들의 목소리가 들렸다.

"하, 이 새끼 방금 뭐라고 했냐?"

"그 지갑, 동생이 준 거야."

세상에, 나는 직감했다.

방금 저 자식들 지뢰 밟았다. 수류탄으로 치자면 안전핀을 뽑은 거였다.

앞서 카페에서 은형이가 말하길 반휘혈이 자진해서 행방을 감춘 이유가 무엇이던가? 바로 남동생 때문이었다. 그런데 저 녀석들이 갖고 놀다 던져 버린 지갑이 다름 아닌 남동생이 선물한 것이었다고? 뭐 이런 경우가 있어!

안 되겠다. 나는 도주 계획을 전면 수정하기로 했다. 그러면서도 마음 한구석에서 피눈물이 흐르는 것은 어쩔 수가 없었다. 내가 왜 생면부지의 녀석들 때문에…….

조용히 걸음을 옮긴 나는 주차장 바로 앞에 척 하고 멈춰 섰다.

"……저기요."

내 목소리가 주차장 안에 동굴처럼 메아리쳤다. 남학생 두 명이 내 쪽을 돌아보았다.

"엉?"

입술을 잘근 깨문 나는 눈을 꾹 감고는 한 자 한 자 힘주어 외쳤다.

"저, 그, 그러시면 큰일 나는데요……!"

내 말에 일순 주차장 안의 공기가 멈추었다.

질끈 감았던 눈을 살짝 뜨자, 바닥에 주저앉아 있던 반휘혈이 눈을 크게 뜨고 이쪽을 보고 있었다. 그는 꽤 놀란 눈치였다.

나는 시선을 옮겨 두 남학생 쪽을 바라보았다. 한참을 멍한 얼굴로 내 쪽을 보다가, 그들은 돌연 웃음을 터트렸다.

하, 하하.

한참을 웃던 그들이 갑자기 표정을 바꾸어 내게로 다가왔다. 그러면서 그들은 잔뜩 성난 표정으로 주먹을 들어 보였다.

"야, 너 뭐야, 네가 어떻게 해 보기라도 하겠다는 거야, 지금?!"

"아, 아니, 그게 아니라요……."

다른 녀석도 깍지 낀 주먹에서 우둑 소리를 내며 말을 받았다.

"요즘 애들 참 목숨 아까운 줄 몰라."

나는 속으로만 그 말을 긍정했다.

맞아요, 그 말이 정말 맞네요. 그렇지 않고서야 니들이 반휘혈 지갑을 갖고 그러고 있을 리가 없지!

그리고 다시 눈을 질끈 감은 나는 외쳤다.

"일단 지갑은 돌려주시는 게 맞다고 생각해요⋯⋯!"

니들이 죽고 싶지 않으면!

차마 뒷말은 덧붙일 수 없어 삼켰는데, 그냥 붙이는 게 나았을 거란 생각도 들었다.

"저게 진짜 돌았나."

왜냐하면 저 사람들 목숨을 걱정해 준 죄로 저런 말을 듣지 않아도 될 테니까. 나는 체념을 담아 얼굴을 잔뜩 찌푸렸다.

아니, 도대체 어째서 붉은 눈에 반휘혈이란 이름을 가진 남학생이 진짜 반휘혈일 거라고 생각 못하는 거지? 그놈의 뽈테 안경 효과?

아무튼 하나는 알겠다. 나는 차라리 나서서는 안 됐다는 것을!

나 때문에 내 눈앞의 이들은 반휘혈에 대한 관심을 완전히 잃어버린 모양이었다. 그것은 다행이었지만, 이들은 반휘혈 대신 나를 본격적으로 위협하기 시작했다.

"야, 같은 소현고 교복인 거 보니까 너도 범생이인 것 같은데, 주먹맛 좀 보고 싶냐?"

"요즘 애들은 다 이렇게 겁이 없어? 야, 너 이리 와 봐."

주차장 안에서 영화에서 본 것만큼이나 살기등등한 기세를 뿜어내는 두 사람을 보며 나는 일단 긍정적인 생각을 해 보기로 했다.

죽어 가는 사람을 가만히 두고 볼 수 없는 내 양심이 결국 오늘도 사고를 치는구나! 못 말린다니까, 정말.

나는 가뿐하게 미소 짓고는 고개를 푹 숙였다.

"실례가 많았습니다. 안녕히 계세요."

"야, 별 미친 게 다 있어. 너 이리 와라. 안 와?"

그러거나 말거나, 나는 가방 끈을 고쳐 매며 전력 질주할 준비를 했다. 이만 한 전력 질주는 내가 중학교 1학년 때 유천영과 부딪힌 이후로 처음이었다.

그런 내 자세에서 심상치 않음을 느꼈는지 두 녀석이 곧바로 소리를 질렀다.

"야, 잡아!!"

"너 튀기만 해 봐라!!"

그리고 가방 끈을 질끈 쥔 내가 전력을 다해 돌아선 그 순간이었다. 고개를 돌려 바라본 골목길 끝. 황혼을 등지고 선 누군가의 그림자가 이쪽으로 길게 늘어지고 있었다.

발을 떼려다 말고 나는 도로 멈추었다. 그리고 나는 한참이나 눈을 깜빡였다.

이 사람이 이 시간에 여기 있을 사람이 아닌데? 아니, 아무튼 이 사람이 나타난 이상 일은 모두 해결된 거나 마찬가지였다.

나는 구세주라도 만난 듯 그를 불렀다.

"여단 오빠!"

오늘도 여동생 앞을 제외하고선 말이 없는 그는 내 인사에도 고개만 살짝 까딱하고는 무심히 걸어왔다.

그리고 내 뒤에서 나를 먹이를 쫓는 호랑이처럼 낚아채려던 녀석들과 여단 오빠의 눈이 정면으로 마주쳤다. 조각처럼 잘생기고 무심한 그의 얼굴 위로는 아무런 감정도 떠오르지 않았다.

그는 다만 눈썹을 살짝 찡그리더니 나를 보고 물었다.

"뭐 해?"

적대적인 분위기를 읽고도 차분한 모습으로 내게 묻는 여단 오빠에게서는 확실히 강자의 여유 같은 것이 물씬 풍겼다.

그것을 읽었는지, 방금까지 개처럼 왁왁하던 녀석들이 찔끔 놀라서 물러났다.

도대체 저런 녀석들이 왜 반휘혈의 기세는 알아보지 못한단 말인가? 잠시 의아한 눈으로 그들을 바라보던 나는 다시 여단 오빠를 돌아보았다.

아무튼 살았다! 여단 오빠의 옆에 찰싹 붙은 내가 물었다.

"오빠! 야자는 어쩌고?"

"하기 싫어서."

그렇게 말하는 여단 오빠의 얼굴은 한 치의 부끄러움도 없이 당당했다.

아, 네. 아무튼 성적 걱정은 반 씨 집안 남매와는 거리가 먼 이야기인 것도 사실이다. 잠깐 당황했던 나는 곧바로 말을 이었다.

"오빠, 나 좀 도와줘. 나 방금 맞을 뻔했어."

맞을 뻔했다는 내 말에도 여단 오빠의 표정에는 한 치의 변화도 없었다.

"왜 맞을 뻔했는데?"

"어, 그러니까……."

뭐라고 설명해야 할까? 여단 오빠의 성격상 얘기가 길어지면 듣고 싶지 않아 할 테고. 생각 끝에 나는 손가락을 들어 아직도 굳어 있는 두 사람을 가리켰다.

"내가 저 사람들 목숨을 구해 주려고 했거든……."

바로 그때 반대편에서 목소리가 터져 나왔다. 목에 핏대를 세우고 고래고래 소리를 지르고 있는 것은 아까 두 녀석들 중의 하나였다.

"야, 너 진짜 장난해?! 진짜 별 정신 나간 녀석을 다 보겠네!! 남이 장사하는 거 처음 봐? 처음 보냐고!! 그만 참 견하고 썩 꺼져라, 어?"

그 바로 옆에서 다른 한 녀석도 휘휘 손을 내저었다.

"야, 걔 오빠인지 애인인지, 데리고 꺼져라. 진짜 두말 안 한다. 너 일상고 김철민이라고 들어는 봤냐?"

두 사람의 흉흉한 기세에도 여단 오빠는 조금도 동요하는 기색이 없었다. 다만 그는 기억을 되짚는 것처럼 살짝 미간을 찌푸리더니 도로 표정을 되돌리며 물었다.

"아니…… 못 들어 봤는데. 일상고? 몇 학년 몇 반인데?"

"아아아악!! 이것들이 단체로 돌았나!"

한 녀석이 입에 게거품을 물며 방방 뛰는 그때였다.

갑자기 다른 녀석이 손을 들어 그를 막았다. 여단 오빠를 보는 그의 눈에는 선명한 두려움이 떠올라 있었다.

갑자기 겁에 질린 표정이 된 그가 이쪽을 힐긋거리며 말했다.

"야, 그냥 가자. 얼른, 얼른 가자고!"

"아, 왜 그러냐고!"

"반여단이다, 명찰 안 보여? 미친, 반여단이 이 근처에 산다더니 진짜였어. 얼른 가자."

무슨 여단 오빠의 이름을 전설의 동물이라도 되는 것처럼 말하고 있는 거야? 나는 살짝 얼굴을 찌푸렸다. 설마 여단 오빠도 은형이처럼 모르는 사이 그런 일에 휘말린 건 아닐 테고.

그나저나 여단 오빠 상처 입는 거 아니야? 나는 걱정스러운 눈으로 여단 오빠를 힐긋거렸으나, 다행인지 불행인지 그의 표정에는 여전히 아무런 표정도 떠올라 있지 않았다.

여단 오빠는 다만 주차장 구석에 여전히 주저앉아 있던 반휘혈을 빤히 보고 있을 뿐이었다. 하기는, 여단 오빠는 듣고 싶은 것만 듣는 능력은 반여령과 마찬가지로 끝내줬다.

그러는 사이 바닥에 던져 놓았던 가방을 어깨에 맨 두 깡패 녀석들이 엎치락뒤치락 선두를 다투며 내 옆을 휙 지나갔다.

멀어져 가는 그들이 얘기하는 소리가 내 귀까지 들려왔다.

"반여단이 누구인데? 난 들어 본 적 없어."

"미친, 못 들어 봤냐? 전에 상재 선배를 피떡으로 만들어 놓은 것도 반여단이고, 항상 혈혈단신으로 다니거나 그것도 아니면 끝내주게 예쁜 여자애랑 같이 다니는데, 마주칠 때마다 마주치는 상대를 무조건 박살을 내 놓는대."

그 예쁜 여자애, 저는 누군지 알 것 같은뎁쇼.

나직한 감탄사가 들려왔다.

"헐."

"아무튼, 진짜 자비 없는 자식이야. 아는 사람들 사이에서 별명이 저승사자, 지옥의 도살견이라잖아. 야, 순순히 보내 주는 게 다행이다."

저승사자? 지옥의 도살견?

멀어져 가는 두 사람의 등을 복잡한 표정으로 응시하던 나는 고개를 돌려 앞을 보았다.

통칭 저승사자, 지옥의 도살견이라던 여단 오빠는 친절하게도 반휘혈에게 손을 내밀고 있었다. 나는 잠시 망설이다가 그리로 다가갔다.

가까이 다가갈수록 새삼 반휘혈의 기세가 피부에 와 닿아서 나는 조금 감탄했다. 아직 바닥에 주저앉아 있는 데다 교복은 흙먼지로 더러워졌는데도 그 모습이 전혀 형편없어 보이지 않았다. 차라리 먹이를 노리고 진흙을 묻혀 위장한 맹수 같았다.

게다가 이 외모는 또 어떻고. 머리카락을 길게 기른다거나 안경을 쓴다고 해서 잘생긴 것이 가려지는 것도 아닐 텐데. 그렇게 생각하며 나는 그의 붉은 눈을 빤히 보았다.

반휘혈은 의외로 순순히 여단 오빠의 손을 잡고는 몸을 일으켰다.

교복 상의를 두어 번 털어 낸 그가 나와 여단 오빠를 보더니 말했다. 무뚝뚝하고 무거운 목소리였다.

"감사합니다."

그 인사에 나는 한 번 더 놀랐다. 어조가 너무 없어서 시비를 트는 것인지 어떤 것인지도 알 수 없기는 했지만 아무튼 분명한 감사 인사였다.

전국 서열 1위가 이렇게까지 개념 있는 사람이었다니? 상상도 못했는데. 내가 감탄하는 사이, 옆에서는 여단 오빠가 전국 서열 1위를 향해 마치 남동생 걱정하듯 말하고 있었다.

"조심해서 다녀라."

"네."

믿을 수 없을 만큼 훈훈하고 모범적인 대화에 내가 당황하는 사이, 반휘혈은 갑자기 나를 돌아보았다. 아차, 그제야 손에 들고 있던 게 떠오른 나는 가만히 그것을 내밀었다.

눈이 마주치자 내가 진지하게 말했다.

"오다 주웠다."

"……."

반휘혈의 붉은 눈이 느릿하게 굴러 내 손에 들린 그의 지갑을 보았다. 침묵이 지나치게 길어지는 것 같자 나는 생각했다.

아니, 왜 그러지? 정말로 오다 주워서 오다 주웠다고 한 건데.

솔직히 말해서 나는 반휘혈에게 감사 인사 따위는 바라지도 않았다. 일단 감사 인사를 받기에는 나는 반휘혈을 위해 한 게 아무것도 없었다. 고작 경찰을 불렀을 뿐. 그조차도 반휘혈의 정체를 알고서는 경찰까지 필요한 일이었나 후회하기도 했다.

그리고 내가 나선 건 반휘혈이 아닌 다른 두 녀석들의 목숨을 위해서였고……. 이 일대에서 살인 사건이 일어나면 우리 아파트 값이 떨어진다는 이유도 없다고는 말 못한다.

아무튼 이러저러 이유에서 나는 반휘혈에게 감사 인사를 기대해선 안 됐고, 또 받고 싶지도 않았다. 아니 차라리 그가 내 존재를 잊어 줬으면 싶었다.

그런 의미에서 그의 손에 지갑을 건네준 다음에 나는 다시 한 번 강조하기까지 했다.

"정말로 오다 주운 거야."

널 위해 주워 준 게 아니라는 것을 나타내기 위해서였다.

그런데 반휘혈은 다소 부담스러울 정도로 나를 빤히 응시했다. 그 시선에 나는 괜히 미간을 찡그렸다. 애가 왜 이러지?

바로 그때, 그의 명찰이 흔들리며 빛을 발했다. 내 시선이 자연스레 그리로 향했다.

명찰은 푸른색이었다. 내가 다니는 소현 고등학교, 그것도 모자라 나와 같은 1학년이었다.

잠시 침을 꼴깍 삼켰던 나는 이윽고 지갑을 넘겨줬던 손을 내리며 뻣뻣하게 돌아섰다. 아무리 같은 학교에 같은 학년이라지만 설마하니 다시 마주치는 일은 없겠지?

아무렴, 학교가 얼마나 넓은데. 하하 어색하게 웃은 내가 걸음을 재촉하는 그때였다.

"—함단이."

뒤에서 금방 지옥 구덩이에서 기어 나온 것처럼 무겁고 어두운 목소리가 들려왔다. 나는 로봇처럼 뻣뻣해진 목을 움직여 뒤를 돌아보았다.

그리고 나는 문득 새로운 사실에 생각이 미쳤다.

아차, 내가 반휘혈의 명찰을 보는 동안 반휘혈도 내 명찰을 확인할 시간이 있었을 것이다. 어쩌면 그가 내 이름을 기억했을지도 모른다는 얘기다.

젠장, 왜 진작 명찰을 주머니에 넣지 않았을까! 내가 후회하는 그때였다.

뒤에서 아까 같은 목소리가 다시 말했다.

"기억했다."

"……."

내가 돌아보면 석상이 되는 저주라도 걸린 것처럼 굳어진 사이, 거침없이 걸음을 옮긴 반휘혈은 나와 여단 오빠 사이를 가뿐히 지나쳤다.

골목길 저편으로 사라지는 그의 뒷모습을 망연자실 바라보던 나는 잠시 후 위화감을 느꼈다. 그러니까 학생답지 못한 무언가가 있는 것 같은데, 그게 뭐지……?

그리고 마침내 깨달음을 얻은 나는 중얼거렸다.

"……책가방."

책가방이 없어…….

그리고 나는 두 손으로 머리를 감싸 쥐며 으으 신음했다.

아니, 기껏 모범생 코스프레를 한답시고 머리도 덥수룩하게 기르고 안경까지 썼으면서 어째서 가방은 안 들고 다니는 거야?!

그리고 쟤가 가방도 안 들고 학교를 돌아다니는 동안 왜 아무도 그 사실을 지적해 주지 않은 거야?! 하다못해 선도부라던가 담임 선생님이라던, 지적해 줄 사람은 많았을 텐데! 너 그러고도 평범한 학교생활 하고 있다고 말할 수 있냐?!

그리고 나는 문득 고개를 휙 돌려 옆을 보았다. 거기서는 여단 오빠가 여전히 내 마음을 차분하게 해 주는 무표정을 하고 나를 기다리고 있었다.

그의 얼굴을 한참이나 멍청히 바라보던 내가 문득 불렀다.

"오빠."

"응."

"나, 개명할 건데, 뭐가 좋을 것 같아?"

"……?"

"얼른, 추천 좀 해 줘……."

단언컨대 나는 진심이었다.

＊　＊　＊

언덕 위 빌라촌에서 우리가 사는 아파트 단지로 내려가기까지가 한 걸음처럼 느껴졌다. 아까 반휘혈이 했던 말들이 머릿속에서 구간 반복이라도 한 것처럼 무한 재생되는 통에 나는 정신을 차릴 수 없었다.

기억했다. 함단이.

기억했다.

기억…….

아니, 그러니까 대체 왜?! 결국 걷다 말고 나는 우뚝 멈춰 섰다. 내 옆에서 말없이 걷던 여단 오빠가 몇 걸음 앞서 가다가 멈췄다.

두 손을 들어 머리를 움켜쥐고 내가 물었다.

"내가, 내가 지갑을 건네주면서 뭐라고 했어야 했지?"

"……응?"

얼마 뒤에야 여단 오빠가 미미하게 인상을 찌푸리며 되물었다.

퍼뜩 고개를 든 나는 외치듯 물었다.

"내가 뭐라고 말했어야 그쪽에서 나를 그냥 잊어버렸을까? 역시 '오다 주웠다'는 너무 흔했나?!"

잠깐 인상을 찌푸린 여단 오빠가 대답했다.

"아니…… 충분히 인상 깊었을 거라고 생각하는데."

"인상 깊게 보이고 싶은 게 아니라 잊혀지고 싶은 거라니까?!"

"……"

여단 오빠는 몹시 미미하게 콧잔등을 찡그렸는데, 중학생 때부터 보아왔던 바, 나는 그의 표정의 의미를 곧장 알 수 있었다.

'왜 애가 안 보는 사이에 더 이상해졌지.'

아니, 방금 봤던 그 애 정체를 여단 오빠가 알면 그렇게 생각할 수는 없을 걸요. 입술을 잘근잘근 씹던 나는 다시 퍼뜩 고개를 들었다.

"앗!"

"……?"

여전히 미심쩍은 눈빛을 보내는 여단 오빠에게 내가 외쳤다.

"역시 '오다 주웠다'보다는 '이 지갑이 네 지갑이냐?'가 나았을까? 그랬을까, 오빠?"

그에 잠시 침묵하던 여단 오빠가 낮게 중얼거렸다.

"산신령도 아니고……"

아랑곳 않고 나는 입술을 짓씹으며 연신 중얼거렸다.

대체 무슨 말을 했어야 그 녀석이 나를 기꺼이 잊겠다고 했을까? 아니, 이미 기억하겠다고 한 이상 할 수 없나? 아악. 나는 다시 한 번 머리를 쥐어뜯었다.

반휘혈이 말과는 달리 내 이름을 잊었길 바랄 수밖에 없었다. 다른 소설 서열 1위들과는 달리 이 소설 서열 1위는 공부는 잘하지 못해서, '기억했다, 함단이' 한 다음 돌아서서 다섯 걸음 정도 걷다 말고 '기억했다, 함박눈' 하기를 바라는 수밖에.

앗, 그러고 보니! 나는 아까 일상고 어쩌고 하는 녀석들의 반응을 생각했다.

요 근래 쓸데없이 근처 고등학교 날라리들 이름만 다 외워 가는 것 같지만, 아무튼 이 일대에서 '지옥의 도살견'이니 '저승사자'니 불릴 정도로 유명한 여단 오빠라면 이 인근에서 들은 소문들이 있지 않을까? 본의 아니게 신비의 전국 서열 0위가 된 은형이에게 다른 녀석들이 알아서 소문을 물어다주듯이 말이다.

나는 머뭇거리며 물었다

"오빠, 혹시 그 얘기 알고 있어? 최근에 도는 얘기 있잖아, 왜, 그……."

"응?"

"……전국 서열 1위에 대한 이야기."

그러자 잠깐 미간을 찌푸린 여단 오빠가 잠시 후 생소한 표정을 하고는 되물었다.

"전국 요리사 경연 1위 같은 건가?"

"아니, 물어봐서 미안해, 오빠."

나는 가능한 한 침착한 표정을 짓고 대답했다.

나는 깨달았다. 말하자면 전국 서열 어쩌고 하는 일은 육지 동물들의 이야기라면, 여단 오빠는 바다 고래였던 것이다.

아니, 사실상 세상 대부분의 문제는 여단 오빠와 별 상관이 없었다. 여단 오빠는 언제나 유유자적 바다를 떠가듯 살아가곤 했다.

나는 새삼 고개를 돌려 내 옆에서 언덕길을 따라 내려가고 있는 여단 오빠의 옆얼굴을 보았다. 고등학교 2학년 가을. 이제 여단 오빠에게도 수능은 1년 하고 채 한두 달이 안 남은 일일 텐데도 야자 하기 싫다며 당당하게 땡땡이를 치고 집으로 돌아오는 그의 모습을.

한 번 사는 인생 이렇게 살아야 하는 건데. 나는 나로서는 도저히 불가능한 바람을 품으며 걸음을 옮겼다.

아무튼 여단 오빠와 오랜만에 마주친 일은 좋았다.

여단 오빠네 고등학교는 야간 자율 학습을 11시 반까지 하니까, 사실상 여단 오빠가 집에 돌아오면 열두 시 가량. 평일에 우리가 마주칠 일은 거의 없다.

기껏해야 주말에 가족끼리 밥 먹을 때나 한 번 얼굴 볼까 말까인데, 그마저도 여단 오빠가 고등학교 2학년이 되니까 우리 부모님도 미안해서 잘 부르지 않았다.

그리고 오랜만에 만났든 말든 간에 여단 오빠와 내 이야기는 조금도 잘 이어지지 않았다.

"여단 오빠, 공부는 요즘 잘돼?"

"응."

"수능 1년 남았는데, 힘들지는 않고?"

"나 빼고."

"으, 응…… 무슨 일은 따로 없고?"

"……."

어째 동년배 남녀의 대화라기보다는 사람 사는 얘기에 관심이 많은 아주머니와 무뚝뚝한 옆집 남학생 같은 대화가 이어지던 그때였다.

이번에도 당연히 그렇다는 대답이 돌아올 줄 알고 기대 없이 던진 질문이었는데, 여단 오빠의 표정이 갑자기 변했다.

그러더니 그는 딴 곳을 보기 시작했다. 응? 나는 눈을 크게 떴다. 이게 무슨 일이람?

그런 대화를 나누는 새 우리는 엘리베이터 아래까지 와 있었다. 내가 일단 손을 내밀어 엘리베이터 버튼을 누르는데, 여단 오빠가 문득 가방을 앞으로 돌려 매더니 덜그럭 소리를 내며 가방을 뒤적거리기 시작했다.

그러더니 그가 던진 말이 이랬다.

"초코 우유, 아직 좋아하지."

"응?"

권유라기보다 부탁처럼 들리는 말이었다. 이거 먹고 조

용히 좀 해 달라는 것 같은.

도대체 무슨 일이지? 내가 다시 눈을 찡그리는 그때였다.

여단 오빠가 평소답지 않게 다급하게 꺼낸 초코 우유 아래로 툭 떨어지는 것이 있었다. 내 시선이 무심코 그의 손에 들린 초코 우유를 스쳤다가 그 아래를 향했다.

엘리베이터 문이 열리는 앞에 분홍색 편지 봉투가 떨어져 있었다. 도저히 성적표 봉투 같은 것으로 보이진 않았다.

"......."

아주 무거운 침묵이 흘렀다.

머뭇거리다가 내가 먼저 허리를 굽혀 편지를 주워 그에게 건넸다. 이번에는 물론 '오다 주웠다' 같은 헛소리를 하지는 않았다. 그리고 나는 그대신 초코 우유를 그에게서 건네받았다. 신석기 시대의 물물 교환 같은 현장이었다.

엘리베이터를 타고 위로 올라가는 내내 지구 멸망한 것 같은 침묵이 흘렀다. 마침내 띵 하는 소리가 들리고, 문이 열릴 때 여단 오빠의 입술도 같이 열렸다.

"그런 거 아니야."

나는 영혼 없이 웃었다.

"그런 게 뭔데요?"

"아......."

"전 아무것도 못 봤어요."

"아, 그래......."

그리고 우리는 집 앞에서 인사 하나 없이 헤어졌다. 정확히는 여단 오빠가 무슨 말인가 하려고 했던 것 같기는 했지만, 내가 듣지 못하고 문을 닫아 버린 것 같다.

현관에 들어오자마자 벼락같이 쾅 들리는 소리에 나는 어깨를 퍼뜩 떨었다. 그제야 나는 어깨를 매만지며 뒤를 돌아보았다.

방금 바람 때문에 문이 지나치게 세게 닫힌 것 같은데. 여단 오빠, 오해하지는 않겠지? 그러다 나는 곧 고개를 도리질해 생각을 지워 냈다.

아니, 지금 여단 오빠 걱정을 할 겨를이 어디 있어! 일단 내 코가 석 자인데!

나는 누가 뒤에서 쫓아오는 것도 아닌데 신발을 던지듯 벗으며 방으로 달음질쳐 들어갔다. 문을 쾅 닫고 침대에 몸을 던지고 나서야 기어이 비명이 터졌다.

"아악, 이게 무슨 일이야!"

주차장에서 보았던 반휘혈의 덥수룩한 검은 머리와 붉은 눈이 아직도 잡힐 듯 선명했다.

날 기억하겠다니, 대체 왜?! 나는 마침내 모범생 분장을 때려 치고 뿔테 안경을 벗고 머리카락을 짧게 잘라 잘생긴 얼굴이 훤히 드러나 보이게 한 반휘혈이 갑자기 우리 반에 쳐들어오는 모습을 상상했다.

분명히 우리 학교 교복을 입고 있는데도 모든 애들이 눈을 휘둥그레 뜨고 그 애를 보며 '누구야, 저거? 전학생이야?' 수군대는 가운데 그가 지갑을 들이대며 내게 외치는 상상을.

'너, 감히 내 지갑을 오다 주웠다고 해?'

"……."

아니, 이건 아닌 것 같은데. 하지만 반휘혈과 내 사이에 있었던 일을 떠올려 보면 이 외에 달리 오갈 말도 없었다.

나는 베개를 안고 옆으로 구르며 중얼거렸다. 그러니까 일단 반휘혈의 일은 제쳐 놓고. 그제야 아까 엘리베이터 앞에서 있었던 일이 떠올랐다.

여단 오빠가 내민 초코 우유 아래로 툭 소리를 내며 떨어지던 분홍색 편지지. 심지어 하트 모양 스티커까지 붙어 있었다. 짓궂은 여단 오빠 친구들의 장난이 아니고서야 그 편지의 정체는 명백했다.

러브레터.

사실 여단 오빠의 별로 든 것 없는 가방에 (그렇다, 여단 오빠는 교과서조차 잘 들고 다니는 일이 없었다) 러브레터가 들어 있다는 것은 별로 놀랄 만한 일이 아니었다.

인근 고등학교 통틀어서 가장 인기가 많은 고등학생이 누구냐고 한다면 바깥 지역 사람이나 잘 모르는 사람이라야 은지호나 유천영을 꼽을 것이었다.

유천영은 엄연히 텔레비전까지 나오는 공인이고, 은지호는 다른 의미에서 공인보다도 유명한 지위의 소유자였으니까.

하지만 나처럼 기억나지도 않는 시절부터 이곳 지역에 못 박고 자란 사람들더러 가장 인기 많은 남자 고등학생을 고르라면 단연 반여단, 반여단, 반여단뿐이었다.

달리 무슨 말이 필요하겠는가! 반여령과 똑 닮은, 모든 것이 완벽한 반여령의 오빠인데!

그런 그에게 쏟아지는 편지 수만도 단연 상상을 초월해서, 인근에는 여단 오빠의 사물함 문이 터지는 일이 하도 잦은 통에 여단 오빠가 입학하고 남계 고등학교 사물함이 철제 사물함으로 바뀌었다든가 어쩐다든가 하는 소문마저 돌았다(그리고 아마도 사실일 것이다).

그리고 그런 여단 오빠는 받은 편지를 절대로, 절대로 집으로 가져오는 일이 없었다. 무조건 그 자리에서 읽고 버렸다. 그것은 일단 가장 실용적인 이유로는 받은 모든 편지를 보관했다가는 집이 다 터져 나갔을 거라는 이유였다.

사실 이것도 사실이기는 하다. 그 집에서 편지를 많이 받는 것은 여단 오빠만이 아니다.

여단 오빠와 여령이가 지금까지 받았던 편지를 전부 집에 보관했다면 이 아파트는 진작 터져 나가서, 이번에는 사물함이 아니라 아파트를 철제로 바꿔야 했을지도 몰랐다.

그리고 공간적인 이유가 아닌 다른 이유에서 여단 오빠가 편지를 집으로 가져오지 않는 것은 바로, 여령이와의 공간에 다른 사람의 물건을 놓는 걸 싫어하기 때문이었다.

"……."

농담 아니다. 소설에서나 볼 수 있을 것 같은 기적의 시스터 콤플렉스가 이런 일을 가능케 했다.

그리고 나는 복잡한 심경이 되어 침대를 한 번 더 구르다가 벌떡 몸을 일으켰다.

나는 진지하게 중얼거렸다.

"여령이에게 말해 두는 게 낫겠지……?"

이제껏 여단 오빠의 세계에 여자라고는 나와 여령이 단둘이었다.

중학교 1학년 때, 그러니까 초등학교를 졸업하고 얼마 안 되었을 때는 여단 오빠가 양손에 나와 여령이를 각각 붙잡고 매점에 가서 먹을 것을 사 주는 일도 왕왕 있었다.

그때도 그가 내게 사 주던 것은 언제나 초코 우유 아니면 아이스크림이었다.

단 셋만의 세계. 그리고 그 세계에 지금 다른 사람이 발을 들이려 하고 있었다.

한참을 복잡한 표정만 짓고 있던 나는 마침내 몸을 일으켰다.

* * *

　내가 문자를 보낸 지 채 3분도 안 돼서 우리 집으로 건너온 반여령은 내 말에 잔뜩 놀란 표정을 지었다.

　그럴 만도 하지. 여단 오빠의 연애 사건은 여단 오빠를 오래 안 만큼 큰 충격을 받게 되어 있다. 그런데 여단 오빠를 고작 (내가 기억하지 못하는 시절을 제외하고는) 4년 정도 알아 온 내가 이 정도 충격인데, 태어나서부터 봐 온 여령이는 오죽할까?

　나는 남계 고등학교 정문에서 간혹 보곤 하는 여단 오빠의 모습을 떠올렸다. 그를 둘러싼 수십 수백 명의 여학생들이 전부 반여단 이름 하나만을 연호하고 있는데도 거리낌 없이 여령이에게로 다가와 '가자' 하고 말하던 그의 그 건조하고 무심한 표정이란……. 보는 내가 다 민망해질 정도였다.

　여단 오빠와 여령이는 그렇게 주변 모든 사람들을 돌하르방 정도로 만들어 버리곤 했다. 실제로 나도 그런 여단 오빠의 모습에 그를 사모하던 마음을 살포시 접지 않았던가!

　그렇다. 누누이 말해 온 것이지만 나는 중학교 때쯤에는 '내가 이 소설에서 엮일 수 있는 단 한 사람이 있다면 그건 여단 오빠 아닐까?' 하는 생각에 사로잡혀 지냈다.

그리고 그것은 전부 헛생각이었음이 지난 몇 년에 걸쳐 증명되었다. 솔직히 말하자면 그런 걸 밝히는 데 몇 년이란 세월은 필요하지 않았을 것 같다. 그냥 진작 포기할걸, 좀.

으윽. 중학교 때 기억을 떠올린 나는 잠시 민망함에 얼굴을 붉혔다.

그때는 괜히 여단 오빠랑 한 번이라도 더 마주쳐 보겠다고, 말이라도 한 번 더 섞어 보겠다고 온 집안 심부름은 다 내가 다녔다.

물론, 내가 외동이라 심부름 다닐 사람이 집에 나밖에 없기는 하지만 내가 귀찮다고 투정을 부리면 아빠가 다녀와 주는 일도 잦았다. 그런데 그 시절에는 옆집에 갖다 줄 거 생겼다는 얘기만 들리면 득달같이 달려 나와서 접시를 낚아채고 옆집으로 달려가고, 가기 전에 엘리베이터 거울 앞에서 괜히 머리카락을 정돈하고. 그러느라 바닥 내려놓은 음식이 그새 차갑게 식어 버린 적도 있었다.

간혹 마트 심부름 다녀오려고 나가는 길에 여단 오빠를 마주치는 일도 종종 있었다.

그때도 여단 오빠는 괜히 먹을 것에만 관대해서, 마트에서 내가 먼저 계산을 끝내고 기다리고 있으면 꼭 내게 초콜릿이나 막대 사탕 같은 것을 쥐어 주곤 했다.

그리고 나는 다시 한 번 얼굴을 붉혔다. 미쳤지, 정말. 그건 그냥 옆집 귀여운 고양이한테 캔 따 주는 거랑 똑같은 일이었다는 걸 알았어야 했는데!

그렇게 여단 오빠에게서 받은 사탕이나 초콜릿을 나는 아까워서 차마 먹지도 못하고 상자에 넣어 서랍 한구석에 박아 두곤 했다.

모르겠다. 고등학교에 들어오고 나서는 본 기억이 없는데, 어쩌면 아직도 집 한구석에 있을지도. 이따 한 번 용기 내서 찾아봐야지. 나는 깊은 한숨을 내쉬었다.

아무튼 그런 나의 기행은 딱 중학교 때까지였고, 중학교 3학년에 접어들 무렵, 나는 여단 오빠에 대한 마음을 깨끗이 접어 버렸다.

그리고 내가 게을러진 것도 딱 그 무렵으로, 어머니는 하루에도 몇 번씩 소리치곤 했다.

'쟤가 옛날에는 그렇게나 성실하더니!'

그건 그렇고, 아무튼 내 마음이 여단 오빠에게 좌절당한 적이 있기는 하지만 그것 때문에 여단 오빠를 피도 눈물도 없는 냉혈한으로 모는 것은 절대로 아니다.

아무렴 여단 오빠를 짝사랑한 것이 나뿐일까. 애초에 이 아파트 단지 안에 여단 오빠를 짝사랑하는 이웃집 여자애가 나뿐이었을까?

우리 가족만큼 가까운 집은 흔치 않아도 몇 년 동안 여단 오빠를 쫓아다니며 구애한 애들은 차고 넘쳤다.

그리고 그런 애들조차 여단 오빠는 모조리 거절해 버렸

다. 심지어 그네들에게는 먹을 것조차 챙겨 주지 않았다 (가까운 사이가 아니기에 당연한 일이었겠지만).

학교에서는 어땠냐고?

여단 오빠가 우리 바로 위 학년이던 시절에 위 학년에서 있었던 사랑과 전쟁의 대서사시를 들으면 누구라도 눈물 쏙 빼고 말 것이다.

하지만 그 혼란에서조차 여단 오빠는 빠져 있었다. 심지어 본인이 일으킨 혼란이었는데도 말이다. 나는 예쁘기로 유명한 여자 선배 다섯 사람이 교무실에서 머리채를 쥐어 뜯고 싸웠다는 것을 소문으로만 어렴풋이 전해 들었다.

그런 걸 보면 여단 오빠가 남녀 공학이 아니라 남자 고등학교에 간 것은 이 인근 고등학생들의 평화를 위해서는 참 좋은 선택이지 않았나 하는 생각이 든다.

그런데 그렇게 온 동네, 온 학년마다 그 무심함으로 전설을 찍고 다니던 여단 오빠가 연애? 연애라고?

아직 확정된 사실은 아니지만, 적어도 가방에 보관해 올 정도로 소중하게 여기는 편지의 주인에게 여단 오빠가 특별한 감정을 갖고 있음은 틀림이 없어 보인다. 그러니까 여령이에게도 마음의 대비를 하자고 전달한 것인데.

나는 슬쩍 눈을 굴렸다. 내가 지난날의 흑역사를 떠올리며 얼굴을 붉히고 발을 구르는 것을 반복하는 사이, 여령이는 고개를 푹 숙이고 말이 없어졌다.

나는 조용히 여령이의 어깨에 손을 얹었다. 망설이다가 나는 입을 뗐다.

"어, 여령아, 너무 충격받지는 말고. 아직 사귀는지 안 사귀는지는 모르잖아…… 마음의 준비를 해 두는 게 좋을 것 같아서 일단 말하는 거야."

말하면서도 나는 안절부절못했다. 여령이의 이런 모습은 또 생각도 못했는데.

여단 오빠가 여령이에게 너무 지극하게 구는 것 때문에 여단 오빠가 여령이의 머슴처럼 보여서 그렇지, 역시 여령이도 여단 오빠를 생각하기는 하는구나. 나는 고개를 끄덕였다.

그런데 여단 오빠가 자기한테는 말 한마디도 하지 않고 여자 친구를 사귀다니…….

그리고 나는 새삼 중학교 시절의 생각이 떠올랐다.

여단 오빠를 보면서 나는 처음으로 오빠를 갖고 싶다는 생각을 했었다.

외동인 나는 이런 남매간의 갈등조차 마냥 부럽기만 하구나. 내가 나도 모르게 미미하게 웃으면서 여령이를 내려다보는 그때였다.

갑자기 퍼뜩 고개를 든 여령이의 입에서 터져나온 외침에 나는 잠시 삐끗했다.

"그분을 구해야 해……!"

"……엥?"

내가 멍하니 내뱉자, 주먹을 불끈 쥐고 허공을 노려보던 여령이가 퍼뜩 나를 돌아보았다.

"아니, 어떻게 우리 오빠랑 사귈 수가 있지? 천사 아니야?"

"아니, 저기……."

너, 다른 이유로 충격받은 거 아니었어? 다시 한 번 괴로운 듯 고개를 뒤흔든 여령이가 말을 이었다.

"그분은 오빠에 대해서 아무것도 모르고 사귀는 게 분명해! 왜냐하면 오빠는, 오빠는……."

그리고 여령이가 돌연 눈에 눈물을 글썽거리면서 바닥을 내려다보자 나는 괜히 긴장해서 침을 꼴깍 삼켰다. 갑자기 불안한 공기가 내 방을 가득 메웠다.

나는 그저 여단 오빠 여자 친구에 대해 얘기나 해 두고 싶었을 뿐인데, 여기서 갑자기 여단 오빠의 대단한 비밀에 대해 알게 되는 걸까? 예의를 생각해서 그만 됐다고 말해야 하는 걸까?

내가 망설이는 사이, 마침내 여령이의 외침이 허공으로 비산했다.

"오빠는…… 탕수육에 소스를 부어 먹는단 말이야!!"

"……."

침묵이 흘렀다. 나는 멍하니 여령이를 올려다보았다.

눈에 여전히 눈물이 글썽글썽한 여령이가 나를 돌아보더

니 물었다.

"그렇다니까? 단아, 믿어져? 글쎄, 나한테 묻지도 따지지도 않고 소스를 받자마자 탕수육에 붓기부터 하는 거야! 어쩌면 그렇게 야만적일 수가!"

나는 멍하니 대답했다.

"어, 그러게……."

그리고 여령이는 이마를 잔뜩 찌푸리더니 대단한 비밀을 털어놓는 사람처럼 무겁게 한 글자씩 내뱉었다.

"그리고 오빠 말이야, 사실은…… 계란 후라이에 간장을 뿌려 먹어."

"어, 그래."

차분하게 다시 대답하면서 나는 생각했다.

사실 나는 이 남매에 대해 너무 많은 환상을 갖고 있던 게 아닌가? 우리 학교 학생들이 그렇듯이 말이다.

그리고 나는 갑자기 생각하기 시작했다.

외동 최고.

* * *

걱정했던 여령이의 반응이 저 정도로 끝난 것은 다행이지만, 그것과 별개로 나는 여단 오빠의 연애가 계속 신경 쓰였다. 심지어 학교에서 수업을 듣는 지금조차 그랬다.

예전 짝사랑하던 옆집 오빠에게 아직도 미련이 남아서는 절대로, 절대로 아니고. 다만 여단 오빠의 연애 상대가 너무도 궁금해서 견딜 수가 없었다.

와, 그 여단 오빠의 연애 상대라니!

머리는 길까, 짧을까? 남계 고등학교는 남자 고등학교니까 교내에서 사귈 리는 없고 다른 학교일 텐데.

그렇다면 어느 학교 학생일까? 혹시 중학생은 아니겠지? 그리고 어떤 식으로 연애를 할까?

영어 시간이었다. 칠판 위에는 꼬부랑글씨가 잔뜩 적혀 있고, 단조로운 영어 지문 읊는 소리가 온 교실을 휘도는 가운데 혼자서만 그런 생각에 빠져 있던 나는 문득 고개를 돌려 창밖을 보았다.

운동장과 고등학교 정문, 학교 앞 도로와 버스 정류장에 시내의 불빛들이 빼곡히 들어차 있었다. 나는 그 속 어딘가에 있을 여단 오빠과 그 여자 친구의 모습을 머릿속에 그려 보았다.

어쩌면 나란히 운동장을 돌지도 모르고 교문을 지날지도 모른다. 시내에서는 음료 한 잔씩을 시켜 놓고 테이블 위에 두 손을 나란히 올려놓고 대화를 나누기도 할 것이다. 간혹 의미 없이 손을 맞잡거나 손금을 손끝으로 따라가면서.

여단 오빠는 손이 차가운 편이니까 여자 친구는 따뜻한 편이 좋겠다.

거기까지 생각이 닿고 나면 나는 머리를 거세게 흔들었다. 정말 오지랖이 따로 없어. 내가 여단 오빠의 뭐라고.

하지만……. 나는 손을 꼭 쥐었다.

굳이 말하자면 프×세스 메×커에서 내가 어화둥둥 키우던 내 딸이 난데없이 신랑감을 데리고 나온 기분이라고 할까, 너무 기특하잖아!

그렇게 생각하며 내가 속으로만 눈물을 찍어 내는 그때였다.

"……아! 단아!"

교실에 가득 들어찬 소음 사이로 문득 들려온 목소리에 나는 고개를 퍼뜩 들었다.

주변을 두리번거리며 살피니 방금까지 영어 선생님이 수업하던 교탁은 진작 비어 있었고, 주번 두 명이 글씨로 가득찬 칠판을 부지런히 닦고 있었다.

나를 불렀던 이민아가 내 앞자리에 털썩 걸터앉았다.

"너 요즘 되게 정신없네. 무슨 일 있어?"

"어? 아, 아니, 별일 아니야. 근데 왜?"

그러자 민아가 의기양양하게 웃으며 말했다.

"너 아까 쉬는 시간부터 우리 얘기하던 거 못 들었지."

"응? 어."

전혀. 그렇게 덧붙인 나는 문득 민아의 등 뒤에서 초조하게 이쪽을 주시하던 윤정인과 마주쳤다. 그는 눈을 이리저리 굴리다가 눈살을 찌푸리다가 괜히 발을 탁탁 구르다가 했다.

도대체 무슨 일이지? 그리고 나는 다시 이민아에게 시선을 옮겼다.

그리고 갑자기 웃음을 터트린 이민아가 내 손을 잡으며 물었다.

"그럼 있지, 너도 안 나갈래?"

나는 눈을 깜빡였다.

"나가다니? 뭘?"

이윽고 민아의 입에서 떨어진 한마디에 나는 입을 크게 벌렸다.

"미팅!"

우와. 나는 한동안 그 말만 반복했다.

민아가 내 손을 놓을 때까지도 나는 그 두 글자가 주는 강렬한 충격에서 벗어나지 못했다.

나는 하염없이 읊조렸다. 미팅? 미팅이라고?

갑자기 강렬하게 밀려온 청춘의 향기가 내 주변을 뒤덮는 것 같았다.

그 단어가 튀어 나오자마자 몇몇 애들이 우리 옆으로 득달같이 달려와 앉았다. 주로 이민아와 친하게 지내는 애들이었다. 나랑은 평범하게 반 친구 정도의 사이였지만, 우리 반은 애초에 단합력이 좋은 편이었기 때문에 이 정도면 사이좋다고 할 수 있다.

그리고 이민아의 엉덩이를 자기 엉덩이로 살짝 밀어내서 자리를 차지한 여자애가 내 팔을 툭툭 치며 말했다.

"나가자, 나가자. 야, 상대가 남계고래."

남계 고등학교? 마침 공교로운 타이밍에 튀어나온 이름에 나는 입을 살짝 벌렸다. 하필이면 여단 오빠가 다니는 학교라니.

다른 애가 신난 표정으로 말을 받았다.

"공부도 잘하는데 잘생긴 애들도 몰려 있기로 유명하잖아. 특히 그, 있잖아. 2학년에 전설적인 사람 하나⋯⋯."

그 말을 들은 순간 나는 이어질 이름을 짐작했다. 우리 위 학년의 전설적인 사람이라면 딱 한 사람밖에 없지.

그렇게 생각하기가 무섭게 다른 애들이 삼중창이라도 하듯 동시에 외쳤다.

"반여단!!"

그 소리가 어찌나 컸던지 다른 애들이 일제히 이쪽을 돌아볼 정도였다. 그리고 주변을 힐끗거리던 나는 잠시 후 소리를 죽여 물었다.

"저기 말인데."

"응?"

나는 망설이다 물었다.

"설마, 여단 오⋯⋯ 아니, 반여단이 거기 나온다는 얘기는 아니지?"

물으면서도 나는 여단 오빠가 나와 아는 사이라는 사실, 그러니까 여령이와 여단 오빠가 남매 지간이라는 사실을 털어놓아야 하나 말아야 하나 몹시 고심했다.

이민아나 다른 이들의 표정을 보니 그 부분에 대해서는 전혀 모르는 모양이었다. 하기는, 얼굴을 보면 바로 알 테지만 여단 오빠는 잘 돌아다니지 않으니까.

과연 그랬다. 이민아는 내 물음을 듣자마자 상쾌하게 웃으며 손을 내저었다.

"응? 하하, 설마!"

"아, 역시 그렇지?"

나는 안도의 한숨을 내쉬었다. 하기는, 여단 오빠, 기껏 관심 가는 사람이 생긴 마당에 소개팅에 나오다니…… 말도 안 되지. 나는 고개를 내저었다.

다른 애가 말을 이었다.

"나와 주면 우리는 고맙긴 한데, 그 오빠 시내에서도 거의 본 사람 없기로 유명하던데. 학원도 안 다니는 것 같고. 학교 끝나면 거의 바로 집에 간다나 봐."

"얼굴 한 번 보고 싶다."

"그러게, 좀 더 돌아다니면 좋을 텐데."

이렇게 듣고 있으려니 여단 오빠가 무슨 전설의 포켓몬 같이 들리는군. 그렇게 생각하던 나는 대화를 마친 그들이 퍼뜩 나를 돌아보자 흠칫 놀랐다.

이민아가 재촉하듯 말했다.

"그래서 할래 말래? 4대 4인데 사람 거의 다 찼고 한 사람만 더 있으면 되는데."

"음, 으음, 잠시만."

나는 다시 고민에 빠져들었다. 여단 오빠가 나오지 않는다는 것은 천만다행인 일이었지만, 그것과는 별개로 여전히 고민이 되는 것은 어쩔 수 없다.

그도 그럴 게 나는 지금까지 이곳 생활 자체를 소설의 일부라고 받아들여 왔고, 때문에 반 애들과는 불편하지 않을 정도의 데면데면한 관계를 유지하고 있었다. 실제로 사대천왕을 제외한 다른 애들과 따로 놀러 가 본 적은 한 번도 없었다.

하지만 이제는 그러지 않기로 했으니까.

나는 심호흡을 했다. 그리고 내가 마침내 대답하기 위해 입을 여는 바로 그 순간이었다.

"왜 그래, 루다 때문에 그래?"

갑자기 이민아의 입에서 툭 튀어나온 나온 이름에 나는 헉 소리를 내뱉었다. 타이밍도 좋게 그러자마자 옆에서 시큰둥한 목소리가 튀어나왔다.

"내가 뭐?"

그렇게 되묻는 루다는 태연한 표정이었다. 마냥 밝은 모습을 가장하던 1학기 때와는 달리 지금의 루다에게서는 꾸미지 않은 무심함이 엿보였다.

이제니의 사건 이후 학교로 돌아온 그는 진짜 모습을 보여 주지 못한 것을 후회했던 그의 말이 아쉽지 않게 조금 더 솔직해졌다.

그리고 하나 더 달라진 점이 있다면 키가 컸다. 조금 왜소한 체구는 그가 남장 여자라서가 아니라 (반성하고 있다, 정말이다) 성장기가 조금 늦게 와서 그랬던 것뿐으로, 지금의 그는 키가 어느새 5센티는 자라 있었다.

건물에 침입했던 당시에도 눈높이가 조금 달라진 것 같아서 긴가민가했는데, 아닌 게 아니라 그는 방학동안 폭발적인 성장기를 맞이했던 것이다.

그리고 아마도 키는 앞으로도 크겠지. 아직도 매끈한 목을 보며 나는 생각을 맺었다. 그리고 언젠가는 목젖도 튀어나올 테고.

바로 그때 루다가 이민아에게서 시선을 떼고 나를 바라보는 바람에 나는 흠칫 놀랐다. 그의 예쁜 빛 눈동자에는 아직도 간혹 놀랄 때가 있다.

그때 민아가 짓궂게 웃더니 말했다.

"야, 우리 이럴 수 있는 것도 1학년 때나 가능한 거야. 아니, 우리가 2학년이었어 봐, 지금쯤 수능 1년 남아서 목 졸리지."

그건 그렇지. 나는 고개를 끄덕였다.

수능이 1년 가까이 남았는데도 야자 하기 싫다고 당당하게 빼 버리는 여단 오빠 쪽이 너무 대범한 거고. 확실히 앞으로 우리가 누릴 수 있는 자유는 점점 줄어들 터다.

그리고 다시 나를 돌아본 민아가 내 손을 두 손으로 붙잡으며 말을 이었다.

"그러니까 가자, 어? 나 너랑 가고 싶단 말이야. 우리 같이 놀러간 적도 없고."

"어, 응, 그렇지."

내가 대답하자 이민아는 환하게 웃다 말고 다시 루다 쪽을 휙 소리 나게 돌아보았다.

그에 루다의 눈꼬리가 움찔 떨렸다. 그것도 잠시, 그가 태연하게 웃으며 내뱉었다.

"왜 그런 눈으로 보는데?"

"너, 단이 나간다고 훼방 놓기 없다."

민아가 너무나 진지한 표정으로 그렇게 선언하는 통에 내가 다 민망해질 지경이었다.

그런데 그 순간 루다의 얼굴이 조금 붉어졌다.

잠시 후, 평소 같은 얼굴로 돌아온 그가 한 걸음 물러나더니 대답했다.

"……싫은데?"

"야, 저거 저럴 줄 알았어, 잡아!"

내가 채 뭐라 말하기도 전에 내 뒤에서 우르르 달려 나간, 아마도 나와 같이 미팅에 나가는 것일 터인 여자애들이 저마다 루다의 팔을 붙들거나 그의 옆구리를 찌르려고 했다.

하지만 루다가 당해 줄 리 있나. 1학기 때라면 모를까 2학기에 와서 루다는 자신의 모든 것을 솔직하게 내보이기로 작정한 바 있었다. 그리고 그 솔직한 모습에는 불행하게도 루다의 비정상적인 운동 신경이 포함되었다.

불과 수초도 안 지나서 루다에게 각각 이마 한 대씩을 얻어맞은 애들이 흑흑 소리를 내며 물러났다.

"너무해! 루다 너, 너무 변했어!"

"그래서 이제 내가 싫어?"

갑자기 표정을 바꾸어서 서운한 듯 눈썹 끝을 늘어뜨리며 묻는 루다의 모습을 보며 나는 혀를 내둘렀다.

와, 그래도 저건 안 변했네. 얼굴이랑 목소리를 이용해서 사람을 휘두르는 수완 말이다. 조금 다르게 말하자면 사람으로 하여금 원하는 것을 기꺼이 들어주고 싶게 만드는 능력이라고 하지, 아무튼.

방금까지 루다에게 기를 세우고 달려들던 애들은 괜히 죄책감을 느끼는 듯 주춤 물러났다.

저들끼리 시선을 교환하던 이들이 금세 루다에게 말했다.

"아니, 그런 건 아니고⋯⋯. 아, 정말, 그걸 왜 그렇게 진지하게 듣고 그래."

"사람 무안하게 시리."

달래는 애들에게 둘러싸여 빙긋 웃은 루다가 갑자기 이쪽을 돌아보았다.

그리고 그가 성큼성큼 걸어오자마자 묻는 말에 나는 당황했다.

"단아, 미팅 정말 나갈 거야?"

"어? 음……."

나는 말꼬리를 흐리는 한편 눈을 굴렸다.

방금까지만 해도 미팅에 대해서 확실히 의사 표명을 할 생각이었는데, 루다가 저런 눈으로 나를 보니까 말이 머릿속에서 제대로 만들어지지 않았다.

내 맞은편에 앉은 이민아가 다시 성을 냈다.

"야, 이루다, 너 눈빛 공격하지 말랬지!"

"내가 가진 수단을 활용하는 게 뭐가 나빠?"

"이루다 쟤 진짜 방학 끝나더니 갑자기 성격 못돼져 가지고."

이민아가 투덜거리는 가운데 루다의 푸른 눈이 다시 내게로 꽂혔다.

내가 입술을 말없이 어물거리는 바로 그때였다. 뒤에서 툭 튀어나온 누군가가 내 어깨에 팔을 걸쳤다.

나는 뒤를 돌아보았다.

"윤정인?"

"넌 또 뭐야?"

이민아가 한쪽 눈썹을 치켜뜨는 가운데, 윤정인이 손을 들어 올리며 예의 자신만만한 태도로 말했다.

"야, 그거 소개팅 왜 나가려고 그러냐? 그거 재미없어, 나가지 마."

그렇게 말하는 윤정인에게로 순식간에 시선들이 꽂혔다.

자리에 모여 있던 남녀 할 것 없이 입을 크게 벌리는 가운데, 입이 벌어진 것은 나도 마찬가지였다.

나는 새삼스런 눈으로 내 옆의 윤정인을 바라보았다. 벌써부터 미팅에 나가 본 적이 있어?

하기는. 나는 새삼 1학기 때의 일을 떠올렸다. 그때는 다들 고등학교 올라온 지 얼마 안 되다 보니 중학교 친구들을 만나는 일도 잦았는데, 그러다 보면 중학교 친구들끼리 서로의 고등학교 친구들을 소개시켜 주는 일이 허다했다.

왜, 예를 들어 어울리던 여러 명 중에 한 명만 다른 고등학교로 떨어지면, 중학교 인맥들을 동원해서 새 친구를 사귀는 것이 맨땅에서 새 친구를 사귀는 것보다는 훨씬 쉬우니까.

그런 이유로 학교가 다른 애들끼리 시내에서 뭉치는 경우가 자주 있었는데, 그러다 보면 그것을 넘어서서 미팅으로 발전하는 경우도 종종 있었다.

그리고 윤정인의 경우에는 바로 그 미팅에 참가했던 모양이었다. 역시 인맥 대장. 놀랍지도 않다.

　나보다도 다른 이들이 더 신나서 마구 물어 댔다.

　"너, 미팅 나가 본 적 있었어? 진짜? 어디랑?"

　삐쭉삐쭉 솟아난 검은 머리카락을 태연하게 쓸어 넘기며 윤정인이 대답했다.

　"아, 그, 일상 고등학교."

　"진짜냐."

　"난놈은 난놈이다."

　곳곳에서 찬탄의 말이 쏟아지는 것을 들으며 나는 그 학교 이름이 익숙하다는 것을 깨닫고는 입에서 한 번 굴려 보았다.

　아. 그러고 나서야 며칠 전 골목길에서 반휘혈을 패고 있던 그 날라리들이 말했던 것이 떠올랐다. 그 녀석들 일상고라고 했지. 이름까지는 기억나지 않지만.

　그리고 나는 갑자기 아련한 표정이 되었다.

　……아직 살아 있을까? 그 녀석들?

　내가 생각에 잠긴 사이, 앞에서는 이민아와 윤정인을 중심으로 대화가 와자지껄하게 이어지고 있었다.

　"일상고 좋겠다. 거기 예쁜 애들 많기로 유명하잖아."

　"재밌던?"

　그에 눈을 한 바퀴 굴린 윤정인이 대답했다.

"아니, 그냥 그렇던데. 애들 다 예쁘긴 한데, 그래도 너네랑 노는 게 훨씬 재밌지."

그러자 곧바로 비난의 목소리들이 쏟아져 나왔다.

복 많은 새끼, 니가 그러니까 아직 여자 친구가 없는 거지. 여러 말들 가운데서 유난히 선명하게 들리는 목소리가 있었다.

"야, 얼마나 재밌냐가 중요한 게 아니라 누구랑 나오냐가 더 중요한 거 아니냐?"

"방금 그거 말한 거 누구냐? 명언이다, 명언."

적어 놔야 돼. 누군가 호들갑을 떨고 웃음소리가 쏟아지는 그때였다. 누군가의 말이 소란스러운 공기를 뚝 끊어 놓은 것은.

"야, 그런데, 아무리 남계 고등학교라도 윤정인보다 잘생긴 애들 없는 거 아니냐?"

"……."

가끔 쉬는 시간이나 점심시간에 누군가 스피커를 끄기라도 한 것처럼 갑자기 조용해지는 그런 순간들이 있었는데 지금이 그랬다. 보통은 아무런 이유가 없는 것에 비해 지금은 엄연히 이유가 존재한다는 것이 다르다면 조금 달랐다.

잠시 침묵이 흐른 뒤, 모두가 일제히 눈을 들어 그렇게 말한 녀석을 쏘아보기 시작했다. 맹렬하게 노려보고 있는 것은 주로 여자애들이었다.

그렇게 말한 녀석이 당황하며 한 걸음 뒤로 물러났다.

"아, 아니냐? 윤정인 잘생겼잖아."

"윤정인 잘생긴 거랑 우리가 미팅 나가는 거랑 뭔 상관이야?"

이민아가 심드렁한 표정으로 되묻는 가운데, 나는 검은 머리칼 사이로 드러난 윤정인의 귀가 놀랄 만큼 시뻘게지는 것을 확인했다.

나는 속으로만 휘파람을 불었다. 윤정인, 잘생겼다는 말에 면역 없구나.

그것을 눈치챈 것은 물론 나뿐만이 아니었다. 얼마 안 가 윤정인 주변 다른 애들이 호들갑스럽게 윤정인의 옷깃 안에 손을 넣으면서, 야, 너 목 빨개졌는데? 열나는 거 아니냐? 하고 물어 댔다.

그 말처럼 목까지 새빨개진 윤정인이 뒤로 달아나며 외쳤다.

"아, 뭐가 잘생겨! 이상한 소리 말고."

"너, 전에 수련회 사회 볼 때는 지입으로 떠들어 놓고. 야, 너 이렇게 멀쩡하게 구니까 적응 안 된다."

"나는 네가 자의식 과잉인 줄 알았어."

일제히 한마디씩 하는 가운데, 이민아의 단호한 말이 소란을 잘랐다.

나는 다시 그쪽으로 고개를 돌렸다.

"야, 인정할 건 인정하자. 윤정인 잘생겼지. 잘생겼는데, 이중에 윤정인 보고 설레는 사람 있어?"

그러자 다시 한 번 침묵이 흘렀다. 나는 속으로만 윤정인을 향해 애도를 표했다. 윤정인, 대화에 한 번 꼈다가 갑작스레 화살이 돌아가서 이렇게 되는구나.

그런데 어쩌다가 얘기가 이쪽으로 흘렀더라? 내가 생각하는 가운데, 윤정인이 조금 침통한 목소리로 말했다.

"야, 너희 좀 너무하는 거 아니냐."

"왜, 잘생긴 거 인정해 줬잖아. 그런데 그거랑 이성적인 감정이랑은 별로 관계가 없는 거라고."

"뭐?"

뭔가 새로운 이야기가 시작될 기미가 보였다. 나는 가만히 턱을 괴고 이민아를 향해서 귀를 기울였다.

모두의 시선을 받으며 이민아가 당돌하게 선언했다.

"남녀 간의 사귐에는 환상이 있어야 하는 거야."

환상, 환상이라. 나는 중얼거렸다. 그 가운데 윤정인의 짙은 눈썹 끝이 슬그머니 치켜 올라갔다. 그가 불퉁하게 물었다.

"그럼, 나한테는 환상이 없다고?"

"넌 그걸 꼭 말해야 아냐."

윤정인의 입이 다시 댓발 튀어나왔다. 그가 반을 향해 턱 짓하며 물었다.

"야, 솔직히 같은 반 애들 중에서 환상을 품을 만한 애들이 어디 있는데?"

그 말이 떨어지기가 무섭게 애들은 일제히 한곳을 보기 시작했다. 따라서 고개를 돌렸던 나는 납득했다. 아, 과연.

거기에는 모처럼 마음에 드는 책을 찾은 듯, 보라색 표지 책을 갖고 와서 오늘은 쉬는 시간에 말 걸지 말라던 (특히 윤정인) 신서현이 있었다. 신중한 표정으로 책장을 넘기는 그의 모습을 가만히 보다가 나는 이민아를 따라서 고개를 돌렸다.

창가 쪽에 앉은 김 쌍둥이가 모처럼 학구적인 토론에 열 올리고 있었다. 분자의 결합력이 어쩌고 하는 것으로 보아, 최근 영재 교육원에서 배운 내용에 대해서인 것같았다.

그리고 다시 침묵이 흐르는 가운데 윤정인이 입을 열었다.

"신비감으로 쟤들을 이기라는 건 좀 너무하지 않냐."

인정합니다. 내가 속으로 중얼거리는 사이 심드렁하게 턱을 괴며 이민아가 다시 말을 이었다.

"누가 이기랬냐? 그냥 알아는 두라는 거지."

그렇게 말하며 이민아가 검지를 치켜들었다.

"오랫동안 알아 온 잘생긴 너보다 미팅 나가서 다른 애한테 마음이 끌릴 확률이 더 높다는 거."

윤정인이 다시 투덜거렸다.

"아니, 비유를 해도 꼭."

"말마따나 그럼 단이는 미팅 왜 나가겠냐?"

응? 대화가 갑자기 이쪽으로 튀는 바람에 당황한 나는 고개를 들었다.

고개를 들고 보니 애들의 시선이 모두 이쪽으로 쏟아지고 있었다. 목덜미에 식은땀이 흐르는 것 같았다.

그리고 이민아의 말이 다시 들려왔다.

"단이는 사대천왕이랑 알고 지내는데. 윤정인이 잘생겼다고 미팅 못 나갈 거면 단이는 미팅 나갈 이유가 없지. 누굴 봐도 설레지 않을 텐데."

"아, 그러네."

"애초에 사귈 마음이 있는 사람끼리 만나는 거랑 없는 사람끼리 만나는 거랑 다르다니까."

흐음. 환상, 환상이라. 대화가 끝나고 그렇게 중얼거리던 나는 이민아가 다시 나를 돌아보자 흠칫 놀랐다.

다시 내 쪽으로 고개를 숙인 그녀가 윤정인을 매섭게 까던 게 언제냐는 듯, 산뜻하게 웃으며 물었다.

"그래서 말인데. 단아, 나갈 거지? 응? 좀 이상한 놈 있으면 내가 바로 파토 낼게."

"아, 그거 말인데."

나는 머쓱하게 뒷머리를 긁적이고는 말했다.

"나, 그냥 안 나가려고."

정작 나를 설득하기 위해 오간 대화의 내용과는 별로 상관이 없는 결론이었다. 이민아와 다른 아이들의 얼굴에 일제히 의문이 떠올랐다. 황당하다는 표정을 지은 이민아가 물었다.

"엥. 왜?"

"아니, 별 이유는 아닌데. 나, 보기보다 낯가림 엄청 심하잖아. 그것도 그렇고 괜히 내가 잘 못 놀아서 너희 분위기 어색해지는 거 싫어서."

뺨을 긁적인 내가 대답하자 이민아가 살짝 눈을 찡그렸다.

"뭐 그런 걸 신경 써?"

이민아가 말하는 것을 시작으로 곳곳에서 동조의 소리가 나왔다. 맞아, 신경 쓰지 마. 잘 놀고 못 노는 게 뭐가 중요해?

음, 하지만. 나는 윤정인 쪽을 힐끗 쳐다보았다. 윤정인 같은 애가 나오면 내가 분위기를 따라갈 수 있으리란 자신이 도저히 없는걸.

무엇보다도 내가 아직 이성 교제에 대해 아무런 생각이 없는 것도 문제였다. 괜히 이런 마음가짐으로 나갔다가 여자 친구를 사귀고 싶었던 애들의 마음을 좌절시키면 그건 그것대로 미안해서.

어색하게 웃은 나는 말을 이었다.

"그냥 너희끼리 놀 때 불러 주라. 나, 너희랑 시내에서 놀고 싶어."

"아, 진짜? 그럴래, 그럼?"

사실 미팅은 별 상관이 없었던 것인지, 금세 표정이 환해진 이민아가 좋다고 말하고는 즉석에서 다른 후보들을 끌어모으기 시작했다.

　그럼 누가 나갈래? 남계고 누군데? 우리 학원 애들인데…….

　대화가 오가는 것을 듣다가 불쑥 고개를 든 내가 말했다.

　"아, 민아야."

　"응?"

　"괜찮으면 다음에 너희 학원 이야기도 해 줄 수 있어? 나, 학원 알아보려고 해서."

　그렇게 말하며 나는 배시시 웃었다.

　내가 방학 때 도서관을 오가며 공부한다고 한 것에 비해서 9월 모의고사 성적은 크게 오르지 않았다. 아마 방학 때 다른 애들도 나만큼 열심히 공부해서겠지만, 학원을 다니는 애들은 학원 특강으로 아침 9시부터 밤 10시까지 공부했다고 하니, 아무래도 혼자서는 그렇게 공부할 엄두는 안 나는 게 사실이라서 차라리 학원을 알아보는 게 낫지 않을까, 하는 생각을 요즘 하고 있었다.

　내 물음에 잠시 눈을 크게 뜬 민아가 다시 고개를 끄덕였다.

　그것도 잠시, 어깨를 움츠린 민아가 키득키득 웃으며 말했다.

　"그런데 너, 그럼 어차피 미팅에 나올 남자애들 다 만나겠다. 우리 학원 애들이거든."

"아, 진짜?"

"응, 다음에 소개시켜 줄게."

미팅 목적이 아니고서야 괜찮지. 고개를 끄덕인 나는 마침 수업 시간 준비종이 울리자 자리에 앉았다.

서랍에서 책을 꺼내 오늘 배울 부분을 펼치는데, 멀리서 이쪽을 응시하는 시선이 느껴져서 고개를 들자 루다였다.

루다는 나를 향해 몹시 만족한 듯한 시선을 보내고 있었다.

* * *

그날 하교는 은지호와 함께였다.

나와 반여령이 납치당하고부터 별다른 날이 아니고도 다른 일정이 있지만 않으면 은지호는 나와 반여령을 굳이 차에 태워 데려다주려고 했다. 주인이는 같이 가는 날도 있고 아닌 날도 있었다.

평소처럼 시답잖은 말장난이 오가는 가운데, 내가 불쑥 말했다.

"아, 맞다. 나 오늘 미팅 나갈 뻔했다."

그에 반여령이 앉은 자리에서 튕기듯 몸을 일으켰다.

"뭐? 뭐?!"

한편 맞은편을 보니 은지호도 놀란 표정인 것은 마찬가지였다.

한참을 눈을 동그랗게 뜨고 내 얼굴을 보다가 문득 몸을 일으키며 은지호가 말했다.

"야, 놀랐다. 애들 너 낯가림 심한 거 모르냐?"

"알긴 아는데 그렇게까지 심한 건 모를걸?"

"그래? 어떻게 그걸 모르지. 말실수 심하게 하고 손도 떠는데."

그렇게 말하며 은지호는 방금 꺼낸 물병을 기울여 컵에 물을 따르려고 했다.

바로 그때였다. 은지호가 하는 양을 미심쩍은 듯 지켜보던 반여령이 입을 떼었다.

"음, 야, 은지호."

그녀의 목소리는 몹시도 조심스러웠다. 은지호가 그쪽을 보며 평소와 같이 태연한 모습으로 물었다.

"왜?"

"바지가 목 마르다던?"

"뭐? 아, 씨."

은지호가 급하게 냅킨 몇 장을 뽑아 바지 위의 물을 훔쳐 내기 시작했다.

나도 반여령도 황당해하는 표정으로 그런 은지호의 모습을 지켜보았다. 아니, 애가 평소랑 하나도 다르지 않은 얼굴을 하고 허벅지 위에 물을 콸콸 붓고 있으면서 전혀 눈치를 못 채?

그때 반여령이 내게로 몸을 기울이며 물어 왔다.

"단아, 그래서 어떻게 한다고 했어? 안 나갈 거지? 응? 응?"

그런 거 나가지 마. 내 두 손을 잡고 매달리듯 하는 반여령을 보며 나는 작게 웃음을 터트렸다.

손을 내밀어 그녀의 결 좋은 검은 머리카락을 쓸어 넘겨 주며 내가 말했다.

"내가 나가서 뭐 하겠어. 분위기나 망치지 않으면 다행이지."

"아, 뭐야, 그런 식으로 말하지 마! 그래도 안 나가는 건 좋다."

그리고 여령이는 내 팔에 팔짱을 끼고는 어깨에 기대어 히히 웃었다.

나는 그런 여령이의 모습을 웃으며 바라보았다. 아무튼 내가 미팅을 나가지 않은 데는, 내가 남자 친구를 사귈 경우 여령이와 다른 친구들과 함께할 시간이 적어질 것이란 이유도 있다. 지금도 잘 못 만나는데, 내가 학원을 다니기 시작하면 더 못 만날 텐데 남자 친구는 무슨.

그러고 보니 문득 떠오르는 것이 있었다.

나는 다시 고개를 돌려 은지호를 바라보았다.

은지호는 진한 회색으로 얼룩이 남은 바지를 내려다보며 미간을 구기고 있었다. 그나마 물인 게 다행이지, 뭐. 그렇게 중얼거리며 나는 은지호의 모습을 오랜만에 머리부터 발끝까지 샅샅이 훑어보았다.

은색 모피 털처럼 흠 하나 없이 눈부시게 반짝이는 은색 머리카락, 그 아래 선명한 검은 눈이 문득 나를 향했다.

손에 달라붙은 젖은 냅킨을 하나하나 떼어 휴지통에 털어 넣으며 은지호가 물었다.

"왜 봐?"

"아, 그게."

나는 천천히 반에서 오갔던 얘기에 대해 털어놓았다.

이민아와 윤정인의 사이에 오갔던 얘기들. 남녀 간의 사귐에는 환상이 필요하다든가, 너무 오래 안 사이에는 설렘이 싹트기가 힘들다든가 하는 얘기들.

잠자코 듣고 있던 은지호가 마침내 입을 떼었다.

"그래서, 나를 보면서 설레나 안 설레나 확인했다고?"

나는 눈을 굴리고는 대답했다.

"아니, 뭐, 꼭 그렇지는, 음, 응, 뭐."

"맞다는 거야, 아니라는 거야."

은지호가 그렇게 말하며 내 볼을 가볍게 꼬집다 말고 여령이에게 손을 얻어맞았다.

아차. 투덜거리며 맞은 손을 주무르던 은지호가 말했다.

"그런데, 꼭 오래 봤다고 해서 환상이 사라지란 법은 없지 않나? 다 아는 것도 아니고."

"응?"

나는 눈을 크게 떴다.

은지호가 허공으로 시선을 옮기며 말을 이었다.

"왜, 예를 들면 우주인."

"아아."

나는 물론이고 여령이도 고개를 끄덕였다. 손을 들어 관자놀이 부근을 툭툭 두드린 은지호가 말을 이었다.

"나는 그 녀석 오래 봤는데도 영 모르겠더라."

"아, 그거 진짜네. 환상이랑은 거리가 조금 먼 것 같지만."

여령이마저 동의의 소리를 내놓는 가운데, 가만히 생각에 잠겨 있던 내가 문득 입을 떼었다.

"그러고 보니 은형이도 그래. 은형이도 나는 잘 모르겠어."

"아, 은형이……."

그렇게 중얼거리는 여령이의 검은 눈이 잠깐 가라앉았다.

그러고 보면. 나는 한울 그룹 창립 기념 파티 때를 생각했다. 그때 이후로 여령이를 대하는 은형이의 태도가 조금 달라졌다 싶으면서도 또 다 같이 있을 때는 크게 변한 게 없어서.

내가 잠시 고개를 기울이는 사이, 여령이가 확신 섞인 목소리로 말했다.

"맞아, 은형이도 확실히 잘 모르겠더라."

"그렇지."

"그리고 유천영."

반여령이 단호하게 하는 말에 나는 잠깐 웃음을 터트렸다. 유천영 얘기가 왜 안 나오나 했다.

내 표정을 잠시 살피던 은지호도 피식 웃음 짓더니 말했다.

"걔는 평생 봐도 잘 모를 것 같은데. 걔는 그냥 존재 자체가 미스터리잖냐."

"맞아, 맞아."

내가 맞장구칠 무렵 차가 아파트 앞에 멈추어 섰다. 킥킥 웃던 여령이가 달칵 차 문을 열었다.

내리는 여령이 뒤로 나도 웃으며 따라 내리는 그때였다.

갑자기 뒤에서 목소리가 들렸다.

나는 뒤를 돌아보았다.

"그리고, 너."

"응?"

"내 환상."

나는 잠시 걸음을 멈추었다.

그 가운데 은지호의 손이 갑자기 다가와서 헝클어진 내 머리카락을 정돈해 주었다.

마지막으로 흘러내린 머리카락을 귀 뒤로 넘겨 준 그의 손이 갑자기 다가와서 내 이마를 살짝 눌렀다.

나는 작게 신음했다.

"아."

"왜 그렇게 보냐."

"내가 뭐?"

그렇게 말하는 사이 은지호는 이미 차 안으로 깊숙이 들어가 버렸다.

손을 흔드는 그를 노려보며 이마를 매만지던 나는 문을 쾅 닫았다. 그러고 나서야 잠깐, 저 차 엄청 비싼 차인데. 하는 생각이 들어서 나는 조금 어깨를 움츠렸다.

설마 흠집 나지 않았겠지? 그렇게 생각하며 떠나는 차를 힐긋거리는 내게 여령이가 다가왔다.

여령이가 물었다.

"왜 그러고 있어, 단아? 은지호가 뭐래?"

"응? 아니⋯⋯."

이마를 매만진 나는 천천히 걸음을 옮겼다. 문득 한 번 더 돌아봤을 땐, 차는 이미 사라지고 없었다.

* * *

그 주 주말. 나는 주말인 보람도 없이 공부에 매진할 계획이었다.

얼마 전에 전국 9월 모의고사를 보았고, 다음 전국 모의고사는 11월이긴 하지만 우리 학교는 사설 모의고사를 보기 때문에 사실상 모의고사가 없는 달이 없었다.

그리고 지난 전국 9월 모의고사 성적을 묻는다면, 하필 루카스와 함께 루다를 구출하고 온 다음 주가 모의고사였기 때문에 깔끔하게 말아 먹었다. 사실 그건 공부를 못한 탓이라기보다는 내가 20층인가 되는 빌딩을 온통 뛰어 다닌 대가로 몸살이 난 탓이 컸다.

그러면 여령이나 루다는 어땠냐고?

뭐 그런 당연한 질문을.

여령이야 우리가 뛰어다닌 Reed사 빌딩이 20층이 아니라 63층이었어도 몸살 따위 나지 않았을 것이 틀림없고, 루다는 그동안 쉰 게 다 뭐였냐는 듯 학교에 돌아오자마자 치른 모의고사에서 전교 10등을 차지했다.

뭐, 그래도 어쩔 수 없지. 아침 9시에 알람이 울리자마자 일어나서 책상 앞에 앉은 나는 흩어지는 의욕을 애써 끌어모으며 샤프를 다잡았다.

그 애들이 까마득하게 위에 있다는 게 내가 노력하지 않을 이유가 되는 건 아니니까. 그 말을 되뇌면서 나는 문제집을 펼쳤다.

토요일의 아침이라 집 안은 죽은 듯이 고요했다.

문을 열어 놓고 있는데도 거실로 통하는 문 쪽에서는 아무런 소리도 나지 않았다. 가끔 새 우는 소리만이 책상 위 창문을 통해 흘러들어 올 뿐이었다.

어, 안 되는데. 가물가물 잠기기 시작하는 정신을 어떻게든 깨워 보겠다고 다시 한 번 고갯짓을 한 나는 모의고사 문제집을 한 장 넘겼다. 연습장 위에 수식을 적고 있던 샤프 끝이 길게 미끄러졌다.

나는 결국 크게 한 번 하품을 했다. 눈을 비비며 나는 중얼거렸다.

"아, 주말 아침부터 공부하는 건 좀 무리였나……."

그리고 나는 플래너를 살피기 시작했다.

어젯밤에 미리 적어 놓고 잠든 바에 따르면, 내가 오늘 해야 할 공부는 언어 모의고사 1회, 수리 모의고사 1회, 외국어 모의고사 1회, 그리고 과학 탐구 영역 기출 문제 한 회 분씩…….

그러면 점심 먹고 넉넉히 한 시쯤 시작해도 될 것 같은데.

결국 나는 이불 속에서 주말 아침을 만끽하기로 마음을 바꿨다. 역시 이불 밖은 위험하지. 주말에는 특히 더욱 더.

낮잠 잘 생각에 벌써부터 행복해진 내가 실실 웃으며 침대에 막 몸을 던지려는 그때였다. 책상 위에 놓여 있던 핸드폰에서 요란하게 진동이 울리기 시작했다.

드드드득— 소리를 내며 반 바퀴씩 도는 핸드폰을 멍하니 보고 있던 나는 황급히 그것을 낚아챘다.

"여보세요?"

[단이야! 받는구나, 다행이다.]

이민아였다. 그녀의 목소리에 깊은 안도감이 깃들어 있

어서 나는 의아해졌다.

주말 동안 숙제 같은 건 따로 없었던 걸로 아는데, 그새 우리 반에 무슨 일이라도 일어난 걸까? 그것 외에는 그녀가 이렇게 급한 목소리로 내게 전화를 걸 이유가 달리 떠오르지 않았다.

그리고 이민아의 다급한 목소리가 이어졌다.

[단아, 혹시 지금 바빠? 오늘 중에 바쁜 일 있어?]

"어? 아니, 그런 건 없는데."

[와, 살았다!]

응? 어리둥절해 있던 나는 환호 뒤로 따라붙는 그녀의 말에 깜짝 놀랐다.

[단아, 그럼 너 미팅 안 나올래?]

곁에 아무도 없는데 괜히 좌우를 두리번거리다가 정신을 차린 내가 마침내 되물었다.

"뭐?"

[미팅! 내가 전에 목요일엔가 물어봤던 그거 있잖아! 그거 한 사람이 펑크 냈는데 사람 수 안 맞춰서 가기도 뭣하잖아, 그래서.]

아, 그건 그렇겠네. 듣고보니 납득 가는 이유라 나는 작게 한숨을 내쉬었다. 확실히 사람 수가 안 맞으면 반대쪽에서 한 사람은 손 놓고 놀고 있어야 한다는 뜻이니까 엄청 곤란하기는 하겠지.

미간을 좁히고 아직 펼쳐진 문제집 쪽을 보며 이마를 긁적이기를 한참. 결국 한숨을 내쉰 나는 말했다.

"음, 알았어, 몇 시에 어디에서 볼까?"

그러자 민아의 목소리가 확 밝아졌다.

[와, 살았다. 진짜, 진짜 고마워. 내가 다음에 매점에서 뭐 살게.]

나는 핸드폰을 어깨와 귀 사이에 끼운 채 몸을 기울여 종합장 위에 글씨를 받아 적었다. 12시, 왕십리 역 투썸 플레이스 앞. 그러다 말고 나는 문득 시시한 생각을 했다.

투썸 플레이스? 썸을 타기 위한 장소?

음, 은지호나 다른 애들이 내 옆에 있었으면 한숨을 내쉬었을 저질 개그로군. 고개를 절레절레 내저은 나는 문득 핸드폰을 내려놓고는 옷장을 열었다.

"아, 큰일 났다."

입을 만한 옷이 하나도 없는데. 편한 옷을 좋아하는 데다 달리 차려입고 나갈 일도 없이 집, 학교, 도서관, 집, 학교, 도서관을 반복하다 보니, 옷장 안을 차지한 것은 죄다 맨투맨 아니면 후드 티였다. 아니 물론 상대편도 일단 같은 고등학생이니만큼 차려입고 나오지는 않겠지만. 그래도 예의라는 게 있지.

한동안 관자놀이를 꾹꾹 누르고 있던 나는 결국 구원자를 부르기로 했다.

문자를 보낼까 하다가 그냥 전화를 걸었다. 신호가 간 지 얼마 되지 않아 신호음이 끊기더니 또렷한 목소리가 날아왔다.

[여보세요?]

역시 반여령. 내가 아는 중에서는 제일 칼 같은 아침형 인간.

감탄하다 말고 내가 물었다.

"여령아, 너 혹시 입고 나갈 만한 옷 있어? 맨투맨 말고, 음…… 적어도 블라우스 같은 거."

[응, 얼마 전에 고모가 몇 개 주고 갔어. 우리 집 와서 괜찮은지 봐 봐.]

"오, 그럼 지금 갈게."

냉큼 대답한 내가 곧장 신발장으로 나가서 슬리퍼에 발을 꿰는 그때 물음이 돌아왔다.

[그런데 갑자기 그런 건 왜? 도서관 갈 거면 좀 더 편한 옷이 좋지 않아?]

"아, 그게. 전에 은지호 차에서 미팅 얘기한 거 있잖아, 왜."

[응.]

"그거, 나가게 됐거든."

바로 그 순간 반여령의 숨소리가 커지는가 싶더니 갑자기 통화가 뚝 끊겼다. 응?

"여보세요, 여보세요?"

핸드폰에 대고 몇 번 부르던 나는 곧 포기하기로 했다. 어차피 바로 옆집인데, 뭐.

익숙한 하늘색 철문에 대고 주먹을 몇 번 두드렸는데 왜인지 대답이 없어서 나는 곧장 번호를 입력하기로 했다. 어차피 내가 이 집 비밀번호 아는 거 여령이네 가족들도 다 알고 있고. 게다가 여령이네 집은 여령이뿐만 아니라 가족 모두가 아침형 인간이었기에 지금쯤 다들 깨어 계시리라.

번호 키를 입력하자 경쾌한 띠리릭 소리와 함께 잠금이 해제되었다. 내가 막 문고리를 돌려 당기는 그때였다.

문이 당겨지지가 않았다.

응? 인상을 쓴 나는 다시 한 번 문을 당겨 보았다. 이상하네, 분명히 잠금 해제되는 소리가 났는데. 생각하던 나는 문득 말했다.

"반여령, 너 거기 있어?"

"아니!!"

냉큼 돌아오는 대답에 나는 기침을 터트렸다. 내가 황당해하며 대답했다.

"야, 없다고 대답하는 사람이 어디 있어!!"

"몰라, 그런 사람 여기 없어!"

저건 또 무슨 소리래?! 내가 다시 외쳤다.

"이 문 열어!"

"거짓말쟁이! 미팅 안 나간다며!!"

"뭐?!"

나는 입을 쩍 벌렸다. 문 안 열어 주는 이유가 그것 때문이었냐! 그렇다고 정말로 내 옷장에 있는 맨투맨이나 후드티를 입고 미팅을 나갈 수는 없었다. 그래서는 민아한테 미안하잖아!

그새 문이 다시 잠기고 말았다. 마음이 급해진 나는 문을 두드리며 입을 열었다.

"아니, 여령아! 나도 나가려고 나가는 건 아닌데, 대타가 필요하다잖아! 그렇다고 반대편 사람 하나 돌아가라기에는 너무 안타깝고 미안해서, 그래서 나가기로 한 건데! 그러니까 이것 좀 열어 주라!"

"흑흑, 싫어, 배신자야!"

"아니, 배신자라고 할 것까지는 없잖아!"

그 뒤로도 이어진 반여령의 길고 긴 공성은 부모님의 개입으로 허무하게 막을 내렸다.

가진 힘을 거의 잃은 내가 철문에 기대어 헉헉거리고 있으려니, 갑자기 띠리릭 소리와 함께 문이 열렸다.

문과 함께 밀려난 나는 몇 걸음 뒷걸음질 치다가 고개를 들었다.

"……너희 뭐 하니?"

주말의 평화를 방해받은 반여령의 부모님이 황당한 표정

을 짓고 계셨다.

* * *

너희 이제 고등학교 1학년이나 됐는데 싸우면 안 된다, 어쩐다 소리를 늘어놓은 반여령의 부모님은 반여령과 내가 그런 거 아니라고 극구 부인하고 나서야 간신히 납득하셨다.

반여령네 어머니가 팔짱을 끼고는 한숨을 내쉬었다.

"나는 또 너희 어렸을 때처럼 심하게 싸운 줄 알았잖아. 여령이가 문에 매미처럼 달라붙어서 떨어질 생각을 안 해서."

"아, 아니에요."

대답하는 한편 나는 조금 감탄을 섞어 반여령을 힐긋 보았다.

사실 문이 워낙 움직일 생각을 안 해서 내가 비밀번호를 틀린 건가, 잠금 해제되는 소리는 환청이었나 의심하기도 했는데, 그러니까 정말 그게 반여령의 순수한 힘이었단 얘기지? 하여간 장사야, 장사.

감탄하다 말고 나는 여령이의 표정을 본 나는 눈을 크게 떴다. 여령이는 갑자기 입술을 꾹 깨물고 바닥만 보고 있었다.

왜 저러지? 생각하던 나는 깨달았다.

방금 여령이 어머니의 말.

'나는 또 너희 어렸을 때처럼 심하게 싸운 줄 알았어.'

그제야 내가 중학교 1학년 때, 처음 이곳에 떨어졌던 날 나를 대하던 여령이의 태도를 떠올렸다.

중학교 1학년 때 있었던 백여민 일은 여단 오빠밖에 모르니까, 양쪽 부모님이 다 아실 정도로 크게 싸웠다면 역시 그때였을까?

내가 생각에 잠긴 사이, 우리를 두고 부엌으로 향한 여령이네 어머니가 주스를 내오셨다.

"아, 감사합니다."

내가 대답하고 여령이네 어머님이 나가고 나자, 다시 뻘 줌한 침묵이 우리를 감쌌다. 눈앞의 반여령은 퉁퉁 부은 얼굴로 오렌지 주스 잔을 노려보고 있었다.

내가 조심스레 입을 떼었다.

"음, 저기."

그때 여령이가 불쑥 입을 열었다.

"어디랑 해?"

"응? 아, 남계 고등학교."

그런데 그건 왜? 내가 묻기도 전이었다. 오렌지 주스 잔을 한참이나 내려다보던 여령이가 돌연 결연한 표정을 지으며 자리에서 일어났다.

"이 오렌지 주스가 식기 전에 그 놈들을 없애고 올게."

"진정해, 반여령. 그리고 이 오렌지 주스 시원한 거야."

반여령이 삼국 시대에 태어났으면 관우를 이기고도 남았을 것이다.

아무튼 일련의 대화 끝에 반여령은 우는 시늉을 하며 본인의 옷장을 개방했다.

아니나 다를까 반여령네 친척들이 주고 간 옷들이 옷장에 산더미처럼 쌓여 있었다. 이 중에 반여령이 잘 입는 옷은 손에 꼽을 정도지만.

옷장을 뒤지다 말고 나는 문득 떠오른 생각에 입을 열었다.

"여단 오빠는? 안 보이네. 원래 주말에 집에서 안 나가시잖아. 도서관을 다니는 것도 아니고."

내 목소리가 나무 옷장 사이로 파묻혔다.

팔짱을 끼고 못마땅한 표정으로 나를 보던 여령이가 대답했다.

"오빠? 오빠는 친구들 공부 봐준다고 아침 일찍 나갔어."

"그래? 어쩌다가?"

물론 여단 오빠의 성적을 생각하면 친구들 공부 봐주는 게 딱히 놀라운 일은 아니나. 문제는 친구고 뭐고 남에게 잘 신경 쓰지 않는 여단 오빠의 성격에 있었다.

글쎄, 내가 공부 좀 봐달라고 해도 과연 봐줄까 싶을 정도인데. 게다가 여단 오빠는 친한 사람에게 더욱 가차 없 기까지 하다.

반여령이 대답했다.

"내기에서 졌대."

"아, 과연."

그렇게 된 거였군. 고개를 끄덕인 나는 체크무늬 블라우 스 하나를 집어 들고 턱 아래 대 보았다.

빙글 돌아선 내가 물었다.

"여령아, 이거 어때?"

"너무 예뻐서 안 돼."

"아니, 그렇게 생각하는 건 너뿐일걸."

아무튼 다섯 개 정도의 옷을 목 아래 대 본 다음, 나는 결론을 얻었다. 음, 반여령. 옷 고르는 데 아무런 도움이 안 되는군.

나는 결국 되는 대로 사진을 찍어 사진을 첨부해서 문자 를 보냈다.

[받는 사람 : 권은형
은형아, 뭐가 제일 나아?]

역시나 내가 아는 한 둘째가라면 서러울 아침형 인간, 은 형이에게서 빠른 답장이 도착했다.

[보낸 사람 : 권은형
다 예쁘네. ㅎㅎ]

음, 이쪽도 도움이 안 되는 군.
내가 결론 내리는 사이, 다시 문자가 도착했다.

[보낸 사람 : 권은형
어디 나가게?]

[받는 사람 : 권은형
아ㅎㅎ 같은 반 친구가 도와달라 그래서 미팅 나가!]

나는 잠깐 망설이다 덧붙였다.

[받는 사람 : 권은형
큰 기대하고 나가는 건 아니고 그냥 대타로ㅎㅎ…… 욕 안
먹겠지?ㅠ]

그러자 한동안 답장이 없었다.
음. 고개를 기웃한 나는 핸드폰을 놓고는 다시 한 번 옷
들을 대 본 끝에 결국 하나를 골라냈다. 낙엽 무늬와 붉은
열매 무늬가 들어간 밝은 황토색 블라우스였다.

여기에 청바지 입고 가볍게 카디건이라도 하나 걸치면 되겠지. 내가 그렇게 중얼거리며 옷걸이를 팔에 거는 그때였다.

핸드폰이 다시 울렸다.

[보낸 사람 : 권은형
ㅎㅎ 욕을 왜 먹어. 욕하는 사람 있으면 내가]

그리고 또 답장이 없었다.

나는 핸드폰 화면을 한참이나 빤히 보았다. 언제나 말 맺음을 잘하는 것은 물론, 온점까지 빼먹지 않는 은형이로서는 흔치 않은 말 끊기였다.

은형아? 내가 속으로 부르는 그때, 다시 답장이 도착했다.

[보낸 사람 : 권은형
조금 더 편하게 입고 나가는 건 어떨까?]

[받는 사람 : 권은형
아 갠차나 이미 옷 골랐어]

[보낸 사람 : 권은형
ㅎㅎ…… 그래…….]

저 온점의 여운은 또 뭐지? 생각하던 나는 시간을 보고는 헉 했다.

옷 고르는 데 거의 한 시간을 썼네! 아니, 엄밀히 말하자면 그중에 30분 정도는 반여령과 문을 잡고 실랑이하는 데 썼겠지만…….

그리고 나는 뒤를 돌아보며 말했다.

"여령아, 나 약속 시간 얼마 안 남아서 가 볼게! 옷은 드라이해서 돌려주고. 이따 저녁에 봐."

"가지 마, 단아."

"아, 내가 나간다고 생기겠어?"

안 생겨, 안 생겨. 말하면서 나는 신발장으로 나갔다.

코앞이니까 굳이 배웅해 줄 필요는 없을 텐데도 신발장으로 따라 나온 여령이의 뺨을 가볍게 매만지고, 여령이네 부모님께 꾸벅 인사를 드리고 밖으로 나오는데 전화가 왔다.

나는 핸드폰을 들었다.

"여보세요? 은형이?"

[아, 단아.]

은형이의 목소리는 여느 때와 같이 온화했다. 오늘따라 전화가 많이 오네, 생각하며 내가 되물었다.

"왜 그래?"

[아, 그냥, 주의할 사람 목록 좀 전해 줄까 하고…….]

"응?"

나는 어색하게 웃으면서 되물었다. 어쩐지 불길한 상상을 멈출 수가 없었다.

＊　＊　＊

결국 약속 시간에 맞춰 왕십리 투썸 플레이스에 도착했을 때, 내 정신은 있는 대로 너덜너덜해져 있었다.

혁, 혁. 숨찰 일도 없으면서 괜히 숨을 들이쉬며 나는 중얼거렸다. 아니, 은형이. 주의해야 할 사람 이름을 백 명 가까이 불러 주면 어떡해? 남계 고등학교 전교생이 천 명은 될 텐데, 그중에 십 퍼센트 가까이를 조심해야 한다는 얘기잖아!

그나마도 내가 그만 부르라고 말해서 멈췄다. 그렇다, 나는 화장하면서도 은형이의 얘기를 들었고, 나오면서도 들었고, 여기 도착하기 전까지도 들었다.

핑계거리가 없으니 끊자고 할 수도 없었을 뿐더러, 끊었다가는 왜인지 은형이가 가만있지 않을 눈치였다.

아니, 남들은 미팅 잘만 나간다던데 나는 왜 준비 단계에서만도 이렇게 난항을 겪어야 하는 거야? 또 산소가 희박해지는 탓에 숨을 들이쉬던 나는 문득 들려온 소리에 고개를 들었다.

"아, 단아. 왔어?"

주말의 인파를 가로질러 이리로 다가오는 사람은 이민아였다.

와, 나는 눈이 동그래져서 그녀를 위아래로 살폈다.

학교에서는 늘 머리를 질끈 올려 묶고 있던 그녀가 머리를 풀어헤쳐서 길고 반짝거리는 검은 머리가 아래로 내려와 있었다. 그러고 보면 이민아는 머리카락 색이 무척 짙은 편이었다.

그리고 체크무늬 자주색 블라우스에 회색 바지, 검정 워커를 신은 그녀는 자연스레 내 팔짱을 끼며 나를 문 쪽으로 끌고 갔다.

"왜 밖에서 이러고 있어? 뻘줌 해서 그래? 들어가자, 들어가자."

"아, 응."

카페 문이 가볍게 열렸다 닫혔다.

민아는 미팅을 앞두고도 전혀 긴장하지 않은 눈치였다. 하긴, 같은 학원 애들이라고 그랬나? 검은 타일 바닥 위로 발을 내딛으면서 이민아가 거침없이 말을 이었다.

"오늘 예쁘게 하고 나왔네? 사람들 다 착하니까 너무 걱정하지 마."

"아, 응."

나는 어색하게 웃었다.

사실 미팅 나오기 전에는 이것저것 걱정되는 일이 많았

는데, 앞서 반여령과 은형이를 겪고 나니 세상 어느 것도 무섭지가 않아졌어……

그리고 나는 이어지는 민아의 말에 퍼뜩 고개를 들었다.

"아, 한 사람은 나도 모르는 사람이긴 한데, 대타로 나왔다고 해서."

"대타?"

"응, 너처럼."

고개를 끄덕인 민아가 말했다.

"남계고 2학년이라던데 나도 이름을 못 들어서. 어차피 들어도 몰랐을 거야. 우리 학원 사람도 아니라서……"

말하다 말고 문득 한곳을 바라본 민아가 말을 멈추었다.

내가 되물었다. 민아야? 그러면서 나는 그녀가 보던 곳으로 고개를 돌렸다.

거기에 팔을 들며 어색하게 인사를 보내는 남학생 무리들이 있었다. 이미 와서 앉아 있던 것인지, 맞은편에 앉은 우리 반 애들도 눈에 띄었다.

그러나 그들보다도 내 시선을 사로잡은 사람은 따로 있었다.

그는 눈에 띄기 싫다는 것을 온몸으로 표현하는 듯한 차림새였다.

검은 코트에 아무렇게나 걸친 흰 티. 아래는 청바지에 운동화로 슈퍼 갈 때랑 별 다를 바가 없는 옷차림이었다. 거

기다 검은 비니를 눈 바로 위까지 푹 눌러쓰고 있었다.

그럼에도 그의 광채는 카페 안을 압도했다. 아니나 다를까 주변 사람들이 모두 그쪽만 힐끗거리는 게 느껴졌다.

그리고 불편한 듯 테이블 아래만 바라보고 있다가 문득 시선을 든 그의 눈이 커졌다. 익숙한 검은 눈 안 가득 내 모습이 들이차는 것을 바라보며 나는 중얼거렸다.

이 사람이 왜 여기 있어?

〈끝나지 않은 '인소의 법칙'들! 7권에서도 계속됩니다.〉